별이
되다

별이 되다 ◆ 2

바람꽃잎 장편소설

초판 1쇄 찍은 날 2017년 9월 5일
초판 1쇄 펴낸 날 2017년 10월 16일

지은이 바람꽃잎
펴낸이 서경석

총괄팀장 최하나 | **편집책임** 김경민
편집 이지연 김슬기
디자인 신현아

펴낸곳 도서출판 청어람
등록번호 제387-1999-000006호
등록일자 1999. 5. 31
어람번호 제8-0099호

주소 경기도 부천시 부일로 483번길 40 서경B/D 3F (우) 14640
전화 032-656-4452 | **팩스** 032-656-4453
http://www.chungeoram.com | E-mail chungeorambook@daum.net

ISBN 979-11-04-91442-3 04810
ISBN 979-11-04-91440-9 (SET)

별이 되다 · 2

바람꽃잎 장편소설

도서출판
청어람

◆◆◆

◆ ◆ ◆

나를 아나요?

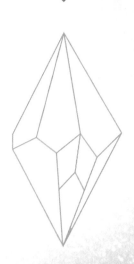

박연아는 지금껏 우진이 함께 연기했던 어느 상대 배우보다 연기력이 좋았다. 연극 무대에 섰던 특유의 버릇들이 거슬림에도 불구하고 눈을 마주하고 연기하면 어느새 깊이 빠져드는 순간이 있었다.

　우진은 마주하고 앉은 박연아를 바라보며 감정을 추슬렀다.

　박연아가 연기하는 이유라는 사랑받고 자란 사람답게 밝고 긍정적인 에너지가 넘치는 인물이다. 꼬이지 않고 어려운 순간에도 곧은 시선으로 상대를 직시하던 맑음이 점차 흐려지는 걸 보며 루이는 이유도 모른 채 고통스러워한다.

　오늘 촬영은 함께해선 절대 행복할 수 없는 두 사람이 묘한 끌림에 서로를 의식하게 되는 부분이었다. 그만큼 감정의 흐름을 잘 표현해야 하고 두 사람의 호흡이 중요했다. 연기는 혼자만의 고민이면서 공동의 작업이었다.

마주 앉은 박연아가 사라지고 그의 앞에는 이유라가 앉아 있었다. 이윽고 큐 사인이 들리고 우진은 연기를 잊었다.

"이곳은 이상한 세상이야. 나와 비슷한 사람들이 사는데도 난 그들이 무슨 말을 하는지 알아들을 수가 없어."

어린 나이에 떠나온 고국은 분명 같은 언어를 사용하는데도 루이에게는 너무 낯선 이국땅이 되어버렸다.

루이는 언젠가 친부모님을 만날 거란 희망을 버린 적이 없었다. 그들을 만나면 지금껏 자신이 어떻게 살아왔고 어떤 일을 하고 있는지 꼭 말해주고 싶어서, 루이는 한시도 한국어를 잊지 않았다.

시간만 나면 한국어를 공부하고 연습해서 유창하게 말할 수 있게 되었지만, 정작 그 목적을 상실한 지는 오래였다. 루이의 말에 이유라는 대수롭지 않게 대답했다.

"나 한국어 잘해. 이해 안 되는 게 있으면 나한테 번역해 달라면 되지 뭐가 문제야?"

아무리 어려운 문제라도 그녀를 거치면 매우 쉽고 아무것도 아닌 게 된다.

"자, 뭐가 알아들을 수 없는데? 이 누나한테 물어봐."

"난 네 환자가 아니야."

"걱정하지 마. 난 정신과 의사가 아니라서 어느 날 너한테 청구서가 날아가는 일은 없을 테니까. 그리고 내가 번역해 준다고 했지 치료해 준다고 했나."

자기가 말해놓고도 제법 유머러스했다고 자부하는지 이유라는 흐뭇하게 웃으며 어깨를 으쓱였다. 당당하고 유쾌한 그녀의 성격은 루이가 그동안 접해보지 못한 미지의 영역이었다.

"나는 네가 제일 이상해."

"내가?"

"너처럼 괴상한 생명체는 지금껏 본 적이 없어. 나는 네가 뭔 말을 하는지 이해가 안 되고 네가 하는 모든 행동이 다 이상해."

"……."

"그런데 그런 네가 싫지가 않은 내가… 난 더 이상해. 이거 번역해 줄 수 있어?"

이유라를 바라보는 루이의 눈빛은 대답을 기다리는 학생처럼 무구하다. 정말 아무것도 모르겠다는 그 눈빛에 깃든 궁금증과 대답에 대한 기대는 진심이었다. 놀리자는 것도 아니고 이미 정해진 대답을 유도하기 위해 돌려 말하는 것도 아니었다.

정말 궁금해서 묻는 루이에게 이유라는 순간 말을 잃었다. 어렴풋이 정답은 알겠지만, 그걸 자기 입으로 말하자니 창피하기도 하고 멋쩍기도 하다. 살며시 붉어지는 이유라의 얼굴을 보며 루이는 고개를 갸웃거렸다.

"아파?"

"아니야."

"아프지 마."

"안 아프다니까."

"어른들은 아무렇지도 않게 거짓말을 잘해서 믿을 수가

없어."

"너도 어른이거든! 자긴 무슨 이팔청춘 십 대인 줄 아나 봐."

어찌 대답할까 고민하던 이유라는 화제가 바뀌자 얼른 받아치며 대답 대신 딴말을 해버렸다. 하지만 거짓말이란 말에 괜히 혼자 찔려서 말꼬리를 잡고 루이를 다그쳤다.

"알아. 그래서 싫어."

"그래도 자기 비하는 하지 마. 그거 안 좋은 버릇이야."

"알았어. 그런데 번역은 언제 해줄 거야?"

"……."

한 번도 목표물을 놓친 적이 없는 루이는 자기가 흘린 것은 절대 잊지 않는다. 다시 대답하기 궁색해진 이유라가 눈동자를 굴리며 이를 어찌 해결하나 고민하자, 루이는 그녀를 빤히 바라봤다. 그리고 이내 뭔가 이해했다는 듯 고개를 끄덕였다. 그러자 이번에는 이유라가 의문을 가졌다. 넌 뭘 안다고 고개를 끄덕이는데?

"돌팔이구나."

"야~! 이건 영역이 달라!"

"그래그래, 알았어."

진정하라며 계속 이해한다는 표정을 짓는데 이유라는 계속 속만 타서 동동거렸다. 그렇다고 제 입으로 네가 날 좋아하는 것 같다는 말은 할 수 없어서 더욱 미칠 지경이다. 부글거리는 속을 달래기 위해 커피를 마시려는데 아직도 뜨겁다.

이걸 마셨다간 더욱더 속이 탈 것 같아서 거만하게 루이를 보며 주문을 다시 했다.

"아이스로 한 잔 더!"

주문을 받은 루이는 자리에 일어섰다. 카페 안에 손님이라곤 이유라 한 명밖에 없는 한적함이 오히려 따스한 여유를 만든다. 일어서서 돌아서는 루이의 입가에 서서히 미소가 어렸다.

드라마가 시작하고 처음으로 보이는 그의 미소였다. 다만 이유라는 보지 못했다.

컷 사인이 들리자 박연아는 잠시 멍하니 있다가 눈을 깜박거렸다. NG 없이 촬영이 끝난 게 이번이 처음이기 때문이었다.

"우와~!"

스스로 믿기지 않는지 박연아는 감탄사를 내뱉으며 우진에게 달려가 팔로 그의 목을 붙잡고 외쳤다.

"우진아, 우리가 해냈어! 처음으로 NG를 안 냈다고!"

"그러게."

무성의하게 말하고 고개를 끄덕이는 우진을 돌아본 박연아는 아차 하며 슬며시 그의 목에 감았던 팔을 풀었다. 아직 연기의 여운이 남아 있는 배우에게 감정을 깬 짓을 저질렀다. 그녀 역시 이유라의 인격이 남아 있어 평소와 다르게 쾌활하고 과하게 행동한 감이 없지 않았기에, 이 상황이 무언지 잘 알았다.

"미안."

"아니요. 저도 지금 엄청 기분 좋은걸요."

어느 순간 본연으로 돌아온 우진은 슬쩍 웃으며 박 PD를 돌아봤다. NG 없이 컷 사인이 나긴 했지만, 아직 확신할 수는 없었다. 먹이를 달라는 아기 새처럼 우진과 박연아는 목을 길게 빼고 PD의 입에서 나올 말을 기다렸다.

"괜찮았어. 이렇게만 하라고. 나라고 배우들 괴롭히는 걸 좋아서 하는 줄 알아? 자기들이 알아서 잘하면 나도 친절한 사람이야."

전혀 수긍이 안 가는 말에 우진과 박연아는 웃지도 못하고 어색하게 얼굴을 일그러뜨렸다. 기준이 까다롭고 심각한 완벽주의자 PD와 배우가 만나면 어떤 결과가 나오는지 박종혁을 보면 알 수가 있었다. 친절한 사람이든, 나쁜 사람이든, PD의 인간성과 상관없이 배우는 괴로운 처지에서 벗어날 수 없다는 게 핵심이었다.

게다가 하나를 해내면 곧이어 두 개도 내놓으라고 할 사람이 박종혁 PD이었다. 그런 사람이 스스로 친절하다고 칭하는 건 말이 되지 않았다. 썩어 들어가는 얼굴을 겨우 수습한 박연아는 조금은 자신감을 찾은 얼굴로 우진의 어깨를 톡톡 쳤다.

"우리 이번엔 정말 괜찮았지?"

흐뭇함이 묻어난 자화자찬에 우진도 흔쾌히 고개를 끄덕였다. 우진이 연기하는 노하우를 알아냈다면 그녀는 연기의 절제미를 이해했다.

생방송이나 다름없는 연극은 관객이 보고 싶은 것만 보게 된다. 그에 비해 드라마와 영화는 의도해서 보여주는 것만 시청자가 볼 수 있는 시스템이다.

전체가 하나의 프레임 안에 보이는 연극은 손가락의 까닥거림을 강조하려면 자연 동작이 커질 수밖에 없다. 그래서 손가락만 강조해서 보여주면 되는 영상 매체의 다른 표현 방식을 알면서도 완전히 이해하지 못한 부분이 있었다.

"감정과 동작의 절제에서 오는 간결함이 필요하다는 건 알고 있었어. 하지만 그걸 어떻게 표현해야 하는지 몰랐는데 이젠 좀 알겠다."

박연아는 이번에 자신이 어떻게 NG 없이 연기했는지 알지 못했다. 다만 추측하기를, 연기란 상호작용이 크게 영향을 미치는 작업이다. 우진이 루이의 연기를 완벽하게 하니 덩달아 그녀 자신까지 이유라에 깊이 빠져서 몰입했던 것이 아닌가 싶었다. 연기하는 것을 잊고 일상 속의 이유라가 되니 특유의 연기 버릇이 나오지 않았다.

연기하는 것을 잊고 연기하라, 이건 비단 채우진에게만 속하는 문제가 아니었다.

표현과 자각의 방법이 다를 뿐, 두 사람 모두 근본이 같은 숙제를 가지고 고민해 왔다. 다행히 어리석지는 않아서 조금의 힌트만 주어져도 두 사람은 자신의 문제를 깨닫고 고칠 수 있었다.

박종혁 PD가 외쳤던 NG들의 이유를 머리가 아닌 몸으로 깨우친 박연아는 한쪽에서 촬영을 구경하던 강민호에게 손가락으로 브이를 보냈다. 이제 NG로 너한테 지지 않겠다는 도전장을 날림과 동시에 무언의 자신감을 보였다.

"이제야 촬영에 진도가 좀 나가겠네. 열등생들 때문에 내가 얼마나 고생했는데 잘난 척은!"

박연아가 날린 브이를 콧방귀로 걷어찬 강민호는 거만하게 어깨를 으쓱였다. 지은 죄가 큰 우진과 박연아는 말대꾸도 못

하고 얌전하게 대본을 챙기며 다음 촬영을 준비했다.

우진이 루이를 하나의 전생으로 받아들여 그에게 빙의하는 식으로 연기했다고 해서, 하루아침에 NG가 사라진 건 아니었다. 전생과는 아무래도 다른 불완전한 '인생'이기에 캐릭터를 확실히 잡고 나가지 않으면 안 되었다.

우진은 시간만 주어지면 연기에 대해 고민하고 연구했다. 연기를 계속 모니터링하면서 문제점을 찾고 캐릭터 해석에 최선을 다하면서 온통 루이에 대해 생각했다. 그러면서 자연스럽게 '루이'의 인생을 그려보았다.

그 과정이 무척이나 재미있어서 창작에 대한 즐거움을 깨닫기도 했다.

"예전에 구상만 하다가 쓰지도 못하고 죽었던 적이 있는데."

지금은 이름만 말해도 모두가 알아주지만, 전생에 무척이나 가난한 글쟁이였던 적이 있었다. 생계를 위해 대필 작가까지 했던 그는 심혈을 기울여서 구상했던 마지막 작품을 끝내 집필하지 못하고 생을 마감했다.

"이번 기회에 그걸 마무리 지어봐?"

글을 쓰는 건 연기와는 달랐다. 인격을 끌어들이는 것도 아니고 그저 전생에 못다 이룬 꿈을 마저 이어나가는 연장선이 아닌가 싶었다. 스토리에 대한 구상과 설정은 이미 다 해놓았고, 시대상이 다르니 그것만 손보면 쉬울 것 같았다.

'문장의 어머니'라고 불릴 만큼 섬세하고 서정적이었던 작품 세계를 가졌던 전생의 그. 그뿐만 아니라 작가였던 삶은 그 밖에도 수없이 살아보았다. 이 모든 삶의 경험까지 더해 새로운 글을 창조하는 것도 나쁘지 않겠단 생각이 들었다. 작가였던 그의 전생들이 못다 이룬 꿈을 그가 마무리 짓는다는 느낌으로 말이다. 어차피 그들 모두가 우진 본인일 테니, 그들의 꿈이 바로 그의 꿈이기도 했다.

새로운 의욕에 사로잡힌 우진은 노트 하나를 꺼내 들었다. 하지만 그 옆에 쌓인 책들과 앞으로 써야 할 리포트 목록을 본 순간, 조용히 노트를 덮었다. 포부는 당당했지만, 아직은 때가 아니었다.

전생에 못다 이룬 꿈보다 당장 이루지 못한 현생의 꿈이 먼저였다.

◆ ◆◆◆ ◆

"루이는 내일부터 사흘 동안 액션신 있는 거 알죠?"

"네……."

오늘의 촬영 일정이 모두 끝나자 FD가 확인하듯 우진에게 물었다. 금요일엔 수업이 없어 주말까지 내리 사흘간 그동안 미뤄뒀던 액션신들을 몰아서 찍기로 했다. 하지만 박종혁 PD의 성향을 봐서 과연 그 시간 안에 원하는 장면들을 모두 찍을 수 있을지가 걱정이었다.

"와이어 촬영은 처음이지?"

FD의 물음에 대답하는 우진의 표정이 어두워지는 걸 보았는지, 강민호가 다가와 걱정스레 물었다. 액션 영화를 여럿 찍어봐서 와이어 촬영이 얼마나 힘든지 아는 그는 우진의 걱정이 무언지 잘 알았다.

"와이어는 훈련 때 몇 번 해봤는데 촬영은 처음이에요. 차라리 와이어 없이 했으면 좋겠는데 그럴 수도 없고."

액션 훈련은 DS에 들어가자마자 꾸준히 해온 편이었다. 거기에 '그림자의 도시'에 출연하기로 한 후부터 액션 스쿨에서 드라마에 필요한 훈련들을 체계적으로 받고 있었다. 하지만 와이어 조끼만 입으면 숨이 탁탁 막히고, 공중에 매달리는 동작을 할 때면 연결된 줄이 잡아당겨서 살갗이 아팠다.

"원래 처음은 다 힘든 법이야."

"그래서 지금은 와이어에 적응하셨어요?"

"세상엔 절대 적응 안 되는 게 있는데 그게 바로 와이어다."

"위로 고맙습니다."

"위로 아니다. 그러게 나처럼 재벌 3세를 했어야지. 절대 와이어 탈 일이 없어."

얄밉게 웃고 가버리는 강민호의 뒤통수를 보며 우진은 '이래서 촬영장에서 폭력 사태가 생기는구나!' 하는 깊은 깨달음을 얻었다.

"아아, 내일을 위해 내가 참는다."

내일이래도 곧 있으면 자정이 되는 시간이었다. 새벽부터 있을 촬영을 대비해 몇 시간이라도 자야 하지만 우진은 새벽에도 할 일이 많았다. 매일 심법으로 몸의 피로를 풀지 않았다면 아마 예전에 쓰러지고도 남을 정도로 그의 일정은 빡빡했다.

우진은 오가는 시간이 아까워서 숙식은 세트장에 마련되어 있는 방에서 해결하고 있었다. 그처럼 세트장에서 숙식하는 이들이 많았지만, 강민호와 함께 우진은 독방을 쓰는 혜택을 누리고 있었다. 다만 화장실은 공용이어서 편안한 옷으로 갈아입은 우진은 그곳에서 메이크업을 지우고 나왔다.

"우진이 벌써 자려고?"

"벌써라뇨. 저 새벽부터 촬영 있어서 지금 자도 얼마 못 자요."

방에 들어간다 해도 리포트 때문에 바로 자지도 못할 테지만, 사람들에게 그런 세세한 설명은 하지 않았다.

"시간이… 그러네. 오랜만에 다 모여서 한잔하려고 했는데 안 되겠다."

함께 출연하는 배우들 중 한 명인 이단우가 세트장 한쪽을 가리키며 아쉬워했다. 그곳에는 오늘 촬영이 있던 배우들이 모여 자리를 펴고 앉아 있었다. 우진을 제외하고, 모두가 내일 오후 느지막하게 스케줄이 있거나 아예 없어서 단합회를 겸해 한잔하기로 한 거다.

드라마를 함께 찍는다고 해도 겹치는 신이 없으면 끝날 때까지 만나지 못하는 경우가 많았다. 그런데 오늘은 모처럼 많은 배우가 모여 찍는 신들이 있어서 이렇게 자리를 마련하게 된 것이었다. 박연아와 강민호도 어느새 한자리 차지하고 앉아 있었다.

"한 잔 정도는 괜찮아요."

할 일은 많아도 몇 시간 정도는 괜찮을 것 같아서 우진은 반기며 동석하려고 했다. 술은 즐기지 않지만, 선배들과 함께하다 보면 알게 모르게 배우는 것들이 많았다. 하지만 강민호가 단호하게 큰 소리로 외쳤다.

"어딜 끼어들어! 내일 뽀샤시하게 찍히려면 자야지."

"옳쏘~!"

친한 거 티를 내려는지 박연아가 냉큼 동조했다.

"제 역은 재벌 3세가 아니라서 부스스해야 하거든요. 뽀샤시하면 안 되거든요."

언제나 윤기 없이 부스스한 머리와 창백하고 눈 밑이 거뭇한 루이에게 뽀샤시는 어울리지 않는 단어라 우진은 콧방귀를 뀌었다.

"그래도 술은 안 돼."

"네……."

드라마에서 큰 비중을 차지하는 중견 배우인 고영훈이 근엄하게 고개를 젓자 우진은 바로 꼬리를 내렸다. 내일 새벽부터 액션 촬영이 있는 우진을 배려한 것임을 알기에 더는 우길 수도 없었다.

선배들 옆자리에 앉은 동료 배우에게 부러운 시선을 잠깐 던지는 게 고작이었다. 어깨를 축 늘어뜨리며 자러 가는데 뒤에서 그를 부르는 소리가 들렸다.

"우진아."

"네!"

대번에 눈이 반짝거리며 힘차게 뒤돌아보는 우진을 보고 자리에 있던 모두가 그만 웃고 말았다.

"기대를 저버리게 해서 미안한데 술은 마시면 안 되지만, 술은 사다 줄 수 있지?"

고영훈이 카드를 내밀며 우진과 이단우에게 심부름을 시켰다. 이 자리에서 가장 나이가 어린 두 사람이 자연스레 심부름 꾼으로 낙점이 된 것이다. 스태프들은 현장을 정리하느라 바빴다. 늦은 시간이라 이미 매니저를 보냈거나, 혹은 어딘가에 쉬고 있을 그들을 부르기에 미안해서 앞에 있는 둘을 고른 거다.

술자리에 끼지는 못해도 잠깐이라도 바깥바람을 맡는다는 생각에 우진은 즐거이 카드를 받았다. 종일 답답한 세트장 내부 촬영만 해왔기에 뭔가 확 트인 곳에 나가고 싶었다. 이단우도 같은 마음인지 흔쾌히 고개를 끄덕였다.

"꼭 콧바람 쐬러 나가는 강아지 같네."

신인이어도 제법 이름이 알려지고 명색이 주인공인데 흔쾌히 심부름을 가는 모습이 나쁘지 않았다. 젊은 스타들의 거만함을 많이 겪어본 고영훈은 채우진의 순수함이 오래가길 바랐다.

"쟤는 자기가 연예인이란 자각이 거의 없어요. 어떻게 저 꼴로 밖에 나갈 생각을 하는지. 저 소매에 남색 페인트 묻은 티 좀 입지 말라고 말했는데도 소용이 없네. 저게 제일 편하대요."

방금 막 메이크업을 지우고 무릎 나온 트레이닝 바지에 목이 늘어난 티셔츠를 입은 채로, 건들건들 세트장 밖을 나가는 우진의 모습에 강민호는 배를 잡고 웃었다.

집 근처 가게를 가더라도 알아보는 사람이 있든 없든 얼굴에 뭐라도 바르고 옷을 맞춰 입고 나가는 게 연예인이다. 그런데 우진은 도무지 그런 게 없었다.

"그래도 잘생겼으니까."

"응?"

"메이크업을 안 한 피부가 더 빛이 나고 늘어진 티셔츠를 입어도 잘생김이 묻어난 얼굴인데 무슨 걱정이야."

"아~!"

"우진 is 뭔들."

박연아의 담담한 설명을 듣고 강민호는 깊은 깨달음에 침음했다. 집 밖에 나올 때마다 신경 쓰고 설정을 하는 건 자신과 같은 일반 연예인들의 이야기다. 이미 채우진은 일반 연예인의 범주에서 벗어난 외모의 소유자인데 같은 카테고리 안에서 취급할 게 아니었다.

자신도 모르게 의문의 1승을 거둔 우진은 당당하게 세트장과 가장 가까운 편의점으로 향했다. 평소에는 근처 마트를 이용하지만, 자정이 넘으면 문을 닫았기에 위치만 알고 한 번도 가본 적이 없는 편의점을 찾았다.

"와~! 베리로즈의 다영과 초희 맞죠?"

한밤에 편의점을 찾은 청년은 그곳에서 아르바이트생으로 분장한 걸그룹을 발견하고 환호성을 외쳤다.

"저 정말 팬이거든요. 캐치 미, 캐치 미 진짜 노래 좋아해요."

청년의 격한 반응에 베리로즈 멤버인 다영과 초희는 기쁜 듯 밝게 웃으며 두 손을 입에 가져가 귀여운 동작을 취하면서 외쳤다.

"네! 베리로즈의 다영입니다!"

"네! 베리로즈의 초희입니다!"

이번에 새로 파일럿으로 방송되는 '우리를 아나요?' 라는 예능은 신인 혹은 무명의 연예인이 일반인들 사이에 숨어서 그들의 반응을 보는 프로였다. 첫 방송에 출연하게 된 베리로즈의 멤버 중, 두 명은 지금 편의점 알바로 분장한 채로 손님을 맞았다.

베리로즈는 이제 데뷔한 지 세 달인 걸그룹이지만, 나오자마자 음원 차트를 휩쓰는 바람에 신인답지 않은 명성을 날리고 있었다. 가창력은 물론 아름다운 외모까지 모두 갖춘 그녀들은 가히 대세 걸그룹이라 불릴 만했다.

그런 그녀들은 아무리 평범한 아르바이트생 분장을 시켰다고 해도 눈에 띌 수밖에 없었다. 자연히 편의점을 찾은 손님들은 대번에 그녀들을 알아봤다. 모두가 그녀들을 알아보고 이 뜻밖의 만남에 기뻐하며 실물이 훨씬 예쁘다고 칭찬하기에 바빴다.

"지금 촬영 중인 거예요?"

"네! 그러니까 꼭 비밀 지켜주세요. 방송은 다음 주 일요일이지만, 녹화 끝나는 몇 시간만 모른 척해주시면 돼요."

다영, 초희와 함께 사진을 찍고 그녀들에 대한 감상을 인터뷰한 청년에게 스태프들은 원활한 녹화를 위한 비밀 엄수를 받아냈다. 소문이 나서 사람들이 몰려오면 재미가 반감하기 때문이다. 하지만 이번에 처음으로 방영하는 파일럿 프로라 입소문도 중요했다. 그래서 녹화가 끝날 때쯤이면 스포일러만 조심하고 어느 정도는 소문내도 좋다는 말도 덧붙였다.

가는 걸 아쉬워하는 청년을 보내고 스태프들은 다시 편의점 내부를 정돈했다. 저녁 늦게부터 녹화를 시작한 이유가, 이렇게 어쩌다가 한 명씩 오는 손님들을 상대로 촬영하고 수습할 여유를 가지기 위해서였다.

사실 제작진이 원했던 베리로즈의 멤버는 따로 있었지만, 미성년자인 관계로 자정이 넘는 시간에 편의점 아르바이트 설정은 무리였다.

무엇보다 다른 멤버들과는 차원이 달라 워낙 콧대가 높아서 이런 파일럿 프로는 거들떠보지도 않았다. 대신 다음으로 인기 있는 멤버들을 섭외했으니 아쉬움은 있어도 결과는 나쁘지 않았다.

"또 온다. 이번엔 남자 둘!"

밖을 살피던 스태프의 외침에 나머지 인원들은 서둘러 창고 쪽으로 대피했다. 손님으로 가장한 한 명은 테이블에 앉아 컵라면을 먹는 척했다.

다영과 초희도 계산대로 자리를 옮겨 처음과는 달리 여유를 가지고 손님을 기다렸다. 이번에는 또 어떤 반응을 보일까, 무슨 말로 우릴 칭찬하고 찬양할까, 기분 좋은 상상에 힘든지도 몰랐다.

3개월 동안 방송 물을 먹고 걸그룹 활동을 하면서 어느새 그들은 대중의 환호와 우러름에 익숙해져 있었다.

"형, 술은 어디 거로 사요?"

문을 열고 들어오던 남자 중의 하나가 뒤에 오는 이를 돌아보며 물었다.

"그냥 가볍게 맥주 한 캔씩만 하기로 했는데 종류는 나도 모르겠다. 이게 은근히 취향 타서 마시는 거만 마시는데, 어쩌지?"

"그럼 제가 선배님께 전화로 물어볼게요."

편의점 안에 들어온 남자들은 계산대에 있는 베리로즈에게는 눈길도 주지 않고 바로 주류 판매대로 가버렸다. 여태껏 가게에 들어오던 손님 대부분이 우선 사람부터 찾다가 그녀들을 보고 순간 움찔하며 반응을 보이던 것과는 사뭇 달랐다.

이렇게 처음부터 자신들의 목적에만 충실한 손님은 처음이라 다영과 초희는 순간 당황스러웠다.

자연 목을 쑥 내밀며 손님들을 살폈다. 그리고 전화를 걸며 종류별로 맥주를 고르는 남자를 보고 순간 표정 관리를 못 하고 입을 벌리고 말았다. 살짝 젖은 듯 헝클어진 머리칼과 아무렇게나 걸치고 나온 차림에, 삼선 슬리퍼를 신은 남자는 단연코 그녀들이 보아온 누구보다도 잘생겼다.

먼저 정신을 차린 다영이 옆에 있는 초희의 팔을 툭 쳤다.

"저 남자, 어디서 본 것 같지 않아?"

"응, 나도 그런 것 같은데……."

한숨처럼 대답하며 아무 생각 없이 고개를 끄덕이는 초희의 대답엔 영혼이 없었다. 반면 창고에서 편의점 내부를 모니터링하던 스태프들 역시 난리가 난 것은 마찬가지였다.

"저 남자 채우진 맞지?"

"맞아요. PD님이 우리 방송 첫 타자로 끊고 싶어서 그렇게나 섭외하려고 난리 쳤던 채우진!"

'우리를 아나요?'의 콘셉트가 정해졌을 때 한 PD는 제일 먼저 채우진을 떠올렸다.

최근 핫하게 떠오르는 라이징 스타는 아직 어느 예능에도 출연하지 않은 상태였다. 섭외만 된다면 화제성은 떼어놓은 당상이었다. 하지만 DS의 장 대표는 자신의 아티스트를 고작 파일럿 프로에 출연시킬 만큼 급하지 않았다.

몇 번이나 섭외 요청을 했지만, 드라마 촬영과 학업 등을 이유로 번번이 거절당했던 거다. 그런 그를 이곳에서 만났으니 놀랍기도 하고 이게 웬 횡재인가 싶었다.

"그런데 채우진이 이 시간에 저런 차림으로 왜 여기 온 건데."

"그게… 아! 여기 근처에 드라마 세트장으로 종종 쓰이는 스튜디오가 하나 있어요! 그곳에서 지금 드라마 촬영 중인가 봐요."

그때 녹화를 구경 중이던 편의점 사장이 끼어들었다.

"우리 딸이 채우진 씨 팬인데 가서 사인 받으면 안 될까요?"

"사장님 죄송하지만 제발 참아주세요. 이건 정말 우연이라서 저희에겐 둘도 없는 기회거든요."

흥분한 사장님과 그를 말리는 스태프에게 한 PD는 손가락을 입에 가져다 댔다.

"쉿! 뭐라고 하는지 좀 들어보자."

통화하면서 종류별로 맥주를 고르는 채우진에게 모든 신경을 집중하며 스태프들은 입을 다물었다. 가게 내부 곳곳에 설치해 놓은 카메라와 음향 시설 덕에 그의 행동 하나하나가 모두 포착되었고, 그의 작은 음성조차 빠짐없이 잘 들렸다.

"그런데 선배님, 저 아이스크림 하나 사 먹어도 될까요?"

트레이닝 차림으로 바로 나와서 따로 돈을 챙기지 못한 우진이 빈 주머니를 문지르며 카드 주인의 눈치를 보았다.

―응? 하나가 뭐냐, 두 개도 좋으니까 먹고 싶으면 다 사 먹

어. 원하면 우리 우진이 까지도 사 드세요.

꾹꾹 웃음을 참는 고영훈의 대답에 우진은 밝은 미소를 지으며 전화를 끊고 이단우를 돌아봤다.

"단우 형, 이제 안주만 고르면 돼요."

"그래? 미안하지만 나 이거 한 대 피우고 올 테니까 네가 좀 고를래?"

담배를 꺼내 보이는 이단우가 가게 밖을 가리키자 우진은 고개를 끄덕였다. 뭐 어려운 일이라고 미안해하는 이단우의 등을 툭툭 두드리며 밀었다.

맥주는 한 캔씩만 사오는 대신에 안주는 많이 사 오라던 사람들의 당부를 우진에게 전하며, 이단우는 서둘러 밖으로 나갔다. 온종일 참아오던 금단현상이 폭발 직전이었다. 오늘도 이단우에겐 금연하기는 틀린 날이었다. 애당초 주머니에 담뱃갑을 넣고 다닌다는 게 금연 의지가 없다는 뜻이지만, 하여튼 그는 매일 금연을 선언했다.

촬영 중에 담배 때문에 힘들어하던 이단우를 알기에 우진은 유쾌하게 그를 보내고 과자들을 고르기 시작했다.

—Catch me, Catch me, 지금이 아니면 안 돼~!
—Catch me, Catch me, 나중에 후회 말고 어서 내 손을 잡아~!

갑자기 들리는 음악 소리에 편의점 안에 있던 모든 이들이 순간 깜짝 놀랐다. 원활한 녹화를 위해 스피커를 꺼둔 상태인데 갑자기 베리로즈의 노래가 들리니 놀랄 수밖에. 특히 다영과 초희는 자기들 노래가 들리자 본능적으로 자기 파트에 따라 춤을 추려다 가까스로 멈췄다.

"네가 내 벨 소리 바꿨냐?"

—Catch me, Catch me~ 날 잡아봐~! 노래 좋지? 내가 요즘 애정 하는 노래다. 당분간 내 전용 벨 소리는 그걸로 해라.

편의점에 울려 퍼진 음악의 출처는 우진의 벨 소리였다.

"바꾸는 건 좋은데 말은 하고 바꿔. 순간 뭔 노랜가 하고 당황했잖아. 그런데 이 새벽에 웬 통화십니까? 친구님."

수업 끝나고 현민이 폰을 만지는 것 같더니 벨 소리를 바꿔놓은 모양이었다. 그러나 지금 중요한 것은 이 새벽에 그가 전화한 이유였다. 보통 이런 전화치고 좋은 내용이 없었다.

—우진아~! 우린 망했다.

"망하려면 혼자 망해. 왜 날 끌고 가."

—왜냐하면, 너도 우리 4조거든. 4조 할 때부터 내가 뭔가 죽음의 향기가 느껴진다 했어.

"왜? 난 내 할당량 다 끝내서 보냈는데 누가 아직인 거야?"

현민이 4조를 언급한 순간 우진은 그가 무얼 말하는지 깨달았다. 절대로 피해 갈 수 없는 조별 과제와 발표로, 우진과 현민은 같은 조였다. 두 사람이야 무슨 상황이든 자기 몫은 분명히 하므로 조별 과제라 해도 걱정은 없었다. 문제는 늘 다른 사람이 끌고 들어왔다.

—형식이가 오늘 교통사고 났단다.

"오늘?"

오늘을 강조한 것은 자정이 넘은 지금을 의미했다.

—그래, 오늘! 저녁에 술 처먹고 돌아다니다가 눈먼 차에 치였다고 방금 연락 왔다.

사고는 자정 이전에 났겠지만 연락은 이제 받았으니 하여튼 오늘인 셈이었다.

"직접 연락 온 거야? 크게는 안 다쳤대? 잠깐, 형식이가 우리 조장이잖아. 발표야 네가 하기로 했으니까 괜찮은 건가."

—지금 발표가 문제가 아니야. 그 자식이 자료 정리해서 보고서 작성하면 내가 PPT 작성하기로 했는데 하나도 안 했단다. 게다가 다친 곳이 오른손이래.

"우리 발표 다음 주 수요일이잖아. 게다가 난 없는 시간 쪼개가면서 자료 조사 다 하고 정리해서 넘긴 게 벌써 사흘 전인데?"

—내 말이! 죽을 놈의 팀플!

우진의 물음에 현민은 욕을 섞어가며 조장인 형식의 만행을 고발했다.

아마도 형식은 주말 동안 가능할 거라 여유를 부렸겠지만, 일이 이 지경이 되다 보니 그게 다 무슨 소용이겠는가. 우선은 PPT를 만들기 위해선 조원들이 정리한 자료를 가지고 보고서를 작성해야만 했다. PPT 작성이 현민의 몫이었기에 그가 나서서 십자가를 짊어질 처지가 돼버렸다.

"그거 혼자 되겠어? 너 다른 수업 팀플선 조장이잖아. 일단 다른 자료들도 나한테 보내봐. 내가 이번 주말에 틈틈이 정리해서 일요일 저녁에 너희 집으로 갈게. 같이하면 좀 낫겠지."

—그럼 나야 좋지만 너무 무리하는 거 아니야?

"무리는 무슨. 잠 좀 덜 자면 되지."

안주를 고르다가 어느 순간 심각하게 전화하는 채우진을 보고 다영과 초희는 서로 눈치만 보며 어색하게 웃었다.

두 사람은 스태프와 연결된 이어폰으로 채우진의 정체를 듣기 전부터 그가 누구인지 알아챈 상태였다. 처음엔 그의 외모만 눈에 들어와서 정신이 없었지만, 이내 그가 누구인지 모를수가 없었다.

유명한 배우와 가수들이 즐비한 소속사에서 웬만한 미모의 연예인은 이미 보았고 적응도 했다. 석 달밖에 안 되었지만, 방송국 물도 제법 마셨다.

그러나 소속사나 방송국에서건 저만한 아우라를 내뿜는 이를 본 적이 없었다. 대번에 일반인은 아니라 여겼고 연예인 중에 요즘 떠오르는 화제의 인물과 결부시켜 보니 답은 바로 나왔다.

"실물이 훨씬 낫다."

"영화 볼 때 진짜 잘생겼다고 생각했는데… 어쩜 화면발이 저렇게 안 좋냐."

방송 녹화고 뭐고 그냥 멍 때리고 채우진을 구경하기가 바쁜 두 사람을 스태프는 굳이 막지 않았다. 이 또한 색다른 재미를 만들어내는 요소였기에 오히려 반겼다.

다만 문제는 스태프 중에서도 같이 정신을 못 차리고 채우진을 구경하기에 바쁜 이들이 많다는 거였다.

"이거 계산해 주세요."

우진은 여전히 통화를 계속하면서 맥주와 안주들을 계산대에 올려놓으며 다영과 초희의 정신을 깨웠다.

―너도 지금 술 마시려는 거야?

전화 너머로 촉이 왔는지 현민의 목소리가 날카로웠다. 조장이 술 마시고 사고가 났으니 당연한 반응이다.

"난 내일, 아니, 오늘 일찍부터 스케줄이 많아서 못 마시고 대신 심부름. 내가 이래 봬도 막내거든. 귀염 돋지 않냐?"

우진은 문득 생각난 듯 바닐라 콘 하나를 챙겨 계산대에 올려놓았다. 말끝에서 흘러나오는 어조나 이어지는 일련의 동작에서 느껴지는 기꺼움을 숨기지 못했다.

장남이라고 실제 무언가를 한 적은 없지만, 어릴 적부터 어머니와 여동생을 보살펴야 한다는 생각을 늘 해온 그였다. 그래서 자신이 막내라는 위치에 적응이 안 되면서 새로운 기분이 들어 즐거웠다.

―네가 드디어 막내의 귀여움을 알았구나. 그럼, 막내들이 한 귀여움 하지!

우리 집 막내 정현민, 하며 호탕하게 웃는 친구의 목소리에 우진의 표정은 미묘하게 구겨졌다.

"미안하다. 내가 잠시 미쳤나 보다."

―취중 진담이 있듯이 혼미 진담도 있어.

"그만 자라."

―못 잔다. 오늘 밤 하얗게 불태워야 한다.

또 이렇게 이야기하면 마음이 약해져서 우진은 보이지도 않는 현민을 향해 애잔한 미소를 보냈다.

"수고해라. 최대한 시간 내서 일요일에 갈게."

전화를 끊은 다음에 우진은 아무 일도 없었다는 듯 담담한 얼굴로 다영과 초희를 보았다.

"네?"

"왜요?"

우진과 시선이 마주치자 다영과 초희는 기대 어린 얼굴로 그를 보았다. 이제야 자신들을 알아보았나 싶은 거다.

"계산 안 해주세요?"

"아⋯⋯."

우진이 아직 결제하지 않은 카드를 손가락으로 가리키자 실망 섞인 한숨이 흘러나왔다. 두 사람은 카드 결제를 하고 또 멍하니 우진을 쳐다보았다.

의미 없는 시선이 서로 오가고 나서야, 우진은 번뜩 이 상황을 깨닫고는 자상하니 말을 건넸다.

"영수증 주셔야죠."

자신의 카드가 아니기에 영수증은 꼭 챙겨야만 했다. 영수증을 받으며 우진은 이해 가득한 목소리로 두 사람에게 물었다.

"아르바이트가 처음이신가 봐요."

"아, 그게⋯⋯."

"제가 이상하게 생겼어도 나쁜 사람은 아니니까 안심하세요."

최대한 선한 인상을 연기하며 우진은 밝게 웃었다. 아무래도 킬러를 연기하다 보니 몸에서 풍기는 기운이 음침하고 위험할 수 있겠다 싶었다. 야밤에 음침한 남자와 마주하고 있으면 누구라도 긴장할 터였다.

"처음엔 뭘 해야 할지 모르겠고 손님 오면 당황스럽고, 게다가 야간 알바라 많이 무서우시겠어요. 그래도 둘이서 하니까 서로 의지가 되고 다행이네요."

여동생이 있는 처지에서, 이렇게 어려 보이는 여자애들이 야간에 편의점에서 아르바이트하는 게 대견하기도 하고 안쓰럽기도 했다. 자연 목소리에 친절함이 깃들었다.

"우진아, 다 샀어? 미안, 종일 참다가 겨우 피우게 되니까 이놈의 몸뚱이가 절제도 모르고 계속 니코틴을 찾아댄다. 넌 아직 담배 안 피웠댔지? 절대 시작하지 마라."

흡연을 끝내고 안으로 들어온 이단우는 맥주가 든 비닐봉지를 우진에게서 받아 들며 미안해했다.

"괜찮아요. 저도 마침 친구한테 전화 와서 이야기하다가 이제야 끝냈는걸요. 참, 아이스크림 드실래요?"

"입안이 깔깔하긴 한데 단것은 별로 안 좋아해서. 입가심하자고 하나 먹긴 부담스러워."

"그럼 한입만 드세요."

우진은 자신이 먹기 위해 고른 바닐라 콘의 껍질을 벗겨 이단우에게 한입 권했다.

"야, 나 방금 담배 피우고 와서 냄새나."

"제 친구들 대부분 담배 피워서 그런 건 별로 신경 안 써요."

우진이 이렇게까지 말하는 데다가, 마침 입안이 깔깔하기도 해서 이단우는 더는 거절하지 않고 우진이 내민 콘을 한입 베어 먹었다.

"맛있죠?"

"그래, 맛있다. 그래도 난 하나는 다 못 먹어."

"작가님께 형철이가 단것을 아주 많이 좋아하는 거로 바꿔 달라고 해볼까요?"

"야!"

'형철'은 이단우가 맡은 배역의 이름이었다. 우진은 농담이 겠지만 유독 그를 좋아하는 유수민 작가라면 충분히 들어주고도 남을 말이었다. 당연하게도 우진은 그럴 일은 없을 거란 전 제로 하는 순수한 농담이었지만 말이다.

"제가 말한다고 작가님이 들어주시겠어요, 농담이에요. 그럼 두 분도 수고하세요."

이단우를 놀리는 재미에 웃음을 참지 못한 우진은 다영과 초희에게 함박웃음을 내보이며 인사를 건넸다. 새벽까지 고생하는 두 사람에게 보내는 작은 응원을 담아서 주먹을 불끈 쥐며 파이팅도 외쳤다.

가게를 나갈 때까지 이단우는 계산대 쪽으로는 한 번도 시선을 주지 않아서 베리로즈를 보지 못했다. 우진이 옆에 있으면 시선이 항상 그에게 머물기에 주위를 둘러보지 않게 된다. 평소 베리로즈의 팬이라 자처하던 그에게는 참으로 안타까운 일이었다.

채우진과 이단우가 편의점을 나가고 이제는 그 뒷모습조차 보이지 않을 때쯤에야 다영과 초희는 버벅거리며 서로를 보았다.

"아, 사인 받을걸."

"지금이라도 쫓아가 볼까?"

연예인을 본 기분이 바로 이런 거구나. 이 순간 그녀들은 자신도 그 연예인에 속한다는 걸 잠시 잊어버렸다.

두 사람이 정신을 수습하고 겨우 현실을 자각할 때쯤 이미 간 줄 알았던 우진이 다시 가게 안으로 들어왔다. 뒤늦게라도 자신들이 누군지 알아보고 돌아온 것인가 기대를 걸었지만, 그는 유리병에 담긴 따뜻한 두유 두 개를 추가로 사 갔다.

그리고 이번엔 아예 뛰어나갔다.

기대가 무너지자 실망은 배로 찾아왔다. 우리 정도면 제법 유명해졌고 알아볼 만한데 왜 모르지, 하는 원망도 생겼다. 하지만 그걸 다 떠나서 채우진이란 사람이 정말 멋있어서 정신을 차리기 어려웠다.

눈을 마주치면서 웃어주던 치명적인 미소와 무언으로 파이팅을 외치던 모습까지, 팬이 되고 싶었다.

다영과 초희가 어찌할지 몰라 머뭇거리며 그를 보내고 나서 한참이 지나서야 제작진이 창고에서 나왔다. 우진이 가게를 떠나고 시간이 제법 지나서야 제작진들이 나타났지만, 다영과 초희는 그걸 깨닫지 못했다.

그렇게 녹화가 끝나고 겨우 둘만 있게 되자 다영은 초희에게 조금은 고소한 목소리로 물었다.

"아까 우리 녹화하기 전에 아라가 왔다가 그냥 갔었지?"

"응, 우리 꼴 보고는 역시 자긴 안 하길 잘했다며 비웃고 갔어."

"걔 채우진 팬이라고 하지 않았나?"

"'Death hill'의 아라보고 자기랑 이름이 같다고 욕하고 늙은 년 운운하면서 엄청 질투할 정도로 광팬. 정작 자기도 예명이면서."

"이거 방송 나가면 걔 반응 재밌겠다."

같은 그룹 멤버라고 해도 얄밉고 싫은 사람은 있게 마련이었다. 상대가 자기보다 어리고 싹수마저 없다면, 거기에 함부로 대할 수 없는 처지의 동료라면 반감은 더욱 거셀 수밖에 없다.

"그런데 그 부분 방영은 될까? 채우진 씨 허락도 안 받고 찍은 거잖아. 그대로 방영하면 문제 될 건데."

아무래도 제작진이 채우진을 쫓아가거나 그에게 허락을 구한 것 같지 않았다. 두 사람과 마찬가지로 제작진도 정신이 없어 보였다.

"제작진이 알아서 소속사와 합의 보겠지. 편집되더라도 아라만 알면 돼. 난 그거 얼굴 한번 구겨지는 꼴 좀 봤으면 속이 다 시원하겠다. 아라한테 우린 걔가 키우는 고양이만도 못할걸."

데뷔한 지 석 달밖에 안 되는 걸그룹의 불화는 이미 안에서부터 깊게 썩어 들어가고 있었다.

우리에게 무슨 일이 생겼나

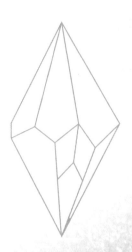

"무서워할 것 없어. 안전장치도 완벽하고, 혹시나 떨어지더라도 만약의 사태를 대비해 밑에다 에어 매트도 빵빵한 녀석으로 준비해 놨으니까."

박종혁 PD의 말에 강호수는 어이가 없어서 뒷목을 잡으며 잠시 말을 골랐다. 그렇지 않으면 무슨 쌍욕이 입에서 나올지 스스로 장담할 수 없기 때문이다.

"저 PD님, 여기 13층입니다."

"그걸 누가 몰라?"

"요즘 세상에 영화도 아닌 드라마 찍으면서 누가 건물과 건물 사이를 건너뛰는 장면을 실제로 재현한답니까? 그린 스크린 뒀다 어디에 씁니까!"

그린 스크린이 싫으면 대역이라도 쓰라고 강호수는 따졌다.

"지금 드라마를 무시하나?"

"무시하고 뭐고! 이런 거 찍다가 우리 채 배우 잘못되기라도 하면 PD님이 책임지실 겁니까!"

요는 이랬다.

드라마 내용상 오늘 루이는 살인 의뢰를 성공적으로 마무리하고 도주하는 신에서, 건물과 건물 사이를 건너뛰는 장면을 찍어야 했다.

당연히 그린 스크린에서 찍은 다음에 CG로 후반 작업을 할 줄 알았는데 아니란다. 그래서 강호수가 대역을 쓸 거냐고 물으니, 그 역시 아니라는 대답이 돌아왔다.

우진이 직접 와이어와 안전장치에 의존해 직접 건너뛰라는 소리에 당연히 매니저인 강호수는 난리를 피웠다. 바로 회사에도 연락을 취한 상태였다. 지금쯤 회사 법무팀이 오고 있을 거라 그때까지만 어떻게든 촬영을 막고 버틸 작정이었다.

"뛸 만한데요."

"거 보세요. 우진이도 뛸 만하다… 야!"

어찌나 어이가 없는지 강호수답지 않게 우진에게 소리를 지르고 말았다. 위압감 넘치는 외모로 배신당한 듯 우진을 노려보았지만, 정작 당사자는 담담했다.

딱히 고소공포증이 있는 것도 아니고 안전장치를 완벽하게 한 상태에서 사고가 날 것 같지는 않았다. 혹여 떨어지더라도 두꺼운 에어 매트가 잘 받쳐줄 테니 이 역시 문제없었다. 오히려 에어 매트 위에 떨어지면 재밌겠다는 생각마저 들었다.

이 정도 거리는 액션 스쿨에서도 몇 번이나 연습해 본 적이 있었다. 높이만 차이가 날 뿐이지 우진에게는 별다를 게 없는 시범이었다.

"거 봐! 우리 채 배우는 괜찮다고 하잖아. 안전하다니깐!"

"그거야 우리 채 배우가 아직 신인이고 어려서 세상 물정을 몰라 그러는 거죠. 대한민국 어떤 드라마에서 13층 사이를 배우가 직접 건너뜁니까."

"없으면 저라도 하면 되죠."

눈치 없이 우진이 생글거리며 끼어들자 강호수는 아예 가슴을 치며 소리쳤다. 그는 지금 우진에게 말을 놓고 있다는 자각도 없었다.

"우진이, 너는 빠져!"

"아니, 지금 자네, 우리 채 배우를 구박하나. 신인이고 어리다고?"

뭔가 편을 짜고 들어가는 팀 구성이 이상하게 돼버렸다.

"이왕 이렇게 준비까지 다 했는데 어서 촬영 들어가죠. 어두울 때 찍어야 하는데 이러다가 해 뜨겠네요."

새벽에 일찍 일어난 보람도 없겠다며 우진은 오히려 주위 스태프를 종용했다.

"그럴까?"

"우~ 진~ 아!"

신이 난 PD가 강호수를 힐끗 보더니 콧방귀를 뀌며 촬영 지시를 내렸다. 이 한 장면을 찍기 위해 무려 다섯 대의 카메라를 대기해 놓고 며칠을 준비했는지 모른다.

당연히 우진과도 이미 상의가 끝난 상태였다.

박 PD라고 막무가내로 이런 위험한 촬영을 함부로 강행하지는 않았다. 일단 우진에게 제안했지만, 싫다고 거절했다면 대역으로 대처했을 것이다. 하지만 그건 우진 본인이 반대했다.

우진이 시청자의 관점에서 봤을 때, 대역을 쓰는 것만큼 성의 없고 김빠지는 장면이 없었다. 뻔히 다른 사람으로 보이는데 강제 주입식으로 저 사람은 주인공 본인이라고 주장하는 것도 우습고 긴장감이 떨어졌다.

무엇보다 우진은 할 만하다 여겼기에 굳이 대역을 쓸 필요를 느끼지 못했다. 그도 목숨 아까운 줄 아는데 불가능한 일은 처음부터 단호히 못 한다 했을 것이다.

몸에 연결된 안전장치들을 몇 번이나 확인하고 나서 우진은 옥상 난간으로 올라갔다. 보는 사람의 오금이 저리게 하는 장면이었지만, 당사자는 태연하다 못해 생글거리는 게 이 순간을 진심으로 즐기는 듯했다.

메이킹 영상을 전용으로 찍는 카메라가 그런 우진의 모습 하나하나 놓치지 않고 찍었다.

"와우~! 생각보다 아찔하긴 하네요."

고개를 숙여 아래를 내려다보던 우진이 상상 이상으로 아찔한 조감에 휘파람을 불었다.

"그렇지? 그러니까 그냥 포기하고 내려오자, 응?"

아직 미련을 버리지 못한 강호수가 덩치에 어울리지 않게 초조하게 발을 동동거리며 우진을 설득하려 했다.

"거기 카메라 막지 말고 옆으로 비킵시다!"

하지만 박 PD에게 찬밥보다 못한 취급을 받으며 뷰파인더 밖으로 쫓겨났다.

무술 감독은 우진에게 촬영 각도에 맞춰 액션 반경을 가르쳐 주며 몇 번이나 조심해야 한다고 당부를 아끼지 않았다. 오늘 촬영 현장에서 가장 긴장하지 않고 태평한 게 채우진이라 오히려 그로선 더욱더 걱정되었다.

사고란 원래 방심 후에 찾아오는 법이다. 너무 긴장하면 몸이 위축돼서 좋지 않지만, 긴장이 풀리는 것도 마냥 좋은 건 아니었다.

"리허설도 몇 번 해야겠죠?"

"한 번 찍는 것도 저리 난린데 리허설은 무슨. 우리 스튜디오 배우가 한번 시범 보일 테니까 그거나 잘 봐두라고."

그림이 조금 안 좋게 나와도 배우가 직접 뛰어내렸다는 게 중요했다. 어색한 부분은 편집과 CG의 힘으로 커버하면 되기에 꼭 무리할 필요는 없었다.

"남이 하는 거 본다고 제가 잘할 수 있나요."

와이어에 몸을 맡긴 우진은 난간 끝에서 두 발로 툭툭 힘을 주며 제자리에서 몇 번 뛰어올랐다. 우진이 붕붕 날아오는 모습에 옥상 구석으로 쫓겨나 있던 강호수가 현기증을 느낀 듯 휘청거렸다.

"높이도 어느 정도 적응됐고 시범 삼아서 한번 뛰어볼게요, PD님."

"저, 정말 괜찮겠어?"

배우들 굴리는 것으로 유명한 박 PD도 이 순간만은 멈칫할 수밖에 없었다. 원래 하지 않으려고 버티는 배우를 달래고 윽

박질러서 찍는 게 그가 할 일이었다. 그런데 오히려 채우진이 너무 적극적이라 되레 이쪽이 긴장되었다.

원래 이 신을 구상했을 때는 이런 상황을 상상도 못 했기에 박 PD는 순한 양처럼 오히려 우진의 눈치를 보았다.

"정말 괜찮다니까요. 군대에서는 이런 안전장치도 없이 헬리콥터에서도 뛰어내려 봤는걸요."

"그 높이와 이 높이는 질적으로 다를 텐데."

"높이가 달라도 뛰어내린다는 행위 자체는 같죠. 그럼 우선 한 번 갑니다."

우진이 난간에서 훌쩍 뛰어내려 옥상 입구 쪽으로 자리를 옮겼다. 자신을 따라오는 카메라를 확인한 후에 우진은 힘차게 달리기 시작했다. 난간 가까이에 다다르자 바닥에 있는 구름판의 도움을 받아 난간 위로 가볍게 뛰어올라 갔다.

그리고 오른팔을 들어 앞으로 내미는 시늉을 했다. 편집 과정에서 이 장면은 루이의 팔에 장착된 장치에서 쇠고리가 나와, 건너편 건물에 박히는 것으로 만들 터였다.

우진은 미리 옆 건물과 연결되어 있는 밧줄을 잡아당겨 텐션을 확인하고는 조금의 망설임 없이 잡고 뛰어내렸다. 저 뒤에서 희미하게 끅끅거리며 비명을 참는 강호수의 심호흡이 들려 순간 우진의 입가에 가느다란 미소가 어렸다.

눈 깜박할 사이 건너편 건물로 날아간 우진은 벽면에 두 다리로 착지한 다음, 밧줄을 잡고 순식간에 옥상으로 올라가 버렸다. 원래는 위쪽에서 밧줄을 잡아당겨 우진을 끌어 올리기로 했는데, 그럴 틈도 주지 않고 그는 자신의 팔과 다리 힘으로 옥상까지 올라와 버렸다.

옥상의 스태프들이 놀라 덤벙거리는 사이에 우진은 다시 난간 위로 올라가 건너편에 있는 박 PD에게 손을 흔들었다.

"이거 번지점프보다 훨씬 재미있어요!"

물론 우진은 번지점프를 해본 적이 없었다. 하지만 남들이 하는 걸 보면 그 높이나 이거나 별반 다를 게 없었고, 오히려 안전장치를 따지면 이쪽이 더 안전했다.

우진의 몸에 부착된 마이크를 통해 이 말을 전해 들은 박 PD는 말로 형용할 수 없는 미묘한 표정이 되어 허허거렸다. 자신도 이 바닥에서 알아주는 똘아이로 유명하지만, 저놈은 더하다 싶은 거였다.

방금 막 우진이 보여준 액션은 무엇 하나 부족한 게 없이 깔끔하고 완벽한 장면이었다. 원래대로라면 더는 촬영할 필요도 없었다.

그런데 본인은 자신이 한 말처럼 리허설이라 여겼는지 건물 사이를 건너뛰는 동안 내내 생글거렸다. 루이의 연기를 하지 않은 것이다. 그리고 건너편에 다다라선 옥상 난간에 바로 올라가 저렇게 손을 휘휘 흔들며 혼자 신이 났다.

촬영분으로 쓸 수 없게 본인 스스로 망쳐 버린 거다. 빼도 박도 못하게 다시 한번 건너뛰게 생겼는데 정작 채우진 본인은 굉장히 만족스러워하고 있었다.

건너편에서 이쪽으로 다시 건너뛰는 장치는 안 되어 있었다. 그래서 우진은 엘리베이터를 이용해 내려가 다시 이 건물로 올라와야만 했다. 와이어의 연결고리를 풀고 다시 부착해야 하는 수고로움에도, 연신 기분 좋은 감탄성을 흘리는 게 마이크를 통해 들렸다.

"PD님, 제가 뛰어보니까요. 건물 옥상으로 올라가는 것보다, 차라리 건물 벽을 타고 아래로 내려가는 게 더 현실적이지 않을까요? 도망치려고 옆 건물로 건너간 건데, 다시 옥상에서 계단이나 엘리베이터 타고 아래로 내려가면 밑에서 기다리는 경호원들에게 잡힐 수 있잖아요. 차라리 옥상에 올라가지 않고, 바로 벽 타고 아래로 내려가야지 잡힐 염려가 없는 거 아닌가요?"

그걸 누가 모르나. 줄 타고 건물 사이를 건너가는 것도 어려운데, 거기에 건물 벽면 타고 내려오라는 말을 누가 할 수 있을까. 아무리 뻔뻔하고 무자비한 PD도 그것까진 못 한다.

"그야 그렇지만 위험하잖나."

"저 걱정하시는 거라면 괜찮아요. 한번 뛰어보니까 재밌기도 하고 벽면 타고 내려올 수 있을 것 같거든요. 한번 해보고 그림 안 좋으면 원래 시나리오대로 가죠."

아니면 또 하면 되지 하는 심정으로 우진이 말하자 오히려 박종혁 PD가 당황하며 핑계를 댔다.

"곧 해가 뜰 테니까 촬영이 지연되는 건 좀… 그냥 적당히 해도 좋으니까 무리하지 말고."

살다 살다 자신이 배우를 말리는 경우가 다 있다며 속으로 한탄한 그는 일단 우진의 제안을 받아들였다. 성공만 한다면 그쪽이 훨씬 개연성이나 그림이 좋다는 걸 인정하기 때문이었다. 무술 감독은 바뀐 내용에 따라 액션 동작을 다시 우진에게 가르쳤고, 그사이에 카메라의 배치 구조도 바뀌었다.

"이번에는 아까처럼 폴짝이지 말고 진지하게 찍어!"

"알겠습니다."

평소보다 흥이 가득한 우진은 주저 없이 촬영에 도입했다. 그러나 루이가 되자마자 이번에는 진지하게 옥상 도주 신을 찍기 시작했다.

옥상에 도착해 난간까지 뛰어올라 간 다음, 거침없이 건너편 건물로 뛰어내린 루이는 벽면에 두 발로 착지하고 나선 로프를 잡아당겼다. 팽팽하게 당겨지는 줄을 확인한 그는 비로소 두 발로 벽을 타고 아래로 내려갔다.

발로 벽을 찰 때마다 물 흐르듯 시원하게 하강하는 루이의 모습은 거침이 없고 자연스러웠다. 몸에 주렁주렁 달린 와이어 줄만 아니었다면 완벽한 그림을 구사하는 명장면이었다.

무사히 에어 매트에 다다른 우진은 이번에는 마지막 착지 장면을 찍기 위해 2m 높이의 건물 벽면으로 다시 올라갔다. 에어 매트가 치워지자, 평평한 도로 위로 우진은 한쪽 무릎을 꿇으며 멋들어지게 착지했다.

컷 사인이 들리자 스태프들이 우르르 달려와 우진의 몸에 걸린 와이어들을 치워주고 그의 몸을 살폈다.

"어디 다친 곳은?"

"무릎이나 발목 같은 데 시큰하거나 아픈 곳 있어요?"

"가슴 괜찮습니까. 와이어 조끼가 압박이 상당한데 숨쉬기 괜찮아요?"

박종혁 PD 사단이라 불릴 만큼 그와 오랫동안 작업을 함께

한 스태프들도 이런 경우는 처음이라 당황스럽기는 마찬가지였다. PD가 멋쩍어서 선뜻 다가와 묻지 못하는 말들을 스태프들이 대신하면서 연신 우진의 상태를 살폈다.

"잠깐, 잠깐이요. 저 좀 지나갈게요."

덩치로는 누구한테도 밀리지 않는 강호수가 자신의 든든한 어깨로 스태프들을 한 명씩 옆으로 치우며 우진에게 다가갔다.

"우진아, 괜찮아?"

"팔다리, 가슴 아픈 데 하나 없고 모두 멀쩡합니다."

우진은 두 팔을 휘휘 돌리며 제자리 뛰기를 몇 번 해 보였다. 그가 위로 한 번씩 통통 뛰어오를 때마다 주위 사람들은 숨을 멈추고 긴장했지만, 다행히 최악의 경우는 일어나지 않았다.

"정말 얼마나 놀랐는지 알아? 이 새벽에 법무팀 오고 대표님한테 전화가 오고 난리가 났다고."

"제가 괜찮다고 했잖아요. 그럼 괜찮은 거예요. 저도 제 몸 귀한 줄 아는데 못할 거였으면 절대 안 하죠. 할 만하니까 하는 거였고 오히려 재밌어서 좋았다니까요. 형은 너무 걱정이 많아요."

호기롭게 웃은 우진은 도리어 더는 촬영 방해하지 말라며 강호수를 옆으로 밀어냈다. 와이어 조끼를 벗고 로프들도 모두 치운 우진은 다시 루이가 되어 도로 위에 한쪽 무릎을 꿇고 앉았다.

건물에서 뛰어내린 후의 연결 장면이었다.

살인을 완수하고 도주하면서 건물 벽을 타고 내릴 때만 해도 민첩하고 빠르던 루이는, 느리게 자리에서 일어나 기운 없이 하늘을 올려다봤다. 멍하니 아무 감정도 깃들지 않은 눈동자에 의미 없이 검은 하늘만 담았다.

그는 느릿느릿한 동작으로 두 팔을 늘어뜨린 채 걸었다. 루이가 건물의 모서리를 돌아 골목 사이로 걸어가 사라지자, 그를 보지 못한 경호원들이 대로가로 우르르 스쳐 지나갔다. 그 사이에 건물과 건물 틈으로 해가 서서히 떠올랐다.

해를 등지고 걸어가는 루이의 앞에 기다란 그림자가 생겼다.

빛이 아닌 그림자를 향해 걸어가는 그의 인생을 말해주듯, 루이는 자신과 건물 숲이 만들어낸 그림자 속에 묻혔다.

우진의 연기를 지켜보던 강호수는 울지도 웃지도 못하고 뒤늦게 도착한 변호사에게 잠깐만 기다려 보라고 했다.

현장 분위기가 좋아도 장 대표의 대응이 어떠냐에 따라 결과는 달라질 테니 말이다. 때마침 장 대표에게서 걸려온 전화에 강호수는 몇 번인가 심호흡을 길게 내쉬어봤지만, 별 효과는 없었다.

"네, 강호숩니다."

―어떻게 됐어?

초기 상황 보고를 할 때, 어떻게든 우진을 말리라는 지시를 받은 후의 전화라 강호수는 눈을 꾹 감았다.

"두 번 뛰어내렸습니다. 한 번은 리허설로 건너편 건물 옥상으로 뛰고, 두 번째는 건물 벽면을 타고 아래까지 줄타기해서 내려갔습니다. 지금은 신 촬영 모두 끝난 상황입니다."

―목소리 들어보면 사고는 없었나 보군.

강호수의 설명을 들었지만, 장 대표는 정황이 잘 이해되지 않아 사고가 나지 않은 것에만 초점을 두었다.

"네, 다행히요. 혹시나 해서 제가 따로 찍었는데 영상 보내 드릴까요?"

―일단 보내봐.

전화가 끊기고 강호수는 찍어둔 영상을 장 대표에게 보냈다.

처음 영상은 우진이 처음 옥상에서 건너뛰던 것으로 까마득히 보이는 밑의 정경이 고스란히 담겼다. 그리고 두 번째는 혹시나 하는 걱정에 아래로 내려가 대기 중에 찍었다. 덕분에 저 높은 곳에서 로프를 타고 건물에서 내려오는 아득한 모습이 아찔할 정도로 기막히게 잡혔다.

겨우 폰으로 찍은 게 이 정도인데 여러 대의 카메라를 대기해 찍은 이 액션신은 분명 희대의 명장면으로 남을 것이다.

물론 이걸 대역 없이 찍게 만든 박 PD는 두고두고 대중의 비난을 받을 가능성이 컸다. 본인 역시 그 정도는 충분히 예상하고 진행했을 테니 동정은 하지 않지만, 문제는 우진이었다.

이런 걸 찍어버렸으니 앞으로 액션신을 찍을 때마다 감독들이 무리한 요구를 해댈 게 예상돼서 벌써 골치가 아팠다.

그런 의미에서 박 PD를 희생양 삼아 더욱더 비난을 받게 해야만 했다. 다른 감독들은 박 PD처럼 비난을 감수할 멘탈은 없을 테니, 어느 정도의 절충안을 제시하며 절제하도록 이끌어야만 할 거다.

몇 번의 한숨이 공중으로 흩어지는 사이에 장 대표에게 다시 전화가 걸려왔다. 시간을 보면 영상을 확인하자마자 부랴부랴 건 게 분명했다.

"네, 강호⋯⋯."

─너, 뭐 하는 새끼야! 저걸 그냥 찍게 내버려 뒀어?

조금 전의 침착한 반응과는 확연히 다른 장 대표의 화난 목소리에 강호수는 이미 각오했던 거라 묵묵히 듣고만 있었다. 여기서 뭐라 반박해 봤자 돌아오는 건 욕밖에 없었다.

─박 피디 바꿔! 내가 진작 그놈이 일 저지를 줄 알았지만, 이건 해도 해도 너무하잖아.

얼른 박 PD를 바꾸라는 고함에 강호수는 주위를 휘휘 둘러봤지만, 기가 막히게도 그는 보이지 않았다. 촬영이 끝나고 장비들을 철수하느라 다시 건물 옥상으로 올라간 듯했다.

"저 바꿔주세요."

어느새 강호수의 옆으로 다가왔는지 우진이 그에게 손을 내밀어 장 대표와의 통화를 시도했다. 잠자코 우진에게 폰을 넘겨준 강호수는 조금은 시원한 표정으로 뒤로 물러났다.

"여보세요. 저⋯⋯."

─야! 박 피디, 너 그러는 거 아니다. 예전에 우리 애 데리고 가서 그렇게 개고생을 시키더니 이번엔 뭐? 건물 벽 타기? 이 미친 새끼야! 네가 고소를 당해봐야 '아~ 내가 해서는 안 된 짓을 저질렀구나'라고 깨달을래?

"저 우진인데요, 대표님."

─응? 누구?

"채우진이요."

—…….

우진에게 언제나 호쾌하고 고상한 모습만 보여줬던 장 대표는 순간 말문이 막혀 몇 번 헛기침을 내뱉었다.

—그래, 우진이구나. 내가 좀 흥분했지? 그러게 왜 그런 위험한 짓을 했어. 내가 웬만해선 이런 말 하지 않는데 이번엔 네가 경솔한 짓을 저지른 것 같다.

"경솔했을지는 몰라도 배우로선 바른 선택을 했다고 생각합니다."

—그린 스크린도 있고, 하다못해 이런 짓을 저지르기 전에 나와 상의는 했어야지! 혹시 박 피디, 그 인간이 널 협박하디?

우진에겐 애써 점잖은 모습을 보이려 했지만, 결국 흥분을 감추지 못한 장수환의 목소리가 점점 커졌다.

"일단 박 PD님은 제게 대역을 써도 괜찮다고 하셨습니다. 어디까지나 제안이었고 대역을 반대한 건 저였어요. 제가 할 수 있는 걸 왜 남한테 시키냐고요."

—할 수 있다고 해서 이 세상 모든 사람이 그걸 다 하지는 않아.

반박하는 장 대표의 말도 맞아서 우진은 최대한 제 생각을 말해보았다.

"우선 그린 스크린에서 하면 저야 편하지만 대신 어색하잖아요. 아무리 기술이 발달해도 아직 우리나라 드라마 제작 형편상 그 볼품없는 CG는 제가 싫었습니다. PD님도 대역을 썼으면 썼지, 그린 스크린에서 촬영할 생각이 없었고요. 그래서 제가 하겠다고 한 겁니다. 그리고 대표님께 말씀 안 드린 건, 말하면 못하게 하셨을 거잖아요."

—당연하지! 그런 걸 자기 배우에게 시키는 미친놈이 어디 있나!

장 대표의 말에 우진은 상황과는 별개로 웃음이 나오고 말았다. 오늘 자신이 찍은 것보다 더 위험하고 어려운 액션신을 찍은 배우들은 세상에 많고도 많았다. 배우 본인이 대표가 아니라면 그들이 속한 소속사의 대표들은 다 미친놈이 되는 거다.

"대표님이 걱정하는 게 무언지 잘 압니다. 하지만 가끔 보면 대표님은 우릴 예쁘게 꾸며서 유리 집에 넣고 감상하시려는 것 같아요."

—그것은…….

우진의 말에 장수환은 반박하고 싶었지만 그럴 수가 없었다. 그도 그럴 게, DS에 소속된 아티스트들의 외모와 재능은 전부 그의 취향이었다.

취향인 만큼 아낄 수밖에 없었다. 그는 그들에게 최선의 환경과 명예를 안겨주지만, 장수환의 까다로운 요구 사항에 따라야만 한다는 전제를 늘 깔아두었다. 자신이 좋아하는 아티스트가 망가지거나 위험해지는 게 싫다는 이유에서다.

"전, 제가 할 수 있는 것까지 대역을 쓰면서 안전하게 연기하려고 배우가 된 게 아니에요. 앞으로 전 제가 할 수 있다면 이보다 더한 것도 직접 할 생각입니다. 무슨 역이든 제가 선택했다면 전 최선을 다해 완벽하게 연기할 거예요. 그게 배우잖아요. 전 안전하고 우아하게 있으려고 배우를 시작한 게 아닙니다."

우진의 말에 장수환은 머리를 한 대 얻어맞은 기분이었다.

평소 그가 생각해 오던 배우의 정의와 너무 흡사하기 때문이었다. 장수환은 배우가 연기하면서 이것저것 재는 것만큼 꼴불견이 없다는 소릴 제 입으로 하고 다녔었다. 그랬던 그가 정작자신이 아끼는 배우들에게는 이성적이지 못했다. 보호하고 싶은 마음이 앞서서 그들의 선택을 가로막은 적이 한두 번이 아니었다.

우진이 DS와 계약할 때 강조한 것이 작품과 배역 선택에 대한 자유와 연기에 대한 어떠한 간섭도 불허한다는 조항이었다. 당시 이에 대해 장수환 대표와 잠시 논전이 있었지만, 결국 우진의 뜻이 받아들여졌다.

아직 이십 대 초반의 채우진을 설득할 자신이 있었기 때문이다. 계약 내용과 상관없이 장수환 대표가 아니라고 하면 대부분 받아들였다. 누구도 그의 뜻을 거스르지 못했다. 그는 우진역시 그 카테고리 안에 들 거라 확신했던 거다.

단순히 기획사 사장이 아니더라도 장수환 본인의 영향력과 권위는 그만큼 대단했다.

물론 그를 두려워하지 않는 이들이 전혀 없다고는 할 수 없는데, 그중의 하나가 바로 박종혁 PD였다.

이번에 우진이 무모한 선택을 하고 그것이 받아들여지기까지, 이 모든 게 가능했던 배경에는 바로 박종혁이 있었기 때문이다. 그는 나중을 걱정하지 않았다. 그리고 드라마가 끝났다면 모를까. 아직 시작도 않은 시점에서 장 대표가 자기에게 법적인 대응을 하지 않을 거라는 걸, 너무도 잘 알고 있었다.

자칫 노이즈 마케팅으로 보일 수 있는 일을 벌일 장수환이 아니기 때문이다. 드라마가 끝난 후라면 박종혁은 장수환이 어떻게 나오든 두려워하지 않고 받아들일 것이었다. 이와 비슷한 경험이 많아서 무서운 게 없는 사람이었다.

장수환이 박종혁을 아는 만큼 그 역시 장수환을 너무도 잘 알고 있었다.

무엇보다 그는 분명 대역을 써도 좋다는 제안을 하였고, 이를 거부한 것은 우진이었다. 이 부분에서 장수환은 그에게 쥐새끼 같은 놈이라고 욕을 퍼부었다. 언제나 빠져나갈 구멍은 기가 막히게 준비하고 덤비는 놈이었다.

법적인 문제를 따진다면 소속사에 알리지 않고 단독으로 일을 저지른 우진의 잘못이 컸다. 하지만 그는 소속사와의 계약에서 이미 면죄부를 받았기에 결국 무죄였다.

분명 우진은 이 모든 걸 다 계산하고 일을 저질렀을 것이다. 그동안 TM의 대표를 비웃었는데 남의 일이 아니었다. 어리석은 착오를 자신도 똑같이 저질렀다는 걸 장수환은 비로소 깨달았다. 저 순하고 말갛게 보이는 채우진을 그만 저 또래의 다른 청년들과 같은 취급을 해버렸다. 적당히 어리고, 그 나이에 엿볼 수 있는 어수룩한 젊은이로 말이다.

돌이켜 생각해 보면 우진은 꼭 소속사가 필요하다기보단 TM에서 자신을 보호해 줄 울타리를 찾고 있었다. 그리고 울타리 안에 들어오기 전에 철저하게 그곳 환경까지 조사하고 준비했던 것 같았다. 장수환 대표가 배우들에게 어떤 후원자인지 말이다.

좋은 후원자인 것은 분명하지만, 통상 수교 거부 정책을 하던 대원군같이 오만하고 고지식한 부분은 타협하고 싶지 않았던 것 같았다. 오늘 같은 일을 저지른 것을 보면.

—그래서 지금 네가 잘했다는 거냐?

처음과는 달리 많이 차분해진 장 대표의 물음에 우진은 여전히 똑같은 표정으로 답했다.

"잘한 것은 아니지만 부끄럽지는 않습니다. 그리고 마냥 대표님 눈치만 보다가 도전 한번 못 해보는 건 너무 꼴사납잖아요."

—이번에야 괜찮았지만, 앞으로 실수가 없을 거라는 보장은 없어.

"수위 조절 못 하고 무작정 덤빌 정도로 바보는 아닙니다. 정말 오늘은 할 만했다니까요."

가볍게 투정하듯 말하는 어조는 어느새 제 또래의 젊은이다운 패기가 넘쳤다. 저래서 자꾸 속아 넘어가게 되었다. 보이는 것처럼 청초하고 말간 청년이 아님에도 겉모습에 깜박 속아 함께 실실거리며 웃게 되었다. 바로 지금처럼.

—그래, 네 말대로 나도 앞으로 무작정 반대만 하지 않을 테니까. 오늘같이 멋대로 저지르고 보는 짓은, 너도 이번 한 번뿐이다. 아무리 네가 계약서에 마음대로 연기하겠다고 했어도 나에겐 너를 보호할 책임과 의무가 있어.

이것만은 절대 포기 못 한다는 장 대표의 발언에 우진도 더는 따지지 않았다. 왜냐하면, 오늘 일은 새로운 도전을 위한

포석이지 장 대표와 반목하자는 게 아니기 때문이다.

　―그런데 앞으로가 문제다. 오늘 같은 걸 해버렸으니, 감독들이 나중에 뭘 요구를 할지 상상만 해도 끔찍해. 당장 위험하다고 무조건 하지 말라는 게 아니야. 나중을 위해서 너 자신을 아끼란 말이다!

　장 대표 역시 강호수와 같은 걱정을 했다. 이미 찍은 거야 어쩔 수 없다지만 중요한 것은 앞으로의 일이었다.

　"그 정도는 저도 알아요. 나중에 제작 발표회 때나 인터뷰할 기회가 있으면 처음이라 뭣도 모르고 무모하게 찍었다고, 나중에 대표님께 엄청나게 야단맞아서 각서까지 썼다고 말할 생각이거든요. 대표님이 방패막이 좀 돼주세요. 오늘 같은 액션도 찍었는데 앞으로 제가 안 한다면 그건 무서워서 피하는 게 아니라, 위험하거나 정말 못 하기 때문인 거죠. 남들이 뭐라고 해도 못 하는 건 못 하는 거니까요."

　―말은 잘한다.

　"그리고 이런 볼거리나 화제성이라도 있어야 '푸른 성의 주인'을 이기죠."

　―이겨?

　예상도 못 한 우진의 말에 이번에도 장 대표는 당황했다. 드라마의 작품성은 걱정하지 않았지만, 사실 시청률이나 흥행 면에서는 '푸른 성의 주인'을 이긴다는 생각 자체를 해보지 않았다.

　"실상 이기지는 못하겠지만, 그래도 볼썽사납게 지지는 않겠다는 각오로 찍고 있거든요. 우리 드라마 정말 괜찮은데 묻히면 너무 억울하잖아요."

─그 마음은 이해하지만. 드라마 제작사도 마케팅팀이 있고 방송사가 다 알아서 광고도 할 건데 왜 네가 나서서 생고생이야?

"마케팅이나 광고도 내보일 게 있어야 하죠. 보니까 푸른 성쪽은 벌써 주인공들 앞세워서 메이킹 영상 내보내고 연일 기획기사 나온다면서요."

이런 상황에서 뭐라도 해야지 않겠냐고 당당하게 주장하는 우진에게 장 대표는 순간 울컥했다. 이건 마치 소년 가장 같아 짠하면서 마음이 아팠다. 이런 마음으로 그 높은 곳에서 뛰어내렸나 싶어서 안타깝기마저 했다. 장수환은 이런 호소에 약한 구석이 있었다.

우진이 작품을 선택할 때는 성공 여부를 떠나 자신이 좋아하는 것부터 고르는 거라 여겼는데, 은근히 내보이는 욕심이 뜻밖이기도 했다.

"당연히 마음에 드는 작품이란 게 우선순위지만, 그렇다고 망해도 괜찮다는 건 아니에요. 이왕 성공했으면 하는 야망 정도는 저도 있습니다."

'그림자의 도시'도 마냥 가만히 있는 건 아니었다. 나름 기획 기사도 내고 홍보도 슬슬 하고 있지만, 드라마 내용 자체가 홍보하기엔 한계가 있었다.

주연배우 역시 우진을 빼면 나머지는 부족한 감이 많았다. 주연, 조연에 이르기까지 이야깃거리가 많은 '푸른 성의 주인'과는 많이 비교될 수밖에 없었다.

─그, 그렇긴 하지. 하지만 몸도 사려가면서 해야지.

"상황 봐서요. 저도 제 몸 아까운 줄 알아요. 절대 무리한 일은 하지 않을 테니까 대표님도 너무 걱정하지 마세요. 저 그렇게 미련한 놈은 아니에요."

그렇게 똑똑한 놈이라 이런 짓을 저질렀나 싶다가도, 우진의 배우론을 들은 마당에 덮어놓고 반대만 할 수가 없어서 장 대표는 재차 확인했다.

─그렇지?

이왕 일어난 일 '왜 했나?' 보다는 어떻게 하면 이걸 잘 이용할지 구상하는 게 더 생산적일지도 모른다. 하지만 이런 무모한 도전이 계속 생기는 걸 바라지 않는 장 대표는 누차 우진에게 당부한 후에야 전화를 끊었다.

내내 옆에서 우진이 장 대표와 통화하는 걸 지켜본 강호수는 놀란 표정을 숨기지 않고 물었다.

"그런 말까지 했는데 대표님이 화 안 내셨어?"

"화를 내긴 하셨지만, 우선은 생각이 많으신 것 같아요."

우진은 장수환 대표 같은 사람의 기질을 잘 알고 있었다. 완급 조절이 중요하긴 하지만 마냥 순순하게 나간다고 좋아할 사람은 아니었다. 또한, 누구보다 뜨거운 열정을 가졌기에 완성도 높은 작품을 열망하는 마음만은 거짓이 아니었다.

자신의 아티스트를 아끼고 지키려는 그에게 훌륭한 작품으로 보답하는 것만큼 완벽한 보은은 없었다.

우진이 홀가분해진 것과 대조적으로 전화를 끊은 장수환의 마음은 복잡하기 그지없었다. 우진의 말처럼 자신이 그동안 소속 아티스트들의 도전을 가로막고 발목을 잡은 게 아닌가 하는 우려가 스멀스멀 올라왔다.

장수환은 예술가들의 돌출적이고 기행적인 행위를 이해하고 좋아했다. 그래서 DS에는 이런 기질을 가진 아티스트들이 제법 있었다. 이 말인즉슨 앞으로 다른 이들도 우진이 저지른 사고와 같은 짓을 벌이지 말라는 법이 없다는 거다.

그리고 우진이 멋지게 성공했다고 해서 다른 이들까지 모두 성공하리란 보장은 없었다. 그 생각만 해도 오싹해진 장수환은 부르르 몸을 떨었다.

장 대표는 강호수가 보낸 동영상을 다시 틀어보았다. 대충 찍은 것인데도 긴장감 넘치고 무엇보다 멋있었다. 제대로 만들어진 걸 큰 화면으로 본다면 분명 기가 막힐 것이다. 박종혁이 이런 것은 또 잘 뽑아내니, 우진이 고생한 보람은 분명 있을 터였다.

그에게 있어 이런 명장면을 볼 수 있다는 건 정말 행복한 일이었고, 이런 연기를 보여준 배우가 자기 회사에 있다는 게 자랑스러웠다. 불같이 화를 내려고 했는데 우진의 목소리를 듣고 이런 걸 보게 되면, 마음이 누그러지고 마구 욕심이 생겼다.

계속 보고 싶고 앞으로 또 어떤 연기를 보여줄 것인지 자꾸 기대가 되었다.

돌이켜 생각해 보면 언젠가부터 DS의 배우들은 안전한 길만 가고 있었다. 장수환이 만든 울타리는 외부의 적을 막아주면서 동시에 내부를 도태시켰다.

DS 고시라는 신조어가 생길 정도로 서로 들어오지 못해 안

달인 곳인데도 이곳을 뛰쳐나가는 이들이 종종 있었다. 아마 그들이 느꼈을 답답함의 원인은 바로 장수환이 제공한 환경에 있었을 것이다. 도전도 없고 안전함만 있는 낙원은 지루하게 마련이다.

원하는 연기는 물론, 예능에 나가거나 광고까지 품격 없다고 막았으니 불만이 안 쌓인다면 그게 더 이상한 일이었다. 나름 그들에게 그만한 보상을 해줬다고 생각했는데 그런 생각 자체가 잘못이 아니었을까 싶었다.

그도 처음부터 이러지는 않았다. 도전과 모험을 좋아했고, 즐겼다. 대체 자신이 언제부터 이렇게 변했는지 당최 기억이 나지 않았다.

"내가 발목이나 잡는 대표였다니."

깨달음에 이어 찾아온 후회와 부끄러움에 장수환 대표는 계속 폰을 만지작거렸다. 당장은 어렵더라도 그는 변화할 의지가 충분했고, 이유 역시 많았다. 그는 앞으로도 계속 조금 전에 보았던 연기를 보고 싶었고, 이런 연기를 하는 배우가 자신의 회사에 계속 남아주기를 바랐다. 오랫동안 안전하게.

"그렇다면 우선은!"

장 대표는 드라마 홍보를 지금처럼 손 놓고 있을 수만은 없단 생각이 들었다.

이로써 박종혁이 또 한 번 성공 신화를 세운다는 게 꼴 보기 싫지만, 어쩌겠는가. 원하는 게 있는 사람이 질 수밖에. 박종혁은 정말 싫어도 그 역시 장수환이 사랑해 마지않는 재능을 가진 아티스트였다.

아직 이른 아침이었지만, 그는 서둘러 드라마 제작사의 대표에게 전화를 걸었다. 어떻게든 되겠지 하는 안일함은 버리고 이제부터 그도 적극적으로 나서볼 생각이었다. 자신이 아끼는 소년 가장이 앞으로 또 무슨 짓을 저지르기 전에 뭐라도 해야 할 판이었다.

"그래, 상대가 아무리 거대한 골리앗이라고 해도 우리에게는 다윗이 있잖아."

창가로 들어오는 아침 햇살에 장수환은 미소 지었다. 뭔가 새롭게 시작하는 하루가 될 것 같았다.

◆　◆◆◆　◆

한 번 거대한 파도를 건너니 그 뒤부터는 웬만해선 시시한 물장난에 불과했다.

몸싸움이야 이미 'Death hill'을 찍을 때 증명했듯 우진의 액션 동작은 어디 하나 나무랄 데가 없었다. 오히려 그 당시보다 진일보해서 와이어 없이도 이단 공중차기 정도는 아무것도 아니었다. 꾸준히 해온 운동과 훈련이 많은 도움이 되었다.

한 발로 벽을 짚고 올라 몇 발짝 달리다가 그대로 날라차기 하는 모습은 한 마리 재규어같이 우아하고 날렵했다. 장비 없이 실제로 이런 장면을 재연할 줄은 상상도 못 했던 제작진들은 모두 입을 벌린 채로 넋을 놓을 지경이었다.

"건물 벽을 한번 타더니 이젠 벽 타는 건 아무것도 아닌가 봐."

맞는 말이었지만, 한창 촬영 중이라 말을 한 사람은 좌중의 눈총을 받으며 수그러들었다.

긴 다리로 상대의 목을 가격하고 나서, 중심을 잡기 위해 한 바퀴 돈 우진은 왼손으로 다른 상대의 어깨를 짚고 훌쩍 뛰어저 멀리 달아났다.

한 번의 리허설 후 와이어 없이도 할 수 있을 것 같다는 우진의 주장에 가벼운 몸으로 시작한 촬영이었다. 몸을 죄는 와이어 조끼를 입는 것보다는 훨씬 편안하고 홀가분해서 몸놀림이 더 수월했다.

그러나 우진 본인이야 어쨌든 보는 이들은 계속 긴장할 수밖에 없었다. 와이어와 구름판의 도움 없이 오로지 전신만을 이용해 공중돌기를 시연하는 모습은 절로 감탄을 불러일으켰지만, 또한 어떤 사고가 생길지 몰라 조심하고 주시해야만 했다. 사고는 언제 어느 순간에 생길지 모르는 일이었다.

"이 자식, 너 뭐 하는 새끼야?"

경호원 역할의 액션 배우가 소리를 지르며 루이에게 곤봉을 휘두르는 장면이었다.

원래는 그 곤봉을 루이가 손으로 잡고 비틀어 뺏어서 도리어 휘두르는 신이었다. 그런데 리드미컬한 액션신에 흥분한 배우가 그만 손에 힘을 빼지 않은 채로 곤봉을 휘둘러 버렸다. 당연히 곤봉을 잡으려고 내민 우진의 손바닥을 그대로 내려치고 말았다.

"큭……."

다행이라면 곤봉은 금속 재질로 도색한 속이 텅 빈 플라스틱이라는 거였다. 하지만 무의식중에 휘두른 곤봉은 가속도가 붙은 상태로 손바닥을 고스란히 내려쳤다. 당연히 아프지 않을 리가 없었다. 손바닥을 가로지르는 붉은 자국에서 열감이 오르면서 욱신거렸다.

"괜찮아?"

PD를 비롯한 연출진들이 모두 일을 멈추고 우진에게 몰려왔다. 그 사이를 비집고 들어온 강호수가 가장 큰 목소리로 상태를 물으며 우진의 손목을 붙잡고 손을 살폈다.

"조금 아프기는 하지만 곧 나아지겠죠. 플라스틱 봉에 맞았다고 뭔 일 있겠어요."

무심하게 내뱉는 말에 강호수는 더는 참지 못하고 버럭 화를 냈다.

"괜찮기는 뭐가 괜찮아! 배우 일이 년 하고 말 거야? 제 몸 생각하지 않고 그냥 두면 나중에 골병드는 거 몰라서 이렇게 태평인 거냐고. 그리고 너는 괜찮겠지만 나는 안 괜찮아. 이런 걸 그냥 두면 매니저로서 실격이지. 넌 날 그런 무능력한 놈으로 만들래?"

거침없이 쏟아지는 강호수의 호통에 우진은 슬며시 미소를 지었다. 강호수는 오늘 새벽부터 우진에게 말을 놓고 있었다. 흥분과 걱정으로 감정을 내보인 그는 정작 그걸 의식하지도 못하고 있었다.

"웃긴 왜 웃어? 이번엔 네가 뭐라고 해도 병원부터 가보자."

"네, 가죠."

"흥, 그렇게 말한다고 내가… 병원을 가겠다고?"

왠지 웃으며 괜찮다고 말할 것 같던 우진이 알았다고 하니,

되레 놀란 섯은 강호수였다.

"저 PD님 잠시 병원 갔다 와도 되죠?"

"되지, 되고말고! 여기는 걱정하지 말고 어서 병원부터 갔다 와."

"여기 나가서 횡단보도 건너 역 쪽으로 내려가면 정형외과가 하나 있다고 하네요."

분위기를 보고 바로 검색부터 한 눈치 좋은 스태프가 병원의 위치를 알려주자, 강호수는 시간부터 확인했다. 지금 시각이 오전 11시였다.

"토요일에는 오후 2시까지 진찰한다네요."

스태프의 이어진 설명에 강호수는 우진을 챙겨 서둘러 촬영장을 나오려 했다.

"형, 저 괜찮으니까 너무 걱정하지 마세요."

우진은 자신을 곤봉으로 친 액션 배우를 향해 웃으며 맞은 손을 살살 오므렸다가 펴 보였다. 살짝 아프기는 했지만, 자신보다 더 걱정할 상대를 위해 애써 표정을 감췄다.

"아, 그래. 치료 잘 받고… 미안하다."

"미안하기는요. 서로 잘해보려다가 실수한 건데요. 다음엔 잘 맞추면 돼요."

액션 배우나 단역배우가 주연급 배우에게 상처를 낼 경우, 그들로선 굉장히 난처한 상황에 빠질 수밖에 없었다. 막말로 그들 하나 빠진다고 내용에 지장이 생기지 않는 터라, 만약 주연급 배우가 상대의 얼굴을 보기 싫다면 선택의 여지가 없기 때문이다.

박종혁 PD의 스타일이 어느 쪽인지 몰라 단언할 수 없지만 액션 배우의 처지에선 지금 걱정이 많을 것 같았다. 우진은 먼저 분위기를 가볍게 띄우고 그의 부담감을 덜어주고 싶었다. 이깟 일로 서로 얼굴 붉힐 필요도 없고 감정 상할 필요는 더욱더 없었다.

배역의 특성상 드라마 끝날 때까지 계속 액션 배우들과 함께 일을 해야만 한다. 이런 일로 서로 조심스러워지면 될 일도 안 되게 마련이었다. 여상스러운 우진의 태도와 이왕 이렇게 된 거 좀 쉬고 오겠다고 농을 거는 모습에 경직됐던 현장 분위기는 자연스레 누그러졌다.

가까운 거리인데도 강호수는 차로 병원까지 이동했다. 어느새 따라붙은 황이영이 얼음을 구해 와 우진의 손에 냉찜질을 해주었다.

"누나, 아직도 저한테 화 안 풀렸어요?"

황이영은 어제부터 계속 우진과 말도 하지 않았다. 어제 박 PD와 싸워가며 우진의 촬영을 막으려던 강호수와 달리, 그녀는 멀리서 발만 동동거릴 수밖에 없었다.

"말 시키지 마! 너 정말 미우니까."

어제 우진에게서 그의 생각과 배우에 대한 소신을 들었지만, 그것과는 별도로 서운하고 화가 나는 것이 있었다.

"너는 우리가 왜 화가 났는지 전혀 몰라."

황이영은 '내'가 아닌 '우리'라고 했다. 표현은 하지 않았지만, 강호수 역시 그녀와 비슷한 감정이란 뜻이었다.

"제가 독단적으로 일을 저질렀기 때문이잖아요."

"그래, 하지만 정말 화가 나는 건 네가 그런 생각을 하고 일을 벌이기까지 우리 생각은 전혀 하지 않았다는 거야."

"그거야……."

"알아, 우리가 알면 말렸을 테니까 그랬겠지. 하지만 네가 나중에 장 대표님과 우리에게 했던 것처럼 설득하기 위해 노력했다면, 우리가 덮어놓고 반대했을까?"

강호수나 황이영은 일개 직원의 위치라 회사 방침과 연계되어 우진에게 어떠한 권한이 있는 건 아니었다. 반대하지 않았더라도 딱히 해줄 수 있는 일이 없는 게 사실이었다. 막말로 두 사람이 우진을 도왔다면 자칫 사표를 써야만 했을지도 모른다.

"하지만 적어도 너 대신 박 PD, 그 인간에게 너의 권리와 안전에 대한 확신을 단단하게 받아냈을 거야. 그리고 만일의 경우를 대비했을 거고. 일어나지 않았기 때문에 필요하지 않은 것은 없어. 일어날 수 있는 일말의 가능성 때문에 준비하는 거야. 그런데 넌 그 모든 과정을 그냥 무시했어. 왜냐하면, 넌 너 자신에게 확신이 있었으니까. 쉬워 보였겠지. 그리고 별것도 아닌 일로 긴장하고 걱정하는 우리가 이해가 가지 않았을 거야. 효율성만 따진다면 귀찮은 절차 없이 빨리 끝내 버리고 편한 게 좋았겠지. 하지만 우진아, 우린 네가 아니야. 확신도 없었고 무섭기만 했어. 넌 우리에게 아무런 믿음도 주지 않은 상태에서 우릴 공포에 떨게 했다고. 그 현장에서 너를 가장 아끼고 사랑하는 사람들에게 너는 그런 짓을 저지른 거야."

박종혁 PD가 지금 사람 좋은 얼굴로 우진이 하는 일마다 모두 좋다며 유순하게 대하는 거야 당연한 일이었다. 불만을 터뜨리고 배우를 억압할 필요 없이 우진이 너무도 잘해주기 때문이다.

이번 일은 드라마 연출을 위해 PD와 배우가 서로 의합한 결과지만, 속내를 비쳐 보면 그들의 마음은 같으면서 서로 달랐다.

우진이 배우로서 자신에게 가지는 긍지와 작품을 위한 최고의 선택을 했다면, 박종혁 PD는 오로지 작품만을 생각했다. 작품을 위해서는 무슨 짓을 해도 부끄러워하지 않았다. 그 안에 긍지와 타인에 대한 이타심은 존재하지 않았다. 그리고 우진은 그런 사람을 믿고 자신을 사랑하는 사람들에게 마음의 상처를 주었다.

"너는 배우로서 너 자신에게 당당해지고 싶었겠지. 하지만 이것 봐봐. 이렇게 조금 다쳤는데도 나와 호수 오빠는 물론, 현장에 있던 모든 사람이 긴장하고 걱정하는 거. 우리같이 너 자체를 생각하는 사람도 있고, 박 PD처럼 너에게 이상이 생겨서 촬영에 차질이 생길까 걱정하는 사람도 있어. 어떤 의미에서건 너는 그만큼 소중하고 중요한 사람이란 뜻이야. 그런데도 우리의 걱정이 너는 그저 우습게만 보이는 거니?"

황이영의 물음에 우진은 고개를 저었다. 한 번도 이런 식으로 생각해 본 적이 없었다. 그저 자기 일만 열심히 하고 최선을 다하면 되는 줄 알았다.

"너에게 일이 생기면 함께하는 건, 제작진도 PD도 아닌 우리야. 바로 지금처럼. 드라마는 배우와 제작진이 함께 만들어가는 작품이겠지만, 인간 채우진을 배우로 만드는 건 우리야. 우린 오로지 너만을 위한 스태프라고. 네가 너의 직업에 최선을 다하고 충실했다면 우리가 하는 일도 존중해 줘."

배우 채우진을 케어하고 관리하는 게 바로 강호수와 황이영의 일이었다. 그걸 하지 못하게 한 것은 우진의 월권이었다.

"누나… 그럴 의도는 정말 없었어요."

"알아. 하지만 마음은 아니었다고 해도 넌 행동으로 우릴 무시한 거야."

입술을 깨물고 눈물을 참으려는 황이영을 보며 우진은 자신의 잘못이 무언지 깨닫기 시작했다.

어제 촬영은 우진에게 있어 정말 너무도 쉽고 아무 어려움도 없는 일이었다. 자신이 괜찮다는데 주위에서 오히려 설레발치며 난리를 치는 게 도리어 이해가 가지 않았다. 내가 괜찮다는데 왜 나를 믿지 못하지, 하는 의문이 생길 정도였다.

시간도 없는데 귀찮은 절차 필요 없이 빨리 끝내 버리고 싶은 마음도 적잖게 있었다.

우진이 중점으로 둔 것은 오로지 연기와 그로 인해 부차적으로 해결해야 하는 것들에 대한 이해관계였다. 그리고 후자는 촬영만 순조롭게 끝나면 모두 해결될 거라 여겼다. 모두가 일 관계로 얽힌 사람들이니 말이다.

하지만 황이영은 사람과 사람 사이에서 나누는 정과 믿음에 대한 무게를 말하고 있었다. 우진은 자신의 행동이 타인에게 주는 영향력을 무시했고, 상대의 마음을 헤아리는 애정의 깊이가 부족했던 거다.

그리고 황이영은 그런 우진의 마음 상태를 파악하고 서운함을 느끼고 있었다.

"그리고 무엇보다 사랑받는 사람은 그에 따른 의무가 있어. 자신을 사랑해 주는 사람들의 마음을 이해해 주는 것. 그들 모두를 사랑해 주지는 못하더라도 적어도 그들의 마음을 무시해서는 안 되는 거야. 그걸 놓쳐 버리면 거만한 안하무인이 되거나 냉혈한이 되는 거라고. 난 네가 그런 사람은 안 됐으면 좋겠어."

그녀가 맡았던 아이돌 그룹의 멤버 몇이 그랬다. 처음엔 순수하고 정다웠던 그들은 대중의 사랑에 익숙해지면서 그걸 당연하다는 듯 받아들이게 되었다. 그리고 어느 순간부터 고마운 마음보다는 사람의 마음을 계산하고, 물질적인 대가로 평가하게 되었다.

자신을 사랑해 주는 이들의 마음을 헤아리기를 포기하고, 저 자신의 욕구만 좇게 된 것이다. 황이영은 우진이 제발 그런 길을 가지 않기를 바랐다.

겨우 이런 일로 무슨 호들갑이냐고 할 수 있겠지만 원래 모든 시작의 처음은 별거 아닌 일로 이어진다. 사람은 자신에게 무슨 일이 일어났는지도 모르는 사이에 그 상황에 익숙해지고, 그로 인해 점점 변해간다.

"미안해요."

황이영의 말에 우진은 문득 어머니가 생각났다. 'Death hill'에서 우진이 맞고 죽는 장면에서 우셨다는 어머니의 마음에 비추어보면, 강호수와 황이영이 어제 겪었을 감정의 기복이 어떠했을지 감이 왔다.

가족과는 다르겠지만 그렇다고 그 마음의 깊이까지 무시할 수는 없었다. 그리고 어제 촬영한 것이 드라마로 방영된 후 가족들의 반응 역시 어떠할지 상상하면 할 말이 없었다. 반대로 생각해서 우희가 자신과 같은 짓을 저질렀다면 그는 불같이 화를 냈을 테니 말이다.

그 일을 해낼 능력이 우희에게 있고 없고는 중요하지 않았다.

"형하고 누나한테 정말 미안해요. 제가 오만했어요."

배우로서 잘하기만 하면 되는 줄 알았다. 그럼 모두 기뻐하고 이해해 줄 거라 여겼다. 배우가 아닌, 인간 채우진을 먼저 생각하고 걱정하는 그들의 마음을 무시하고 생각하지 않았던 건 분명 큰 잘못이었다.

전생을 기억하면 뭐 하나. 여전히 그는 사람과 사람 사이에 존재하는 마음의 무게를 잘 몰랐다. 이건 그의 영혼이 가지고 있는 태생적인 한계였다.

그렇다고 해서 이해하는 걸 포기할 마음은 없었다. 가족을 사랑하고 친구를 좋아하는 것처럼, 점점 주위 반경을 넓혀가며 타인을 이해하고 애정을 가지도록 노력하기로 다짐한 바 있었다.

그러다 보면 언젠가는 지금보다 더 나은 사람이 되지 않을까, 하는 희망을 걸어보았다. 지금처럼 주위 사람들을 슬프게 하는 건 그가 원하는 삶의 방향이 아니었다. 그는 결코 자신의 전생들처럼 외롭고 냉정한 인간으로 남고 싶지 않았다. 만약 전생을 기억하지 못했다면 우진은 자신의 문제점을 영영 깨닫지 못했을 거다.

'천국은 꼭 가야지.'

진심으로 뉘우치는 와중에 우진은 자신의 인생 목표 하나는 꼭 챙겼다.

어느새 정형외과에 도착했지만, 강호수는 주차장에 주차만 하고 조용히 있었다. 황이영이 자신이 하고 싶었던 이야기를 대신할 수 있게 시간을 주기 위해서다. 그는 아무리 노력하려고 해도 황이영만큼 조리 있게 자신의 감정을 표현할 재간이 없었다. 그래서 마음속으로 그녀를 응원하고 있었다.

우진의 솔직한 사과에 그만 울음을 터뜨린 황이영은 금세 부어오른 눈을 티슈로 가리며 손을 저었다.

"나는 이제 됐으니까 우진이는 어서 올라가서 진찰받아. 이러다 늦겠다."

자기는 차에 남아 있겠다는 황이영을 두고, 우진과 강호수 둘만 2층에 있는 정형외과에 올라갔다. 스태프가 알려준 병원은 관절염 치료로 유명한 곳이어서 안에 들어가자 연세가 있으신 분들이 제법 많았다.

강호수가 진료 신청을 하는 동안에 우진은 얌전히 의자에 앉아 기다렸다. 아직 황이영과 나눈 대화의 여운이 남아 침울하기도 하고 반성하는 마음이 가득해, 그의 얼굴은 다소 경직되어 있었다.

"학생은 어디가 아파서 왔나?"

선뜻 다가갈 수 없는 분위기를 연출하는 그였지만, 고개를 쑥 내밀며 그와 눈까지 마주친 할머니 한 분이 질문해 왔다. 우진은 붉게 올라온 손바닥을 보이며 다쳤다고 대답했다.

"여긴 관절염 환자들이 많이 오는 곳이라, 난 또 젊은 나이에 관절이 나간 줄 알고 걱정했지 뭐야. 남의 자식이래도 젊은 사람만 보면 꼭 내 손주들 같아서 말이지. 발갛게 부어오른 것이, 어쩔꼬! 많이 아프겠다."

"아니요. 뼈는 안 다친 것 같은데 혹시나 해서 와본 거예요."

우진은 오른손을 천천히 오므리다 펴 해 보였다. 그러자 걱정스레 보던 할머니의 눈빛이 많이 풀렸다.

"그래, 아프면 바로 병원에 와야지. 묵히면 늙어서 나처럼 고생해. 젊을 때는 그저 내 새끼들 하나라도 더 먹이려고 병원이 뭐야, 하루하루 살기에 바빴는데 늙으니까 남은 것은 병든 몸뿐이고, 자식들은 다 귀찮다고 하네."

조금은 허탈한 듯 중얼거리는 할머니의 목소리엔 회한이 서렸다. 하지만 이내 고개를 살짝 젓더니 우진을 보며 웃는 모습이 주름은 많아도 참 고우셨다.

"그런데 찬찬히 보니까 학생 굉장히 잘생겼다. 우리 손자 닮았네."

"음? 나도 보자마자 우리 손자 닮았다고 생각했는데?"

앞좌석에 앉아서, 내내 듣고 있던 할머니 한 분이 뒤돌아보며 처음 말을 했던 분의 위아래를 훑었다. 아무리 봐도 댁의 유전자에서 이만한 외모의 후손이 나오긴 힘들 것 같다는 비아냥거림이었다.

"댁네 손자와 우리 손자가 서로 닮았나 보지. 혹시 따져보면 서로 조상이 같은가?"

하지만 처음 할머니는 성격이 무던하신 분인지, 마냥 웃으며 오히려 흥미로워하셨다. 가운데서 뭐라 말하기 난처한 우진은 어색하게 웃으며 그저 고개만 끄덕였다.

"그런데 어디서 많이 본 얼굴 같은데."

"그러게. 혹시 연예인인가? 아무래도 드라마에서 본 것 같아."

할머니 두 분이 동시에 우진에게 말하면서 그의 정체를 궁금해했다.

"연예인이 맞긴 하지만 아직 드라마는 방영하지 않았고요. 10월 중반에 SBC에서 수목 드라마로 방영할 예정입니다."

이때를 놓치지 않고 우진이 깨알 광고를 하자 할머니들은 그럼 그렇지, 하며 서로 당신 폰을 꺼내 우진과 사진부터 찍자고 나섰다.

"내 평생 연예인을 직접 본 건 처음이니 사진 좀 같이 찍어주면 안 되나? 좀 있다가 손주들한테 보여주고 자랑해야지."

"사진 찍는 것은 좋은데 제가 그렇게 유명한 편이 아니라, 손주분들이 보면 실망하실 거예요."

"그럼 또 어때. 내가 좋아하는 연예인이라고 하면 되지."

활짝 웃는 모습에 우진도 덩달아 같이 웃으며 함께 사진을 찍었다. 다친 오른손으로 사인까지 해주자, 주위에서 그저 구경만 하시던 어르신들까지 합세해서 사진과 함께 사인을 받아갔다.

"채우진 님! 2 진찰실로 들어가세요."

간호사가 자신을 부르자 우진은 자리에서 일어나 어르신들께 인사하고 돌아섰다. 서로 사진을 찍고 사인을 받으려던 것과 달리, 진찰받을 시간이 되자 어르신들은 어서 들어가라며 등을 밀었다.

뒤돌아 진찰실로 향하려던 우진은 그 순간, 자신을 향해 폰을 들고 사진을 찍고 있던 간호사들과 눈이 딱 마주쳤다. 어르신들과는 다르게 그녀들은 채우진이 누군지 처음 보자마자 알아보았던 것이다.

얼굴을 붉히는 간호사들에게도 고개를 숙여 인사한 우진은 진찰실 안으로 들어갔다. 이후 엑스레이를 찍고 결과를 기다리는 동안에는 간호사들과 사진을 찍었다. 우진의 다친 손이 오른손이라 그녀들은 어르신들처럼 사인을 요구하지는 않았다.

"뼈와 신경은 다치지 않았지만, 혹시나 염증이 생길 수 있으니 처방한 약 잘 드시고 그래도 계속 아프면 그때 다시 오세요. 냉찜질 잘하시고요."

우진이 누군지 모르는 담당의는 친절하지만 열기가 없는 시선으로 평범한 환자와 같이 그를 대했다. 진료실을 나오자 간호사 한 명이, 꼭 쥐고 있으면 얼음 팩보다 더 편하다며 꽁꽁 언 작은 생수병 하나를 내줬다.

"약 타 오는 동안 우진이 너는 차 안에서 쉬고 있어."

일단 한번 말을 놓게 되자 강호수는 편하게 우진을 대했다. 정작 본인은 자각하지 못하는 듯해서 우진은 애써 웃음을 참으며 고개를 끄덕였다. 함께 1층으로 내려왔지만, 강호수는 약국을 향하고 우진은 주차장을 향해 걸었다.

"야옹～!"

그런데 문득 희미하게 들리는 고양이 울음이 우진의 발걸음을 붙잡았다.

두리번거리며 1층 주차장을 살피는 사이에 재차 고양이 울음소리가 들렸다. 그와 동시에 기둥 사이로 삐죽이 나와 그를 향해 성큼 다가오는 고양이 한 마리를 발견할 수 있었다.

"너도 치즈냥이구나."

고양이는 엷은 아이보리색 바탕에 그보다 조금 진한 황토색 줄무늬가 있었다. 일전 부산에서 스태프가 알려줬던 치즈냥이란 애칭이 꼭 어울리는 고양이였다. 처음엔 길고양인가 했는데 브리티시 쇼트헤어 종으로 나이가 제법 있어 보였다. 꼬질꼬질한 상태가 길을 잃었거나 나이가 들어 버려진 모양이었다.

가까이 가면 놀라서 달아날까 봐 가만히 있는데 고양이가 먼저 그의 발치에 다가와 얼굴을 비볐다. 갸릉갸릉하는 목 울음소리에 우진은 쪼그리고 앉아 고양이를 살폈다. 뭔가 기분이 좋아 보이는 고양이 표정과 연신 갸릉갸릉 친애의 뜻을 표하며 몸을 비벼대는 행동에, 우진의 뇌리를 관통하는 하나의 이름이 있었다.

"우사?"

"야옹~!"

반갑게 응답하는 대답에 우진은 서둘러 고양이의 오른쪽 앞발을 살폈다. 옛날 그의 자전거 바퀴에 걸려 난 상처는 우사의 앞발에 깊은 흉터를 남겼었다. 털들 사이로 고스란히 보이는 상처에 울컥한 무언가가 올라와 목이 메었다.

"우리 우사가 맞구나."

자기 이름이 불릴 때마다 야옹 하며 대답하는 모습에 우진이 울지도 웃지도 못하며 우사의 등을 쓰다듬었다.

"우진아, 거기서 뭐 해?"

주차장에 들어서던 우진이 정작 차에는 오지 않자 황이영은 밖으로 나와 그를 불렀다. 우진의 이름이 들리자 우사는 귀를 쫑긋 세우더니 발로 툭툭 그를 쳤다. 우진의 이름을 들을 때마다 그를 찾아가 발로 툭툭 치던 것은, 어릴 적에 자주 하던 그들만의 놀이였다.

일순 웃음을 찾지 못한 우진이 우사를 안아 들고 황이영에게 보여주었다.

"웬 고양이야? 좀⋯⋯."

척 봐도 나이 들고 더러워 보이는 고양이를 안고 있는 우진에게 그녀는 차마 심한 소리를 못 하고 얼굴을 찡그렸다.

"우리 우사예요."

12년 만에 예전의 친구를 다시 만난 우진은 해맑게 웃으며 우사를 소개했다. 뒤에 약을 사고 돌아온 강호수 역시 이 우연한 만남에 무척이나 놀라워했다.

"그러니까 이 고양이가 부모님이 이혼하실 때 친가에 두고 왔던 아이라고? 그걸 어떻게 확신해?"

고양이는 품종과 색깔이 같으면 다 똑같아 보이는 그로선 도저히 믿을 수가 없었다.

"일단 품종이나 눈동자 색과 털 모양이 제가 기억하는 그대로고요. 여기 앞발에 있는 상처도 같고, 또 우산?"

"⋯⋯."

"우희!"

"……."

"우사!"

"야옹~!"

자기 이름이 불리자 비로소 대답하는 우사를 보며 우진은
의기양양하게 강호수를 보았다.

"무엇보다 그냥 알아요. 우리가 함께한 시간이 겨우 2년이었
어도 우사가 절 알아봤듯이 저도 우리 우사를 이렇게 기억하
는걸요."

"그래그래. 알았어. 다 좋은데 우선 동물 병원부터 가봐야
겠다."

아름다운 사연의 주인공을 보는 건 좋지만, 꼬질꼬질한 고
양이를 안고 계속 얼굴을 비비는 우진을 더는 두고 볼 수 없던
황이영이 질색하며 말했다. 검색해서 가장 가까운 곳에 있는
동물 병원에 도착하고 나서야 그녀에게 평화가 찾아왔다.

"노묘네요?"

"네, 14살 정도 됐을 거예요."

"상태를 보니까 잃어버리고 다시 찾으신 거예요? 한 며칠 길
생활을 한 것 같은데 원래 다니던 병원으로 가보는 게 더 좋을
것 같은데요."

노묘라면 원래 정기적으로 다니는 병원이 있을 테니, 처음
온 곳보다 여러모로 좋을 것 같아 원장은 이를 권했다.

"며칠이나요?"

하지만 우진은 그보다 다른 게 귀에 들어왔다. 많은 날이 아
니라 그나마 다행이지만, 며칠이라도 우사가 길거리를 배회했

단 생각에 우진은 마음이 상할 수밖에 없었다. 우울해하는 우진을 대신해서 황이영이 대신 이들의 사연을 설명해 주었다.

"12년 만에 만났는데 서로 알아보다니 대단하네요."

보통이라면 선뜻 믿지 못할 사연이었지만 원장은 이 상황을 쉽게 이해하고 공감했다. 인간과 동물의 교감을 그 누구보다 잘 이해했기에 절대 믿지 못할 일이 아니라는 걸 경험으로 알기 때문이었다.

동물 병원에서 운영하는 미용실에서 씻기고 나서 미용까지 마친 우사는 엑스레이를 찍고 여러 검사를 받았다.

"다행히 큰 병은 없지만, 나이가 있다 보니 관절염이 있네요. 며칠 못 먹어서 영양 상태가 안 좋은 것 말고는 크게 문제 될 건 없어요."

원장은 며칠 길 생활을 했음에도 몸에 상처가 없는 걸 보면 어려움을 잘 피해 다닌 것 같다고, 영리하다며 우사를 칭찬해 주었다. 자신이 칭찬을 받은 듯 우쭐해진 우진은 기분이 좋아서 고양이 용품을 병원에서 가득 구매했다.

"키우려고?"

"당연하죠."

"하지만 원래 주인이 너라고 해도 12년을 키운 측이 있는데 괜찮을까?"

버린 거라면 당연히 키워야겠지만, 잃어버린 거라면 그쪽도 지금 힘들어할지 모른다고 강호수는 말했다. 12년을 키웠다면 보통 정이 아닐 텐데 그냥 묵과하는 건 도리가 아니라고 주장했다.

"잃어버린 거라면 지금 한창 찾고 있겠지. 아니라면 버린 거고."

황이영은 시크하게 말하며 고양이 찾기 사이트 등을 뒤졌다. 나중에 시간 내서 이 일대에 우사를 찾는 포스터가 붙어 있는지도 찾아보면 된다는 황이영의 말에, 일행은 안심하고 서둘러 촬영장으로 돌아갔다.

우사 때문에 뜻밖에 시간이 많이 지체해 버려서 촬영장에 돌아왔을 때는 분위기가 사뭇 경직되어 있었다.

강호수가 조금 늦을 것 같다고 연락만 해두었기에 사정을 모르는 그들로선 혹여 상처가 생각보다 큰 게 아닌지, 온갖 추측을 할 수밖에 없는 상황이었다.

하지만 걱정과 달리 채우진은 환하게 반짝거리는 얼굴로 촬영장에 도착했다. 처음 보는 고양이 한 마리를 품에 안고 사람들에게 자랑하기에 바빴다. 12년 전의 사연을 완곡하게 설명하며 이런 우연을 만들어준 액션 배우에게 다가가 고마워했다.

어찌나 깍듯하고 평생의 은인을 대하듯 하는지 오히려 상대방이 난처해할 정도였다. 오해가 풀리고 걱정 역시 쓸모없던 우려라는 걸 알자마자, 박종혁 PD는 버럭 소리를 질렀다.

"야, 채우진! 지금 고양이가 중요해?"

고양이 때문에 우진의 컨디션이 굉장히 좋아졌다는 걸 알기에 다행이다 싶었어도, 지금 중요한 것은 또 그게 아니었다.

우진이 현재까지 액션신을 잘 따라와 주었기에 예상보다 시간을 절약할 수 있었다. 하지만 그렇다고 늑장을 부리며 여유를 부릴 형편은 아니었다. 매번 촬영 때마다 시간과의 싸움을 해오던 그로선 어떤 순간에도 시간을 아껴야만 했다.

"넵!"

우진 역시 시간이 아깝기는 마찬가지였다. 정해진 촬영이 빨리 끝나야 현민의 집에 가서 그와 팀 과제를 할 시간이 생기기 때문이다.

하지만 우진에게서 떨어지지 않으려는 우사를 달래는 것이 일이었다.

그나마 우진이 멀리 가지 않은 상태에서 지켜보는 것에 만족한 우사는 근처에 얌전히 자리를 잡고 앉았다. 영리하게 상황 판단을 내리고 자신이 어떻게 처세해야 하는지 깨달은 거다.

"그런데 오빠 아까부터 뭐 하고 있어요?"

돌아오는 길에, 황이영의 언급으로 강호수는 자신이 여태 말을 놓고 있었다는 걸 깨달았다. 잠시 멈칫했다가 이왕 이렇게 됐으니 고루고루 서로 편하게 말을 놓기로 했다. 황이영의 꾸지람에 우진이 사과하고 강호수가 자연스럽게 말은 놓게 되면서, 세 사람 사이의 허물이 한 겹 벗겨졌다.

상황이야 어쨌든 분위기는 좋아졌다. 그런데 아까부터 무언가를 검색하는 강호수에게 황이영은 의아한 듯 물었다. 표정으로 봐선 무척이나 심각해 보여서 무슨 큰일이라도 생겼나 싶어 덩달아 걱정이 되었다.

"우사 말이야. 굳이 찾아주지 않아도 될 것 같다."

"저도 아까 고양이 미아 찾기 사이트를 뒤져보았는데 없긴 하더라고요. 하지만 그것 가지고 단언하긴 어렵잖아요."

"아니, 확실해. 혹시나 해서 우진이 이복동생이 하는 SNS를 찾아봤더니 12년 동안 키운 고양이가 죽었다고 어제저녁에 글을 올렸어."

강호수의 발언에 황이영이 놀라 벌떡 일어서자 옆에 앉아 있던 우사가 귀를 쫑긋거리며 그녀를 힐끔 쳐다보았다.

"오빠, 우진이 이복동생이 누군지 알아요?"

우진의 가정사에 대해선 대충만 아는 그녀는 조용한 목소리로 매니저는 그런 것까지 알고 있냐며 놀라워했다.

"대표님이 넘겨준 자료에. 우진이랑 말해보니까 정작 본인은 모르는 것 같아서 알려주려고 했더니 싫다고 하더라. 딱히 알고 싶지 않다고."

"그렇구나. 그런데 걔 SNS에는 뭐라고 썼기에 멀쩡히 살아 있는 우사가 죽었다고 해요?"

"간단해. 12년 키운 고양이가 죽었으니 매우 슬프니까 위로해 달라고. 사진까지 올렸는데 우사 맞아."

그동안 올린 글들을 살펴봐도 확실히 우사가 맞았다. 우진의 이복 여동생은 자신이 12년 동안 고양이를 키운 애묘인이라는 것을 강조하며, 이미지를 만드는 데 우사를 이용했다. 진실은 다를 수 있겠지만 강호수가 보기엔 그런 느낌이 강했다.

"버린 것 같지는 않고 잃어버린 것 같아. 하지만 굳이 찾기는 귀찮아서 죽은 거로 해결한 느낌?"

"헐~!"

황이영은 궁금증을 참지 못하고 강호수의 손에 있는 폰을 가로채려 했지만, 실패하고 말았다. 키가 큰 그가 손을 번쩍 들어 올리며 잽싸게 화면을 꺼버리는 바람에 그녀의 손짓은 허공만 허우적거렸다.

"저 좀 보면 안 돼요?"

"우진이도 모르는데 너까지 알면 예의가 아니지."

"우진이는 본인이 싫다고 한 거고 전 알고 싶어요."

"남의 가정사야. 그냥 관심 꺼."

단호하게 끊어내는 강호수 때문에 황이영은 더는 묻지 못하고 입을 다물어야만 했다. 하지만 참을 인을 아무리 속삭여도 결국 한계에 다다른 그녀는 조금 전보다 더 작은 목소리로 은근히 물었다.

"그런데 이복동생이라는 걔가 우희랑 동갑이라는 문제의 그 아이예요?"

"맞아."

"그럼 우진이한테 다른 이복동생들이 또 있어요?"

황이영의 질문에 강호수는 잠시 어떻게 대답을 해야 하나 머뭇거렸다. 그 집안 이야기를 하자면 한 편의 막장 드라마가 따로 없는데, 우진이도 없는 자리에서 과연 해도 되는지 망설여졌다. 하지만 황이영도 조금의 내막은 알고 있어야지 싶어서 결국 입을 열었다.

"있었는데, 지금은 없어."

"그게 무슨 소리예요?"

우진의 친가는 정통적인 대기업까지는 아니래도 집안이 워낙에 좋은 데다가 윗대부터 이어온 사업 역시 탄탄했다. 그걸 이어받은 우진의 친부는 사업 수단이 좋아 가업을 더욱 번창시키는 한편, 새로운 사업에도 도전해서 현재 승승장구하고 있었다. 하지만 사람이란 게 모든 면에서 완벽할 수는 없는 법이라는 걸, 그를 보면 알 수 있었다.

이혼 후에 우진의 생부는 얼마 되지 않아 재혼했다. 제법 집안도 좋고 성격이 유순한 새 부인은 이듬해 아들을 낳았지만, 5년 후에 그녀도 더는 참지 못하고 이혼을 했다. 남편의 계속된 외도가 이유였다.

"그래서 세 번째 재혼 상대가 바로 그 문제의 아이, 생모야."

"첩이 드디어 본처 자리 얻어낸 거예요?"

"그런 셈이지. 그런데 문제는 우진의 남동생이 작년에 승마 사고로… 죽었어."

모든 문제는 바로 우진의 남동생이 작년에 사고사했다는 것이었다.

"그럼 그 집안에 아들은 이제 우진이 하나란 소리잖아요. 설마 아들은 너밖에 없다면서 갑자기 우진한테 집적거리지는 않겠죠?"

이런 이야기는 드라마에서 너무 봤다면서 황이영은 괜히 심각한 표정을 지었다.

"굳이 드라마 아니어도 현실은 그보다 더하잖아. 게다가 그 집안이 손이 귀한 데다가 굉장히 가부장적인 곳이라고 하더라. 그래도 모르지. 우진이 부모님이 이혼하실 때, 부친이 양육권은 물론 친권까지 포기했으니까."

박은수가 이혼을 요구하면서 가장 중요하게 여기며 포기하지 않고 얻어낸 것이 바로 우진과 우희의 친권과 양육권이었다. 성인이 된 우진을 두고 친권을 따지는 것은 이제 의미가 없겠지만, 상징적이고 도의적인 측면에서 그의 친부는 자격이 없었다.

"완전 어이없음. 여자한테 미치면 자식도 뭣도 안 보이는구나."

"황이영!"

너무 나갔다 싶어 조용히 제재하는 강호수의 의도를 눈치챈 황이영은 두 손으로 입을 가리며 고개를 끄덕였다.

"일단 현재는 지금 부인과 함께 난임 치료를 받고 있다니까. 성공하면 언제나 그랬듯이 그들 인생에 채우진은 없는 것이고 아니면……."

생각만 해도 골치가 아팠다. 물론 우진이는 흔들리지 않을 테지만 저쪽에서 어떻게 나올지가 문제였다. 부정(父情)이 아닌, 단지 필요 때문에 아버지 노릇을 하려고 한다면 우진이에게는 분명 상처이리라.

"어느 정도 우리가 각오하고 있어야겠네요."

"그렇지."

"그러고 보면 우진이 이복동생도 조금 불쌍하다. 새어머니 눈칫밥에 사생아란 꼬리표 달고 살았을 테니, 한창 사춘기 때 상처나 안 받았나 몰라."

사람 좋은 황이영의 말에 강호수는 설핏 비어져 나오는 웃음을 참지 못했다. 촬영 현장과는 거리가 있어 영향은 주지 않겠지만, 그는 얼른 주먹으로 입을 가리며 끅끅거렸다.

"불쌍해? 개가?"

그 아이의 SNS를 보면 느껴지는 게 있었다. 억측과 편견일지 모르나, 그 아이는 우사에게 그랬던 것처럼 이복동생의 죽음마저 자신의 이미지를 만드는 데 이용한다는 느낌이 들었다. 배우였던 친모의 영향 때문인지 쇼맨십이 굉장히 강했다.

"그 아이가 우희와 동갑이란 건 알지?"

고개를 끄덕이는 황이영에게 강호수는 한 18세 소녀의 찬란한 인생에 관해 이야기해 주었다.

우희와 문제의 소녀는 생일이 겨우 3개월 차이밖에 나지 않았다. 그래서 이혼 후에 굳이 설명하지 않아도 사람들은 자연스레 그 아이를 우희로 알았다. 이름에 상관없이 또래의 아이가 그 집에 있으니 당연한 결론이었다.

부부가 이혼 후에 딸은 아버지가 맡고, 아들은 부인이 데려간 줄 안 것이다. 보통은 그 반대가 많은데 이상하다 싶으면서도 남의 가정사려니 깊이 개입하지 않았다. 그리고 우진의 친가 역시 굳이 남들의 오해를 고쳐주지 않았다.

세월이 지나 그 아이는 자연스럽게 첫 번째 부인의 딸이 되었다. 그렇게 해서 아버지의 세 번째 결혼 만에 친모가 법적 어머니가 되었지만, 누구도 두 사람이 친모녀 관계라는 걸 알지 못했다. 불륜과 사생아란 불명예가 집안 내력에 덧씌워지는 것보다는 확실히 나은 결말이었다.

"장 대표님처럼 일부러 알아보지 않는 한, 그 아이가 상처받을 일은 없을걸. 따지는 거 많은 좋은 가문에 시집가긴 힘들어도 그 나이에 벌써 수백억 자산가인데 우리 같은 사람이 불쌍하다 말할 처지는 아니지."

그 나이에 증여받은 재산만 해도 이미 수백억 원이라면 집안에서 사생아라고 딱히 눈치 받고 살지도 않았을 것 같았다. 강호수의 말에 충격받은 황이영은 수백억이라는 단어만 몇 번이나 중얼거리다가 맥없이 피식거렸다.

"진짜 여자한테 미치면… 미친 새끼."

우진의 지난 세월이 어떤지 모두 아는 건 아니지만, 그리 넉넉하진 않았던 것으로 알고 있었다. 아내한테는 모질게 굴었다 쳐도 꼭 자식들한테까지 그렇게 했어야만 했나 싶었다. 많이 배우고 잘난 집안에서 나고 자란 사람들은 그런 것인가 하는 편견도 생기고, 마음이 복잡했다.

그렇다고 해서 지금 우진이가 불행한 것은 아니니 덩달아 우울해할 이유는 없었다.

"우사야!"

황이영의 부름에 우사는 힐끗 그녀를 보고는 바로 고개를 돌려 버렸다. 도도한 우사는 한결같이 우진만을 바라보았다. 황이영에게는 냉정해도 우진에게만은 따뜻한 고양이였다.

"나만 없어, 고양이……."

비극은 이런 걸 두고 하는 소리였다.

◆　　◆◆◆　　◆

촬영이 끝나고 잠시 휴식을 가지는 동안에 우진은 우사와 함께 시간을 가졌다. 이제 나이가 들어 관절염까지 생긴 우사는 활동적인 동작을 버거워하는 게 보였다. 가만히 앉아서 우진의 손길을 받거나, 서로 눈을 마주 보며 한참 동안 가만히 있는 걸 좋아했다. 고양이가 없는 황이영은 이런 둘의 모습을 열심히 찍어주며 대리 충족을 느꼈다.

이날 실시간으로 소원바라기에 '코디 황'의 글이 올라왔다. 글에는 우연한 만남이 12년의 인연으로 연결된 사연과 함께 사진과 동영상이 더해졌다.

촬영 중인 우진을 빤히 쳐다보고 있는 우사의 뒷모습과 그의 품에 안겨 곤히 자는 모습 등등. 그리고 '우사야, 우진이 어디 있니?'라는 황이영의 물음에 우진의 발치에 앉아 있던 우사가 그의 발등을 툭툭 치는 동영상도 올렸다.

─12년 만에 만났는데 그걸 기억하다니. 동물이 사람보다 낫다.

─사진 보니까 정말 노묘네요. 흠… 내가 꼬여서 그런가. 저런 나이 든 아이가 길거리에 며칠 동안 있었다면 너무 뻔한 거 아닌가요. 사람들 참 나쁘다. 분명 기른 정이 있을 텐데.

─이 글 읽고 찾아보니까. 한 달 전 글루밍 데이 스태프가 올린 SNS 글에 부산에서 촬영 끝내고 회식할 때, 지니가 길고양이 보고 예전에 키웠던 고양이 걱정했었다는 글을 올린 적이 있네요. 나이가 많아서 살아 있으면 좋겠다고 했다는데… 아, 눈물 좀 닦을게요.

└그런데 저 고양이 분명 브리티시 쇼트죠? 그 슬리퍼 청년 캐리어에 그려진 고양이랑 같은 종류네요.

└그렇죠? 이미 우리 사이에선 결론 다 났잖아요. 문제는 어떻게 하면 그럴싸하게 터뜨리나인데 이게 영 쉽지가 않단 말이죠. ㅠㅠ

─만날 인연은 꼭 만나게 되고, 진실이란 언젠가 밝혀지게 마련이죠. 데스티니의 축복을 받은 우리 지니는 다 잘될 거야!!

└윗분! 예전에 지니가 'Glooming day'를 찍은 건 데스티니라고

하셨던 분이죠? 님 데스티니 정말 좋아하서. ㅋㅋㅋ

　ㄴ그런데 운명은 맞았던 것 같아요. 글루밍 데이가 결국 5백만 넘었잖아요. 6백만은 무리겠지만 그래도 그 영화가 이렇게 성공할 거라고 누가 상상이라도 했나요. 첫 데뷔작을 천만 찍고, 모두가 망작이라던 영활 명작으로 만들었으니. 이거야말로 운명이죠.

　우사 관련 글에 자연스럽게 여러 가지 이야기들이 더해졌다. 'Glooming day'의 성공에 기뻐하고, 우진이 찍고 있는 드라마에 대한 기대 역시 날로 커져만 갔다. 함께 붙을 '푸른 성의 주인'에 대한 우려는 있었지만, 결국 시청률보다 작품성으로 가자고 모두 대동단결하며 본방사수를 외쳤다.

　그도 그럴 게, 'Glooming day'로 인해 우진은 젊은 층뿐만 아니라 중장년층 팬들까지 확보할 수 있었다.

　'Glooming day'는 미묘하게 젊은 시절의 향수를 자극하는 구석이 있었다. 젊은 날의 학창 시절, 애틋한 첫사랑에 대한 미묘한 그리움, 그리고 현재 자신의 옆에 있는 배우자에 대한 고마움까지 새기게 하며 영화의 흥행을 이끌었다.

　당연하게도 시작은 부모님을 데리고 극장을 찾은 발악들로부터였다. 그렇게 부모님을 채우진의 팬으로 만들어 버린 그들에게 본방사수는 그리 어려운 일이 아니었다. TV 모니터의 결정권을 가진 어머니의 지지는 그만큼 대단한 일이었다.

　그러던 중에 소원바라기에 또 하나의 이슈가 터졌다.

　〈여러분~! 덕계못이 또 한 번 일어났습니다. 우리 할머니가 오늘 병원에 갔다가 연예인 만나서 같이 찍었다는 사진을 보내줬는데, 그게 지니예요! 사인까지 받으셨지 뭐예요. 울 할머니 지니보고 사람이 어떻게 그리 잘생기고 착하냐면서, 어르신들이 붙잡고 사진 찍자는 거 다 들어주고 아픈 손으로 사인까지 해줬대요.

코디 황 님이 오전에 지니 다쳐서 병원 갔다고 했을 때만 해도 맘이 찢어졌는데, 할머니와 찍은 지니를 보니 이렇게라도 그분을 영접했다는 기쁨에 몸 둘 바를 모르겠습니다. 원래 오늘 울 엄니가 할머니 모시고 병원 가려고 했는데 일이 있어서 못 따라가셨거든요.

지금 울 엄니 실의에 빠지셨어요. 그러게 효도를 해야 복이 오나봐요. 그런데 할머니가 엄청난 소릴 하시네요. 지니가 우리 큰오빠를 많이 닮았대요. 울 오빠 두꺼비상인데. 아무리 가족이라고 해도 어떻게 감싸줄 수 없는 두꺼비인데… 지니는 모르겠지만 그래도 미안해요.)

—지니는 말할 것도 없지만, 할머니가 참 고우시네요. 다른 어르신과 찍었다는 사진들도 보고 싶어요.

—역시 어르신들에게 친절한 지니 오빠~!

—손자가 두꺼비상이란 게 상상이 안 갈 정도로 할머니가 진짜 고우세요. 황코 님 말로는 좀 붓기만 했다지만 피디가 박종혁이라 너무 걱정이에요. 우리 지니에게 이상한 짓 시키지 말라고 정화수 떠놓고 매일 빌고 싶다니까요.

ㄴ저는 이미 빌고 있답니다.

ㄴ저도 동참하렵니다.

—내일까지 액션신 찍는다는데 부디 다른 곳 다치지 말고 무사히

촬영 끝냈으면 좋겠네요.

　—박 PD! 우리 지니 님에게 이상한 거 시키면 내가 정말 가만 안 둔다. 내 모든 경험(안티질)을 이용해 밟아버리겠어!

　소원바라기에 올라오는 글들을 보며 황이영은 이상한 짓은 박 PD와 팀이 돼서, 우진이가 이미 저질러 버렸다고 한숨을 내쉬었다.

　왠지 그녀도 정화수를 떠놓고 빌고 싶은 밤이었다.

우연은 없다

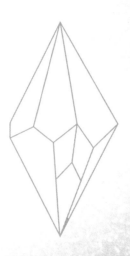

일요일 오후, 우희는 책을 덮고 오빠가 가르쳐 준 기 체조와 온몸 스트레칭을 하고 나서 방을 나왔다. 맛있는 음식 냄새가 나는 부엌을 기웃거리다 아직 식사 시간이 되려면 이른 것 같아서 아무 생각 없이 거실의 TV를 켰다.

　우희가 양반 다리를 하고 바닥에 앉자 소파에 있던 우사가 다가와 그녀의 무릎 위로 기어올랐다.

　"우사야~ 우리는 TV나 보자."

　우사는 촬영장에 계속 데리고 있을 수가 없어서 발견 다음 날에 어머니와 우희가 직접 집으로 데리고 왔다. 그 이후로 우사는 곧잘 우희를 따랐다. 처음엔 우진과 헤어지지 않으려고 했는데 박은수를 알아보았는지 이내 안정을 찾고 빠르게 바뀐 환경에 적응해 가고 있었다.

우사를 생각해서인지 그 후로 우진은 자주 집에 들렀다. 촬영에 들어가면 집은 안중에도 없던 때와 비교해, 우리가 고양이만도 못하냐고 어머니는 서운한 티를 내셨다. 하지만 그와 별개로 우사는 무척 아끼셨다.

우희는 희미하게 우사를 기억하고 있었다. 자신보다 오빠를 더 좋아하는 것 때문에 질투가 나서 투정도 부리고, 아버지와 헤어지는 것보다 우사와 더는 못 본다는 말에 많이 울었던 게 생각났다. 이제는 기억도 나지 않는 친부와 달리 우사에 대한 추억은 나름 있었다.

부드러운 우사의 등을 쓰다듬으며 보는 TV는 그저 그랬다. 모르는 여자애들이 편의점 아르바이트생인 척하면서 사람들을 놀라게 하는데 딱히 재밌지는 않았다.

"어?"

아는 연예인이라면 모를까. 누군지도 모르는 걸그룹 멤버를 두고 저희끼리 예쁘다고 칭찬하는 이야기가 지루할 찰나, 우희의 눈에 보이는 것은 그녀의 오빠였다.

"엄마, 아빠! 오빠가 TV에 나와!"

우희의 외침에 박은수와 최민우가 우당탕거리며 거실로 나왔다. 덩달아 부엌에서 박은수와 함께 저녁을 차리던 도우미 아주머니까지 따라 나오셨다.

"저 옷 당장에 버려야겠다."

TV 화면에 비치는 아들을 본 박은수의 첫 반응이었다.

"그래도 저 꼴을 하고도 멋있네요, 우진이는."

누구보다 미적 감각이 높은 최민우는 차마 우진의 차림새에 어떤 변호도 해줄 수가 없었다. 다만 그런데도 잘생긴 우진의 외모만은 칭찬했다.

"이번 기회에 우진이 옷 좀 사줍시다."

"사주면 뭐 해요. 자기 편한 것만 주야장천 입는데! 요즘 저녁엔 쌀쌀한데 저 꼴은 또 뭐야. 쟤가 계절 감각도 없다니까요. 그래도 평상시엔 이영 씨가 잘 챙겨줘서 주는 대로 잘 입는 것 같더니, 조금만 빈틈이 생기면 바로 저 꼴이에요."

툴툴거리면서도 화면에서 눈을 떼지 못하는 두 사람은 우진이 조별 과제 때문에 힘들어하는 모습에 안타까움을 감추지 못했다.

아무래도 학업과 드라마 촬영을 병행하는 건 사정 모르는 사람이 보기에도 힘들어 보였다. 그리고 우진이 다영과 초희를 안심시키는 대목에선 우희가 히죽거리며 오빠를 놀렸다.

"방송이라 그렇지! 실제 저 시간에 여자들끼리만 있는데 저런 남자가 어슬렁거리며 나타나면 정말 무섭겠다. 화면으로 봐서 그런가, 오늘따라 오빠가 음침한 게 완전 공포 제조기야."

딸의 말에 박은수는 오빠에게 그럼 못 쓴다고 야단을 치긴 했지만, 그 말을 부정하지는 않았다. 목이 늘어나고 무릎 나온 트레이닝 바지에 슬리퍼를 끌고 다니는 아들의 모습은 평소와는 다르게, 서늘한 분위기를 풍기고 있었다.

분명 말투가 다정하고 표정도 부드러운데 우진을 감싼 분위기는 날카롭고 냉랭했다.

"배역 때문에 그런 게 아닐까요? 아무래도 평소와는 좀 다르기는 하네요."

가족만이 느낄 수 있는 차이를 최민우도 감지했는지 그는 우진의 배역을 언급하며 박은수를 안심시켰다.

"그렇죠? 배역이 배역이다 보니 평상시에도 역에 빠져 사나 봐요. 그래도 이렇게라도 얼굴을 보니 안심이 되네요."

연이어 이단우와 사이좋은 모습에 동료들과도 잘 지내는 것 같아 안심되었다.

언뜻 보면 다정하고 모두에게 친절해 보이지만, 박은수는 아들의 근본을 잘 알고 있었다. 제가 좋아하는 사람이 아니면 심할 정도로 무심했다. 그나마 천성이 나쁜 아이가 아니라 친절함으로 무심함을 덮고 있었지만, 늘 걱정이었다.

그래도 이제는 성인이라 밖에서는 낯선 이들과도 곧잘 어울리고 주위 사람들에게 잘하려고 노력하는 게 보였다. 그럴 때마다 대견하고 이제는 다 컸다는 걸 실감하기도 했다.

"그런데 저거 정말 우연 맞아?"

자막에는 채우진의 등장이 우연이었고 근처에서 드라마 촬영 중이라는 정보들이 흘러나왔다. 하지만 우희가 봐도 저건 너무 기막힌 우연이라 의심의 눈초리를 보냈다. 하지만 중요한 것은 여기에서 끝나는 게 아니었다.

채우진이 가게 문을 나갔을 때, 편의점 밖에 정면 유리창의 한쪽 구석에서 폐지를 줍던 할아버지 한 분이 계셨다. 그냥 지나가려던 우진은 자신이 들고 있던 비닐봉지를 이단우에게 건네고 할아버지 쪽으로 걸어갔다.

―할아버지, 도와드릴까요?

손님들이 편의점에 들어오기 전과 나간 후의 반응 등을 체

그하기 위해 설치한 카메라 덕분에, 그의 행동과 목소리는 고스란히 녹음되었다.

—어휴, 괜찮으니 그냥 가요. 손 더러워져요.

—그래 봤자 종이인데 더러워지면 얼마나 더러워지겠어요. 그런데 자정이 넘었는데도 일하세요?

—여기 편의점 사장님이 항상 자정이 넘어서야 박스들을 버리거든. 낮에 버리면 지저분해진… 어?

종이 상자를 챙겨 손수레에 담던 할아버지는 불빛을 받은 우진의 얼굴을 확인하고는 놀라 말을 멈췄다. 갑자기 조용해지자 종이 상자들을 정리하던 우진이 고개를 들어 할아버지의 얼굴을 확인했을 때, 그의 눈동자 역시 커졌다.

—할아버지?

—자네구먼. 전에 나한테 운동화 줬던 젊은이! 언젠가 만나면 꼭 고맙다고 하려고 했는데 이렇게 또 만났네, 정말 만났어!

진심으로 반가워하던 할아버지는 두 손으로 우진의 손을 덥석 잡고 흔들었다. 과하게 반가워하는 할아버지의 모습에 우진은 살짝 어리둥절한 표정을 지으며 어색하게 웃었다.

—자네 덕에 우리 가족이 살았거든! 슬리퍼 청년인가 뭔가로 유명해져서 마누라는 지금 요양 병원에 있고, 손자랑 나는 이 근처로 이사와 살고 있거든.

절절한 할아버지의 설명을 듣고야 우진은 이해가 가는 표정으로 고개를 끄덕였다.

—아, 저도 얼마 전에야 주위에서 전해 듣고 알게 됐어요. 잘

되셨다니 정말 다행입니다.

소소하게 안부를 나누다 시간이 늦은 관계로 할아버지는 서두르기 시작했다. 집에 혼자 있는 손자를 걱정하는 모습에, 우진은 편의점에 다시 들어가 따뜻한 두유 두 병을 사서 나왔다.

—제가 돈을 안 가져와서 다른 건 못 사드리고, 늦었으니 집에 들어가셔서 손자랑 따뜻하게 드시고 주무세요.

할아버지에게 두유를 건넨 우진은 서로 가는 길이 달라 인사하고 헤어졌다. 조금 떨어져 있는 이단우에게로 가는 우진의 뒷모습을 잠시 지켜보던 할아버지는 따뜻한 미소를 지으며 손수레를 밀고 반대편으로 갔다.

화면이 바뀌고 할아버지의 단독 인터뷰가 이어졌다. 스태프가 채우진에 관해 물으니 할아버지는 고개를 저었다.

—영화배우라면 난 모르지. 집에 TV도 없는데 영화가 다 뭐야. 유명해진 그 사진도 나중에 사람들이 찾아와 후원해 주고 기자들이 와서 인터뷰할 때야 봤는걸. 그 후론 한 번도 본 적이 없었는데, 오늘 이렇게 보네. 한 번은 꼭 고맙다고 말하고 싶었는데 당최 만날 수 있어야지. 그날 받은 것은 운동화지만, 그 덕분에 세상에 우리 같은 사람도 있다는 걸 알려줬잖아. 누가 나 같은 사람한테 신경이나 쓰간. 그저 지저분하고 길 막는다고만 하지. 그리고 그 사진 찍어준 양반도 정말 고맙고. 우리 손자 말이 이런 게, 사진 한 장이 세상을 바꾼다지? 우리 도와주신 분들에게도 고맙고, 그냥 다 고마워.

주름진 손으로 눈가를 훔치는 모습을 마지막으로 할아버지의 인터뷰가 끝났다.

영상이 끝나고 스튜디오에 나온 패널들은 다영과 초희에게 이 우연한 만남에 대해 계속 물었다. 마지막 슬리퍼 청년과 관련된 사연은 다영과 초희도 모르는 이야기여서 놀란 반응을 보이기도 했다.

패널들의 질문에 그녀들은 마치 팬처럼 채우진을 만난 소감을 이야기했다. 그러면서 자신들을 알아보지 못한 것에 대한 섭섭함을 표하며 다음에 만날 때는 정식으로 인사하겠다고 애교를 부리기도 했다.

MC와 패널들은 이것이야말로 '우리를 아나요?'의 진정한 콘셉트에 해당한다며 호들갑을 떨었다. 방송은 채우진의 동의 없이 찍은 녹화분에 대해 방영을 허락해 준 DS 엔터테인먼트에 감사하다는 자막과 함께, 아름다운 마무리를 하며 끝을 맺었다.

"사람이 저렇게도 만나네요."

굳이 우진이가 나서서 자신이 슬리퍼 청년이라고 말하지 않아도 가족들은 이미 알고 있었다.

잠깐 사회적 이슈가 되어 뉴스에까지 나왔던 사진을 보고, 제 아들과 오빠를 몰라볼 가족은 없었다. 게다가 우희는 화제의 슬리퍼에 얽힌 이야기를 우진에게 직접 들었으니 모르려야 모를 수가 없었다.

"이래서 사람은 착한 일을 해야 해요. 어디서 어떻게 만날지 모르잖아요. 하여튼 우진이가 좋은 일 했네요."

박은수의 말에 최민우가 수긍하자, 우희는 모호한 표정으로 그들을 보며 말했다.

"오빠 그저 천국 가고 싶어서 그랬다는데?"

칭찬받을 일인 건 분명하나, 마음에서 진심으로 우러나온 게 아닌 의도된 친절이 과연 착한 일인지 우희는 궁금했다.

"의도야 어쨌든 나쁜 짓 하는 것보다는 좋잖아. 그리고 그런 생각을 하는 것 자체가 좋은 거야. 사람이 두려워하는 게 없으면 독해지고 냉정해지거든. 더욱이 슬리퍼 사건은 우진이 혼자서 착한 일을 하고 만 게 아니라 다른 이들에게도 영향을 준 거잖아. 따뜻한 마음이 이어지는 이런 결말이야말로 해피엔딩이지."

최민우의 말에 박은수는 따뜻한 미소를 지으며 그의 손을 잡으며 덧붙였다.

"예전이라면 너희 오빠 그냥 지나가 버렸을 거야. 일부러 무시하는 게 아니라 정말 보지 못하고 아무 생각도 없이 말이지. 사람은 생각하는 만큼 보이고 실천한다고 했어. 네 오빠가 어떤 의도로 했든 그만큼 시야가 넓어지고 생각이 깊어졌다는 거잖니. 그렇게 조금씩 변화해 가며 더 나은 사람이 되는 거야. 그리고 우린 그걸 착하고 선한 행동이라 말하는 거고."

두 사람의 대답에 우희는 고개를 끄덕였다. 지금껏 슬리퍼 청년 이야기를 들을 때마다 우희는 속으로 웃었다.

그런 말을 농담으로 할 오빠가 아니었기에, 천국에 가고 싶다는 우진의 말을 우희 역시 진지하게 받아들였다. 사건의 이면을 알기에 주위에서 슬리퍼 청년을 칭송하면 너희들이 뭘 몰라서 그렇다고 속으로 답하기도 했다.

그러나 슬리퍼 청년의 이야기에서 중요한 것은 드러나지 않은 의도가 아닌, 행위에서 이어지는 선행의 전파와 한 가족에게 찾아온 행운일 것이다. 가장 중요한 것은 바로 그것이다. 의도가 순수하지 않았다고 해서 결과까지 무시해서는 안 되는 것이었다.

"엄마 아빠 말이 맞아요. 이런 게 해피 엔딩이지."

우희가 밝게 답하자 최민우는 딸의 머리를 다정하게 쓰다듬어줬다. 아들이나 딸이나, 그에게는 과분할 정도로 착하고 바른 아이들이었다.

'우리를 아나요?'의 화제성은 실시간 검색어만 봐도 알 수가 있었다. 다만 채우진과 슬리퍼 청년, 그리고 '그림자의 도시'가 나란히 1위에서 3위를 차지했지만, 그 후로는 프로 이름과 베리로즈들이 차례로 올라가면서 10위 전체를 관련 검색어로 채웠다.

물론 방송에 대한 긍정적인 평가만 있었던 건 아니었다. 우선 채우진이 그 편의점에 온 것이 우연인가에 대한 의심이 너무 많았다. 드라마 홍보를 위한 연기가 아니었을까 하는 의혹이 불거진 것이다. 하지만 실시간으로 올라온 반박 자료로 이는 오래가지 않았다.

먼저 '우리를 아나요?'가 방영된 방송사는 MBS지만, 채우진의 드라마는 SBC라 홍보라는 의심이 무색했다. 특히 M 방송사의 새로운 수목 드라마가 '그림자의 도시'와 같은 날 첫 방송을 타기에 더욱 말이 되지 않았다. 홍보하려면 먼저 자기네 방송사 드라마부터 했어야 옳았다.

그리고 드라마 세트장으로 사용하는 스튜디오 근처에는 마트와 편의점이 각각 하나였다. 그런데 마트는 자정만 되면 문을 닫기에 결국 갈 곳이라곤 편의점 하나만 남게 된다. 그 시각에 채우진이 편의점을 찾은 게 하등 이상하지 않다는 소리였다.

그리고 무엇보다 DS의 장 대표는 웬만해선 자기 연예인을 예능에 넣지 않는다. 그런데 고작 파일럿 프로에 드라마 홍보하려고 채우진을 저런 식으로 넣었겠냐는 비웃음엔, 누구도 반박하지 못했다.

DS에 소속된 연예인의 팬들에겐 그만큼 장 대표의 예능 혐오증은 유명했다.

그나마 슬리퍼 청년의 진실이 나오는 할아버지와의 만남이 없었다면 허락이 뭐냐, 통편집을 당하고도 남았다.

하지만 세상에는 작은 꼬투리 하나 놓치지 않고 따지는 사람들이 많았다. 드라마 홍보가 아니라면, 이제는 채우진을 홍보하기 위해 '슬리퍼 청년' 사건 자체를 조작한 게 아니냐는 말도 나왔다.

그러자 이번에는 화제의 사진을 찍었던 이가 직접 반박하고 나섰다. 당시엔 채우진이 누구인지도 몰랐고 분명 좋은 의도로 찍은 사진을 두고 이런 억측은 불쾌하다는 심경을 고백했다.

조금은 과열되는 상황에서 예전에 채우진 팬카페에 올라왔던 글이 뒤늦게 화제가 되었다. 슬리퍼 청년과 채우진의 유사점을 찾는 과정과 그 증거들에 관련된 글들은 사람들에게 색다른 재미를 제공하였다.

슬리퍼 청년과 채우진의 뒷모습을 겹쳐본 사진. 채우진이 영화 촬영 도중에 편하게 쉴 때나 회식 때 입은 티가 슬리퍼 청년이 입었던 것과 같았다. 왼쪽 소매 끝에 묻은 남색 페인트 자국이 모양 하나 틀리지 않았던 것이다.

당시 채우진의 헤어스타일이 사진 속 청년과 일치한다는 점, 할아버지에게 드렸던 운동화와 같은 걸 신고 있는 다른 사진까지 팬들은 찾아냈다. 그리고 캐리어에 그려진 고양이가 채우진이 이번에 재회한 고양이와 비슷한 것까지, 증거는 넘치게 많았다.

그런데도 이번 일이 일어나기 전까진 외부로 알려진 바가 없었다. 그리고 팬들이 자발적으로 이런 증거까지 모을 정도였다면 채우진 본인이나, 소속사에선 딱히 알리려는 의도가 없었던 게 아닌가 하는 의견이 대세를 이뤘다.

정말 이용하려 했다면 한창 슬리퍼 청년이 뜨거운 화제였을 때 터뜨리는 게 옳기 때문이다. 그때 알렸다면 차라리 더 자연스러웠을 거다.

이건 우연의 일치가 너무도 많아서 오히려 더 부자연스러울 정도였다. 부자연스러운 게 결백의 증거라는 게 웃기는 이야기지만, 이게 누군가가 쓴 시나리오라면 너무 작위적이어서 웃음이 나올 정도로 유치했다.

나쁜 짓을 저지른 것도 아니었고 한때 사회를 들썩이게 한 미담의 주인이 채우진이라는 것은 확실히 그에겐 좋은 호재였다. 굳이 나쁘게 꼬아 보는 사람까진 어쩔 수 없지만, 대부분은 이런 우연과 이야깃거리에 환호했다.

"그런데 어떻게 베리로즈를 모를 수가 있어?"

"모를 수도 있지. 걔들을 채우진이 꼭 알아야 해?"

대학교 교정에 학생들이 삼삼오오 모여 앉은 자리에서 나온 화제에 대한 반응은 성별에 따라 각기 달랐다. 베리로즈의 열성 팬까지는 아니래도 멤버 각자의 얼굴을 알고 있는 남자들은 도저히 채우진이 이해가 되지 않았다.

"걔네가 실물보다 안 예뻤나 보지."

"예쁘거든! 특히 아라는 실물이 훨씬 예쁜데 무슨 말이야!"

"거기에 아라는 없었잖아. 왜 그렇게 흥분해? 걸그룹 좀 몰라볼 수 있지."

"그럼 너흰 블루핏이 눈앞에 있는데도 몰라보겠다?"

그 말에 흥분한 한 여학생이 버럭 화를 냈다.

"야! 어떻게 블루핏을 몰라봐. 우리 블루들은 데뷔한 게 햇수로 3년 차다. 데뷔한 지 삼 개월밖에 안 된 햇병아리들을 어디에다 갖다 대!"

그러나 친구라고 해서 모두가 같은 마음, 한뜻인 것은 아니었다. 처음엔 같은 마음이었을지 모르나 블루핏 이야기가 나오자 한 여학생이 유독 미간을 찌푸렸다. 그녀는 더는 블루핏이 화제에 오르는 게 싫은지, 방금 막 검색한 것을 친구들에게 보여주었다.

"이게 뭐야?"

친구들이 주목하자 그녀는 그제야 동영상을 틀었다. 그 안에는 걸그룹 노래를 부르고 춤을 따라 하는 채우진이 있었다. 'Glooming day'의 스태프가 이번에 올린 동영상으로 첨부한 설명을 보자면.

"채우진에게 있어 걸그룹이란 전역 전과 후로 나뉜대. 전역 후에 나온 걸그룹들에 대해서는 전혀 아는 바가 없다고 하네."

"어? 채우진 군대 갔다 왔어?"

다른 것보다 군대 이야기에 촉각을 세우는 남학생에게 여학생은 예사롭게 고개를 끄덕였다.

"몰랐는데 갑자기 호감이 생기네."

"야, 그래 봤자 연예인이잖아. 노래나 부르고 행사 담당하는 부대에서 쉬엄쉬엄하다 제대했겠지."

"데뷔하기 전에 갔다 왔어. 최전방으로."

다시 한번 조용히 돌아오는 대답에 남학생들은 결국 고개를 끄덕이며 그럼 인정한다고 말을 모았다.

"그래, 베리로즈 좀 모르면 어때! 군대 갔다 온 선배님인데."

모든 길은 군대로 해결된다는 남학생들이 어처구니가 없어서 여학생들은 덩달아 웃고 말았다.

"그런데 채우진이 같이 온 배우에게 아이스크림 먹여줬잖아. 이름이 뭐라더라."

"이단우."

내내 채우진의 정보를 친구들에게 알려줬던 여학생이 이번에도 무심하게 대답해 줬다.

"아, 맞아! 그거 보니까 막 망상이 막 끓어오르지 않던? 그거 한 장면으로도 팬픽 한 권은 나오겠더라."

"이미 나왔어. 지금 한창 연재하는데 너도 한번 봐봐! 채우진이 다정공으로 나오는데 진짜 재밌어!"

두 친구의 이야기에 채우진의 정보통이 귀를 쫑긋 세우며 친구에게 물었다.

"어디에서 연재하는데?"

친구가 가르쳐 주는 곳을 노트에 받아 적는 그녀의 눈빛이 순간 서늘하게 빛났다는 걸 친구들은 전혀 몰랐다. 그리고 며칠 후에 채우진을 주인공으로 팬픽을 쓴 작가는 구구절절 긴 반성문과 함께 글을 내렸다.

망상은 자유로우나, 채우진의 이미지에 손상이 가는 2차 창작물은 금지한다는 게 바로 소원바라기의 회칙이었다. 이는 남이 하는 것도 봐줄 수 없다는 의미였다. 이런 일에 그들은 늘 빠르고 무자비했다.

◆　　◆◆◆　　◆

'그림자의 도시' 촬영은 순조롭게 진행되었다.

외부적으론 '우리를 아나요?' 방송 이후 언론에 노출 빈도가 높아지면서 채우진과 연계된 기사들이 쏟아졌다.

내부적으론 날이 갈수록 NG를 내는 횟수가 점점 줄어들었고, 액션신은 우진이 사고 없이 완벽하게 소화한 덕분에 일정이 지연되는 일도 없었다.

초반에 박종혁 PD의 무수한 NG 세례를 받아 진이 빠졌던 것을 제외하면 각오했던 것보다 상황은 양호했다. 우진의 액션 촬영이 남들에게는 극한의 작업이라 느껴졌을 수 있으나, 정작 본인은 겨우 이까짓 게 무슨 극한이냐며 오히려 물음표를 그렸다.

오히려 배우들을 난감하게 만든 것은 다른 데에 있었다.

박종혁 PD가 강민호에겐 차가운 이성이 만들어내는 뜨거운 잔인함을, 박연아에겐 강인한 순수함 속에 감춰진 이기심, 채우진에게는 허무한 감정의 무덤에서 벗어난 아기 새의 이미지를 요구했기 때문이었다.

대체 이게 무슨 이미지냐고 강민호는 직접 박종혁 PD에게 물어보았지만, 돌아온 대답은 간결했다.

"그건 배우가 알아서 해야지."

배우 굴리는 맛에 드라마 PD를 한다는 평을 듣는 사람답게 무성의한 대답이었다. 그래서 우진이 결국 유수민 작가에게까지 물어보게 되었다. 처음 듣는 이야기라며 유 작가는 의아해하더니 이내 감탄하며 박종혁 PD를 칭찬했다.

"역시 PD님이 내 마음을 잘 이해했네. 그 말대로 따라 하면 괜찮을 거야."

그러니까 그게 무슨 뜻이냐고 재차 묻자, 유수민 작가는 아무렇지도 않게 어깨를 으쓱였다.

"말 그대로만 하면 되는 거야. 뭘 그렇게 깊이 생각해?"

그래서 세 사람은 더는 그들에게 답을 들는 걸 포기했다.

PD나 작가에겐 답이 나올 수 없다는 결론을 냈기 때문이다. 정확히 말하자면 알긴 알지만, 그걸 연기로 풀어내는 방법을 그들조차 모른다는 뜻이었다. 답만 알고 풀이 과정을 모르는 선생님이 낸 문제는 오로지 배우의 몫이었다.

"어이, 아기 새!"

그리고 별명이 아기 새가 되지만 않았다면 우진은 조금 더 행복했을지 모른다.

"어머, 애 노려보는 것 좀 봐. 그러면 너무 귀엽잖아."

"이 맛이 있어야 놀리는 재미가 있지."

어느새 콤비가 되어버린 강민호와 박연아가 번갈아 가며 우진을 놀리는 재미에 푹 빠졌다.

"죽이 딱딱 맞는 게, 이번 기회에 그냥 두 분이 사귀시죠."

"몰랐어? 우리 사귀어, 친구로!"

"죽이 딱딱 맞으면 딱죽이 되나."

최근 드라마 촬영과 함께 수업과 리포트에 시험 공부까지 하고 있던 우진은 따라 웃지 못했다. 요즘은 자연스럽게 눈 밑이 거뭇해져서 황이영이 굳이 분장까지 할 필요가 없어 편하다며 우스갯소릴 할 만큼, 우진의 상태는 안 좋았다.

드라마가 진행될수록 점점 피폐하고 말라가는 루이를 연출하는데 우진의 현실과 상황은 더할 나위 없이 좋았다.

"들었냐? 우리 '헌츠맨'에 출연한단다."

"아니, 왜요? 드라마 찍기도 바쁜데 예능은 무슨 예능이랍니까!"

항상 정보가 빠른 강민호가 소식을 물어오자, 우진은 그만 울컥하며 소리쳤다. 지금 일정도 벅찬데 거기에 '헌츠맨'까지 하라면 우진은 다 뒤집어엎을 것 같았다.

"우리 드라마 곧 방영하잖아. 같은 SBC라 나가서 홍보해야지."

'푸른 성의 주인'은 이번 주 수요일, 즉 어제 첫 방송을 시작했다. 모두의 예상대로 첫 방송부터 시청률이 18%를 기록하며 순항했다.

내용상 아직 프롤로그에 해당하지만, 반응은 나쁘지 않았다. 하지만 제작 초기만 해도 칭찬과 기대 일색이었던 기자들이 언젠가부터 심상치 않게 부정적인 면을 언급하기 시작했다.

"거기도 참 한심한 게, 거의 생방 수준이라더라."

"촬영은 우리보다 한 달 먼저 시작하지 않았나요?"

"나오는 배우들이 다 초특급이잖아. 우리같이 한가한 배우들이 아니라서 스케줄 때문에 일정이 꼬이고 딜레이되고 난리였다지 뭐야."

박연아의 친절한 설명에 우진은 우울하게 한숨처럼 토로했다.

"한가한 배우인 저는 왜 이렇게 바쁠까요."

"우리 아기 새가 힘들었구나. 자, 누나 품으로 들어와."

"됐습니다!"

우진은 욱해서 강민호와 박연아를 제치고 저 멀리 가버렸다.

"요즘 우리 아기 새가 까칠해졌어."

"이제 한창 반항할 스물세 살이잖아."

방영이 가까워지자 촬영 일정은 더욱 타이트해지면서 우진은 본의 아니게 수업을 계속 빠지고 말았다. 결석과 비례해서 리포트를 대신 충당하기로 했기에, 결석하는 날이 많아질수록 내야 할 리포트도 많아졌다.

"내가 미친 게지. 뭔 배짱으로 학업과 드라마를 같이 해. 그런데 누나, 우리 대표님 원래 예능에 나가는 거 싫어하지 않았나요?"

우진은 한 줌의 희망을 담아 황이영에게 물었다. 그러나 제발 자신이 들은 소식이 잘못된 정보이기를 바라던 우진의 마음은 무참히 깨졌다.

"그러게 나도 좀 이상하다 했어. 아무리 같은 방송사라고 해도 홍보용 예능에 나가는 거 없어 보인다고 싫어하셨거든. 그런데 요즘 대표님이 예전보다 많이 유연해졌다는 이야기가 돌더라고. 너 말고도 몇몇에게 예능 나가도 좋다고 허락하고, 광고도 예전처럼 까다롭게 고르지 않고 꼭 하고 싶으면 하라고 하신대."

그렇다고 장수환 대표가 획기적으로 변한 것은 아니었다. 예전엔 무조건 못하게 하던 걸, 지금은 열에서 두셋은 허락한다는 이야기였다. 물론 그것만도 DS 전체가 요동칠 정도로 큰 변화였지만 말이다.

그 이유를 몰라 궁금하다는 황이영에게 우진도 무척이나 궁금하다며 맞장구를 쳤다. 이유를 안다면 어떻게든 쫓아가서 원인을 없애 버리고 싶은 충동을 억제하며, 그는 대본을 들었다.

표지가 닳아지도록 몇 번이나 외우고 연구한 대본을 한번 훑어보고 한쪽으로 치운 우진은 우울하게 리포트를 쓰기 시작했다. 걸핏하면 삐뚤어지겠다는 우희의 말이 조금은 이해되는 요즘이었다.

그래서 '헌츠맨' 녹화 날, 우진의 상태는 최악이었다.

최악의 컨디션은 촬영 내내 우진에게 매번 '꽝'을 선물했다. 하지만 다행히 사고 없이 녹화를 끝냈고, 결말도 나쁘지 않았다. 하루를 재미나게 놀았다고 생각하면 꼭 나쁘지만은 않았던 경험이었다.

녹화 전에 불만을 표시했던 것과 달리 우진은 '헌츠맨' 로고가 박힌 금배지 하나에 기분이 풀리고 말았다. 그게 바로 24K 금배지의 위력이었다.

월요일에 '헌츠맨'을 찍고 금요일에는 '그림자의 도시' 제작 발표회가 있었다. 우진은 일련의 행사들로 드라마의 방영일이 가까워짐을 피부로 느낄 수가 있었다.

우진이가 건물 타기 액션신을 찍은 후, DS의 장수환 대표는 '그림자의 도시'에 개인적인 투자를 지원했다. 넉넉하지는 않아도 딱히 모자라지도 않았던 제작비가 대폭으로 늘어나면서 촬영 여건은 더욱 좋아졌다.

박종혁 PD는 개인적으로 호불호가 갈리는 사람이긴 해도 제작비를 빼돌리는 인성은 아니었다. 오히려 사비를 털어 넣으면서까지 작품을 만들 정도로 열성이 대단했다. 그래서 장수환 대표의 투자는 확실히 작품의 질로 이어졌다. 덕분에 제작 발표회도 애초 계획보다 규모가 커졌다.

제작 발표회에 강민호는 재벌 3세의 분위기가 물씬 풍기는 고급 슈트에 머리칼은 올백으로 넘긴 멋스러운 자태로 등장했다. 평상시에 허허거리는 모습은 찾아볼 수가 없었다.

종아리까지 오는 하얀 민소매 원피스를 입은 박연아는 단아한 분위기를 연출했다. 머리카락을 여러 갈래로 땋아 하나로 묶고 곳곳에 화려한 핀으로 장식한 스타일이 나이보다 훨씬 어려 보였다.

"이렇게 입으니까 누나도 정말 예쁘네요."

자신을 평범한 얼굴이라고 생각하는 만큼 우진의 미적 기준은 상당히 높은 편이었다. 이 정도면 그 나름대로 대단히 큰 칭찬이었다.

"난 원래 예뻤어!"

"야, 우진이 순간 말 잃고 입 다문 거 봐라. 저게 또 거짓말은 못 해."

외양은 재벌 3세지만, 결국 안까지 변할 리 없는 강민호는 킥킥거리며 카메라를 향해 여유롭게 손을 흔들었다.

킬러 역을 맡은 우진은 배역에 어울리게 블랙 슈트에 하얀 셔츠를 입은 차림이었다. 단정하지만, 날이 선 자태가 날렵하면서 차가웠다. 모두가 자신이 맡은 배역에 어울리는 스타일링을 하고 포토 타임을 가졌다.

우진이 제작 발표회에 참여하는 것은 이번이 두 번째였다. 'Death hill'의 경우 우진이 참여할 기회가 없었다. 그때는 완전 무명이었고 누구도 그를 주목하지 않은 상황이여서 제작 발표회에 그가 설 자리는 없었다. 무엇보다 투자자 눈치 보느라 문승권 감독이 그를 부를 수도 없었다.

제작 발표회가 처음이었던 'Glooming day'의 경우, 최이건 감독과 권성민이 최대한 간소하게 하기를 바랐다.

특히 남자 주인공인 권성민이 드라마 촬영 중이라 한창 바쁘다는 핑계를 대었다. 최이건 감독 역시 제작 발표회 같은 건 허례허식에 속한다며 무척 싫어해서 의견이 같았다. 그래서 뭐 한 것 같지도 않게, 사진 찍고 짧은 인터뷰로 대충 간소하게 끝내 버린 기억밖에 없었다.

그런데 '그림자의 도시' 제작 발표회는 5성급 호텔의 그랜드 홀에서 모든 게 최고급으로 준비되었다.

포토 타임이 끝나고 배우들과 드라마와 관련된 사람들의 소개와 인사가 길게 이어진 다음, 하이라이트 영상을 감상했다.

영상은 한 편의 영화처럼 화려하고 웅장하기까지 했다. 드라마의 분위기는 전체적으로 고급스러우면서 무게감 있는 잿빛 느낌이 강했다. 그리고 우진이 건물 건너편으로 건너뛰는 장면이 하이라이트의 마지막을 장식했다.

정식으로 촬영한 두 번째가 아닌 리허설로 찍은 것이었지만, CG 작업으로 와이어를 없애고 편집한 장면은 사실적이고 굉장히 박진감이 넘쳤다.

"저 건물 신, 촬영은 어떻게 한 겁니까? 들리는 말로는 대역 없이 채우진 씨가 직접 찍었다는데 사실입니까?"

하이라이트 영상이 끝나고, 배우들과의 인터뷰를 가지는 2부가 진행되자 기자들은 마지막 액션신을 언급했다.

"드라마가 방영되면 메이킹 영상을 풀 테니 그때 확인하십시오."

박종혁 PD의 간결한 대답에 만족하지 못한 기자들이 계속 질문을 이어가려 했지만, 눈치 빠른 사회자가 중간에 끼어들어 분위기를 주도했다.

"그러고 보니 주인공 세 분 모두 드라마는 처음이시죠? 특히 이건 정말 힘들었다 하는 기억 하나쯤은 가지고 계실 것 같은데, 어떠세요?"

사회자의 질문에 순간 세 명의 배우는 회한이 가득한 얼굴로 어색하게 웃었다. 처음이고 뭐고 간에 PD가 박종혁인데 그럼 안 힘들었겠니? 겨우 하나 정도로 되겠니? 입 밖으로 꺼내지 못할 말들이 한가득하였다.

"아무래도 활동했던 분야가 다르다 보니 처음 적응하는 데 쉽지는 않았습니다."

경험이 많은 강민호가 먼저 나서서 대답했다. 그는 영화와 연극 무대에서 활동했던 배우들이 드라마를 찍으면 하게 되는 뻔한 실수들에 대해 언급했다. 그 후로 이어지는 인터뷰 역시 대충 그런 식이었다. 대개가 무난하고 즐거운 에피소드로 서로를 감싸줬다.

PD에겐 적당한 칭찬을, 스태프들의 힘든 노고엔 감사를, 그리고 서로 사이가 좋은 세 배우로 인해 현장 분위기가 좋다는 것을 강조하면서 훈훈한 분위기로 마무리 지었다.

"그런데 오늘도 그 아이돌은 나타나지 않았네. 5회도 지금 '최강'이 들어가는 신만 빼고 모두 찍었잖아. 걘 오긴 온대?"

제작 발표회가 끝나고 돌아가기 위해 각자 차를 기다리던 중, 오늘까지 언급조차 되지 않는 아이돌의 정체에 박연아는 의문을 표했다. 이쯤 되니 과연 '최강' 역을 아이돌이 맡은 게 확실한지도 의심스러웠다.

"나도 궁금해서 물어봤더니 그쪽에서 연기 공부 제대로 하고 들어오겠다고 조금만 기다려 달라고 했대."

"이제 와서 무슨 연기 공부?"

"뭐, 우리 보고 기가 죽었나 보지. 비주얼 되지, 연기 되지, 들어오면 기 좀 죽을 거야?"

한껏 무게를 잡는 강민호에게 박연아는 한심하다는 투로 그의 입을 막았다.

"더 이상 듣고 있기 참 민망하다."

서로 옥신각신하는 두 사람을 보던 우진은 그들 너머로 보이는 한 사람과 눈이 마주쳤다. 순간 어떤 표정을 지어야 하나 당황한 우진은 그냥 고개를 숙이는 것으로 얼굴을 가리며 상대에게 인사를 건넸다.

우진이 누군가에게 인사하는 모습에 박연아는 슬쩍 고개를 돌렸다. 그곳에는 '그림자의 도시' 제작사 임원과 한 남자가 서 있었다. 왠지 낯이 익은 남자의 얼굴을 빤히 쳐다보니 대답은 강민호에게서 나왔다.

"설문영이잖아. 1세대 아이돌 스타에 지금은 잘나가는 음반 프로듀서. 요즘은 무슨 기획사의 이사라고 하던데."

"TM요."

"아~! 맞아."

우진의 대답에 강민호가 고개를 끄덕였다. 설문영을 보면 실패를 모르는 인생이란 저런 사람을 두고 하는 말인가 싶었다.

어린 나이에 아이돌로 데뷔하고 승승장구하다 적당한 시기에 큰 잡음 없이 그룹이 해산됐다. 그리고 개인 활동을 시작한 설문영은 지금까지도 그 인기를 꾸준히 이어오고 있었다. 더욱이 음반 프로듀서의 재능도 뛰어났다. 명반이라 평가되는 블루핏의 데뷔 앨범이 바로 그의 작품이었다.

"그런데 아는 사람이야?"

제작사 임원과 인사를 하고 우진에게로 다가오는 설문영을 보며 박연아가 의아한 듯 물었다.

"예전에 잠시요."

심상하게 대답하는 우진의 태도에 두 사람도 대수롭지 않게 여겼다. 서로 얽히고 얽힌 연예계에 인맥이란 중요한 요소이기도 했다. 그런 관계 중 하나라 여긴 거다.

"우진이구나. 이게 얼마만이지?"

가까이 다가온 설문영 역시 반갑게 우진을 대했다. 서로 눈치를 본 강민호와 박연아는 슬며시 뒤로 물러났다. 반가이 말을 거는 태도나 하는 말을 봐선 오랜만에 만난 것 같으니 두 사람이 자리를 피해주는 게 예의일 것 같아서다.

"네, 선생님은 잘 지내셨죠?"

"나야 언제나 똑같지. 영화 잘 봤다. 난 네가 연기에도 재능이 있는 줄 몰랐는데 대단하더라."

한때 대중을 홀리던 설문영의 눈웃음은 여전했다. 거리를 두고 서 있던 박연아조차 괜스레 가슴 떨린다며 손부채를 흔들 정도였으니 말이다.

"칭찬 고맙습니다."

"나야 늘 널 아꼈지. 네가 그렇게 나가서 얼마나 안타까웠는지 아니?"

"그러셨어요?"

"그럼 안타까울 수밖에."

사람 좋은 미소 속에 박힌 가시가 우진의 가슴을 찔러댔지만, 그는 애써 아무런 표정도 짓지 않았다. 그저 마주 보며 함께 웃었다. 설문영은 잠시 그런 우진의 얼굴을 훑더니 역시 연기자는 뭔가 다르다고 칭찬을 내뱉었다.

하지만 그건 우진이 하고 싶은 말이었다. 언제나 느끼지만, 가면을 쓴 듯 속내를 드러내지 않는 설문영이야말로 대단했다.

"참, 민수 알지? 네가 데뷔할 뻔했던 블루핏의 이민수. 걔도 이번에 '그림자의 도시'에 합류할 예정이다. 너랑 동갑이긴 해도 이전에 드라마도 몇 편 찍었고 데뷔한 연수를 보나, 너보다 선배니까 깍듯하게 대해. 네가 아무리 TM을 나갔어도 연예계 바닥에 뒹구는 한 서열은 지켜야지."

'알겠니?' 하는 표정으로 자신을 보는 설문영에게 우진은 마주 웃으며 대답했다.

"선배다우면 당연히 그에 맞는 대우를 할 겁니다."

"그 친구가 널 실망시키는 일은 없을 거다."

"저도 그러길 바랍니다. 민수나 다른 사람들이나 언제나 저에게 실망만 안겨줬는데, 한 번쯤은 아닌 날도 있어야죠."

우진의 대답에 빤히 그를 보던 설문영의 눈가에 처음으로 주름이 생겼다. 우진이 말한 사람 중에 자신도 포함됐다는 걸 눈치챈 거다.

"예전이나 지금이나 넌 변한 게 별로 없구나. 대체 뭘 믿고 그렇게 기고만장인 거지? 아아, DS에 들어갔으니 이제 믿을 만한 뒷백이 생긴 건가?"

굳이 대응할 값어치가 없어서 우진은 가만히 있었다. 그걸 오해한 듯 설문영은 설핏 비웃음을 지으며 우진의 어깨를 다정하게 툭툭 쳤다.

"그래, 될 수 있으면 그 끈을 오래 붙잡고 있는 게 좋을 거야. 넌 정말 운이 좋았어. 한때 널 아낀 사람으로서 그 운이 오래가길 나도 바란다."

할 말은 다했는지 설문영은 나중에 보자는 무의미한 말을 남기고 물러났다. 거리를 두고 멀뚱히 서 있는 강민호와 박연아에게도 인사를 건네는 예의를 보여주며, 설문영은 마침 도착한 자가용을 타고 먼저 자리를 떠났다.

"친한 사이 아니었어?"

우진과 설문영이 아무리 웃고 있었다 해도 둘 사이에 흐르는 분위기가 심상치 않음을 파악한 박연아가 의문 섞인 질문을 했다.

"친하다니, 저 사람하고요? 설마요."

그 어느 때보다 단호하게 대답하던 우진은 설문영이 건드렸던 왼쪽 어깨를 손바닥으로 털어냈다. 설문영에게서 묻어왔을지 모를 먼지 한 톨조차 기분이 나쁘다는 걸 노골적으로 표현했다.

"참, 우리 드라마에 투입할 아이돌요. 블루핏의 이민수라고 하네요."

"이민수?"

왠지 반색하는 박연아를 무시하고 우진은 그에 대해 어떠냐고 강민호에게 넌지시 물었다.

"이민수라면, 드라마 몇 편 찍은 거로 아는데 나쁘지는 않았던 것 같다."

"처음엔 영 아니었는데 점점 좋아졌어. 노력형이고 연기도 점점 좋아지는 게 보여서 지금은 사람들 반응도 괜찮아. 차근차근 시작하겠다며 비중 상관 없이 배역 맡은 것도 호감이고."

이민수라면 블루핏의 인기로 주연을 맡아도 하등 이상할 게 없는 위상이었다. 그런데도 단역과 조연으로 시작했다는 점에서 많은 점수를 땄다.

"게다가 맡을 배역이 '최강'이라면 괜찮지 않아? 집안 반대로 가수의 꿈을 꺾은 반항아 역이니 어울릴 것 같다."

흐뭇하게 웃기까지 하는 박연아는 얼마 전까지 우리 드라마에 어떻게 아이돌을 넣을 수 있냐고 분개하던 사람이었다. 그걸 강민호가 지적하자 그녀는 당당하게 대답했다.

"내가 반대한다고 해도 어차피 들어올 아이돌이라면, 이민수가 좋다는 거지. 사실 아이돌 중에선 가장 연기 잘하잖아."

제작 발표회가 끝난 이후 저녁 일정에 촬영은 없었다. 이미 늦은 시각이었지만, 최근 쉴 새 없이 몰아치던 일정으로 피곤한 이들에게는 꿀맛 같은 시간이었다.

차를 타고 집으로 가는 길에 우진은 SBC 본사 건물 한 면을 차지하는 '그림자의 도시' 홍보물을 발견했다. 이야기는 들었지만, 그동안 오가는 사이에 방송사를 지날 길이 없어 오늘에야 처음으로 보았다.

거대한 홍보물 안에 있는 루이의 얼굴을 보며 우진은 두근거림을 느꼈다. 얼마 전이었다면 분명 쑥스럽고 부담감을 느꼈을 텐데 미묘하게 달라진 감정의 변화였다. 기분 좋은 흥분은 은연중에 자신감을 끌어올렸다.

여기까지 온 이상, 더는 자신의 자리를 뺏길 생각은 없었다. 그게 누구라 해도 말이다. 유례없이 호승심이 생긴 이유를 우진 본인은 너무도 잘 알고 있었다. 아니라고 생각했는데 그들에 대한 감정의 찌꺼기가 내면에 숨어 있었던 거다. 깊이 가라앉아 영원히 올라오지 않기를 바랐는데, 너무 큰 바람이었던 모양이다.

집에 도착하자마자 우진이 한 일은 쉬는 것도, 공부하는 것도 아닌, 이민수가 했던 기존의 연기를 모두 찾아보는 일이었다.

우진의 관점으로 보자면 이민수가 처음 했던 연기는 정말 눈뜨고 봐주기 어려운 수준이었다. 그러나 점차 눈에 띄게 좋아지면서 이제는 연기자라 불러도 될 만큼 성장한 게 보였다.

강민호의 말에 의하면 연기 공부를 제대로 하고 있다니, 이보다 더 나은 모습으로 나타날 게 분명했다. 이민수의 학습 능력만큼은 타의 추종을 불허할 만큼 뛰어났다. 이따위 과거 연기로 지금의 그를 판단할 수 없었다. 우진은 가장 최근 것만 보고 더는 이민수의 연기를 모니터링하는 걸 그만두었다.

누구보다 먼저 캐스팅되었다는 것은 이민수 역시 '그림자의 도시'에 우진이 캐스팅될 거란 예상은 하지 못했단 뜻이었다.

지금의 우진처럼 그 역시 이 상황이 당황스러울 터였다.

촬영을 뒤로 미뤄가면서 연기 공부에 매진한다는 이민수의 마음을 우진은 왠지 알 것 같았다. 아마도 자신과 크게 다르지 않을 테니, 이를 악물고 있을 게 분명하다. 워낙에 야망이 크고 오는 기회를 절대 놓치는 성격이 아니었다. 이번 기회에 제대로 된 연기로 주연급으로 발돋움하고 싶을 게 분명했다.

"하지만 노력하는 사람이 세상에 너만 있는 게 아니야."

언젠가 이를 악물면서 '왜 너한테는 모든 게 다 쉬운 거지?'라며 소리쳤던 이민수의 얼굴이 생각났다. 무언가를 쉽게 하기까지 쏟았던 우진의 노력은 고려하지 않았다. 언제나 결과만을 보며, 우진의 실력을 단순히 재능 덕으로만 몰아갔다.

재능이 아예 없었던 것은 아니니 인정은 하지만, 그렇다고 해서 노력하지 않은 건 아니었다. 그리고 우진이 보기에 이민수 역시 충분히 넘치도록 재능이 있는 친구였다. 거기에 안주하지 않고 노력까지 더했으니 지금의 위치까지 올랐을 테고 말이다.

이민수를 마지막으로 보았을 때, 그가 보냈던 시선을 기억하며 우진은 무의식중에 주먹을 꽉 쥐었다. 기이할 정도로 이민수에게는 지고 싶지 않았다. 아니, 정확히는 그들 모두에게 가지는 호승심이었다. 더는 그들의 등을 보면서 뒤에 남아 있고 싶지 않았다.

◆　　◆◆◆　　　◆

'헌츠맨'은 최근 시청률이 높지 않았다. 그런 측면만을 따지면 홍보라는 의미가 무색할 정도였지만, 국외의 인기를 따지자면 충분한 가치가 있었다. 일요일 오후 '헌츠맨'이 방영하는 시간에 우진은 한창 촬영 중이었다. 보고 싶으면서 보기 싫은 묘한 감정이 드는 순간이었다.

대기 중이던 강민호는 박연아에게 함께 보자고 했지만, 그녀는 질색하며 도망가 버렸다.

"나는 TV에 나오는 내 얼굴 못 봐!"

"그게 드라마 찍는 사람 입에서 나올 소리냐?"

박연아에게 함께 시청하자던 강민호는 정작 자신 역시 본방송을 보지 않았다. 예능에 나간 게 이번이 처음은 아니지만, 드라마를 홍보하기 위해 메인으로 나간 건 처음이었다. 분량이 어떻게 나올지 몰라도 왠지 모를 쑥스러움이 용기를 가져가 버렸다.

출연했던 사람들은 정작 본방사수를 놓치고 말았지만, 그들을 대신해 처음부터 끝까지 본방을 놓치지 않고 시청한 이들은 많았다. '헌츠맨'이 끝나자마자 본방사수대에서 성실한 발악으로 돌아온 이들은, 소원바라기 카페에 모여들어 실시간으로 끊임없이 감상평을 올렸다.

─지니 오빠 이렇게 꽝손이 되나요. 아니, 어떻게 10개 중의 1개밖에 없는 불량 총을 잡냐고요. 게다가 '고민한다고 뭐가 바뀌나요'라고 멋있게 말한 뒤에 가장 먼저 총을 골랐는데, 꽝이어서 미션도 못 하고. ㅜ.ㅠ

└대신 연아 언니가 하도 과녁(인형)을 못 맞히니 대신 흑기사로 나왔잖아요. 세상에 한 방에 인형 쓰러뜨린 거 보고 졸도할 뻔했

지 뭐예요. 완전 폼이 지대로! 킬러 역에 어울리게 엄청 연습했나 봐요.

─줄 타고 올라가는 것도 남들은 다 미끄러져서 올라가지도 못하는 거. 혼자서 한 번에 쭉쭉 올라가 놓고 터뜨린 박엔 색종이 대신에 밀가루가 있고……;; 다섯 개 중에 하나 있는 걸 꼭 고르는 센스!

채우진은 '헌츠맨'에서 주어진 미션들을 모두 멋들어지게 해결하는 능력을 보여줬다. 하지만 꼭 결정적으로 고른 것들이 모두 '꽝'이어서 도로 아미타불이 되고 말았다. 발악들은 그게 안타까우면서도 재미있어서 엄청 신나 있었다.

─어디 그뿐이에요. 혼자서 퀴즈 다 맞혀놓고 받은 힌트 봉투를 하화가 바꾸자고 해서 바꿨잖아요. 그런데 바뀐 봉투 안에 들어 있는 건 '꽝'이란 글자! 하화가 가져간 봉투에는 결정적인 증거가 있고. 오빠 대체 왜 바꿨어요!!

┗퀴즈에서 1등을 하긴 했지만, 3등까지 무작위로 주는 봉투 안에 꽝이 하나 있다는 소리에 흔들린 거죠. 계속 꽝만 뽑았으니 자기가 직접 고른 봉투에 자신이 없었던 거예요. 봉투 중에 꽝이 있단 소리에 지니 눈동자 지진 난 거 보셨어요? 제작진이 아마 퀴즈는 지니가 이길 것 같으니까 공평성(?)을 위해 힌트가 든 봉투를 무작위로 섞어서 직접 고르게 한 것 같은데… 아이고, 의미 없다!

┗그런데 힌트 하나 없으면서 지니가 강민호 씨에게 정보 교환하자고 딜 넣을 때 정말 웃겼어요. 원래 킬러와 의뢰인은 한편이라면서 살살 달래고, 강민호 씨 순간 혹해서 중요한 힌트 하나 주고 나서야

지니한테 아무것도 없다는 걸 깨달았죠. ㅋㅋㅋㅋㅋ

─그러고 보면 강민호도 은근히 허당이더라고요. 영화에서 워낙에 개성 있는 역할들을 해서 강한 성격인 줄 알았는데 나름 귀여웠어요. 지니한테 당해서 어쩔 줄 몰라 하면서도 웃는 걸 보고, 정말 사이가 좋다고 느꼈지요.

└이야기는 들었지만, '헌츠맨' 보니까 세 사람이 정말 친한 게 눈에 보이는 것이 현장 분위기 정말 끝내줄 것 같더라고요.

서로 다른 팀인데도 불구하고 우진을 비롯한 세 사람의 합이 굉장히 좋았다. 서로 장난치고 놀리는 모습이 자연스럽고 편안해 보였다. 그만큼 서로 친하다는 뜻이라 발악들은 적이 안심했다. 촬영도 사회생활도 순풍하는 우진의 모습에 팬으로서 흐뭇할 따름이었다.

─가게 찾아가서 미션 수행할 때요! 지니 어느 정도 예상은 했는데 영어는 물론 중국어까지 그렇게 잘하는 줄 정말 몰랐어요. 완전 네이티브 발음이대요. 'Death hill' 봤다고 알아보는 중국인에게 쏼라쏼라 대답하는 거 정말 멋있더라고요. 그 중국인 관광객이 한국어는 몰라도, '다른 사람' 때문에 본 영화였는데 지니 팬 됐다는 소리에 제가 괜히 뿌듯한 거 있죠!

└방송에서는 삐 처리되고 '다른 사람'이라고 자막이 나왔지만 우린 알죠. 그 '다른 사람'이 누구인지.

─저는 영국인이 길 물어볼 때요! 그 자리에서 폰으로 지리 검색하면서 자연스럽게 주고받던 대화들이 와우~! 한국의 가을 하늘이

무척이나 닮았느 이야기가 어떻게 대기오염에서 지구온난화까지 가냐고요. 그런데 두 사람이 너무 진지해서 그게 또 웃겼지요.

외국인 관광객들이 많이 찾는 곳에서 미션이 있었던 관계로 우진은 자신을 알아보거나, 길을 묻는 외국인들과 여러 번 대화를 나누는 일이 많았다. 그 장면이 여과 없이 그대로 방송을 타서 우진의 외국어 실력이 더욱 돋보였다.

예전에 강호수가 잘난 척하지 않고 자랑하라던 외국어 실력을 그야말로 자연스럽게 내보이는 기회였던 것이다.

—고르는 것마다 꽝을 뽑기는 했어도 결국 우승은 우리 지니가 했잖아요. 미션이고 뭐고, '헌츠맨'은 결국 이름표 뜯기만 잘하면 되는 거였어요. 요즘 이름표 뜯기를 안 해서 긴장감이 좀 떨어졌는데 오늘 오나전 그 묘미를 제대로 살리지 않았나요?

┗전 지니가 연아 언니 이름표 뜯으려고 할 때, '우진아, 길게 봐라' 해서 정말 뒤집어지는 줄 알았다니까요. 언니 카리스마 있고 짱 멋있었어요! 지니가 세 번을 봐줬다가 결국 이름표 뜯었을 때요. '이런, 엑스~!' 내뱉고는 앞머리 뒤로 넘기면서 '훗!' 할 때 완전 걸크러쉬, 좀 반했어요.

┗지성진이 엑스가 무슨 뜻이냐까, 지니 오빠가 '꽃 같다는 소리예요'라고 대답할 때는 또 어떻고요.

┗진짜 오늘 '헌츠맨'에서 지니가 총체적인 난국이었던 게 유일한 한편인 킬러가 왜 지성진이어서. 완전 지니 혼자 하드 캐리였죠.

오늘 '헌츠맨'의 내용은 의뢰인과 킬러, 그리고 희생자로 세 팀이 나뉘어 게임을 하는 것이었다. 의뢰인과 킬러는 각각 한 명의 '헌츠맨' 멤버와만 팀이 되고 나머지는 박연아와 함께 희생자가 되는 전개였다.

하지만 게스트 세 명을 제외하고 '헌츠맨'의 멤버들은 자신들이 어디에 속해 있는지 모르는 상태였다. 그리고 게스트 역시 자신과 한 팀이 되는 멤버가 누구인지 몰랐다.

게스트들과 '헌츠맨' 멤버들은 미션을 수행하면서 얻은 힌트로 서로 같은 편을 찾아야만 했다. 강민호에게 겨우 하나 얻은 힌트로 우진은 자신과 같은 편인 킬러를 찾을 수가 있었다. 그런데 그게 하필 무능의 아이콘인 지성진이었다.

이름표를 뜯을 수 있는 사람은 오로지 킬러뿐이었다. 의뢰인을 뜯어버리면 도리어 킬러가 아웃이 되는데, 지성진이 의뢰인인 하화의 이름표를 뜯어버린 바람에 아웃이 돼버렸다. 그 때문에 혼자 남은 우진만이 고군분투해야만 했다.

물론 덕분에 누가 의뢰인인지 몰라 조심스러워하던 우진은 그 후로 거침없이 이름표를 뜯을 수가 있었다. 그런 점에서 지성진은 충분히 자기 몫을 다했다고 볼 수 있었다.

반면 의뢰인과 희생자들은 킬러에게 잡히기 전에 금고를 찾아야만 했다. 의뢰인은 킬러가 희생자들을 다 잡기 전에 금고를 찾으면 승리하고, 희생자는 킬러에게 안 잡히고 의뢰인보다 먼저 금고를 찾아야 승리했다.

그리고 킬러는 두 팀 중 누구라도 금고를 찾기 전에 희생자들을 모두 제거해야만 승리를 하는 내용이었다. 그런데 우진은 깅민호가 금고를 찾기 직전에 간발의 치이로 마지막 남은 희생자인 김정국의 이름표를 먼저 뜯었다.

—난 지니가 김정국하고 대결하면서 벽 한 번 치고 공중에서 한 바퀴 도는 거 보고 경악했어요.

└어디 발악 님만 그랬겠어요. 그 김정국마저 지니 오빠 앞에선 완전 이 빠진 호랑이였잖아요. 지니 오빠 붙잡아서 가두고 사방에서 몰려왔을 때요. 임광수 어깨 잡고 훌쩍 뛰어올라 도망가는 거 정말 절로 우와 하고 감탄사 나왔지 뭐예요. 제가 리모컨 사수하며 '헌츠맨' 본다고 할 때부터 주저리 불만만 말하던 오빠도 어느 순간 넋 놓고 보더라고요.

—확실히 '헌츠맨' 나온 것은 잘한 것 같아요. 제가 울 엄마한테 지니 님 영업하려다 실패했었는데 오늘 '헌츠맨' 보고 쟤 누구냐고 묻고, 지니 님 나온 영화나 드라마 있으면 보여주라고 먼저 말씀하는 거 있죠. 제가 전에 그렇게 글루밍 데이 같이 보러 가자고 할 때는 귓등으로 들으시더니.

└대중적으로 얼굴을 알리기엔 역시 예능과 드라마만큼 좋은 게 없죠. 그런데 이번엔 무슨 바람이 들어서 장 대표님이 '헌츠맨' 나가라고 했대요?

└단물 다 빠진 '헌츠맨'에라도 나가야 할 만큼 지니 사정이 절박했겠지.

—윗님, 말씀이 조금 이상하시네요? 우리 지니가 절박할 일이 뭐가 있는데요?

└솔직히 내가 지니 팬이지만 저번 '우리를 아나요?'에서도 그렇

고 어거지가 너무 많잖아. 아닌 척 우연히 폐지 할아버지와 만나게 하고, '헌츠맨'에서도 김정국이 그렇게 쉽게 잡힐 사람인가? 저런 거다 짜고 치는 고스톱이란 거 모를 사람도 없거니와 그림 안 나오면 NG 내고 다시 찍는 거, 다 아는 사실이잖아. 하여튼 못 띄워서 안달인 게 보여서 팬으로서 좀 안타깝더라.

사람이 집단을 이루면 모두가 같은 마음일 수 없다는 건 누구나 인정하는 사실이다. 하지만 최소한 팬카페에 가입했다면 기본적으로 가지고 있는 애정이란 게 존재하고, 이는 무엇과도 바꿀 수 없는 첫 번째 원칙이었다. 그런데 이 원칙을 무시하려는 회원이 소원바라기에 출몰했다.

—가끔 보면 무슨 광신도 소굴 같다니까. 아무리 지니가 좋아도 적당히 합시다. 지니한테 쏟는 정성의 반이라도 가족한테 하는지 모르겠네.

└가입한 지 2주, 승급되자마자 쓰는 글이 이런 글이라니 댁도 뻔하네. 남 걱정 말고 이런 글 쓸 시간과 정성이 있으면 댁 가족한테나 잘하지?

└잘하고 있거든! 그래서 댁들이 한심하다는 거야. 나처럼 쏘쿨하게 좋아할 수가 없어? 그렇게 이성을 붙잡고 있기가 힘든가?

—그래, 힘들다! 여러분 여기서부터 병먹금 하세요. 쏘쿨한 거 좋아하는 이 병신은 이제부터 우리가 시원하게 만들어 드리죠.

팬이라면서 채우진을 흠집 내고 팬들까지 싸잡아서 흉보는 회원이 나타나자 흥분한 이들이 날 선 공방을 하려고 했다. 그러자 재빨리 나타난 운영자가 화가 난 발악들을 진정시키고 문제의 회원에게 경고를 하였다.

그런데도 문제의 회원은 더욱 신이 나서 분란을 일으키는 글들을 게시판에 계속 썼다. 하지만 처음과 달리 아무도 그를 상대하지 않았다. 마치 투명 인간처럼 존재 자체를 무시하고 그가 남긴 글은 아예 언급조차 하지 않고 지나갔다.

허공에 외치는 소리가 메아리조차 없이 사라져 버릴 때 느끼는 허무함은 인터넷이라고 해서 크게 다르지 않았다.

비웃음 가득했던 글에서 어느 순간 초조함과 굴욕감이 느껴질 때쯤, 운영자는 문제의 회원이 다른 사이트에 남긴 채우진에 관한 글들을 모아왔다. 어느 곳에나 존재하는 발악들은 채우진에 관한 비방 글이 올라오면 글쓴이에 대한 자료를 최대한 끌어모았다.

소원바라기에 가입하는 모든 사람을 검열할 수는 없어도 이를 이용하면 가끔 얻어 걸리는 경우가 제법 있었다. 그리고 이번에는 운이 좋았다.

—뭐, 대단한 분도 아니고 다른 동네 미꾸라지였네요. 당신이 여기서 이런다고 해도 옛날 ×× 미남이라고 불리던 그분의 명성은 다시 돌아오지 않아요. 부모님 지갑에서 돈 훔쳐서 그분한테 조공한 걸 자랑하는 당신의 쿨함에 가운뎃손가락을 날리겠습니다. 우린 뜨거운 가슴으로 따스하게 잘살 테니 쿨한 당신은 거부하겠습니다. 짧았지만, 그동안 더러웠고 다시 만나지 맙시다.

운영자는 깔끔하게 공지한 다음에 문제의 회원에게 쪽지를 보내고 탈퇴시켜 버렸다.

자신의 행적을 고스란히 들킨 당사자가 등골이 서늘해하든 말든, 잠시의 분탕질 후에 찾아온 평화는 아름다웠다. 지금 이 순간 중요한 것은 물을 흐리는 미꾸라지 한 마리가 아니었다.

그보다는 꽝으로 이어지던 우진이 불운을 딛고 결국 승리를 얻어낸 것이 발악들에겐 가장 즐거운 일이었다.

무엇보다 '헌츠맨'을 함께 보던 가족들이 채우진이란 배우에게 관심을 가지는 과정이 그들을 기쁘게 했다. 욕심 같아선 나만 아는 배우로 남기고 싶지만, '더욱더 흥해라!' 하는 마음이 더 큰 게 사실이었다.

—그런데 지니 얼굴이 너무 초췌해 보이지 않았나요. 날아다니는 거 보면 건강은 괜찮은 것 같은데 뭐랄까, 얼굴에 피곤이 묻어 있더라고요.

ㄴ드라마에 학업까지 병행하자면 아무래도 무리죠. 한국대 다니는 친구한테 물어보니까 이번에 결석이 좀 돼서 지니 님 리포트 폭탄 맞았다고 하더라고요. 게다가 다음 주부터 중간고사라지요. ㅠ.ㅠ

ㄴ지니 오빠 빨리 낳으세요~!

ㄴ저… 발악 님 '나으세요'가 맞아요. 낳으세요, 라고 하면 지니가… 뭘 낳는다는 뜻이라……;;

ㄴ아무래도 몸보신하라고 흑마늘 진액이라도 보내야겠어요.

흑마늘 진엑 이야기가 나오자 다른 발악들은 이에 동조했다. 마늘을 좋아한다니 기호에도 맞고 몸에도 좋은 흑마늘이 가장 적합하다며 빠르게 의견들을 모았다.

―제작 발표회 때 틀었던 하이라이트 영상 말이에요. 그날도 말이 많았지만 아무래도 정말 지니가 대역 없이 찍은 것 같아요.

ㄴ설마요! 설사 맞다고 해도 CG겠죠. 녹색인가 파란색 앞에서 찍는 거요.

ㄴ그린 스크린이라고 하기엔 너무 자연스럽고, 앵글이나 구도의 변화가 굉장히 역동적이었어요. CG로 그걸 일일이 하려면 돈도 많이 들고 엄청난 막노동일 텐데……;;

ㄴ드라마 제작에 장 대표님이 투자하셨다니 예산이 확 늘어서 가능한 거 아닐까요?

ㄴ그린 스크린은 분명 아니에요. 제가 들은 바에 의하면 지니 님이 액션 촬영하던 금요일 새벽에, 문제의 건물에서 드라마 촬영이 있었다고 합니다. 분명 와이어에 매달린 사람이 건물 사이를 뛰어내리고, 건물 벽을 타고 내려오기도 했대요. 그게 지니 본인인지 대역인지는 모르겠지만요.

제작 발표회 때 기자들이 가장 궁금해하던 것이 발악들에게는 무척이나 중요한 일이었다. 하지만 PD나 배우들이 입을 열지 않으니 진실을 알 길이 없었다. 빨리 그 부분이 방영되어 메이킹 영상이 뜨기만을 바랄 수밖에 없었다.

◆　◆◆◆　　◆

'그림자의 도시'가 첫 방송을 타는 주가 하필 우진에게는 중간고사를 봐야 하는 시기였다. 지금까지는 드라마와 수업 중, 촬영을 위해서 수업을 포기했지만 시험만은 그럴 수가 없었다.

중간고사를 보는 5일간은 촬영을 잡지 않기로 계약서에 분명히 명기까지 했다. 그런데 박 PD는 이를 지킬 생각이 없는 사람처럼 굴었다.

"생각이 있는 거야, 없는 거야! 주인공이 5일간 촬영에 빠진다는 게 말이 돼?"

"그래서 미리 충당해서 찍은 거 아니었습니까?"

제작 발표회 날을 제외하고 지난 2주 동안 우진은 이 5일을 빼기 위해 쉬는 시간도 반납하고 계속 촬영에 임했었다. 남들은 며칠을 소비할 액션신을 반나절 만에 소화하며 모두의 시간을 아꼈기에, 이만하면 당당하게 요구해도 부끄럽지 않다고 여겼다.

"드라마는 시간과의 전쟁이야! 방송하기 몇 분 전까지 편집해서 겨우 돌리는 일이 어디 남의 일인 줄 알아?"

"그 5일 동안 루이가 안 나오는 신을 촬영하면 될 것 같은데요. 저는 분명 6회까지 제 신은 모두 찍었습니다. 7회와 8회의 몇몇 신도 찍었고요. 하지만 5회와 6회 중에 아직 찍지 못한 신이 여러 개 있는 거로 아는데, 아닙니까?"

우진은 최준의 동생인 '최강'을 언급했다. 5회부터 처음 등상하는 최강의 신만 빠진 채로 있는 5회와 6회를 이쯤에선 마무리를 지어야 했다.

그리고 박 PD의 성격으로 보건대, 이민수 역시 초반에는 엄청난 NG 세례를 받을 가능성이 컸다. 방송이 코앞에 닥쳐서 찍는 것보다는 시간을 넉넉하게 잡고 지금부터 시작하는 게 좋았다.

"그건 최강을 맡은 배우가 아직 준비가 안 돼서 못 한다고 했잖아."

"준비가 안 된 배우는 잘도 기다려 주시면서. 지금껏 잘해온 저에게는 겨우 5일도 주지 못하시겠단 말씀인가요?"

박종혁 PD는 지금까지 우진이 함께했던 감독들과는 달랐다. 문승권과 최이건 감독과는 작품이 끝나도 꾸준히 서로 연락을 주고받으며 관계를 이어올 만큼 서로 교감하는 부분이 있었다. 하지만 박종혁 PD에게는 그런 기대가 없었다.

박 PD 자체가 우진을 배우로만 인식하지, 인간적인 교류를 할 대상으로 보지 않기 때문이었다. 그래서 우진도 그에게 비즈니스 관계를 넘어선 다른 것은 바라지 않았다.

"주인공하고 조연이 어떻게 같나!"

"드라마의 비중은 달라도 분량이 있는 한, 언젠가는 찍어야 하는 것도 사실이죠. 그게 바로 내일 당장이라 해서 문제가 될 건 없다고 봅니다."

"아직 그쪽이 준비가……."

이민수를 기다리는 건 짜증이 나지만 박종혁은 이왕 늦어진 거 조금이라도 연기가 늘어난 상태에서 이민수가 들어오는 게

낮다고 여겨서 일정을 최대한 늦추고 있었다. 그 역시 아이돌에 대한 편견이 있어서 이민수를 믿지 못했다.

"전 드라마를 위해 제 최선을 다했습니다. 그럼 PD님도 최소한의 편의는 저에게 보장하는 게 맞다고 봅니다. 전 내일부터 5일간 오지 않을 테고 그 시간을 어떻게 사용하는가는 PD님의 재량이지, 제 소관도 책임도 아니라고 봅니다."

무얼 시켜도 고분고분하게 다 따라주었던 우진의 완강한 태도에 박종혁 PD는 적응하지 못했다. 작품에 대한 열의가 높아서 박종혁은 자신이 조금만 강하게 주장하면 우진이 따라올거라 여겼다.

그래서 우진이 이렇게 강하게 나올 거라는 예상 자체를 하지 못했다. 갑자기 사람이 변해 버린 것 같은 괴리감마저 느껴졌다. 어렸을 때부터 사람들의 이런 반응에 익숙한 우진은 조금은 무덤덤한 음성으로 말을 이었다.

"전 제가 할 수 있는 한도 안에서 언제나 최선을 다하지만, 그게 저를 희생한다는 의미는 아닙니다, PD님."

할 수 있기에 하는 것뿐이었다. 무리해서 하는 경우는 절대로 없었다. 하지만 사람들은 종종 그걸 오해하고 우진에게 더한 것을 요구할 때가 많았다. 저번에도 이와 비슷한 것을 했으니 이번에도 너는 가능하겠지, 하며 당연하게 요구했다.

만약 그 일이 우진의 선에서 해결 가능한 일이라면 그는 하겠지만, 자신을 희생하면서까지 남에게 봉사할 성격은 절대 아니었다. 그런데 사람들은 그걸 꼭 겪어봐야 깨달았다. 아니면 사람이 변했다면서 비난하기도 했다.

"그리고 무엇보다 전 약속을 지켰으니 PD님도 지키셔야죠."

건물 액션신을 찍으면서 우진은 많은 부분을 PD에게 양보했다. 물론 당연히 자신이 할 수 있는 일이라 양보라는 이름으로 협상을 보았지만, 아무것도 얻지 못하고 물러날 생각은 애초에 없었다. 그럴 만큼 박종혁 PD를 믿는 것도 아니었고 말이다.

어이가 없어 멍하니 있는 박종혁 PD를 그냥 내버려 둔 채로 우진은 자리에서 일어났다. 자정을 넘긴 시간으로 이제 월요일이었다. 즉, 지금부터 5일간은 촬영이 없는 휴가였다.

5일 동안 우진은 드라마도 잊고 오로지 공부에만 매진했다.

수요일에 1회가 첫 방송을 탔는데도 그는 볼 시간조차 없었다. 간혹 복도에서 만난 낯선 사람들이 드라마에 대한 평과 함께 잘 봤다고 인사해 오기도 했지만, 실감하지 못했다.

첫날의 시청률은 8.7%이었다. 유수민 작가의 이전 작품들과 비교하면 절대 나쁘지 않은 시작이었다. 그리고 목요일에 방영한 2회는 10.3%가 나왔다. 1회를 본 사람이 빠져나가지 않고 새로운 시청자가 유입됐다는 의미였기에 고무적인 결과였다.

경쟁작인 '푸른 성의 주인' 은 여전히 18%의 시청률을 그대로 유지했고, MBS에서 하는 드라마는 5%대로 방송 3사 드라마 중에 꼴찌를 차지했다. 그와 함께 기대를 모았던 '푸른 성의 주인' 이 계속 20%대 진입에 실패한 것을 두고 호사가들의 비웃음을 샀다.

소문난 잔치에 먹을 게 없다면서, 남녀 주인공의 발연기가 동영상으로 편집되어 인터넷에서 놀림감이 되었다.

남자 주인공인 박민의 경우 예전과 비교하면 많이 좋아졌어도, 그렇다고 해서 그가 뛰어난 연기자로 변모했다는 건 아니었다. 어느 정도 박민에 대해서는 포기한 면이 있었기에 새삼스러울 것이 아니었으나, 문제의 복병은 따로 있었다. 바로 여주인공이었다.

그녀에 대한 평가는 지금까지 대체로 연기 잘하는 배우였다. 갑자기 연기력 논란이 일 정도의 수준은 아니었다. 그런데 무슨 이유인지 이번에는 박민과 함께 화려한 발연기를 보여주고 있었다.

문제는 기존에 그녀가 맡았던 역들이 모두 한결같았다는 것이었다. 의지력 강하고 밝으면서 억척스러운 역할을 주로 했던 그녀는, 이번 드라마에선 청순가련한 애달픈 여인으로 변모해야만 했다. 아마도 그녀 나름으론 연기 변신을 시도한 모양인데 결과만 봐서는 실패하고 말았다.

연기 못하는 두 사람이 드라마에서 시종일관 함께하다 보니 마이너스 시너지가 생기고 만 것이다.

그나마 시청률이 떨어지지 않은 것과 제법 큰 차이로 수목드라마의 왕좌를 차지하고 있다는 점을 위안으로 삼고 있었다. 무엇보다 박민 덕분에 드라마 판권이 해외에 비싸게 팔렸으니 제작진 측에선 그에게 별다른 불만을 표시하지 않았다. 부족한 화제성과 연기력 논란이 아쉽긴 해도 이만하면 아직은 성공한 드라마라는 평이 대세였다.

2회가 방영하고 다음 날, 금요일 오후에 채우진이 촬영장으로 돌아왔다.

혹자에게는 주인공의 등장이었고, 다른 누군가에게는 탕아의 귀환이었다. 뭐라 불리든 그를 기다리고 있는 것은 쉴 새 없이 몰아치는 촬영 일정이었다.

"최강이 나오는 신은 잘 찍었어요?"

저녁을 먹으면서 우진은 아닌 척 무심하게 강민호에게 이민수에 관해 물었다.

"응! 오늘 오전까지 완전 죽을힘을 다해 찍었다. 너랑 연아는 저리 가라 할 정도로 NG 나고 촬영장에선 욕설이 난무하고, 난 박 PD가 그렇게 화내는 거 이번에 처음 봤다니까. 그런데 어제저녁부터 많이 좋아졌어. 솔직히 말해서 적응력 하나는 죽여주더라."

강민호의 대답에 우진은 건성으로 고개만 끄덕였다.

"그런데 너 예전에 TM에 있었다면서?"

"네. 그런데 어떻게 아셨어요?"

인터넷을 뒤지면 나오는 정보지만 채우진이 예전에 어디에 있었는지는 강민호의 관심사가 아니었다.

"이민수, 그 친구가 말해줘서 알았어. 한때 너랑 같은 연습생이었다고. 그런데 걔 굉장히 싹싹하고 성격 좋은 게, 박 PD에게 그렇게 욕을 먹어도 얼굴 한번 찡그리지 않고 열심히 하대. 나랑 연아에게도, 형 누나 하면서 친근하게 굴고. 내가 아이돌에게 편견이 있었나 싶어서 반성하게 되더라니까."

이민수에 대한 칭찬을 들으면서 우진은 그러냐고 여전히 고개만 끄덕였다. 이미 이와 같은 상황을 한 번 겪어본 적이 있었기에 놀라울 것도 없었다.

"이민수의 성격이야 예전부터 알아줬죠."

그때나 지금이나 변한 게 하나 없는 것 같다며 우진은 밝게 웃었다. 정말이지 그 한결같음은 알아줘야 했다.

◆　　◆◆◆　　◆

극 중에서 루이와 최강은 10회가 돼서야 처음으로 만나게 된다. 그 전까지 두 사람이 만나는 신이 없었다.

5회부터 마지막 회까지 꾸준히 나오는 최강과 루이가 만나는 것은 총 세 번 정도였다. 그렇기에 우진은 이민수를 만날 날은 조금 뒤의 일이라 생각했다. 한데 그와의 재회는 뜻밖에 빨리 이루어졌다.

월요일 아침, 놀이공원에서 박연아와 함께하는 야외촬영 현장에 이민수가 찾아온 것이다.

현장에 있는 사람들 한 명 한 명에게 고개 숙여 인사하는 이민수의 뒤를 따르던 매니저가 스태프들에게 작은 쇼핑백을 하나씩 나눠줬다. 더치커피가 담긴 보틀과 샌드위치가 들어 있는 쇼핑백을 받는 이들이 기뻐하는 게 보였다. 아역 배우의 촬영은 개장 전에 끝내야 했고, 루이와 이유라의 신은 문을 여는 오전 10시 이후라 대기 중이던 스태프 대부분이 허기진 상태였기 때문이다. 강호수가 우진의 이름으로 촬영 스태프들에게 간식을 돌린 적이 있었기에 낯설지는 않은 풍경이었다.

다만 촬영이 없음에도 굳이 이곳까지 찾아온 이민수의 행보가 이해가 가지 않았다. 시내에 있는 세트장이라면 지나가던 길이라는 핑계라도 있을 텐데, 무슨 이유를 댈지 우진은 조금 궁금해졌다.

이민수는 스태프들에게 인사를 마친 후에야, 함께 대사를 맞추고 있던 우진과 박연아에게 왔다.

그는 우진을 보고는 마치 절친이라도 만난 듯 환하게 웃으며 두 팔을 벌리고 다가왔다. 그대로 있으면 이민수에게 포옹을 당할 위기에 놓인 우진은 억지로 기침을 토해냈다. 허리까지 숙이며 기침하는 정도가 너무 심해, 박연아가 놀라서 우진의 등을 두들겨 줄 정도였다. 그래서 이민수는 벌리고 있던 두 팔을 내려야만 했다.

"정말 오랜만이다?"

어느 정도 기침이 잦아드는 척할 때, 이민수가 밝게 웃으며 말을 건넸다.

"그래. 오랜만이네."

"TM에 있을 때 둘이 굉장히 친했었나 봐?"

세월을 가늠하듯 대답하는 우진에게 박연아가 물었다. 이민수의 태도가 워낙에 살가워서 대수롭지 않게 한 질문이었는데, 뜻밖에 돌아온 대답들은 예상을 벗어났다.

"그럼요. 우리가 얼마나 친했는데요."

"아뇨. 딱히 친한 적 없어요."

두 사람의 대답이 전혀 달랐다. 이민수가 우진의 대답에 서운한 듯 울상을 지었지만, 이내 이해가 된다는 표정으로 고개를 끄덕였다.

"너 아직도 내가 너 대신 블루핏에 들어갔다고 화가 안 풀린 거냐? 그걸 결정한 건 내가 아니라 윗분들 뜻인데, 나한테 화풀이하면 억울하지."

상처받은 듯 억울한 표정을 짓는 이민수의 말에 박연아의 눈이 커다랗게 떠졌다. 말하는 사람이나 듣는 사람이나 서로 대수롭지 않아 해서 그렇지, 그녀가 방금 들은 이야기는 연예계에선 결코 가벼운 가십이 아니었다.

그런데 이민수의 어조가 약간 미묘했다. 마치 자신이 피해자인 것처럼 포장하면서 뉘앙스는 우진이를 속 좁은 사람으로 몰아가는 것 같았다. 네가 못해서 블루핏에서 빠진 거라고, 그런데도 엄한 사람에게 화를 내면 어떻게 하냐는 듯이 말이다.

"내가 너한테 언제 화풀이한 적 있어?"

"응?"

"있냐고."

맑은 인상으로 우진은 이민수를 쳐다보며 물었다. 이민수가 해를 등지고 서 있었기에 눈이 부셨지만, 우진은 표정 하나 찡그리지 않고 밝게 웃고 있었다.

"그건……."

"우리 말은 바로 하자. 난 너한테 화풀이한 적도 없고 화가 나지도 않았어. 네 말대로 그건 너하고 상관없는 문제니까. 난 그냥 우리가 친한 적이 없었다는 사실만을 말한 거야. 바른말로 우리가 친한 순간이 단 한 번이라도 있었던가?"

정말 궁금하단 표정으로 묻는 우진에게 이민수는 미간을 찌푸렸다. 보통은 예의로라도 친한 척 구는 게 보통인데 이 꽉 막힌 인사는 그런 처세술이 없었다. 아닌 말로 블루핏의 이민수와 친하다고 하면 채우진 본인에겐 플러스가 되면 됐지, 나쁠 게 없을 텐데 융통성이라곤 없었다.

하긴 그러기에 코앞에까지 온 기회를 차버린 것이겠지만, 이민수로선 도저히 이해가 안 되는 유형이었다.

"네가 그렇다면 그런 거겠지. 난 우리가 무척 친한 사인 줄 알았는데 내가 오해했나 보다."

"친한 사이가 3년이 되도록 서로 연락하지 않고 살지는 않잖아. 나는 그냥 우리가 얼굴만 아는 사이라고 생각했는데, 서로 생각이 달랐나 보네. 하긴 친구에 대한 정의는 네가 무척이나 관대한 편이었지."

한때 우진은 저 얼굴에 속은 적이 있었다. 누구에게나 정겹게 굴기에 성격이 좋은 거라 여기고 그에 맞춰서 상대해 줬다.

친하지는 않아도 예의와 친절로 대했더니, 앞에서 하는 말과 뒤에서 하는 말이 다른 사람이었다. 사람들 앞에서 친하게 굴고는, 다른 이들에게 '이것은 우진이 그때 나한테 허락한 일이다'라고 말했다.

나중에 따지면 이제 와서 그렇게 말하면 어떻게 하냐고 사람들 앞에서 상처받은 척했다. '친구'한테 왜 다른 말을 하는지 모르겠다고, 우정의 허무함에 대해서 넋두리까지 하는 걸 들은 적이 있었다.

"언니!"

심상치 않은 분위기에 박연아의 코디가 그녀를 불렀다. 촬영 전에 옷을 갈아입기 위해 박연아가 자리를 뜨자, 내내 웃고 있던 이민수의 표정이 대번에 바뀌었다.

"시발 새끼! 그냥 좋게 넘어가면 안 되냐. 좀 떴다고 세상에 뵈는 게 없지?"

"뜨지 않아서 뵈는 게 없다. 뜨면 시야가 넓어져서 보이는 게 더 많을 테니까. 넌 보이는 게 많아서 좋겠다?"

우진은 아무런 표정 변화가 없는 반면, 이민수의 얼굴은 순간 붉어졌다. 표정 관리에 자신이 없던 이민수는 손바닥으로 쓰다듬은 척하며 얼굴을 가렸다. 그러든지 말든지, 우진은 대본을 읽으면서 예사롭게 물었다.

"그런데 오늘은 네 촬영도 없는데 무슨 일이냐?"

"내가 그걸 너한테 말할 이유가 있어?"

"없지. 하기 싫으면 말하지 마."

별로 궁금하지 않다는 투로 대답할 때, 황이영이 다가와 그를 불렀다.

"우진아, 메이크업."

루이의 차림은 늘 간편한 티셔츠와 청바지였다. 마음껏 굴러도 괜찮았기에 아까부터 입고 있어서 따로 갈아입지 않아도 되었다. 앉아 있는 우진에게 다가가 아까 했던 메이크업을 수정하던 황이영은 이민수에게 넌지시 인사를 했다.

"주신 커피와 샌드위치 잘 먹을게요."

"새벽부터 고생하셨을 텐데 조금이라도 도움이 되었으면 좋겠네요. 곧 촬영 들어간다고 해서 배우들에게는 주지 못하고 따로 챙겨놨는데, 나중에 우진이한테도 주세요."

어느새 사람 좋은 얼굴을 한 이민수가 황이영에게 친절하게 인사를 건네며 자리를 떴다.

"무슨 이야기 했어?"

이민수가 멀리 떨어진 곳으로 가자 황이영이 작은 목소리로 물었다.

"별 이야기 없었어요. 우리 관계에 대한 서로 다른 견해차를 피력했을 뿐이죠. 그런데 오늘 왜 왔는지 이야기는 들었어요?"

"어제 우연히 근처에 일이 있어서 왔는데 서울 올라가는 길에 들렀대. 주연 배우들의 연기를 보면서 공부도 하고 분위기를 파악하기 위해서."

"좋은 자세네요."

창백하고 눈 밑이 거뭇한 루이가 되어 우진은 웃었다. 블루핏이 데뷔곡을 녹음할 때마다 쫓아다니며, 공부하려고 왔다던 이민수가 생각났다. 예나 지금이나 조금도 변하지 않은 것 같아서 오히려 안도했다. 전혀 다른 사람이 되었다면 상대하기 힘들었을 텐데, 다행이었다.

오늘은 루이와 이유라가 놀이공원을 찾은 내용이었다. 어릴 적에 한 번 부모님과 함께 가본 이후로 한 번도 가본 적 없다는 루이의 말에 이유라가 날을 잡은 거다. 그날 놀이공원에서 루이가 버려졌다는 걸 모르는 그녀로선, 루이에게 또 하나의 추억을 선물하고자 함이었다.

"이렇게 계속 걷기만 할 거야? 놀이기구 타기 무서워서 그러면 회전목마라도 탈까?"

설마 그것도 무서워서 못 타는 거냐고 눈빛으로 묻는 이유라에게 루이는 그냥 고개를 끄덕였다. 루이는 어릴 적 부모와 걷던 길을 떠올리며 무작정 걸었던 거뿐이라 아무 생각이 없었다. 이유라가 인도하는 길을 따라가는 루이의 시선에 어린아이가 뛰어가는 게 보였다.

어린 루이였다.

어린 루이는 그날도 이 길을 걸어갔다. 양손에 아빠와 엄마의 손을 잡고 행복하게 웃었다. 조금은 달라진 배경의 똑같은 길을 부모와 함께 가던 어린 루이는, 이유라와 걸어가는 어른이 된 루이에게 웃어 보였다.

그 웃음의 의미를 몰라서 루이는 잠시 걸음을 멈췄다.

"왜?"

루이와 함께 걸음을 멈춘 이유라가 반짝이는 눈으로 그를 올려다보았다. 하지만 루이의 시선은 저 멀리에 있었다.

어느새 회전목마를 타려는 어린 루이를 보고 그는 저도 모르게 빨리 걸었다. 말려야 했다. 그걸 타선 안 돼. 하지만 이미 어린 루이는 목마를 타고 세상에서 가장 행복한 아이가 되어 웃고 있었다.

그리고 회전목마가 멈췄을 때 그 미소는 사라졌다. 그와 함께 아이를 보듬고 있던 세상이 무너졌다.

"말리지 못했어."

혼잣말을 중얼거리는 루이에게 다가온 이유라는 조용히 그의 손을 잡아줬다. 손에서 느껴지는 따스함에 루이의 시선은 울고 있는 어린 루이에게서 이유라에게로 옮겨졌다.

"너도 떠날 거야?"

내가 저 목마를 타면 니도 사라져 버릴 거냐고 그는 물었다. 그 말의 깊은 뜻도 모르면서 이유라는 웃으며 고개를 저었다.

"네가 말하는 이별이 어떤 의미인지는 모르겠지만, 적어도 오늘은 아니야."

"그럼 내일은?"

"아마 내일도 아닐걸."

"그럼 내일모레는?"

이러다간 한도 끝도 없겠다 싶어서 이유라는 고개를 저었다.

"안 떠날게. 네가 제발 눈앞에서 사라지라고 해도 안 떠날게! 그럼 됐지?"

"너는 아무것도 몰라. 그래서 잔인해."

"뭐라고? 내가?"

"그리고 불쌍하지."

내가 네 아버지를 죽였으니까. 저기서 울고 있는 어린 루이의 얼굴 위로, 아버지를 잃고 울던 이유라의 얼굴이 겹쳤다.

내가 너에게서 세상을 앗아가고 세상이 무너지게 했구나. 내가 그런 짓을 너에게 저질러 버렸구나. 비로소 그녀에게 자신이 무슨 짓을 저질렀는지 깨달은 루이는 참을 수가 없었다.

이유라에게서 시선을 떼고 다시 어린 루이를 보았다. 한순간 저 어린애를 기쁘게 해줬던 풍선은 하늘로 날아가 버렸다. 솜사탕은 땅에 떨어져 지저분하게 녹아내리고 있었다. 마치 어린 루이의 미래를 보여주듯 허무하고 처참했다.

다시 한번 저렇게 버려진다면 자신은 견딜 수 있을까.

지금보다 훨씬 어렸을 때도 잘 버티고 살아남았는데, 설마 죽지는 않겠지. 그런데 과연 죽지 않는다고 해서 괜찮을까. 또다시 세상이 무너지는 기분을 느껴야 할 텐데. 그 순간 번개처럼 루이의 뇌리를 치고 들어오는 깨달음에 그는 절망을 느꼈다.

"사랑하는구나. 이런 게 사랑이구나."

부모에게 느꼈던 것과는 다른 의미의 사랑이다. 존재 이유만으로도 자신에게는 세상이 되는 존재에 대한 감정은 명확했다.

"응?"

옆에 있었지만, 작은 목소리로 중얼거린 루이의 혼잣말을 듣지 못한 이유라가 눈을 동그랗게 뜨고 호기심을 보였다.

어린 루이는 이제 더는 울지 않고 퉁퉁 부은 눈으로 어른이 된 루이를 보고 있었다.

"나는 이 순간을 견디고 살아남았어. 너는 어때?"

아이가 물었다. 그러나 루이는 답을 해줄 수가 없었다. 자신이 저지른 죄의 무게를 깨달았다. 그리고 자신이 이유라를 사랑한다는 걸 알아버렸다. 이제는 이유라가 그의 세상이었다.

"미안해."

"우와~! 너 지금 나한테 미안하다고 한 거야? 세상에 살다 보니 이런 날도 오네."

손으로 입을 가리며 곱게 웃는 이유라에게 루이는 다시 말했다.

"미안해. 그리고 네가 원한다면 …줄게."

까르르 웃으며 지나가는 어린 학생들 무리가 만든 소란에 루이의 말이 묻혔다. 그의 말을 제대로 듣지 못했다고 살짝 찌푸려진 이유라의 미간을 손가락으로 펴주며 루이는 말했다.

"못생겼어."

언제나 웃었으면 좋겠는데 그렇게 해줄 능력이 자신에게는 없었다.

"너는 잘생겨서 좋겠다."

"우리도 저때 만났으면 좋았을걸."

루이는 어린 학생들의 뒷모습을 보며 허망한 꿈을 꾸었다. 미국으로 입양 가지 않고 한국에 남아서 그대로 살았다면 자신에게도 저런 과거가 있었을지도 모른다. 그리고 그 어느 순간에 이유라와 만났을지도 모른다.

"만나봤자 서로 모르고 그냥 지나쳤을걸."

"……?"

이유라의 대답에 이번에는 루이가 의문을 보였다. 고개를 갸웃거리는 작은 동작에 이유라는 귀엽다며, 까치발을 하고 루이의 머리를 쓰다듬었다. 이유라의 손이 머리에 잘 닿도록 루이는 살짝 고개를 숙였다.

"우리가 처음 만났을 때는 정말 우연이었잖아."

평소 지나다니던 골목에 카페가 하나 생긴 걸 발견한 이유라가 안을 기웃거리고 있을 때, 팔을 다친 루이가 나타났다. 카페 겸 집으로 사용하는 공간으로 돌아온 그를 발견하고 이유라는 아무 말 없이 먼저 그를 치료해 주었다. 그렇게 이어진 인연이었다.

"우연이 인연이 되려면 사람의 관심이 필요한 법이야. 하루만 해도 스쳐 지나가는 사람들이 얼마나 많은데. 그중에서도 인연으로 연결되는 사람이 얼마나 될까. 그 많은 사람 중에서 우리가 서로를 알게 된 것은 우리의 관심이 서로에게 닿았기 때문이야. 하지만 우리가 만약 저렇게 어렸다면 나는 나보다 어린 남자애에겐 시선조차 주지 않았을 거야."

어깨를 으쓱이며 이유라는 '그러니까 지금이 우리에게는 가장 적당한 때였던 거야'라고 덧붙였다. 그리고 루이의 손을 꼭 잡았다.

"이제 우리 회전목마 타러 가자."

"우리?"

"그럼 설마 너 혼자 타려고 했어?"

어처구니없어하는 이유라의 손길에 이끌려 루이는 그녀와 나란히 회전목마가 있는 곳으로 갔다.

그는 아직도 울고 있는 어린 루이를 지나쳐, 바닥에 떨어져 있는 솜사탕을 짓이기며 걸어갔다. 그의 등 뒤로 어린 루이가 그를 돌아보았다. 그리고 아무 표정도 짓지 않은 채로 가만히 있다가 점점 흐려지며 사라졌다.

이제 어른이 된 루이 하나만 이곳에 남아서 이유라와 함께 목마를 탔지만, 그는 전혀 행복하지 않았다.

오늘 사랑을 알아버린 루이는 그 어느 때보다 불행했다. 그의 세상이 또 한 번 자신을 버릴 거라는 걸 알았기 때문이다. 누구의 탓도 아닌 자신이 저지른 죄의 무게가 이토록 무거울

줄 그는 정말 몰랐다.

행복해하는 이유라와 대조적으로 점점 무너져 가는 루이의 표정이 처참하게 일그러졌다. 우리는 언제 만났더라도 결국 최악의 순간이었다는 걸 깨닫고 그는 절망했다.

"컷!"

오케이가 나고 신이 끝났다. 우진은 잠시 비틀거리면서 목마에서 내려왔다. 루이의 맥없는 걸음으로 아무 생각 없이 걸었다. 누군가가 다가와 그를 의자에 앉혔다. 옆에서 보이는 시선의 끝에 얼핏 강호수가 보였다.

강호수는 조용히 병뚜껑을 연 생수를 우진에게 건네주었다. 여전히 아무 생각 없이 그걸 받아들고 마시는데 눈앞에 아른거리는 그림자 하나가 생겼다.

"네 연기 생각보다 괜찮더라."

이민수는 조금 놀랐다는 표정을 지으며 우진에게 말을 걸었다. 칭찬처럼 하는 말이지만 속내는 전혀 그렇지 못했다. 예전에도 채우진은 저랬다. 아무렇지도 않은 얼굴로 남들은 죽어도 할 수 없는 일을 너무도 쉽게 척척 해냈다. 그런 주제에 말간 얼굴로 이런 건 중요하지 않다는 듯 사람 속을 긁었다.

"영화를 보긴 했지만, 난 편집을 잘한 건 줄 알았는데 이렇게 보니까 네 연기도 제법……."

말을 잇던 이민수는 일순간 입을 다물었다. 생수를 마시던 우진이 고개를 들어 그를 보았기 때문이다. 아무 감정 없는 공허한 눈과 마주친 순간, 이민수는 저도 모르게 뒤로 물러섰다.

자신을 죽이려는 살인자와 마주친다면 이런 기분이 들까. 오금이 떨려 아무것도 못 하고 멈춰 버린 이민수에게 다가간 강호수가 그를 부축하며 조용히 속삭였다.

"지금 루이에게서 벗어나지 못한 상태라 가까이 가지 않는 게 좋을 겁니다."

우진은 촬영이 끝나면 비교적 빨리 루이에게서 벗어나는 편이었다. 하지만 감정적 소모가 많은 신을 찍을 때면 지금처럼 시간이 필요할 때가 있었다. 현재 루이가 된 우진은 가만히 이민수를 보았다. 루이에게 있어 이민수는 아무런 감정도 느껴지지 않는 무가치한 존재였다.

루이의 시점으로 이민수를 바라보게 된 우진은 비로소 답답했던 응어리가 내려가는 기분이었다.

있는 줄도 몰랐던 가시를 발견한 이후로 내내 신경이 날카롭게 흔들렸다. 조금만 건드려도 콕콕 찔러오는 가시 때문에 마음을 가라앉히기 힘들었다.

그런데 돌이켜보면, 이민수는 우진의 세상에 존재하는 인물이 아니었다. 자신의 세상을 구성하는 어떤 존재들과도 비교할 가치가 없다. 고작 저런 것 때문에 흔들릴 이유가 없었는데 신경을 쓰고 있었다.

루이에게서 벗어나기 시작한 우진은 잔잔하게 웃었다.

너는 평생 그렇게 살겠구나, 하는 생각이 들었다. 남의 것을 탐내고 빼앗으려 탐욕스럽게 굴다가 결국 손에 쥐는 것은 썩은 고기밖에 없는 하이에나 같은 인생.

한 번도 썩은 고기가 아까웠던 적은 없었지만, 빼앗겼다는 자체가 항상 거슬렸다. 그런데 루이의 시점으로 바라보니 이조차 부질없었다.

하이에나가 아닌 이상, 어차피 가지고 있어봤자 썩은 고기는 자신에게 필요가 없었다.

"다행이다."

내가 너와 달라서.

뛰는 놈 위에 걷는 놈

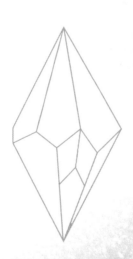

〈채우진은 재미있는 배우다〉

그는 데뷔부터가 남다르다. 그의 첫 작품은 흥행이 보장된 대작의 조연이었다.

이것만 보자면 화려하다 할 수 있겠지만, 그가 맡았던 그분(사채업자 A)은 사실 초반에 두 신밖에 없던 단역에 불과했다. 선뜻 감이 오지 않는 이들은 당시 그의 개런티가 50만 원이었다는 점에서 배역의 비중을 가늠할 수 있을 것이다.

그랬던 사채업자 A가 조연으로 성장하게 된 것은 유명한 '문승권 감독의 변덕'이 작용했고 채우진 본인의 능력이 더해진 결과이다. 둘 중 어느 하나라도 없었더라면 우리는 이번 여름을 뜨겁게 달군 '이름 없는 그분'을 만나지 못했을 가능성이 크다.

하지만 그렇다 해도 우리가 채우진이란 배우를 놓칠 일은 없었을 거다.

다행히 채우진의 두 번째 작품이 바로 뒤를 이어 개봉했기 때문이다. 아직 이름 없는 그분의 여운에서 벗어나지 못할 당시, 우리는 여름 끝에 찾아오는 늦더위 같던 열정을 품은 차현승을 만났다.

첫 번째가 전형적인 액션 활극이었다면, 두 번째 그의 작품은 전통 순정극이었다.

치명적으로 나쁜 남자였던 그가, 대번에 올곧고 푸릇한 청년이 되어 대중의 시선을 사로잡는 데는 그리 오랜 시간이 걸리지 않았다. 극명하게 다른 두 캐릭터로 그는 다양한 취향을 가진 이들을 동시에 사로잡을 수 있었다.

그 예로 채우진만큼 짧은 기간에 탄탄한 팬층을 확보한 신인도 드물 것이다. 그리고 이번에 그는 킬러가 되어 다시 우리 앞에 나타났다.

앞에 두 작품에서 조연이었던 그가 드라마에서 최초로 주연을 맡았을 때, 본 기자는 기대와 함께 우려를 품을 수밖에 없었다. 채우진의 연기력에 대해서는 의심할 바가 없다. 그의 존재감이 이미 주연들을 압도한다는 것 역시 이미 입증된 바, 그에 대한 걱정 역시 없었다.

다만 드라마는 영화와는 다른 대중성을 가진다. 그로 인해 다양한 매력을 가진 채우진이 처음으로 맡은 드라마 주연이 킬러라는 게, 혹시나 그에게 특정한 이미지를 덧씌우는 게 아닌가 하는 걱정이 있었다.

킬러라면 우리가 대체로 생각하는 것처럼 기자 역시 크게 벗어나지 않은 상상을 했기 때문이다.

하지만 이는 '그림자의 도시'가 유수민 작가의 작품이라는 것을 간과한 데에서 온 실수였다. 뚜껑을 연 드라마 속 '루이'는 우리가 보통 상상하던 모습의 킬러가 전혀 아니었다.

투명하리만치 창백한 얼굴에 하얗게 부르튼 입술에선 가끔 피가 흐르고, 물어뜯어서 붉은 속살이 보이는 손톱, 중심 없이 불안한 듯 걷는 걸음걸이까지.

그는 마치 어미 잃은 아기 새처럼 애처롭고 나약하였으며 아름다웠다.

그러다 본연의 일에 몰두할 때의 그는 무감정한 얼굴에 날이 선 예기를 담고 잔인한 도살자가 된다. 채우진은 극명한 대비를 이루는 두 모습을 '루이'라는 한 인물에 담아내며 무리 없이 소화해 냈다. 참으로 부질없던 걱정이었던 게다.

현명한 배우는 자신에게 어울리는 역을 찾아내고, 연기 잘하는 배우는 무슨 역이든 꺼리지 않는다. 현명하면서 연기 잘하는 채우진에게 고정된 이미지를 걱정한 것만큼 쓸모없는 짓은 없을 것이다.

···중략···

언젠가 기자는 채우진에게 괴물 신인이라고 표현한 바가 있다. 오늘 나는 그 앞에 '아름다운'이란 수식어를 붙이고 싶다. 물론 채우진의 외모는 충분히 완벽하고 아름답지만, 이를 두고 하는 이야기가 절대 아니다.

그에게선 배우로서 지녀야 할 모험심과 도전 의식이 가득하다. 안주하지 않으며, 자신이 어떻게 보이는가에 대한 두려움이 없다.

배우는 대중에게 보이는 자신의 모습을 의식하는 순간부터 정체하고 도태한다.

아직 채우진에게서 그런 모습은 찾아볼 수가 없다. 고작 세 개의 작품과 그마저도 드라마는 이제 겨우 4회까지 방영된 수준인데, 너무 이른 평가일 수도 있다. 그러기에 이는 칭찬을 가장한 경고일 수도 있다는 점을 인정한다.

전진하고 도전하는 그의 모습이 눈부시다. 그리고 기대하게 된다. 다음에는 또 어떠한 배역으로 우리를 찾아올지 설레게 하는 그를 두고, 기자는 감히 아름답다고 말할 수 있다.

부디 그의 아름다운 모습을 오래도록 보고 싶다는 소망과 함께 글을 끝맺는다.

〈매일문화. 최일재〉

기사를 끝까지 읽은 이민수는 분을 이기지 못하고 저도 모르게 손에 들고 있던 태블릿을 던져 버렸다.

마침 문을 열고 들어오던 로드 매니저의 몸에 맞고 튕겨 나간 태블릿은 그대로 바닥에 뒹굴었다. 로드 매니저가 들고 확인해 보니 다행히 이상이 없어 슬며시 이민수의 앞에다 도로 가져다 놓았다.

"돈 주고 산 이런 기사 따위!"

누가 믿겠냐고 말하고 싶었지만, 이민수는 차마 뒷말을 잇지 못했다. 다른 사람이라면 모를까. 최일재 기자라면 로비가 통하지 않기로 유명했다. 소속사나 이민수 본인이 몇 번이나 접촉해 보려 시도한 적이 있었지만, 번번이 실패했던 전적이 있었기에 더욱 잘 알고 있었다.

그랬던 최일재 기자가 채우진에 대한 호의적인 기사를 냈으니 속이 쓰릴 수밖에 없었다. 다른 누구도 아닌 왜 채우진일까. 겨우 치워 버렸는데 배우가 돼서 다시 나타난 채우진 때문에 이민수는 짜증이나 미칠 지경이었다.

"음향 감독은 만나봤어?"

애써 평정을 찾은 이민수는 로드 매니저에게 맡겼던 일의 경과에 관해 물었다. 하지만 답이 바로 돌아오지 않았다. 머뭇거리며 입술을 오물거리는 모습에서 이미 대답을 추측할 수 있었던 이민수는 인상을 찡그렸다.

"분명 OST 하나는 배우에게 부르게 한다고 했잖아! 배우 중에서 노래 부… 설마, 채우진?"

제작사 임원에게 러브 테마곡이 아직 녹음에 들어가지 않았다는 정보를 얻은 설문영은 음향 감독에게 이민수의 OST 참여를 제안했다. 애초 극의 분위기와 감정을 살리기 위해 배우 중 한 명에게 직접 부르게 할 계획인 OST였다. 후보가 블루핏의 서브 보컬인 이민수라면 충분한 실력과 자격을 갖췄다 할 수 있었다.

설문영의 제안에 음향 감독은 바로 대답하지 않고 생각해 보겠다는 의사를 보였다. 그리고 오늘 그 대답을 로드 매니저를 통해 알린 것이다.

"음향 감독님이 채우진이 부른 고해를 듣고 그 곡은……."

갑자기 얼굴을 향해 날아오는 태블릿 때문에 로드 매니저는 말을 잇지 못했다. 얼굴을 스치고 지나 벽에 부딪힌 태블릿은 결국 파열음을 내면서 바닥에 떨어졌다. 어차피 똑같은 것으로 팬들에게 받은 것만도 여러 개였다. 몇 개를 깨부수더라도 딱히 아깝지 않았다. 그저 순간 치솟는 화만 어떻게든 푼다면 그게 뭐라도 상관없었다.

"쥐 죽은 듯이 그냥 살 것이지, 왜? 왜? 왜?"

이민수는 미칠 것 같은 마음에 주먹으로 테이블을 쾅쾅 쳤다. 공부도 잘하는 새끼가 왜 다시 연예계로 기어 들어왔는지 도무지 이해되지 않았다.

나라면, 나 같으면, 이민수는 계속 같은 말을 반복하면서 채우진에 대한 감정을 마음속으로 정리했다.

채우진은 언제나 이민수의 자격지심을 건드렸다. 그를 보면 자신의 어중간한 재능이 너무 하잘것없어서 끔찍하고 비참하게 느껴졌다.

어릴 적에는 세상에서 자기가 최고라 여겼다. 자라면서 그 정도는 아니어도 노력만 하면 못할 것이 없다고 자신했다. 노력은 언제나 최상의 결과를 가져올 것이라 믿고 정말 죽을 만큼 최선을 다했다. 그런데 마지막 고비에서 벽에 부딪히고 말았다.

채우진이란 벽을 넘지 못한 이민수가 선택한 건 벽을 받치는 기둥의 밑면을 야금야금 갉아 무너뜨리는 일이었다. 벽을 쓰러뜨리기 어려우니 양쪽에서 받치고 있던 기둥들을 없앴다. 그러면 자연히 부서지고 사라질 줄 알았는데 벽은 더욱 견고해져서 다시 나타났다. 그런데 왜 하필 지금 이 순간일까.

그렇게나 꿈꾸던 블루핏 멤버로 데뷔했을 때 세상을 다 얻은 기분이었다. 하지만 조금만 벗어나 현실을 돌아보면 아이돌은 결국 한철 장사에 불과했다. 게다가 요즘은 예전 같지가 않아서 몇 년이 지나면 바로 퇴물 취급받는 게 현실이었다.

또한, 그룹 자체가 아무리 잘나가도 그 안에서 대중의 사랑과 성공을 거머쥐는 멤버는 한둘에 불과했다. 나머지는 그들을 위한 병풍으로 전락하고 그룹의 인기에 전전긍긍하며 눈치를 볼 수밖에 없게 된다. 그러다 혼자 자립할 여건이 안 되는 상태에서 그룹이라도 해체되는 날이면 모든 게 끝장난다.

요즘은 해체보다는 잠정적으로 활동하지 않는 식이지만, 그룹에서 메인이 아닌 다른 멤버들에게는 전자나 후자나 큰 차이가 없었다.

이민수가 보기에 블루핏은 멤버들의 성향상 그리 오래갈 팀은 아니었다. 그리고 메인 보컬인 민시후가 있는 한, 보컬로서자리 잡고 성공할 가능성 역시 없었다.

채우진이 없어도 결국 블루핏에서 최고가 될 수 없는 게 자신의 현실이란 걸 깨달은 순간, 이민수는 연기자로 전향하기로 작정하고 지금껏 달려왔다. 그런데 또다시 채우진이 그의 인생에 나타난 것이다. 그것도 가장 중요한 시점인 지금에 말이다.

"내가 지금껏 얼마나 노력했는데! 얼마나 힘들게 여기까지 왔는데."

'그림자의 도시'에 제일 먼저 캐스팅되었지만, 이민수가 정말 하고 싶었던 역은 바로 '루이'였다. 몇 번이나 유수민 작가를 찾아가고, 박종혁 PD에게 부탁했는지 모른다. 맡겨만 준다면 뭐든지 할 수 있다는 자신을 두고 그들은 채우진을 선택했다.

그들이 선택한 잘난 채우진은 고작 시험 때문에 5일간이나 촬영장을 떠났고, 그 때문에 연기 공부 중이던 그는 강제로 끌려 나오게 되었다. 화가 나고 참을 수가 없어서 두 눈으로 똑똑히 보기 위해 채우진이 촬영하는 날 찾아갔다.

대체 자신과 채우진이 뭐가 다르기에. 두 눈으로 똑똑히 보고 그들을 비웃어줄 생각이었다. 너희들의 선택이 뭐 별다를 줄 알았냐고 말해주고 싶었다. 그리고 이민수는 그날, 예전 녹음실에서 채우진의 노래를 직접 듣고 느꼈던 절망을 다시 한번 경험하고 말았다.

"아니지! 당장 곤란해진 게 나 혼자만은 아니잖아."

왜 나에게만 이런 일이 생기는가. 좌절한 순간 이민수는 채우진이란 공공의 적을 상대로 함께 싸웠던 민시후가 떠올랐다.

점차 곤란해질 사람은 그보다는 오히려 블루핏의 리더이자 메인 보컬인 민시후가 될 가능성이 컸다. 모든 전장에서 가장 선두에 섰던 이가 바로 그였으니 말이다.

전쟁이 끝나고 논공행상이 끝난 후에 그들은 점점 소원해졌다. 너무도 서로의 약점과 속내를 잘 알고 있었기에 다시 가까워질 수 없을 만큼 틈이 벌어졌다. 지금은 의리도 뭣도 남아 있지 않은 관계지만, 한쪽이 무너지는 걸 방관할 수도 없었다.

"시후 형에게 채우진이 드라마 OST 부르게 됐다고 알려줘."

이민수의 지시에 영문도 모르면서 로드 매니저는 고개를 끄덕였다. TM에 들어온 지 2년이 채 되지 않은 그는 채우진과 블루핏의 관계를 몰랐다.

그래서 이민수가 채우진에게 민감하게 구는 것을 단순한 질투로만 여겼다. 그런데 왜 민시후에게까지 채우진의 소식을 전해야 하는지 이해가 되지 않았다. 하지만 고민도 잠시, 시키는 대로만 하는 게 가장 좋은 길이라는 걸 경험상 알게 된 그는 생각하는 걸 이내 멈췄다.

이로 입술을 잘근잘근 씹던 이민수는 얼마 전에 봤던 채우진의 동영상을 떠올리고 있었다

여전히 노래 잘 부르고 가슴을 울리는 노래를 하는 채우진이 드라마 OST를 부른다?

이미 고해를 부른 채우진의 동영상 때문에 여러 말들이 나오고 있었다. 채우진이 예전 TM의 연습생이란 것까지는 괜찮았는데, 하필 블루핏의 원년 멤버로 데뷔 직전에 파투가 난 것을 알아낸 작자들이 이유를 묻고 늘어지기 시작했다.

적어도 채우진 대신 들어온 이민수가 그보다 잘난 것이 무엇인지에 대한 궁금증이 증폭되었다. 예전 데뷔곡을 둘러싼 루머를 다시 들추는 인간도 나왔다. 이민수야 자신은 윗선에서 진행한 일이라 시키는 대로만 했다고 하면 되지만, 민시후는 모든 면에서 적극적으로 가담한 당사자였다.

"그 인간도 참, 그렇게나 비웃던 가면 쓰고 노래 부르게 생겼네."

이 시점에서 민시후는 자신의 능력을 최대한 돋보일 수 있는 행보를 걸어야만 했다. 실력이 없는 사람은 아니니 그러면 충분히 가왕에 오를 것이다. 채우진과는 다른 매력으로 가수로서 대중들에게 인정을 받아놔야, 해묵은 루머가 튀어나올 일이 없었다.

민시후 자체는 어떻게 되더라도 상관은 없지만, 블루핏이란 한배를 타고 있는 이상 돛대가 무너지는 것을 마냥 지켜볼 수

는 없었다. 돛대를 지켜야 산다는 것 정도는 잘 알고 있었다. 그리고 자신은 목적지를 향해 열심히 노만 저어가면 된다. 배는 목적지에 도착하고 나서 그때 버리면 된다.

◆　　◆◆◆　　◆

루이와 이유라의 러브 테마곡인 '너에게서 부는 바람'은 채우진이 부르는 것이 가장 이상적이라는 결론이었다. 설문영과의 관계 때문에 딱 잘라 거절하지 못하고 생각해 보겠다고 했지만, 음향 감독은 가수로 채우진 말고는 그 누구도 생각하지 않고 있었다.

애초에 노래 자체가 루이의 마음으로 부르는 노래였다. 게다가 노래 실력마저 좋은 채우진을 두고 다른 이를 택할 이유가 없었다. 상대가 아무리 유명한 아이돌 가수라 해도 말이다.

"노래 좋네요."

"OST까지 괜찮겠어? 힘들면 안 해도 괜찮아."

악보를 보는 우진에게 강호수는 언제나 다른 길도 있다는 것을 알려줬다. 하지만 우진은 고개를 저으며 곡에 푹 빠진 모습을 보였다.

"마음에 들어요. 너에게서 부는 바람은 나에게 닿지 않고 내게서 부는 파랑은 너를 밀어낸다니, 딱 루이와 이유라의 상황 같잖아요. 저음으로 루이가 속삭이듯 무덤덤하게 부른다면 정말 좋을 것 같아요."

곡도 마음에 들지만, 무엇보다 루이의 마음을 대변한 OST는 마치 연기의 일부 같아서 꼭 부르고 싶었다. 우진의 긍정적인 반응에 강호수는 들고 있던 노트에 체크하면서 녹음 일정은 음향 감독과 상의하겠다며, 다음 말을 이었다.

"단발로 통신사 광고가 들어왔는데, 대표님이 아무래도 네 스케줄에 광고까진 무리지 않겠냐고 하셔서 일단 뒤로 미루기로 했어. 광고주도 긍정적으로 받아들여서 연말쯤에 일정 잡자고 구두로 합의했는데 괜찮겠어?"

채우진을 모델로 쓰려는 광고주의 의지가 생각보다 적극적이었다. 지금은 힘들 것 같아서 광고는 드라마나 끝나고 생각해 보자는 장 대표에게 기다릴 수 있다고 계약부터 제시한 건 광고주였다. 물론 계약은 그때 가서 하자며 튕겨 버린 장 대표 때문에 강호수는 은근히 우진의 눈치를 봤다.

연예인들에게 광고는 굉장히 예민한 문제였다. 우진으로선 최초로 성사될 광고였기에 강호수는 그의 반응이 어쩔지 신경 쓰일 수밖에 없었다. 구두라는 말은 그때 가봐야 알 수 있다는 의미에 불과했다. 하지만 OST만큼의 열의가 광고에는 없었던 우진의 반응은 무미건조했다. 되레 지금 상황에서 광고까지 찍는다고 했다면 끔찍했을 거라고 반기기까지 했다.

광고를 찍기 싫다는 게 아니라, 굳이 지금이 아니라도 괜찮다는 우진의 태도에 강호수는 그제야 안도했다.

"그리고 마지막으로 베리로즈와 관련된 이야기가 남았는데……."

오늘 이야기의 중점은 바로 이것이라는 듯 강호수는 어렵사리 이야기를 꺼냈다. 최근 본의 아니게 알게 된 걸그룹의 이름에 우진은 악보에서 눈을 떼고 강호수를 보았다.

'우리를 아나요?'가 방영하고 나서 우진은 친구들에게 한참을 시달렸다. 어떻게 베리로즈를 모르냐고 말이다. 특히 현민은 자기가 전화한 그 잠시 잠깐 자신의 목소리와 베리로즈가 같은 공간에 함께 있었는데, 그걸 모르고 지나갔다면서 울부짖었다.

전역했는데 걸그룹이 다 무슨 소용이냐고 반박했다가 하마터면 멱살이 잡힐 뻔했다.

"혹시 제가 몰라봤다고 따져요?"

"설마 그럴 리가. 단지 그 후로 이곳저곳에서 베리로즈와 함께 섭외했으면 좋겠다는 제의가 많이 들어오거든. 지금 당장은 어렵다고 하니까 드라마가 끝난 후 여유 있을 때 하자고 물고 늘어지네. 물론 그때까지 이 분위기가 유지된다면 말이지."

예능은 물론 연예계 관련 프로에서부터 각종 행사에 이르기까지, 채우진과 베리로즈를 연계해서 함께 섭외하려는 시도가 많았다.

베리로즈는 한창 물이 오른 상태였기에 이에 대해 적극적인 반응을 보였다. 문제는 우진이었다. 일단은 드라마 촬영을 핑계로 유보하고 있는데 마냥 거절하기엔 모호한 처지였다.

"대표님은 뭐라고 하세요?"

"네가 하고 싶은 대로 하라고 하셨어. 예전처럼 무작정 막지 않으시겠대. 그래서 묘하게 돼버렸어. 전에는 대표님 핑계가 통했는데 요즘 대표님이 조금 느슨해지신 걸 사람들이 알아버려서. 마냥 거절하자니 이쪽에서 너무 예의 없게 보일 수 있다는 거지. 내가 처음 베리로즈를 몰라본 것까지는 그렇다 쳐도 계속 무시해 버리면, 그건 정말 '무시'가 돼버리거든."

아예 처음부터 얽히지 않은 게 가장 좋은 수인데, 의도치 않게 인연의 고리는 이미 생겨 버렸다.

무엇보다 채우진과 베리로즈의 재회를 사람들이 기대한다는 것이 화근이었다. 이에 베리로즈는 적극적인데 우진이 거절한다면 예의가 아닌 모양새로 변질할 수가 있었다. 아직 심각한 건 아닌데 계속 신경이 쓰이는 정도였다.

"베리로즈라면 그 여섯 명하고 다 만나야 해요?"

"굳이 그럴 필요는 없어! 그때 만났던 다영과 초희만으로도 충분해."

강호수는 왠지 다른 베리로즈 멤버와 우진의 만남을 꺼리는 티를 보였다. 베리로즈 전 멤버가 아닌, 전에 보았던 두 명 정도라면 우진도 굳이 마다할 이유는 없었다. 딱히 잘못한 건 없지만, 같은 연예인이 자신을 알아보지 못한 서운함이 무언지 정도는 알 것 같았다.

"드라마 끝나면 형이 알아서 방송 잡아주세요."

"하게?"

"그때쯤 잠잠해지면 그냥 두고요. 아니라면 차라리 한 번 정도는 만나는 게 나을 것 같아요. 계속 두고두고 같이 거론되는 것보다는 낫겠죠."

맞는 말이라 강호수도 고개를 끄덕였다. 지금으로선 시간이 지나 사람들 머릿속에서 채우진과 베리로즈의 이야기가 사라지는 걸 바랄 뿐이었다. 하지만 이런 흥미 본위의 가십은 쉽게 가라앉지 않는 법이었다.

게다가 한 명은 드라마로, 다른 한쪽은 예능과 음악 프로에서 한창 잘나가고 있었기에 잊히길 바라는 것은 너무 큰 기대였다.

4회에 '그림자의 도시'는 14%대의 시청률을 찍었다. 그리고 드디어 '푸른 성의 주인'이 16%로 내려가면서 견고한 듯 보였던 시청률이 무너져 내렸다.

초반 제작비를 쏟아부은 해외 로케이션 내용이 끝나고 배경이 국내로 옮겨지면서 전개가 급격하게 늘어진 탓이었다.

일부에선 남녀 주인공의 열렬한 사랑에 공감이 가지 않는다는 이야기도 많았다. 금세 사랑에 빠져 버린 주인공들이 사랑을 위해 목숨을 내거는 과정이 너무 억지스럽다고 지적했다. 반면 '그림자의 도시'는 주춤 없이 시청률이 꾸준히 오르자 아무래도 현장 분위기는 활기가 넘치면서 고무되었다.

5회부터 아이돌 출신인 이민수가 나온다는 것이 기사화되면서 약간의 잡음이 있기는 했다. 연기 구멍 없는 웰메이드 드라마에 아이돌이 웬 말이냐는 반응이었다. 그래도 그나마 이민수라 다행이라는 의견도 많았다.

이제 발연기에서 벗어난 이민수는 슬슬 연기자로서 자리를 잡아가고 있었다. 무엇보다 주연이 아니었기에 괜찮다는 평이 주효했다. 주로 블루핏의 팬들에 의해 이끌려 간 여론이기는 했지만, 딱히 틀린 말은 아니었다.

5회가 방영되는 날, 점심에 블루핏의 팬클럽인 블루홀에서 촬영장에 밥차를 보냈다. 뷔페로 마련한 밥차는 사람들이 좋아하는 고기류 반찬들과 디저트까지, 다양하게 준비되어 배우를 비롯한 스태프들이 굉장히 반가워했다.

"역시 아이돌 스타 팬들은 뭔가 다르구나."

일회용 물수건 포장지마다 이민수의 사진과 '우리 오빠 잘 부탁드립니다!' 라고 쓰인 문구를 보면서 박연아는 신세계를 본 듯 신기해했다.

하지만 개별 포장된 수저와 컵 홀더에까지 박힌 이민수의 얼굴은 조금 부담스러워서 보이지 않게 살짝 돌려놓았다. 하다못해 냅킨에까지 블루핏의 로고와 그들을 이미지화한 캐릭터들이 그려져 있었다.

"아이돌과 같이 일하니까 덩달아 이런 것도 대접받고 좋잖아."

말은 이렇게 해도, 톱스타 팬들도 이만큼은 한다면서 강민호는 대수롭지 않아 했다.

"오오~! 역시 경험자?"

"그렇지! 내가 이런 밥차 얻어먹은 경력이 제법 돼. 그런데 눈에서 흐르는 이건 뭐냐."

나오지도 않은 눈물을 훔치는 시늉을 하던 강민호는 앞에 앉아 있는 우진에게 아까운 소감을 전했다.

"네 팬들이 내일 도시락 준비한다고 했었는데, 이민수 팬들이 오늘 이렇게 거하게 한턱낼 거는 뭐냐."

주인공에 앞서서 조연인 이민수의 팬들이 하루 먼저 나서 버린 바람에 상황이 묘해졌다. 강민호는 내일 있을 우진의 팬들이 준비한다는 도시락이 자칫 비교당하지 않을까, 조금 걱정이 되었다. 아무래도 우진의 팬들은 3년 차 아이돌 팬으로 활동해 온 친구들과는 경험이나 행동력에서 약하지 싶었기 때문이다.

이틀 사이에 연달아 두 사람의 팬들이 조공하게 되면, 안 그런다 싶어도 두 팬덤을 자연히 비교할 수밖에 없게 된다.

"왜요? 이렇게 먹으니까 꼭 외식하는 것 같아서 전 좋은데요. 솔직히 요즘 아줌마 밥에 슬슬 질리기 시작했거든요."

우진은 최근 드라마 밥차에 질린 상태였다. 아무래도 집 밥과는 달라서 먹을수록 질리는 맛이 있었다. 이민수에 대한 개인적인 감정을 떠나서, 그의 팬이 제공한 식사는 집 밥이 아닌 것은 같아도 새로운 맛이라 나름 좋았다.

"네가 좋다니까 정말 다행이다. 오늘 내가 나오는 회차라고 팬들이 특별히 날 맞춰서 준비한 건데, 알고 보니까 네 팬들은 내일로 준비했다면서?"

아무것도 모르는 얼굴로 웃는 이민수에게 우진은 마주 웃어 줬다. 순서야 어쨌든 팬들이 준비해 준 건데 고마울 뿐이었다.

처음 팬들이 촬영장에 도시락을 전해줄 계획이라는 이야기를 듣고 정말 놀랐다. 내가 뭐라고, 나를 위해서 그와 함께 일하는 사람들까지 챙겨주려는 마음이 전해져서 우진은 진심으로 기뻤다.

이민수의 팬들 역시 같은 마음일 거라 생각된다. 우진에게 이민수가 어떤 사람이든지 상관없이, 그들에겐 이만한 정성을 쏟아도 아깝지 않을 존재일 테니. 그 마음은 충분히 존중받아 마땅했다. 누가 먼저 했고, 누구 팬들이 더 많은 돈을 썼는지가 중요한 게 아니었다.

"아까 네 팬들이 보여서 오늘 잘 먹겠다고 인사하긴 했지만, 정말 고맙다. 그렇지 않아도 요즘 입맛이 없었는데 네 덕분에 오늘 입이 호강했어."

"맞아, 고기는 언제나 은혜롭지! 나도 덕분에 잘 먹을게."

"나도 땡큐~!"

박연아와 강민호가 차례로 인사를 하자 이민수는 얼떨결에 고개를 끄덕였다. 그는 우진의 옆에 앉으며 난처한 표정으로 세 사람에게 양해를 구할 일이 또 있다며 운을 뗐다.

"어떻게 알았는지 오늘 팬들이 밥차를 쏜 걸 알고 TNB의 '연예 플러스'에서 이진아가 취재 나온다는데 괜찮겠어요?"

"당연히 괜찮지. 공짜로 홍보해 주겠다는데 싫을 게 뭐냐."

강민호가 대표로 말하자 박연아는 고개를 끄덕이는 거로 동의를 표했다. 그러자 모두의 시선이 자연스레 우진에게 향했다.

"왜요?"

닭다리를 뜯던 우진은 동그랗게 뜬 눈으로 되레 물었다. 연예 프로에서 이민수를 취재하러 온다는데 자신의 동의를 구할 이유가 있나 싶었다.

"너 '연예 플러스' 한 번도 안 봤지?"

"저도 본 적은 있어요. 자주는 아니지만……."

뭔가 자신이 모르는 게 있는 것 같아서 우진의 목소리는 점점 작아졌다. 우진이 알기에 '연예 플러스'는 2년 정도 된 프로지만, 군대에 있을 때는 본 적이 없었고 최근에는 시간이 없어서 보지 못했다.

딱히 챙겨 보는 프로는 아니지만, 대충 연예계 뉴스를 전하는 방송이라는 것 정도는 안다.

"거기서 이진아라는 리포터가 있는데, 걔가 오면 좀 시끄러워. 사방을 들쑤시면서 이 사람 저 사람한테 인터뷰 요청하고 개인기 해달라고 조르고."

"아~! 본 것 같네요."

이제야 기억이 난 우진은 새치름히 이민수를 보았다. 어쩔 수 없다는 듯이 말했지만, 연예 프로에서 무작정 오는 건 절대 아닐 것이다. 이미 말도 다 맞췄을 텐데 왜 하필 그런 리포터가 오게 했냐는 무언의 항의를 보냈다.

"'연예 플러스'에서 이진아가 제일 재밌고 인터뷰도 잘하거든. 아마 걔가 하는 코너가 제일 시청률도 높을 거야."

이민수 대신 대답한 박연아는 그게 바로 자본주의 법칙이라고 덧붙였다. 인터뷰이 입장에서는 가장 짜증 나는 인터뷰어지만, 시청자가 원하는 가장 중요한 자리에 보내지는 이가 바로 이진아였다.

팬들이 밥차 하나 쐈다고 그녀가 올 정도면 그만큼 블루핏의 이민수가 인기가 많다는 의미이기도 했다.

"그런데 개인기 꼭 해야 해? 안 하면 안 되나?"

"안 하면 '콩나물 무쳤냐~!'라도 하게 만드는 게 바로 이진 아야."

이진아와 만난 적이 있는 강민호가 학을 떼며 고개를 저었다. '연예 플러스'가 케이블 방송이다 보니 가끔은 도가 지나칠 경우가 종종 있었다.

비난을 받으면서도 시청률만 잘 나오면 된다는 식으로 뻔뻔하게 나가는데 도리가 없었다. 홍보 차원으로 좋다고는 했지만, 마냥 반갑지만은 않은 취재였다.

"그럼 저도 해야 해요?"

"그러지 않을까? 메인은 이쪽이지만 아마 너랑도 어떻게든 인터뷰 따려고 붙잡을걸. 그리고 개인기를 시키겠지."

강민호가 단호하게 대답하자 우진과 이민수의 얼굴색이 동시에 붉어졌다. 전자는 개인기를 꼭 해야 한다는 것에 놀라서, 후자는 메인인 자신을 두고 왜 우진까지 인터뷰를 하는지에 대한 분노로 불타올랐다.

"우진이는 개인기 걱정할 거 없잖아."

"제가요? 저한테 무슨 개인기가 있어요?"

나도 모르는 내 재능을 어떻게 누나가 아냐며 우진이 의아해하자, 강민호는 알겠다며 손가락을 튕겼다.

"우진이, 너! 가수 성대모사 잘하잖아. 작정하고 부르면 완전히 가수하고 똑같이 노래 부를 수 있으면서 뭘 걱정해."

우진의 고해를 듣고, 어쩜 이렇게 노래를 잘 부르냐며 비법 좀 알자고 두 사람이 매달린 적이 있었다. 그러다 우진이 다른 가수들의 노래도 똑같이 따라 부를 수 있다는 걸 알게 되었다.

히든싱어에 나가도 가수를 이길 수 있을 것 같다며 한 번 나가보란 소리도 했을 정도로 우진의 성대모사는 뛰어났다.

"그거야 그냥 따라 하기죠. 예전에 멤버… 그냥 아는 사람들하고 각자의 음색이 어떤가 말하다가 특색을 잡아 불러보던 게 어떻게 되더라고요."

블루핏 데뷔곡을 녹음할 때, 민시후가 파트 분량에 대한 불만을 表한 적이 있었다. 그때 설문영은 우진에게 민시후의 목소리를 흉내 내서 노래를 부르게 했다. 1년이 넘게 함께 생활해 오면서 상대의 음색과 특징에 대해 너무도 잘 알았기에 우진은 무리 없이 시키는 대로 했었다.

"우진이처럼 부를 자신 없으면 욕심내지 마."

자신의 목소리와 거의 같은 음색으로 부른 우진의 노래를 듣고 사색이 된 민시후에게 설문영이 한 말이었다. 같은 목소리가 부른 전혀 다른 노래에 그는 더는 아무런 주장도 하지 않았다. 다만 그때부터 민시후는 폭력을 쓰기 시작했다.

"그런 게 바로 개인기야!"

시큰둥한 반응을 보이는 우진에게 저게 바로 개인기를 가진 자의 여유라며, 강민호와 박연아가 야유를 보냈다.

"그런데 민수 씨는 얼굴이 왜 그래? 뭐 불편한 거 있어?"

우진을 놀리던 박연아가 문득 가만히 있는 이민수를 보며 고개를 갸웃거렸다. 개인기 이야기가 나올 때부터 왠지 사색이 된 그의 태도가 너무 불편해 보였기 때문이다.

"아니요. 그냥 오늘이 저한테는 첫 방이라 아무래도 좀 긴장한 것 같네요."

"우리보다는 나았겠지. 민수 씨는 그래도 드라마 경험이 제법 있잖아. 우린 정말 처음이라서 첫날 얼마나 떨었는지 몰라."

그날 생각만 해도 아직 배가 아프다고 너스레를 떠는 강민호에게 박언아는 맞장구를 치며 진지하게 고개를 끄덕였다. 이런 우리도 있는데 긴장하지 말라는 두 사람에게 이민수는 억지웃음을 지으며 곁눈으로 우진을 보았다.

무슨 생각을 하는지 알 수 없는 우진의 평온한 얼굴을 볼수록 그의 초조함은 더해만 갔다.

'이런 게 아닌데.'

원래 계획은 우진에게 자신의 팬덤을 과시하고 기를 죽이기 위함이었다. 우진의 팬들이 내일 도시락을 준비한다는 말에, 겨우 도시락인가 싶어 하루 먼저 일부러 밥차를 쏘게 했다. 이렇게 직접 겪어봐야 두 사람의 격차를 실감할 테니 말이다.

팬이라고 겨우 조금 있는 거로 생색내는 모습이 꼴같잖아서 아예 기도 못 펴게 밟아버리려고 했다. 그런데 생각보다 반응이 영 시원치 않았다. 기가 죽기는커녕 이민수의 팬들에게 먼저 다가가 고맙게 잘 먹겠다며 인사까지 하는 게 아닌가. 그 바람에 블루홀의 대표로 온 친구들 사이에서 한바탕 소동이 일었다.

자기들이 누구 팬인지 잠시 잊었는지, 채우진에게 몰려가 사인 요청을 하고 사진까지 함께 찍었다. 그걸 또 채우진은 내내 웃으면서 모두 받아주고 작별 인사를 할 때는 손까지 흔들어줬다.

"그럼 전 이만 자리를 떠야겠네요."

식사를 다 한 우진이 자리에서 일어서며 말하자 이민수는 고개를 획 돌리며 그를 쳐다봤다.

"오후 촬영에 제 신은 없잖아요. 저는 OST 녹음하러 갈 테니까 여러분은 개인기 연습이나 열심히 하세요.”

아직 배가 차지는 않았지만, 이진아가 오기 전에 자리를 뜨는
게 나을 것 같아서 우진은 예정보다 먼저 자리에서 일어섰다.
슬쩍 내려다보다 자신을 올려다보는 이민수와 시선이 부딪쳤다.

“촬영 잘해라. 그러고 보니 너도 성대모사는 좀 했었지?”

언제나 자신의 노래를 따라 부르던 이민수를 떠올리며 우진
은 심상하게 웃었다. 생각해 보니 제법 불렀던 거로 기억했다.
자신이 민시후를 따라 한 만큼은 못했지만 말이다.

“저 기회주의자! 우릴 버리고 진짜 가버리네. 자기만 안 망가
지면 된다는 거지?”

투덜거리던 박연아는 접시를 들고 자리에서 일어섰다. 갑자
기 피곤이 몰려오는 게 마구 식욕이 당겼다. 오후 촬영은 최준
과 최강 형제와 이유라가 만나는 신이라서, 박연아는 도망갈
곳도 없었다.

“보면 세 사람이 정말 친해 보여서 부러울 때가 있어요.”

우진이 남긴 말에 잠시 잠깐 굳었던 이민수는 이내 정신을
차리고 강민호에게 말을 걸었다.

“연아하고는 동갑이고, 우진이는 한참 어리니 자연 친해질
수밖에.”

이성인 박연아는 동갑이라, 동성인 채우진은 동년배가 아니
라 서로 날이 선 경계를 부릴 이유가 없었다.

아니, 사실을 말하자면 이게 모두 우진이 덕분이었다. 세 사
람 모두가 주인공이라고 하지만, 솔직히 말해서 메인은 ‘루이’
인 채우진이었다. 그런데 우진이 먼저 주도권을 버리고 다가와

쉈기에 가능한 일이었다. 한창 잘나가는 배우가 현장에서 우월감을 부리면 나이와 경력은 아무 소용이 없었다.

이런 내밀한 사연까지 이민수에게 말할 필요는 없어서 강민호는 그저 대충 얼버무렸다.

"그래도 형이 중심을 잘 잡고 다른 사람들을 이끌어주니까 가능한 일이죠."

"내가 리더십이 좀 있지."

어디까지나 농담으로 한 말이었지만, 문제는 이민수가 강민호의 성격을 잘 모른다는 것에 있었다. 박연아라도 옆에 있었다면 그의 등짝을 내리치면서 비웃을 텐데 지금 이 자리엔 그런 단짝조차 없었다.

"아무리 연예계가 인기 중심으로 돌아간다고 하지만 형같이 경력 많고 필모도 좋은 분을 놔두고, 가끔은 너무하다 싶을 때가 있어요. 이야기 들어보니까 초반에 우진이가 그렇게 헤맸다면서요? 그에 비해 형은 거의 NG도 안 내고요. 그런데 스태프들 보면 완전히 우진이가 원톱인 거처럼 대하는데 보는 제가 다 속상하더라고요."

강민호는 자신에게 금칠을 해주는 이민수의 말을 가만히 듣고만 있었다. 간간이 고개도 끄덕이고 잔잔하게 웃는 얼굴에 힘입어 이민수는 자신이 하고 싶었던 이야기를 모두 꺼냈다.

그때 세트로 꾸며놓은 입구 쪽에서 웅성거리는 소리가 나자 뒤를 돌아본 이민수는 자리에서 일어났다. '연예 플러스'에서 이진아가 온 것이다.

"전 이만 일어날게요. 그리고 제가 했던 말은 답답해서 그냥 해본 거니까 너무 신경 쓰지 마세요. 저도 우진이 좋아하거든요."

"나야 잘 알지."

너그럽게 웃어 보이는 강민호에게 꾸벅 인사하고 돌아서는 이민수의 얼굴이 한결 가벼워 보였다.

"무슨 이야기를 그렇게 진지하게 했어? 오려다가 방해될까 봐 딴 데서 밥 먹었잖아."

이민수가 자리를 뜨자마자 나타난 박연아는 따뜻한 레몬차를 강민호에게 건넸다. 이민수의 캐릭터가 박힌 컵 홀더를 돌려 안 보이게 만든 강민호는 어깨를 으쓱이며 대답했다.

"그냥, 역시 최강은 최준의 동생이다 싶어서."

"흐음, 그거 칭찬 아닌 거 같은데."

일전에 강민호가 최준은 이성적인 나쁜 놈이라고 토로하던 걸 떠올리며 박연아가 미간을 찌푸렸다.

"그리고 형보다 못한 아우랄까."

"그건 칭찬 같네."

나쁜 놈보다 못하다는 건 분명 칭찬이었다. 쿡쿡 웃는 박연아에게 레몬차로 건배 시늉을 한 강민호는 마주 웃으며 말을 이었다.

"어린 나이에 성공한 친구들이 가끔 보이는 치태가 있어. 사람을 제멋대로 다룰 수 있다고 생각하는 저 오만함. 사람을 아주 물로 보네."

"뭔지 알겠다. 난 그런 거 유치해서 못 봐주겠던데 잘 참았네."

자리를 뜨길 잘했다면서 위안하는 박연아에게 강민호가 상큼하게 웃으며 답했다.

"내가 또 비위는 좋잖아."

부정할 수 없는 사실에 박연아는 호탕하게 웃었고 이 장면은 '연예 플러스'에 그대로 방영되었다.

강민호와 박연아는 이후에도 계속 이민수를 처음과 똑같이 대했다. 특별히 더할 것도 뺄 것도 없는 사이에 딱히 다르게 대할 이유는 없었다. 다만 이민수와 둘만 있을 때 들어야만 하는 그의 묘한 어법에는 떨떠름한 미소를 지을 수밖에 없었다.

"슬리퍼 청년이 우진이라는 걸 알고 정말 놀랐다니까요. 걔가 그렇게 남을 신경 써주고 다정한 성격은 아닌데, 아무래도 연예계에 들어오려면 이미지 메이킹이 필요했을 거예요. 그 성격 그대로 내보이면 아마 생매장당할걸요."

농담처럼 말하는 어조는 한없이 가벼웠다. 자칫 아무 생각 없이 듣다가 같이 웃고 떠들면서 넘어가기 쉬웠다. 그리고 한참 지난 후에는 이성적 사고 없이 이민수가 했던 말이 그대로 이미지화돼서 머리에 남아 있기 쉬웠다.

그런 면에서 박연아는 이민수의 화법에 많은 점수를 줬다. 절대 심각하지 않은 척, 농담처럼 가볍게 넘기는 기술이 최고였다. 이런 식으로 이민수와 장시간 대화하다 보면 어느 순간 그에게 넘어가 고개를 끄덕이게 하는 재주였다.

요즘 말로 예능 프로에 특화된 대화법이었다. 사람들의 호기심을 자극하고, 비밀을 농담처럼 얼버무리면서, 상대를 돌려까서 결국 비난의 대상으로 만들어 버리는 건 이민수에게는 매우 쉬울 것 같았다.

"흐음, 우진이 말이 맞았었네."

"네?"

의미심장하게 웃으며 턱을 쓰다듬는 박연아를 보며 이민수는 순간 긴장했다. 자신이 없을 때, 우진이 그녀에게 무슨 말을 했나 싶었다.

"두 사람이 친한 적 없다던 말! 민수 씨 이야기를 들어보면 정말 우진이하고 안 친했다는 걸 알겠다. 여러 가지 의미에서. 그러니 다른 곳에 가서도 우진이하고 친했단 말은 하지 마. 특히 방송에선! 입은 너한테만 있는 게 아니야."

길게 이야기할 필요를 찾지 못한 박연아는 이민수의 어깨를 다정히 도닥여 주고는 대본을 챙겨서 가버렸다. 참으려고 했는데 그녀는 강민호만큼이나 비위가 좋지 못했다.

◆　　◆◆◆　　◆

다음 날에 채우진의 팬카페 소원바라기에서 도시락을 준비해 왔다. 이날은 세트장 촬영이라 밥차보다는 도시락이 적절한 선택이었다. 하지만 채우진의 팬들이 굳이 이날을 선택한 이유는 따로 있었다.

"오늘이 내 생일이었어?"

박연아는 손으로 자신을 가리키며 주위 사람에게 재차 물었다. 나이가 들면서 생일의 의미가 많이 퇴색되긴 했지만, 올해는 일부러 무시한 게 아니라 정말 깜박 잊고 있었다. 그만큼 바쁜 일정 속에서 오늘이 무슨 요일인지도 모르고 지나갈 정도로 정신이 없었다.

"생일 축하합니다~! 생일 축하합니다~! 사랑하는 연아의 생일 축하합니다."

자기 앞에 당도한 2단 케이크를 보며 박연아는 결국 함박웃음을 짓고 말았다. 생일 초가 달랑 하나인 게 무척이나 마음에 들었다. 그녀를 캐릭터로 만든 작은 슈가 인형도 굉장히 귀엽고 예뻐서 이건 꼭 챙겨가야지 마음먹기도 했다.

"아니, 무슨 내 생일까지 챙겨!"

상상도 못 한 일이라 쑥스러워하면서도 기뻐하는 박연아를 보며 우진은 자기가 괜히 기분이 좋아 으쓱해졌다.

오늘의 생일 파티는 모두 소원바라기에서 준비한 것이었다. 도시락도 고마운데, 굳이 오늘로 날을 정한 이유를 듣고 우진은 부랴부랴 강민호에게도 사실을 전했다. 두 사람은 황이영의 도움을 받아 박연아가 평소 가지고 싶었던 머리핀과 폰 케이스를 준비할 수 있었다. 선물이 취향에 적중했는지, 포장을 뜯은 후에 들리는 감탄성만 들어도 합격이었다.

"케이크도 고마운데 선물까지 준 거예요? 정말 고마워요!"

박연아는 선물 상자 중에 '소원바라기'라고 적힌 걸 들고는 뒤쪽에서 사진을 찍고 있던 발악들에게 인사를 했다. 그리고 포장을 뜯고는 지금까지 들을 수 없었던 최고의 함성을 내질렀다.

"이거! 이거 어떻게 구한 거예요? '오! 필리아' 연재 12주년 기념으로 나온 한정판 화보와 피~ 규어!"

3년 전에 박연아가 무척이나 좋아하는 만화가 연재 12주년을 기념하면서 한정판 화보와 피규어를 낸 적이 있었다. 하지만 당시 배고픈 연극배우로 그걸 살 능력이 그녀에게는 없었다. 그날 조금 쓸쓸한 감성을 담아 SNS에 관련 글을 올렸다가 며칠 후에 지운 적이 있었다.

나중에 조금 여유가 생겨 어떻게든 구해보려고 했는데 한정판이란 게 괜히 한정판이 아니었다. 찾는 사람은 있어도 매물 자체가 나오지 않았다. 그래서 표지만 알고 있던 전설의 물건을 이렇게 영접하게 됐으니 괴성을 안 지를 수가 없었다.

박연아의 심정을 이해하는지 소원바라기에서 대표로 온 열 명의 발악들은 수줍게 웃으며 손을 흔들었다.

오늘 이 자리를 준비하면서, 박연아를 위한 특별 선물로 무얼 할까 고민하며 발악들은 인터넷을 싹싹 뒤졌다.

대중적이지는 않아도 연극배우로 유명세가 있는 박연아에게도 팬은 있었다. 처음엔 그녀의 팬들에게서 뭔가 정보를 얻을 수 있지 않을까 해서 수소문하다가, 뜻밖의 곳에서 도움을 받았다.

'오! 필리아'의 마니아가 몇 년 전에 박연아의 SNS를 캡처해서 올린 글을 발견하게 된 거다. 덕후로서 그녀의 마음을 너무도 잘 이해한다면서 함께 눈물짓는 글이었다. 그걸로 선물은 결정이 났지만, 한정판 화보와 피규어를 구하는 게 일이었다.

그리고 드디어 사흘 전에야 겨우 손에 넣을 수 있었다. 국내 중고 거래 사이트에서 예상보다 싸게 나온 걸 운 좋게 구했던 거다. 왠지 판매자에게서 자식의 수집품을 정리하는 어머니의 단호함이 풍겨서 조금 씁쓸했지만 말이다.

최고의 선물을 받은 박연아는 발악들에게 감사 인사와 화보를 구한 경위를 묻기도 했다. 혹시나 너무 비싸게 구매했다면 자신이 대신 값을 치를 의사도 있었다. 따지고 보면 우진이 그녀에게 사준 머리핀보다 더 싸게 산 화보임에도, 효과와 값어치만큼은 어느 것보다 제일이었다.

생일 파티가 끝나고 소원바라기는 배우와 스태프들에게 점심으로 2층 도시락을 나눠줬다.

도시락 케이스에는 램프에서 연기처럼 나오는 지니의 그림이 있었다. 까만 머리칼과 까맣고 동그란 눈동자의 귀여운 지니는 아무래도 채우진의 캐릭터인 듯했다. 사람들은 우진이의 팬카페인 '소원바라기'의 어원을 알고 있었기에 보자마자 살포시 미소를 지었다.

그런데 도시락마다 받는 사람의 이름과 그에게 보내는 메시지가 적힌 작은 카드가 붙어 있었다. 강민호에게는 '헌츠맨에서 보고 허당인 줄 알았는데 드라마 보고 쪼금 무서웠어요. 그 갭이 미치도록 멋있는 배우! 최준은 무섭지만, 강민호 오빠 좋아용~!'이라고 적혀 있었다.

"이왕이면 '좋아용' 뒤에 하트도 그려주지. 하트는 아무한테나 안 주나?"

동글동글한 글씨체와 어울리는 문구에 강민호는 피식 웃으며 박연아를 보았다. 가만히 카드를 읽고 있는 박연아의 분위기가 진지해서 가만히 어깨너머로 내용을 훔쳐 보았다.

〈연극 '숲의 기억'을 보고 정말 멋있는 배우라고 생각했습니다. 그 후에 언니가 나오는 연극은 언제나 믿고 모두 보았답니다. 무대 위에서 어떤 배역을 맡든 항상 빛나고 아름다웠어요. 그리고 그건 언니가 어디에 있든지 마찬가지랍니다. 언제나 언니의 선택은 옳았습니다.〉

글 밑에는 두 주먹을 불끈 쥔 그림 옆에 'Fighting'이라고 쓰여 있었다. 드라마를 찍고 있긴 하지만 항상 무대가 그립고 자신의 선택이 혹시 변절이 아닐까 고민하던 박연아였다. 모두가 응원해 주고 잘했다고 칭찬해 주는 데도 혼자서 하는 고민이란 게 있었다.

그걸 알아주는 듯해서, 그리고 괜찮다고 다독여 주는 글귀에 괜히 울컥하고 치밀어 올랐다. 슬쩍 눈시울을 문지르며 박연아는 카드를 곱게 갈무리했다.

식사에 앞서 사람들이 카드를 읽는 데 열중하자 이민수도 도시락 케이스에서 카드를 떼어 읽어보았다.

〈연기인지 실제인지 분간이 가지 않은 최강 연기! 블루핏 활동과 드라마에서의 모습 늘 지켜보고 있습니다.〉

이민수는 이게 칭찬인지 뭔지 모를 묘한 느낌을 받았다. 이민수가 맡은 '최강'은 철없는 이기주의자였다. 딱히 나쁜 놈은 아니지만, 결코 좋은 사람이라고도 할 수 없는 게 바로 최강이었다. 그리고 잘 보고 있다거나, 좋아한다는 표현 하나 없이 지켜보고 있다는 게 왠지 오싹했다. 이런 느낌의 편지를 왠지 이전에도 받아본 느낌이라 더욱 그랬다.

하지만 이민수의 생각은 박연아의 탄성에 곧바로 날아가 버렸다.

"와~! 내가 좋아하는 오리 훈제하고 해파리냉채다."

도시락을 열어본 박연아는 자기가 좋아하는 음식들을 발견하고 기뻐했다. 생일인 그녀에게만 제공된 소고기미역국은 여전히 따뜻했고, 주메뉴 말고도 다른 음식 모두가 개인적으로 좋아하는 것들이었다.

오늘 메뉴는 생일인 박연아를 중심으로 준비했나 생각하던 강민호는 자신의 도시락에선 그가 좋아하는 장어구이를 발견했다. 그는 재빨리 주변 사람들의 도시락도 살펴보았다. 이내 각자 받은 도시락의 내용물이 서로 다르다는 걸 알 수 있었다.

딱히 가리는 것 없이 다 잘 먹는 우진의 도시락에는 영양소를 고려한 균형 있는 반찬들이 있었다. 한쪽에 자리한 구운 마늘이 조금 이상했지만 고기에 곁들어 먹으란 의미로 받아들였다. 여하튼 혼자 먹기 미안할 정도로 정성을 들인 도시락이었다.

우진은 아까 소원바라기 회원들에게 함께 식사하자고 했지만, 그녀들은 일제히 고개를 저었다. 기쁜 것과는 별도로 상상만 해도 목이 메고 소화도 제대로 못 할 것 같다고 울상을 지었다. 자신보다 나이가 많은 이들이 대부분임에도 붉게 물든 얼굴로 수줍어하는 모습이 마치 동생 같아서, 그들을 대하는 우진의 행동 역시 절로 부드러워지고 다정해졌다.

발악들 역시 자신들을 대하는 우진이의 분위기가 따뜻해지는 걸 느낄 수가 있었다. 서로 교감하고 배려하는 감정을 공유하는 순간이었다. 이때, 이들 사이로 이민수가 다가와 인사를 했다.

"도시락 잘 먹을게요. 처음일 텐데 고생 많았죠?"

전날 채우진이 블루홀에게 그랬던 것처럼 이민수는 고마움을 표하고 손까지 흔들어줬다. 그를 본 발악들은 일순간 아무것도 하지 못하고 그대로 멈춰 버렸다. 하지만 그 시간이 매우 짧아 그들의 동요를 알아본 이들은 같은 동지인 발악이들뿐이었다.

오늘 도시락 조공에 '소원바라기'의 대표로 나온 이들의 칠할이 원조 소원바라기 회원들이었다.

이는 즉, 블루핏이라면 치를 떨며 싫어하는 이들이 이곳에 일곱이 있다는 소리였다. 그리고 나머지 삼 할은 비록 시간은 짧더라도 완벽하게 교육받은 후배들이었다. 역시나 선배 따라 블루핏이라면 무조건 싫어하게 된 이들이었다.

그녀들은 재빨리 우진과 이민수 사이에 흐르는 분위기를 점검했다.

자신들이 아무리 블루핏을 싫어해도 우진이 그들과의 골을 메우고 잘 지내기로 했다면 이를 존중해 줘야 하기 때문이다. 괜한 분란을 만들 이유는 없었다. 하지만 이민수를 보는 우진의 시선은 무심하고 건조했다.

강민호와 박연아와 있을 때와는 확연히 다른 감정의 차이를 한눈에 알 수가 있었다.

이민수의 반응은 군이 살필 필요가 없었다. 발악이들에게 중요한 섯은 채우진이니 그의 감정만 살피면 되는 문제였다. 빠르게 혼란을 정리한 발악이들은 두 손을 배꼽에 올리고 예의 바르게 이민수에게 인사를 했다.

"처음 뵙겠습니다."

부족한 게 있더라도 맛있게 드셨으면 좋겠다는 인사를 끝내고 그녀들은 말똥말똥한 시선으로 그를 보았다.

인사를 끝으로 아무런 행동도 취하지 않는 우진의 팬들을 보고 이민수는 순간 어찌해야 하나 당황했다. 다른 이들처럼 '오빠'라고 부르며 따르는 것까지 바라는 건 아니었다. 하지만 적어도 사인이나 사진 정도는 요청할 줄 알았다. 발악이들이 아까 강민호와 박연아에게 그랬던 것처럼 말이다.

'왜?'

잠시 잠깐 그들 사이에 흐르던 고요함과 어색함을 깨고, 우진이 이민수에게 무슨 할 말이 더 남아 있냐는 시선을 보냈다.

'아니, 그냥 인사하러 온 거야.'

어제 우진과 자신의 팬들이 그렸던 그림을 상상하고 왔던 이민수는 쓸쓸히 돌아가야만 했다. 이민수의 뒷모습을 보며 소원바라기의 회장 마도희가 슬며시 우진에게 물었다.

"저희가 아이돌을 직접 본 게 처음이라 멋쩍기도 하고 어색해서 어떻게 대해야 할지 모르거든요. 그냥 인사만 한 게 쌀쌀하고 무례해 보였을까요? 혹시 두 분이 친하신데 저희 때문에 이민수 씨가 나중에 섭섭해하면 어쩌죠?"

천연덕스럽게 아이돌은 처음 봤다고 거짓말하는 마도희에게 우진은 가볍게 고개를 저었다.

"무례는요. 오히려 과할 정도로 예의 바르셨어요. 그리고 혹여 뭣 때문에 기분 상할 일이 있더라도 시시콜콜 말할 사이도 아니고요."

어깨를 으쓱이는 우진에게 발악이들은 그 모르게 주먹을 불끈 쥐었다. 자신들의 예상이 맞아떨어졌다는 걸 깨닫고 흐뭇하게 미소 지었다.

배우들은 대충 보아도 도시락의 내용물이 각자 다르다는 걸 알고 서로 상대편 메뉴들을 구경하면서 감탄했다. 모두가 자기가 좋아하는 음식들이었기에 이렇게 세밀하게 신경 써주는 점을 기뻐했다.

구경하는 재미도 쏠쏠해서 이곳저곳을 기웃거리던 강민호는 조용히 있는 이민수의 도시락을 살펴보았다.

"이건 인삼 튀김 같은데. 아! 전에 방송에서 이거 굉장히 좋아한다고 하지 않았어?"

평소 즐겨보던 맛집 프로에 이민수가 나와 좋아하는 거라며 맛있게 인삼 튀김을 먹었던 걸 기억하고, 강민호는 고개를 주억거렸다.

"우진이 팬들이 정말 신경 많이 썼구나. 이건 소고기 인삼말이구이, 낙지볶음, 전복구이? 다 맛있는 것들이네."

"그, 그러게 말이에요. 좀 드실래요?"

"아니, 나에게는 장어가 있어!"

장어 때문에 다른 게 보이지 않는다는 강민호에게, 이민수는 애써 웃음을 지으며 억지로 수저를 들었다. 모두 이민수가 방송에 나가서 좋아한다고 맛있게 먹었던 음식들이었다. 사실은 쓴 음식을 엄청 싫어하고, 해물은 미끄덩거리는 식감이 싫어서 끔찍하지만, 방송에서 거짓말을 했다.

단것을 좋아하는 어린애 입맛인 것을 들키기 싫어서 괜히 허세를 부렸던 거다. 해도 너무할 정도로 어떻게 된 게 도시락에는 그가 좋아하는 음식이 하나도 없었다. 피해 가도 어떻게 이리 잘도 피해 갔는지 신기할 정도였다.

팬들은 이민수가 방송에서 무슨 말을 해도 그의 입맛을 잘 알고 있었다. 어린애 입맛을 들키기 싫어하는 거짓말에도 우쭈쭈 하며 귀엽다고 난리였다.

조금만 알아보면 알 수 있는 걸 이렇게 무신경하다며 이민수는 속으로 욕했다. 채우진이나 그 팬이나 마음에 드는 게 하나도 없었다.

"대박! 당뇨와 고혈압 있는 사람과 다이어트 하는 스태프들도 식단에 맞춰 모두 다르게 했지 뭐야."

서로 메뉴가 다른 걸 보고 스태프들의 도시락도 구경한 강민호는 연신 감탄을 터뜨렸다. 배우들처럼 제각각 메뉴가 다른 것은 아니지만, 따로 음식을 조심해야 할 스태프들은 확실히 다르게 챙겼기 때문이다.

사람에 맞춰 식단이 다른 것도 대단하고 조금씩 맛본 음식들 모두 맛있었다. 대충 업체에다가 맡겨서 가지고 온 도시락이 아니었다.

"진짜 우진이 팬들 정성이 대단하다. 보니까 스태프들한테도 일일이 다 편지 썼어."

도시락에서 끝나는 게 아니었다. 귀여운 지니 그림이 있는 예쁜 쇼핑백에다 직접 만든 입술 보습제와 핸드크림, 그리고 비누와 향초 등이 있는 선물까지 준비했다.

배우에게 주는 쇼핑백에는 그들이 '그림자의 도시'에서 맡은 배역을 귀여운 대두 짤로 만든 스티커가 각자 붙어 있었다. 그리고 스태프 것에는 사진 대신에 그림으로 만든 스티커들이 붙어 있었다.

음향팀은 녹음기를 들고 있고, 붓을 들고 있는 미술팀, 카메라를 메거나, 조명 판을 들고 있는 제각각 귀여운 캐릭터 그림이었다. 스태프들은 각자 자신이 맡은 일을 표현한 캐릭터가 있는 쇼핑백을 받았다.

그림체가 통일되지 않은 것으로 보아 팬들이 분업해서 각자 그린 것 같았다. 한두 사람이 하기엔 벅찬 일이기도 하고, 그만큼 많은 이들이 함께 참여했다는 의미이기도 했다.

스타를 위한 팬들의 조공이야 많이 받아봤지만, 이렇듯 다른 사람들까지 신경 써주고 세밀히 살펴준 것은 처음이었다. 스태프들이야 사실 뭐라도 상관이 없었다. 하지만 같은 연예인 처지에선 마냥 달갑지만은 않은 게 스타 팬들의 조공이었다.

같은 직업군으로서 상대적 박탈감도 느껴지고 오로지 스타 위주로 꾸며진 내용물들이 자기 취향이 아닐 때도 적잖았다.

비교하기 좋은 예가 바로 전날 있었던 이민수의 팬들이 준비한 밥차였다. 보고 만지는 것마다 이민수와 블루핏의 얼굴이 박혀 있어서 부담스럽기도 하고, 당신은 우리 오빠를 위한 들러리라는 느낌이 강하게 전해져 와서 오히려 속이 상하기도 했다.

그런데 오늘은 램프에서 피어오르는 우진의 캐릭터가 워낙에 귀엽기도 하고 과하게 사용하지도 않았다. 그리고 옆에 나란히 붙어 있는 자신의 사진이 제법 나쁘지 않았다.

무엇보다 그 안에 들어 있는 음식들과 직접 쓴 카드들을 보면 그들이 얼마나 신경을 쓰고 준비했는지가 느껴졌다. 정성스레 대접받은 기분이 들어 마음이 넉넉해졌다. 그만큼 채우진이 팬들에게서 어떤 대우를 받고, 어떤 존재인지 느껴져서 부럽기도 했다.

"우진이 팬들은 이런 게 처음일 텐데도 굉장히 체계적으로 준비도 잘한 게 신기하지 않아? 보통 처음은 어설프기도 하고 우왕좌왕 헤매느라 실수도 하는데 그런 게 전혀 없어."

가끔 준비는 완벽하게 해도 촬영 현장에 와서 배우들을 직접 목격하면 흥분해서 과하게 행동하는 팬들도 있었다. 그런데 오늘 소원바라기들은 매너까지 완벽했다. 자신의 스타만 추켜세우지 않고, 그렇다고 다른 배우들에게 흥분해서 수선을 피우지도 않았다.

"생각해 보니까, 조금 무서워지려고 한다."

소원바라기가 선물한 수제 핸드크림을 바르던 박연아는 강민호의 말에 눈을 흘기며 그를 핀잔했다.

"뭐라니? 지금 마시고 있는 흑마늘이나 내려놓고 그런 말을 하던가! 아까 소원바라기 회장한테 고맙다고 인사하면서 오늘 고생 많았다니까, 그러더라. 모두 우진이 매니저와 코디의 도움이 컸다고. 자기들은 오로지 어떻게 하면 우진이에게 욕되지 않을까만 생각했다는 거야. 애들이 착하고 어쩜 그리 겸손한지. 나 원래 남의 팬텀 같은 거 부러워한 적 없는데 오늘은 쪼금 부럽더라."

여기에서 박연아가 오해한 것이 있었다. 마도희의 말은 사실이나, 또한 돌이켜 풀이해 보면 그들은 팬들이 어떻게 하면 욕을 먹는지 너무나 잘 알고 있었다. 나노 단위로 평가당하고 까이는 기준이 무언지 잘 알고 있기에, 자기 자신을 반면교사로 삼아 준비하고 행동했던 거다.

어제 블루홀이 쏜 밥차는 안티들에 의해 현재 너덜너덜 까이고, 드라마에 나오는 다른 배우 팬들에게 불쾌감을 선사하고 있었다.

고생하는 배우와 스태프들에게 한 끼 든든하게 대접해 주는 거야 고맙고 잘한 일이기는 했다. 그런데 과한 '오빠들 사랑'이 도가 지나쳤다. 블루핏이 활동하는 음악이나 예능 방송도 아닌데, 온갖 곳에 그들의 로고와 사진으로 도배를 한 건 너무했다 싶은 거다.

이민수를 잘 부탁한다는 문구까진 좋았는데, '연기 짱! 연기의 신! 이민수'는 아니지 않냐는 비웃음도 샀다. 아닌 말로 '그림자의 도시'에 나오는 연기파 배우들이 얼마나 많은데 감히 연기의 신을 운운하는가 말이다.

더욱이 주인공이며 이민수와 동갑인 채우진이 현재 절정의 연기로 언론의 찬사를 받는 마당에, 무슨 말인가 싶기도 했다. 이런 지적이 있어도 아마 블루홀은 다음에도 똑같은 행동을 반복할 거라는 걸 사람들은 알고 있었다.

블루홀은 블루핏이 잘나가는 만큼 그에 대한 우월감도 높은 팬덤이었다. 다른 사람들의 문제 제기는 모두가 질투고 근기 없는 비난으로 인식했다. 그러기에 언제나 같은 잘못을 했고 똑같은 욕을 먹기도 했다. 사실 블루홀 때문에 블루핏의 안티로 돌아선 이들도 꽤 많았다.

반면 소원바라기의 발악이들은 자신들이 어떤 안티인지 분명하게 인지하고 있었다. 그리고 자기 같은 안티가 채우진에게 붙는 게 그들은 너무나 싫었다. 적어도 자기들 때문에 채우진의 안티가 생성되는 건 원하지 않았다.

특히나 배우는 함께하는 작업이라 채우진이 다른 배우들과 어울리면서 편하게 일했으면 하는 마음으로 준비했다. 그게 비록 이민수라 할지라도 그들로선 정말 정성을 다해 준비했다. 다만 정성에 비해 애정이 없었을 뿐이었다.

채우진의 팬들에게 무시당하고 끔찍한 점심을 먹은 바람에 이민수의 컨디션은 말이 아니었다. 소화제를 먹고 조금 지나서 영양제까지 챙겨 마셨다.

"젠장, 하필이면 오늘……."

오후의 촬영을 어떻게든 뒤로 미루고 싶었지만 그럴 수가 없었다. 오늘은 루이와 최강이 처음 만나는 신을 찍는 날이었다. 정황상 기가 빨리는 내용이라 힘이 많이 필요한데 시작부터가 조짐이 안 좋았다.

한 프레임 안에 잡힐 채우진을 생각하며 저도 모르게 이를 갈았다. 노래는 어쩔 수 없다지만, 절대 연기로는 밀리고 싶지 않았다. 연기하는 아이돌이 아니라, 배우 이민수로 똑바로 서기 위해 오늘은 정말 중요한 날이었다.

◆　◆◆◆　　◆

　최강의 방으로 꾸며놓은 세트장을 둘러보며 우진은 몇 번이나 동선을 확인했다. 창틀과 침대에 이르는 거리를 여러 번 왔다 갔다 해보고 카메라 감독과도 의논했다.

　"조금은 몽환적인 분위기가 나왔으면 좋겠어. 창가로 달빛이 들어오고 루이는 역광을 받으며 최강에게 서서히 다가가는 거야."

　"여고괴담의 귀신처럼요?"

　"그건 공포지!"

　장르를 생각하라며 딱 잘라 거절하는 카메라 감독에게 우진은 조금 아쉬운 표정을 보였다.

　"최강이 루이에게 공포를 느껴야 하는 장면은 맞잖아요. 감독님이 말씀하신 이미지는 알겠는데 그러다 최강이 받을 공포가 상쇄되면 어쩌죠?"

　우진의 지적에 카메라 감독도 느끼는 바가 있는지 심각한 표정을 지으며 턱을 만지작거렸다. 이 장면에 대해 박종혁 PD와 의논할 때만 해도 루이의 몽환적인 등장과 전체적인 분위기에 대해서만 생각했지, 최강의 감정은 고려하지 않았다.

　"낯선 이에 대한 기본적인 공포는 어떠한 분위기에도 존재하지 않을까?"

　"우리가 이해시켜야 할 것은 최강이 아닌 시청자라 문제죠. 시청자는 저란 존재를 알고 있으니 몽환적인 분위기에서는 공포감을 느끼지 못할 겁니다."

그러기에 최강이 느끼는 공포를 이해하지 못하고 감정이입에 실패할 확률이 높았다.

루이와 최강이 만나는 이 신에선 시청자가 최강의 시점으로 루이를 보아야만 했다. 그런데 문제는 최강과 달리 시청자에게는 루이가 전혀 낯설지 않다는 것이었다. 도리어 주인공이란 이유로 루이에게 호감마저 품고 있다.

몽환적인 분위기로 가면 결국 루이를 돋보이게 하는 결과밖에 되지 않는다.

불우한 어린 시절과 사연을 가진 주인공에 대한 연민과 애정이 나쁜 것은 아니다. 하지만 루이는 결국 킬러였다. 온갖 이야기로 꾸며봤자 살인자인 건 달라지지 않는 사실이다. 그런 인물이 오로지 주인공이란 이유로 대중의 사랑과 이해를 받는 건 우진은 원치 않았다.

이 시점에서 시청자는 루이가 킬러임을, 사람의 목숨을 끊는 도살자라는 것을 분명히 인지할 필요가 있었다.

공포를 느끼고 두려워하면서도 왠지 끌리는 마음을 쉽게 접을 수 없는 상태, 그 정도가 딱 루이를 바라보는 시청자의 시선이어야만 했다. 마치 이유라가 루이를 증오하면서도 멀어지지 못하고 그를 붙잡는 것처럼 말이다.

"하지만 이 신에서 중요한 게 최강이 느끼는 공포만 있는 건 아니잖아. 루이의 서글픔 역시 분명 존재한단 말이지. 상반된 감정이 어우러진 몽롱한 분위기를 연출하면 되는 거 아닌가."

내내 옆에서 가만히 듣고만 있던 박종혁 PD가 끼어들었다. 결국, PD와 카메라 감독은 몽환적인 분위기를 포기하지 못하겠다는 말이었다.

"공포는 제 몫이니까 걱정하지 마세요. 시청자가 감정 이입 잘하도록 최선을 다하겠습니다."

메이크업이 끝난 이민수도 세트장에 들어서며 자신의 의견을 냈다. 안색이 밝지 못한 그의 얼굴을 슬쩍 보며 우진은 모호한 표정을 지었다.

"자칫하면 분위기와 어울리지 못하고 우리 연기만 붕 뜰 수가 있어."

오늘 신을 쉽게 풀이하자면 아름다운 달밤에 찾아온 악몽이었다. 배경만 아름다워 봤자 악몽으로 찾아온 이나, 그걸 꾸는 이에게는 끔찍한 현실이다. 하지만 자칫 잘못하면 아름다운 꽃동산에서 혼자 날뛰는 것처럼 보일 수 있는 게 연기자의 현실이었다.

이는 이민수뿐만 아니라 우진이 자신의 연기까지 걱정하는 말이었다. 그러나 이민수에게는 그렇게 들리지 않았던 모양이다.

"지금 날 못 믿겠다는 소리야? 각자 연기만 잘하면 되는 거지. 남의 연기 걱정하지 말고 너나 잘해. 분위기 타령이나 하지 말고!"

예민한 상태인 이민수는 평소의 가면을 벗고 날카롭게 우진을 대했다. 그의 이런 모습을 본 적 없는 스태프들이 의아하게 쳐다보는데도 이를 느끼지 못했다. 그도 그럴 게, 박종혁 PD와 카메라 감독의 의견을 이민수도 찬성하기 때문이었다.

우진이 주장하는 것처럼 촬영이 진행되면 '최강'의 모습 역시 초라하고 볼품없게 사그라질 가능성이 컸다. 차라리 멋들어진 분위기 인에서 제대로 된 연기를 하는 게 이민수로서 더 나았다.

그는 공포와 함께 보는 이들에게 연민이 느껴지는 연기를 할 계획이었다. 루이에게 공포를 느끼는 최강이 한없이 초라하게 사그라지지 않을 터였다. 보는 이들이 최강에게 동정을 느끼게 해서 도리어 루이를 나쁜 놈으로 제대로 인식시킬 작정이었다.

속이 안 좋았지만, 오히려 호재일 수 있었다. 자연스럽게 연약한 분위기를 풍긴다며 코디가 말할 정도로 모든 게 갖춰져 있었다.

미묘하게 틀어진 목적을 가지고 우진과 이민수는 몇 번이나 서로 호흡을 맞춰보았다.

드라마에선 처음으로 함께하는 촬영이었기에 대사와 동작을 연습하고 의견도 나눴다. 두 사람이 모두 준비가 다 되었다 싶을 때 촬영에 들어갔다. 초반에 이민수가 NG를 내긴 했어도 이내 감을 잡고 실수 없이 해냈다.

깊이 잠들어 있던 최강은 어느 순간에 문득 잠에서 깨어났다. 흐리멍덩한 눈을 깜박이며 부스스 자리에서 일어나다, 어디선가 불어오는 찬바람에 저도 모르게 몸을 부르르 떨었다. 아무렇게나 흘러내린 머리카락이 살랑거리는 것을 확인한 최강의 시선이 무의식중에 창가로 갔다.

잠들기 전에 꼭 닫아놓은 창문이 활짝 열려 있었다. 창문 너머로 보이는 잿빛 구름에 묻힌 희미한 하현달이 고즈넉했다.

바람에 펄럭이는 얇은 커튼이 그림처럼 아름다웠다.

문득 창가 벽에 붙어놓은 책상에 기대 서 있는 그림자 하나를 발견한 최강은 눈살을 찌푸렸다. 잠에서 완전히 깨지 못한 눈에 힘을 주며 그는 달빛을 등에 지고 서 있는 존재에게 말했다.

"형?"

크고 늘씬한 그림자는 최강이 부르는 소리가 들리자 책상에 기댄 몸을 떼고 바로 섰다. 그러자 최준보다 키가 큰 존재는 최강이 누워 있는 침대까지 길쭉한 그림자를 만들어냈다.

"누, 누구야……?"

아무리 잠결이래도 상대가 형이 아니라는 것 정도는 알 수 있었다. 반쯤 누워 있던 자세에서 벌떡 일어나 뒤로 물러나려 했지만, 등 뒤로 침대 헤드와 벽에 가로막혀서 도망갈 곳이 없었다.

그림자는 그런 최강을 빤히 바라보면서 손에 들고 있는 것으로 무심하게 책상 위에 무언가를 긁고 있었다. 아무래도 그림자가 들고 있는 것은 날이 잘 벼리어진 단검이었다. 비명을 지르고 싶은데 이 기괴한 장면에 넋이 나간 최강은 그저 거칠게 숨만 토해냈다.

어쩌면 그는 지금 이 순간 지독한 악몽을 꾸고 있다고 자신을 설득하고 있는지도 모른다.

까맣게만 보이던 그림자가 어느 순간 점점 최강에게 다가왔다. 바람에 밀려난 구름 사이로 달이 드러나면서 그림자에게 점점 얼굴이 생겨났다.

가름한 턱 선과 얼굴이, 마치 까만 종이 위에 색을 칠하듯 나타나면서 생기라곤 찾아볼 수 없는 무감정한 눈동자가 드러났다. 하얗게 부르트고 곳곳이 찢어져서 핏빛으로 물든 입술은 웃음기라곤 찾아볼 수조차 없다.

무형의 그림자가 생명체로 변화하는 순간은 기이하고 아름다웠다. 하지만 밤공기를 가르는 그의 목소리는 살얼음이 바삭바삭 부서지는 것처럼 날카롭고 차가웠다.

"조용히하는 게 좋을 거야."

침대맡에 선 그림자, 아니, 남자는 시퍼렇게 날이 선 단검을 최강의 경동맥에 가져다 대며 속삭였다.

"네가 소리 지르고 사람들이 오는 게 빠를까. 여길 찔리고 네가 죽는 게 더 빠를까. 선택은 네 자유다."

높낮이 없는 조용한 목소리임에도 발음이 분명해서 의사 전달이 명확하게 잘되었다.

"네가 지금 뭔 짓을 하고 있는지 알아? 내가 누군 줄 알고, 감히……."

조금은 크게 따지려던 최강은 경동맥을 지그시 누르는 날의 감각에 이를 악물며 뱉어내듯 목소리를 억눌렀다. 점점 웅얼거리는 목소리엔 두려움이 묻어나기 시작했다. 하지만 남자는 이상한 이야기를 다 듣는다는 표정으로 최강을 보았다.

"네가 누구인지는 중요하지 않아."

그런 걸 따졌다면 애초에 지금과 같은 상황도 일어나지도 않았을 것이다.

"그런데 왜?"

긴장으로 침을 꿀꺽 삼키자 칼날이 살갗으로 살짝 파고들었다. 이에 화들짝 놀라자, 남자는 장난치듯 칼날로 최강의 목을 톡톡 쳤다. 목선으로 땀방울이 흘러 잠옷의 목둘레를 적셨다.

"중요한 건 네가 최준의 동생이라는 거지."

무료하듯 남자는 최강이 궁금해하는 것을 대답해 줬다.

"설마 형이……."

며칠 전 자신을 서늘한 눈으로 바라보던 최준을 떠올리며 최강은 이 모든 게 형의 지시인가 싶어 소름이 끼쳤다. 아무리 자신이 싫어도 어떻게 사람을 시켜 이런 일을 벌일 수 있을까, 최강의 눈에 깃든 분노를 보며 남자는 살짝 고개를 저었다.

"아니. 이 일은 네 형이 상처받길 원하는 누군가의 의뢰일 뿐이야."

"상처받다니, 형이?"

그 냉혈한이 상처받는 모습은 나도 보고 싶다며 최강은 상황과 어울리지 않는 생각을 했다. 절대 일어날 수 없는 일에 대한 상상은 그저 황당할 뿐이었다.

"보통 사람은 남들도 다 자기 같은 줄 알거든. 가족을 잃고 상처받은 이들은 같은 방식으로 복수하고 싶어 하지. 지금처럼."

최강의 목에 굳건히 단검을 가져다 댄 남자는 얕게 한숨을 내쉬었다. 이게 쓸데없는 일이란 걸, 아무리 최강을 죽여봤자 최준이 상처받을 일 따위는 없다는 걸 안다는 느낌이었다.

문득 최강은 남자가 누구인지 알 것 같았다. 요즘 뉴스에 나오는, 전국에 수배 전단이 뿌려진 킬러.

"루이 안?"

최강의 물음에 남자는 슬쩍 웃었다. 무언의 긍정에 최강은 이제야 제대로 상황을 파악할 수 있었다.

"누가 날 죽이라고 의뢰한 거야? 형 때문에?"

"그런 거 알아서 뭐 하게. 넌 어차피 죽을 텐데."

지금까지 잘도 이야기해 주다가 루이 안은 단호하게 최강에게 죽음을 선언했다. 달빛을 등지고 서 있는 그의 모습은 무척이나 아름다웠다. 그런 그에게서 흘러나오는 죽음이란 단어는 너무도 쉽고, 그래서 무의미해 보였다.

"살려줘! 난 아무 죄도 없고 남한테 원한을 산 적도 없다고! 형 때문에 죽어야 한다니 그건 너무 억울하잖아."

최강은 목에 겨눈 단검도 무시하고 침대에서 내려와 무릎을 꿇고 루이의 다리를 두 손으로 잡고 빌었다.

"그런 건 내가 알 바가 아니야."

의뢰를 맡아 살인하는 킬러에게 억울함을 호소하는 것만큼 쓸모없는 일은 없을 것이다. 이런 경우는 수도 없었다는 듯 최강을 바라보는 루이의 눈빛은 무심했다.

최강은 이래 봤자 소용이 없다는 걸 알고 안정을 찾으려 노력했다. 그렇지만 아무 소용이 없었다. 두렵고 억울해서 절대로 이대로 죽고 싶지 않았다. 가만 생각해 보면 루이가 자신을 죽이려면 기회는 많았다. 굳이 이렇게 깨워서 사정을 이야기할 필요도 없었다.

"왜 날 죽이지 않았… 죠?"

뉴스에서 나오는 루이 안은 굉장히 흉악한 살인자였다. 미국에 있을 때는 마피아와 연계되어 정치인과 경제인에 구애하지 않고 의뢰를 받아 살인을 해왔다고 들었다. 그런 그가 이유 없는 행동을 할 리가 없었다. 돌파구만 찾으면 살아날 희망이 존재했다.

"형 때문에 날 죽이겠다는 건 형한테 원한이 있다는 소리 잖아! 내가 도와줄게. 형한테 복수할 수 있게, 내가 뭐든지 할 테니까 제발 날 살려줘. 난 이제 겨우 스물여섯이라고. 할 일도 많고 하고 싶은 것도 많고, 뭣보다 그 인간 때문에 내가 죽을 이유가 없잖아!"

최강은 비굴하게 루이 안의 눈치를 보며 호소했다. 루이라는 존재는 너무도 굳건하고 단호하게 어둠 속에 서 있었다. 열린 창문에서 쏟아지는 따뜻한 달빛도 그에게 닿으면 서늘하고 을 씨년스러운 그림자를 만들며 부서졌다. 그래서 더욱 무서웠다. 마치 꿈결인 듯 다가와선 악몽을 선사하는 악마 같았다.

"소리가 너무 커."

방음이 잘된 방이었기에 웬만큼 소리를 지른다고 해서 최강의 목소리가 밖으로 나갈 일은 없다. 하지만 지금은 밤이었고 무엇보다 창문을 열어놓은 상태였다. 고요한 지적에 최강은 움찔하며 몸을 바들거렸다.

이상하게 루이의 목소리가 얼음 파편처럼 몸에 박혀 한기를 뿜어내는 것 같았다.

"제발, 제발 난 죽고 싶지 않아. 정말! 뭐든 할 테니까 제발… 살려줘."

최강은 엉거주춤 엎드린 채로 루이의 발목을 붙잡고 흐느꼈다. 조금이라도 큰 소리를 내면 칼날이 목을 찌를 것 같아 마음껏 소리 내 울지도 못하는 그의 목에선 거친 숨소리와 울음이 섞여 기이한 소리를 냈다.

이 순간 그는 당장 죽을 수 있다는 공포에 사로잡혀 정상적인 사고가 불가능했다.

"그래 봤자 넌 죽을 거야."

고요하게 공기를 가르고 떨어지는 사형선고에 최강은 고개를 꺾어 루이를 올려다봤다. 눈물과 콧물 범벅인 얼굴에 동정심이 생길 만도 한데 루이에게선 한 점의 감정조차 찾을 수 없었다. 최강의 감정은 루이에게 닿기도 전에 그에서 흘러나오는 냉정함에 연약하게 부서져 내렸다.

"널 지금 당장 죽이지 않는 건 내 의뢰인이 원해서다. 이렇게 경고를 하고 하루하루 말라가는 너를 보면서 최준이 고통스러워하길 바라는 거지. 그렇게 자신이 한 짓이 무언지 깨닫고 반성하길 바라는 마음으로."

루이의 말에 최강은 자신의 미래가 그대로 그려져 암울한 현실을 잠시 잊었다.

"그런데 과연 그게 가능할까?"

문득 혼잣말처럼 들리는 루이의 말에 최강은 자신도 모르게 고개를 저었다. 말하는 루이나 듣는 최강이나, 그럴 일은 절대 일어나지 않을 거라는 걸 안다. 이 명백한 진실을 모르는 것은 루이의 의뢰인뿐이었다.

"헛된 희망이나 품고, 너만큼이나 불쌍한 사람이지."

루이에게서 처음으로 감정의 편린이 흘러나왔다. 무감정한 눈동자에 물기 어린 습기가 순간 반짝이고 지나갔지만, 죽음의 공포 앞에 놓인 최강은 보지 못했다. 어쩌면 그건 루이만의 넋두리였는지도 모른다.

"그, 그만큼 형한테 원한이 많다면 형을 죽이지, 왜! 왜 나를……."

"억울해할 필요는 없어. 너보다는 늦겠지만 내 의뢰인의 목록에 네 형도 분명히 있으니까. 어리석지만 자비는 없거든."

루이는 천천히 자세를 낮춰 한쪽 무릎을 꿇고 최강의 앞에 앉았다. 손으로 최강의 턱을 붙잡고 자신과 시선을 맞추게 했다.

"살고 싶어?"

"응, 아니, 흐흑… 네!"

최강은 대답과 동시에 고개를 마구 끄덕였다. 그가 움직일 때마다 눈에서 눈물이 주르륵 흘러내렸다.

루이는 조용히 최강의 눈을 바라봤다. 울음 섞인 하소연 중에 점점 진정을 찾은 최강도 자연히 루이와 시선을 맞추었다. 부스럭거리는 소리 하나 들리지 않는 고요 속에서 마주 본 두 사람은 그렇게 한참을 침묵 속에 있었다.

먼저 움직이면 잡아먹힐까 저어하는 짐승처럼 최강은 루이의 시선을 버티려고 노력했다. 하지만 이내 눈을 내리뜨며 루이의 시선에서 벗어나려는 시도를 보였다. 무저갱 같은 루이의 시선을 더는 버틸 수가 없었다.

보고 있으면 더한 나락에 빠지는 느낌이라 오히려 지금 도망치는 게 조금의 희망이라도 남아 있을 것 같았다.

"벗어나려 발버둥 쳐도 소용없어."

나지막이 들리는 소리에 고개를 숙이려던 최강의 눈동자가 루이에게 고정됐다. 공포로 떨리는 눈동자가 애처로웠지만 루이가 만들어내는 악몽에 잠식되고 말았다. 지금 이 순간, 이곳을 지배하는 건 저 무자비한 저승사자였다.

"네가 이 나라를 떠나려고 하면 난 계획보다 일찍 널 죽일 수밖에 없어. 오늘의 일이 마치 꿈같아서 악몽이었다고 착각할 때쯤 나는 다시 널 찾을 거다."

아마 새벽이 지나면 최강은 이게 꿈이었을지도 모른다는 작은 희망을 품을 것이다. 그리고 루이가 단검으로 책상에 새긴 Again을 발견하고 다시 절망으로 떨어질 것이다.

"왜……."

왜 그렇게까지 하냐고 따지고 싶었지만, 입에서 나오는 건 탁한 숨소리뿐이었다. 이상하게 몸이 부들거리며 아무 힘도 들어가지 않았다.

"네가 무슨 짓을 한다고 해도 난 널 죽이겠지만, 내 의뢰인은 다를 수 있거든. 네가 말한 그 노력이란 거 해봐. 그래서 내 의뢰인의 마음을 움직여 봐."

그러지 못하면 결론은 하나라는 듯 루이는 서늘하게 웃었다.

달빛이 만들어내는 그림자의 음영 속에서 그는 한 마리 짐승과도 같았다. 언제라도 목줄을 물어뜯고 목숨을 앗아갈 맹수에게 잡힌 어린 짐승처럼 최강은 떨었다. 그래서 보지 못했다. 은연중에 비치는 희망의 잔재가 루이의 눈빛에 깃들어 있다는 것을.

"아마 힘들겠지만."

그만큼 내 의뢰인의 분노는 강하다고 루이는 속삭였고, 그만큼 최강을 죽이겠다는 루이의 의지 역시 굳건했다.

그걸 깨닫는 순간 최강은 온몸에 퍼진 공포를 주체하지 못했다. 부들부들 떠는 몸으로 어떻게든 루이를 붙잡으려 했지만, 그의 손에 잡히는 것은 달빛이 만든 그림자뿐이었다.

"오케이! 됐어!"

기분 좋은 박종혁 PD의 컷 사인에도 우진과 이민수는 그대로 움직이지 않았다.

우진은 세트로 꾸며놓은 달빛이 서린 창가를 바라보며 감정을 다스렸다. 달빛의 정체는 조명이고 창문 너머에 있는 스크린에서 나오는 가짜 달에 점점 감정이 무뎌질 즈음에, 코끝에 어리는 냄새가 그의 정신을 깨웠다.

두리번거리며 냄새의 출처를 찾던 우진은, 앉아 있는 이민수의 밑에서 흐르는 물길을 발견하곤 서둘러 두어 걸음 뒤로 물러났다. 깊이 생각하지 않아도 본능적으로 그게 무언지 알 수 있었다. 조금만 가까웠으면 그의 신발에 닿을 거리라 절로 안도의 한숨이 흘러나왔다.

"젠장!"

이민수의 혼잣말을 들은 우진은 그제야 슬며시 주위를 둘러봤다. 연기가 끝나면 우진이 마음을 추스를 시간을 가지는 걸 좋아하기에 스태프들은 세트 쪽으로는 신경을 쓰지 않았다. 각자 자기 일에 열중하느라 부산하게 움직였다.

박종혁 PD는 연출팀과 함께 영상을 돌려보며 의견을 나누는 데 열중하고 있었다.

　너무도 적요한 세트장과 다르게, 몇 걸음 넘어가면 펼쳐지는 다른 분위기는 기괴한 단절감을 만들었다. 우진은 가만히 침대로 다가가 시트를 집어 이민수에게 건넸다. 잠시 갈등하던 빛이 스치고 지나갔지만, 이민수는 결국 시트를 받을 수밖에 없었다.

　거부하면 하의가 다 젖은 걸 스태프들에게 보이게 된다. 반면 시트를 허리에 두른다는 건 무슨 일이 있었는지 사람들에게 말하는 격이었다. 하지만 굳이 선택하라면 후자가 그나마 나았다. 적어도 지금의 추태는 그들 상상 속에서나 끝날 테니 말이다.

　시트로 얼른 바닥을 닦아내며 이민수는 이글거리는 눈으로 우진을 노려봤다.

　"너, 이 일을 다른 사람한테 말하는 날엔……."

　촬영 전에 너무 물을 많이 마셨다. 속이 더부룩하고 메슥거려서 계속 마셨던 물이 이런 사달을 만들어낸 거다. 이게 모두 소원바라기인지 버러지인지 모를 것들이 가져온 도시락 때문이었다.

　"글쎄, 네가 신경 써야 할 사람은 지금 내가 아닌 것 같다."

　우진은 턱짓으로 박종혁 PD를 가리켰다. 영상을 모두 돌려본 PD는 처음엔 미처 발견하지 못했던 이민수의 실수를 이제야 확인한 듯 보였다. 그도 당황했는지 빤히 이민수를 보고 있었다. 정확히는 그가 시트로 가리고 있는 하체와 그 주변이었다.

　놀란 이민수가 벌떡 자리에서 일어나 PD에게 달려가려 했다. 하지만 시트를 제대로 두르지 않고 앞에서 대충 붙잡고만 있었기에 길게 늘어진 자락이 바닥에 끌렸다. 결국, 급하게 서두르다가 시트에 걸려 넘어지고 말았다.

꽈당, 큰 소리를 내며 대자로 넘어진 이민수 때문에 사람들의 시선이 일제히 그에게로 몰렸다. 다행히 뭉쳐 있는 시트 위로 넘어져서 다치지는 않은 듯했다.

대신 하늘색 잠옷의 엉덩이 부분이 젖은 채로 유독 짙게 변해 있는 걸 모두 보고야 말았다. 더불어 이민수가 시트로 닦아내긴 했지만, 그가 앉아 있던 원목 바닥에 어둡게 남아 있는 얼룩까지 보았다.

촬영장은 말로 형용할 수 없는 침묵 속에 빠져들었다. 이 어색한 침묵 속에서 우진만이 홀로 움직이며 유유히 자리를 빠져나왔다. 우진이 세트장을 나올 때쯤에 이민수의 코디가 서둘러 달려오는 게 보였다.

"이런 걸 두고 연기를 잘했다고 해야 하는 건가."

촬영 동안 이민수는 우진에게 진정으로 공포를 느낀 듯했다. 하지만 최강의 역할에 너무 푹 빠진 나머지 생긴 현상인지, 아니면 이민수 자체가 느낀 공포인지 감이 오지가 않았다. 만약 후자라면 예전 'Glooming day'를 찍었을 때, 우진이 범했던 실수와 같은 상황일 터였다.

"그럼 정말 부끄럽지."

자신이 두고두고 부끄러워하며 제대로 보지 못했던 장면을 떠올리며 우진은 고개를 저었다. 묘한 부분에서 이민수에게 동질감을 느낀 우진은, 또 미묘한 부분에서 이민수가 느끼고 있는 수치심의 원인을 비켜 나갔다.

우진은 연기하면서 감정에 빠지다 보면 실례 정도는 할 수 있다고 여겼다. 그래서 지금 이민수가 저렇게 부끄러워하는 이유는 스스로 연기를 못한 자괴감이라 여겼다.

"남의 일이 아니네."

혀를 차며 우진은 자신의 의자에 앉았다. 정황상 이민수의 연기는 완벽했다. 그의 공포가 클수록 나중에 최준을 배신하는 최강의 행위가 이해되고 시청자들을 설득할 수 있다. 이민수의 사정이야 어쨌든 카메라에는 더할 나위 없이 찍혔을 게 분명하다.

예전 우진이 그랬던 것처럼, 이민수가 불만족스러워해도 감독이 OK 한다면 배우는 어쩔 도리가 없었다.

재촬영을 할 것인지 아니면 그대로 넘어갈 것인지. 박종혁 PD와 이민수가 결정을 내릴 때까지 우진은 조용히 기다리기로 했다.

그날 오랜 시간을 기다렸지만, 재촬영은 없었다.

그때와 지금은 다르다

I

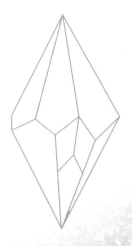

사흘 만에 귀가한 박이연은 기이하게 적막에 싸인 집을 보고
침을 삼켰다. 바쁘게 일하다 보니 깜박했는데 오늘이 목요일이
었다. 시간을 확인하니 이미 10시가 훨씬 넘은 시각이었다.

　"할아버지는요?"

　"이 시간에 어디 계시겠니."

　박이연의 서류 가방을 받아 든 어머니는 애써 웃음을 참으며
대답했다. 몇 주째 수요일과 목요일 저녁 10시만 되면 이렇듯 온
집안이 긴장 속에 휩싸이게 만드는 원인이 떠올랐기 때문이다.

　"정말 솔직하지 못하시다니까."

　시아버지의 심경에 따라 분위기가 좌지우지되는 집안인 건
맞았다. 그러나 이번에는 그분의 역정보다는 그분이 숨기는 속
내를 모른 척해주는 데서 오는 가족들의 긴장이 컸다.

살짝 풀어진 넥타이를 다시 매고 옷매무새를 정돈한 박이연은 조부가 개인 거실로 사용하는 곳을 찾았다. 노크해도 답이 없자 살짝 문을 열고 들어가 보았다. 팔짱을 낀 채로 소파에 앉아 드라마를 보고 계시는 조부를 보고, 박이연은 어쩔 수 없다는 듯 고개를 저었다.

"할아버지, 저 왔습니다."

"그래. 고생 많았다."

사흘 만에 보는 손자에게 할아버지는 따뜻한 위로의 말을 건네면서도 시선은 TV에서 떠날 줄 몰랐다. TV는 오로지 뉴스만 보시던 분이었다. 그래서 오래되고 화면이 작아도 그만하면 괜찮다고 하셨는데, 이번에 새로 TV를 바꿨다. 그것도 최신식에 화질이 좋은 대형으로.

"우진이는 안 보이네요."

재킷을 벗고 조부와 가까운 자리에 편안히 앉은 박이연은 드라마를 보며 말했다.

"곧 나올 거다."

조부의 말이 떨어지자마자 사촌 동생인 우진이가 화면에 등장했다. 평소에는 말갛고 잘생긴 녀석이 드라마에선 음울하고 아슬아슬하게 나와서 사람의 애간장을 말린다. 그런 게 참 신기하고 이상했다.

오랜만에 만났어도 성격은 그대로인 사촌 동생이 이렇게 TV에 나올 때마다 박이연은 적응이 되지 않아 어색하고 기묘했다. TV에 나오는 우진이는 분명 자신이 아는 동생이 맞는데도, 전혀 다른 사람처럼 보이고 가끔은 얼굴도 달라 보였다.

드라마 속 루이는 보호 본능을 자극하면서 위험하고 아름다웠다. 보면 잘생겼다 싶어도 아름답다고 여긴 적이 없는데 TV에선 이상하게 그렇게 보였다. 실제로 보는 채우진이 분명 TV에 나오는 것보다 더 잘생겼는데도 말이다.

채우진과의 관계를 모르는 동료들과 사무관들은 가끔 박이연 앞에서 우진이를 찬양하는 말을 해서 그를 오그라들게 했다. 그렇게 바쁜 와중에도 드라마는 챙겨볼 시간이 있다는 게 신기할 정도로, 사람들 사이에 도는 루이 열풍이 심상치 않았다.

"살인죄가 하나 추가됐네요. 저쯤 되면 극형 때려야죠."

극 중에서 방금 막 살인을 한 루이가 도망치는 걸 보면서 박이연은 검사로서 심상하게 말했다. 내내 못마땅한 표정으로 드라마를 보던 조부도 고개를 끄덕이다가 입을 여셨다.

"하지만 뭐, 잘하면……."

당신이 나선다면 그 정도는 면하게 만들 수 있다는 자신감이 끝맺지 못한 말속에 녹아내렸다.

"할아버지, 우리나라는 법치 국가입니다. 검사 앞에서 하실 이야기는 아닌 것 같습니다."

"내가 뭐라고 했느냐. 너야말로 무고를 저지르고 있구나."

시치미를 뚝 떼는 할아버지에게 박이연은 슬쩍 미끼를 던졌다.

"그런데 빠져나갈 여지가 좀 있기는 하네요. 변호사만 잘 만나면……."

"그렇지?"

"……."

"……."

잠시 아무 말 없이 서로를 바라보던 조손은 약속이나 한 듯 고개를 돌려 TV를 보았다. 옥상으로 도망가는 루이를 보며 박이연은 뭔가 못마땅한 듯 고개를 저었다.

"얼굴을 저렇게 대놓고 돌아다니면 나 잡아가라고 광고하는 거 아닌가요?"

"저 얼굴 가리면 시청률 떨어진다."

"아……."

할머니를 빼닮은 고모, 그런 고모를 똑 닮아서 유독 조부의 사랑을 받았던 우진과 우희 남매였다.

할머니가 살아계실 적에나 돌아가신 후에도 수많은 유혹에 한눈팔지 않은 건 모두가 조모에 대한 한결같은 마음 때문이었다. 그런 분이기에 우진의 외모에 대한 칭찬을 저런 식으로 한다 싶지만, 객관적으로 봐도 우진이 잘생기기는 했다.

조부의 의견에 조소를 날리고 싶은 주관적인 마음과는 다르게 박이연은 현실을 받아들이기로 했다.

연수생 동기 중에 이상하게 마음이 가는 친구가 한 명 있었다. 그런데 그녀도 우진이의 팬인지 얼마 전에는 팬카페에 가입까지 했다고 들었다. 소원이 있다면 채우진을 한 번이라도 두 눈으로 직접 보고 싶다는 이야기를 한 적도 있다.

그 채우진이 나와 사촌이다, 라고 말하고 싶은 걸 꾹꾹 참아가며 슬쩍 떠본 적이 있었다.

"채우진하고 나 좀 닮지 않았어?"

어릴 적엔 분명 그런 소릴 많이 들었기에 박이연은 당당하게 물었다.

답은 기억하기도 싫은 비웃음으로 돌아왔다. 일할 때는 누구보다 냉정하고 이성적인 그 친구가 채우진 이야기를 할 때면 아주 반짝반짝 빛났다.

범죄자의 얼굴 노출이, 그런 사람들을 위한 팬서비스라 생각하니 조금은 이해가 갔다.

"어, 어~ 어!"

쓰라린 기억을 되새긴 와중에 옥상으로 도망친 루이가 건너편 건물로 뛰어내리는 장면이 나왔다. 그런데 이게 너무 현장감이 넘쳐서 박이연은 이게 뭔가 싶었다. 건너는 것으로 부족해서 벽을 타고 아래로 내려오는 장면은 아래에서부터 위로 바라보는 역동적인 구도였다. 가까이에서 잡다가 다시 멀리서 잡아내는, 굉장히 현장감 넘치는 장면을 연출했다.

"요즘은 기술이 많이 좋아졌구나."

추호의 의심도 없이 CG라 믿는 할아버지의 옆모습을 보며 박이연은 잠시 망설였다. 그가 보기엔 CG는 아닌 것 같고 혹시 대역을 쓴 건가 싶었기 때문이다.

"그러고 보니 제작 발표회 때 보여준 영상과는 다른 걸 내보냈구나. 그것도 괜찮았지만, 이번 게 확실히 더 낫군. 맞다! 메이킹 영상인가도 공개한다고 했는데 올라왔는지 한번 찾아봐라."

술술 내뱉는 정보에서 조부는 자신이 많은 걸 알고 있음을 스스로 진술하고 있었다. 그런데도 정작 본인은 관심 없는 척 무심하게 말했다.

"벌써 올라왔을까요?"

무사히 도주에 성공한 루이가 도시의 숲으로 사라지고 엔딩 크레딧이 올라가는 걸 보며, 박이연은 폰으로 드라마 홈페이지에 들어갔다.

"거긴 드라마가 끝나면 바로 메이킹 영상을 올리는 편이라고 하더라."

드라마가 끝나고 여운을 즐기려는 시청자들을 위해 '그림자의 도시' 제작진은 메이킹 영상에 제법 공을 들이는 편이었다. 워낙에 출연자들 사이가 좋아서 화기애애한 현장 분위기를 알리고 싶기도 하고, 공들여 만든 드라마에 대한 자부심도 상당하기 때문이다.

조부의 말대로 메이킹 영상이 벌써 홈페이지에 올라와 있었다. 폰을 그대로 건네려다 미간을 찌푸리는 조부를 보고 박이연은 거실에 있는 태블릿을 찾았다.

조금은 큰 영상으로 메이킹 영상을 감상하기 시작한 조부의 표정이 점점 굳어지는 건 당연한 일이었다. 옆에서 구경하고 있던 박이연마저 이마에 흐르는 땀을 훔치며 조부의 눈치를 보았다.

영상으로 보아도 건물 위에서 내려다본 조감이 어마어마했다. 그런데 우진이는 건물 난간 위에 서서 몸까지 통통 뛰는데 긴장이란 찾을 수가 없었다. 군대 운운하면서 오히려 밝게 웃는 모습이 놀이기구를 타기 직전인 아이의 표정과 흡사했다.

"읔!"

제 몸을 뒤로 젖히며 화면과 멀어지는 시늉을 할 정도로 보는 사람까지 다리에 힘이 풀리는 영상이었다. 박이연이 이런 반응을 보이는 건 채우진이 단순히 배우가 아닌 사촌이기 때문일 거다. 무사히 촬영을 끝내서 다행이지 만약 그렇지 못했다면, 상상만 해도 끔찍했다.

자기도 이런데 할아버지는 어쩌나 옆 눈으로 살피기에 바빴다.

하지만 조부의 감정을 얼굴로 확인하기엔 아직 박이연의 경력은 얕았다. 제법 긴 영상을 끝까지 본 조부는 짧은 한숨을 내쉬며 태블릿을 박이연에게 넘겼다.

"네 고모가 걱정이구나. 마음도 여린데 이런 걸 보면……."

손자가 아무리 예뻐도 자식만큼은 못한 법이었다. 채우진이 어여쁜 것은 눈에 넣어도 아프지 않은 딸의 자식이라서였다.

위험한 장면을 찍기는 했지만, 무사히 끝냈고 몸 건강하면 된 일이었다. 다만 이런 걸 본 딸이 크게 마음 상하고 슬퍼하고 있으면 어쩌나 하는 걱정부터 드는 박현만이었다. 딸이 이혼하겠다고 했을 때 완강하게 반대한 이유는 오로지 딸을 위한 마음이라고 당시에는 생각했다.

박현만은 옛날 사람이라 자신의 가치관과는 별개로 남편의 외도로 이혼까지 하는 건 경솔하다 여겼다.

워낙 주위에 그런 양반들이 많았기에 박현만은 그런 게 보통이라고 생각했다. 한 번 정도는 눈감아줘도 되는 일이라고 딸을 설득했다. 이혼해서 혼자 살 게 아니면, 다른 사람과 재혼해도 별다를 게 없다고 충고하기도 했다.

바람을 피운 사위를 두둔한 게 아니라 그놈이나 이놈이나 다르지 않을 거라는 이야기였다.

정작 박현만은 부인만을 바라보았고, 그녀의 사후에도 유혹에 빠지지 않고 살았음에도 불구하고 말이다. 평생을 한 사람만을 바라보고 산 그에게 이혼이란 이해할 수 없는 세상의 법칙이었다. 금실 좋은 부모를 보고 자란 딸의 가치관보다는 사회 통념을 우선으로 내세웠다.

딸을 위한다는 핑계를 댔지만 실은 체면을 먼저 생각했다. 딸의 행복에 앞서 사돈 집안과의 이해관계부터 따졌다. 남들도 다 그렇게 참고 사니까, 너도 그냥 눈 감고 한 번만 참으라고 강요했다는 걸 나중에야 깨달았다. 무엇보다 곱게만 자란 아이라 도움의 손길 없이 어렵게 살다 보면 알아서 고개 숙이고 들어올 줄 알았다.

그래서 부러 화를 내고 겁을 주었는데도 딸은 결심을 꺾지 않았다. 지금껏 자신의 의사를 관철하지 못한 적이 없던 그로선 상당한 충격이었고, 그만큼 화가 났다. 나중에는 딸의 이혼이 중요한 게 아니라 감히 자식이 아비의 말을 거슬렸다는 것에 분노하고 있었다.

시간이 지나고 정신을 차리고 보니 자신이 얼마나 구태의연하고 고지식했는지 깨달았지만, 때는 이미 늦었다. 뒤늦은 후회를 했다면 사과를 하면 될 것을 이놈의 고집은 여전해서 쉽게 입이 떨어지지 않았다. 그 사이에 외손주들은 다 커버렸고 딸은 재혼을 해버렸다.

두 번째 사위는 첫 번째 그놈보다 조건 면에선 많이 떨어지지만, 사람만은 진국이었다. 다행이다 싶었다.

쓰레기를 골랐던 자신과는 다르게 늘 옳은 선택을 한 딸아이의 현명함에 또 한 번 자신의 잘못을 되새겼다. 그리고 잘못을 깨우칠 때마다 딸에게 다가갈 용기가 점점 사라졌다. 자신이 얼마나 큰 잘못을 저질렀는지 알기 때문이다.

고작 뒤에서 이렇게 걱정하는 게 다인 못난 아버지라 미안하고 선뜻 나서서 용서를 구할 용기가 없는 게 부끄러웠다.

"장 대표한테 전화 좀 걸어라."

박현만은 손자에게 자신의 폰을 건네며 대신 좀 걸라고 손짓했다.

"어느 대표한테 할까요?"

조부가 말하는 장씨 집안이라면 하도 대표가 많아서 박이연은 잠시 머뭇거렸다. 대충 누구인지는 알겠지만, 확인이 필요했다.

"누군 누구야, 장수환 그놈이지!"

아이를 맡았으면 제대로 케어할 것이지, 저런 걸 찍게 해서 내 딸 억장이 무너지게 하였다고 박현만은 이를 갈았다.

"안 받는데요. 시간도 너무 늦었고 내일 아침에 다시 거시는 게……."

"받을 때까지 계속 걸어봐."

단호한 조부의 대답에 중간에서 새우가 되어버린 박이연은 몇 번이나 장수환 대표에게 전화를 걸었다. 하지만 신호만 가고 상대는 여전히 받지 않았다.

"전화 안 받으면 지금 당장 집에 찾아가겠다고 문자 보내라."

시키는 대로 문자를 보내고 다시 전화를 걸자, 드디어 장수환 대표의 목소리를 들을 수가 있었다.

박현만이 억장이 무너질까 봐 걱정하던 박은수는 드라마가 끝나고 굉장히 흥분한 상태였다.

"요즘은 드라마도 꼭 영화처럼 찍네요. 마지막 장면 정말 멋있었죠?"

"그러게요. CG 기술이 장난 아니게 발전했어요. 예전에 수영장에 어색하게 둥둥 떠다니던 오리들 보고 경악했던 것과 비교하면요. 그래도 우진이가 고생 좀 했겠는걸요."

부부는 조금의 의심도 없이 우진의 연기를 CG로 받아들였다. 그러기에 멋있는 장면에 대한 호평을 보이며 흐뭇해했다. 다만 매달리고 액션을 보이는 장면에선 와이어를 타고 연기했을 것을 상상하며 안타까움을 보였다.

촬영에 대해서는 잘 몰라도 와이어 연기가 쉽지 않다는 정도는 알고 있었다.

"그런데 루이를 보니까 디자인 하나가 떠오르는 거 있죠."

박은수는 수줍게 웃으며 디자인 노트를 가져와 러프 스케치를 했다. 작은 스퀘어 펜던트 수십 개가 가는 줄로 이어진 목걸이는 클래습이 굉장히 화려했다.

"길이는 오페라 정도로 하고 이 클래습으로 줄을 하나나 둘로 마음대로 조절할 수도 있게 할 거예요. 클래습을 중간 아무데나 걸어서 Y로도 연출할 수 있게요. 어때요?"

오래전부터 보석 디자인을 독학한 박은수의 실력은 꽤 뛰어난 편이었다. 보석 디자인 공모전에 출품해서 수상한 경력도 여럿인 만큼 러프 스케치라고 해도 쉬이 넘길 게 아니었다.

"흐음, 왠지 뜻밖이면서 당신다운 디자인이네요."

"내 디자인이 어때서요?"

자신의 문제는 누구보다 잘 알고 있는 박은수는 시치미를 떼며 눈을 흘겼다.

"화려하잖아요. 가끔은 지나칠 정도로. 그런데 이건 깔끔하면서 클래습을 보니 당신 마크가 분명해서 정체성이 확실해 좋네요. 조금만 손보면 괜찮겠는데요."

"루이의 캐릭터와 비슷하지 않나요? 어찌 보면 연약한 듯 보호 본능을 일으키는데 한편에선 누구보다 강하잖아요. 한 사람 안에 다양한 모습을 가지며 변화하는 걸 표현하고 싶었어요."

아들이 찍은 영화와 드라마를 보면서 박은수도 어느새 조금씩 단단해지기 시작했다. 아들과 배역을 격려하면서 분석도 하고, 요즘은 드라마 자체를 즐기기도 하며 우진에게 모니터링한 내용을 전해주기도 했다.

"루이보단 우진이 자체가 그렇죠. 이렇게 멋있으니 마케팅 부서에서 채우진을 모델로 하자고 계속 말이 올라오잖아요."

그것 때문에 여간 난처한 게 아니라고 최민우는 기분 좋은 웃음을 지었다.

"나도 들었어요. 디자이너들도 이번에 준비하는 브랜드의 모델로 우진이가 됐으면 좋겠다고 이야기하더라고요. 사람들이 나보고 채우진 닮았다고 말할 때마다 어찌나 웃긴지."

두 사람은 채우진과의 관계를 회사에 알리지 않았다. 결혼식 때도 회사 임원 몇 명만 참석했기에 그들이 입을 열지 않는 이상, 회사에서 두 사람과 채우진의 관계를 알 일은 없었다. 워낙에 신임하는 친구들이고 최민우의 마음을 알기에, 비밀을 아는 임원들이 소문을 낼 일은 없었다.

그래서 사모님께 아들과 딸이 있다는 것 정도가 직원들이 아는 전부였다. 다만 볼 때마다 채우진과 정말 닮았다며 혹시 친척 아니냐는 이야기는 많이 했다. 그럴 때마다 부정도 긍정도 하지 않고 '그런 말은 많이 들었다' 라고만 대답했다.

채우진이 두 사람의 아들이라고 말하지 않은 건, 회사 내에서 채우진을 모델로 섭외하자는 의견이 너무 많아서였다.

특히 이번에 젊은층을 대상으로 준비 중인 새로운 브랜드의 모델 후보 1순위로 채우진이 뽑혔다. 이는 디자이너들의 의견이 반영된 결과로 개중에는 자신의 뮤즈가 채우진이라고 말하는 이들이 많았다.

우진이가 아들이라고 하면 회사에서 모델로 기용하는 걸 아주 당연한 사실로 여길 것이다. 하지만 두 사람은 회사 일로 굳이 우진이에게 부담을 주고 싶지 않았다.

모델로 계약할 수 있다면 좋은 일이지만, 굳이 아들이란 이유로 꼭 그럴 필요는 없었다. 우진이에게도 앞으로의 계획과 일정이 있을 텐데 부모란 이름으로 그에게 강요하고 싶지 않았다.

"그런데 언제까지 속일 수는 없잖아요. 나중에 우리 아들이라고 하는 것보다 그냥 지금 알리는 게 더 낫지 않을까요?"

"영원히는 아니겠지만, 우진이에게 벌써 선택의 자유를 없애는 건 아니라고 봐요. 나중에 더 유명해지면 그때 우리가 부탁하죠. '아들, 우리 회사 모델 좀 해줄래?' 라고."

박은수가 예상하고 걱정했던 것보다 우진이는 현재 잘하고 있었다. 잘하지도 않던 인터넷을 뒤져가며 찾아본 아들 이야기는 대부분이 칭찬이었다. 다행히 많은 이들이 좋아해 주는 것 같았다. 멀리 갈 것도 없이 같이 일하는 디자이너들의 최근 주관심사는 '그림자의 도시'의 루이였다.

연기에 대한 칭찬, 외모에 대한 찬사, 그리고 루이라는 캐릭터에 매료되어 나오는 이야기들을 매일같이 들었다.

안심이 되면서 뿌듯하기도 하고 이럴 때 잘해야 하는데 하는 걱정도 있다. 물론 아직도 우진이 배우를 그만두고 공부나 열심히 했으면 좋겠다는 소원이 더 크지만, 어쩌겠는가.

자식 이기는 부모 없듯이 그녀 역시 결국 어머니였다. 자신이 아버지의 뜻을 꺾었듯이, 이번에는 그녀의 아들 차례였다. 그리고 이번에는 그녀가 져야 할 차례였다.

"연기도 우진이가 하고 싶은 배역을 선택하듯이, 광고도 자기가 하고 싶은 걸 하게 그냥 둬요."

최민우의 말에 박은수는 곱게 웃으며 고개를 끄덕였다.

화기애애한 두 사람을 보며 우희는 들고 있던 폰을 가만히 뒤로 숨겼다. 드라마가 끝나고 메이킹 영상을 찾아본 우희는 이 사실을 알리기 위해 거실로 나왔지만, 차마 입을 열 수가 없었다.

부모님의 평안한 저녁잠을 위해 우희는 잠시 침묵을 지키기로 했다. 엄마라면 모를까, 아빠라면 바로 내일 알게 될 사실이었기에 몇 시간 먼저 속상해할 필요는 없었다.

나왔을 때와 다르게 우희는 깨금발을 하며 살금살금 제 방으로 돌아갔다.

‘그림자의 도시’는 6회를 기점으로 ‘푸른 성의 주인’을 앞질렀다. 시청률뿐만 아니라 화제성, 다시 보기 등등에서 확실한 격차를 보이며 수목 드라마의 왕좌에 올랐다. 볼 때마다 색다른 느낌과 작가가 깔아둔 떡밥을 회수하고, 앞으로의 전개를 예상하는 재미가 쏠쏠했던 거다.

드라마가 화제가 되면서 주인공인 루이의 패션 역시 주목을 받았다. 청바지와 편안한 티셔츠 차림은 어디에서나 흔하게 볼 수 있는 스타일이었다. 그러나 그걸 소화해 낸 사람이 채우진이라 평범할 수가 없었다. 아닌 말로 삼선 슬리퍼에 무릎 나온 트레이닝 바지를 입었어도 돋보였던 그였다.

역할에 맞춰 화려하지 않고 흔하게 찾아볼 수 있는 스타일의 옷이라고 해도, 코디가 직접 보세 가게를 돌아다니며 구한 옷들은 브랜드가 아님에도 디자인이 좋았다.

아닌 듯 은근히 맵시가 좋은 옷차림은 잘하면 누구나 따라 할 수 있을 것 같아서 반응이 좋았다. 자칫하면 추레할 수 있었던 루이의 스타일은, 채우진의 코디가 영혼을 갈아 넣었다는 말을 들을 정도로 호평을 받고 있었다.

채우진만 뜬 게 아니었다. 너무도 이성적이라 소름이 끼치는 최준을 연기하는 강민호, 그리고 평범하지 않은 두 남자의 사랑을 받으며 꿋꿋하게 버티고 있는 이유라 역의 박연아 역시 점점 반응이 오고 있었다.

캐릭터가 살아 있고 워낙에 연기가 좋아서 배우들에 관한 흥미와 인기의 상승 폭이 컸다.

드라마의 내용은 삼각관계지만 사람들에게 인기 있는 커플은 아무래도 루이와 이유라였다. 사람들은 두 사람을 가리켜 '우유' 커플이라 불렀는데 재밌게도 그들 사이에는 우유 대신 항상 커피가 있었다. 그래서 그들을 카페라테 커플이라고 부르는 이들도 많았다.

이렇듯 화제를 모으며 시청률 1위를 할 수 있게 된 큰 원동력은 아무래도 5회가 끝나고 예고편에 나왔던 루이의 도주 신이 컸다.

영화에 못지않은 스케일과 역동성이 사람들의 시선을 끌며 관심을 증폭시켰던 것이다. 그렇게 6회 마지막 부분에 나온 루이의 도주 신은 순간 시청률이 24%까지 오르기도 했다. 그래서 다음 회차에 드디어 20%대에 진입할 수 있을까에 대한 기대를 모았다.

본방송에서는 처음 제작 발표회 때 맛보기로 보여준 홍보 영상과 예고에서 내보내던 것과 다른 장면을 내보냈다. 예상했던 것과 다른 전개와 액션은 시청자들의 시각과 호기심을 충족시켜 더한 만족감을 선사했다.

그리고 방송이 끝난 후, 바로 올라온 메이킹 영상으로 홍보 영상과 예고는 리허설 부분이었다는 걸 알게 되었다. 그 말은 예고편에서 보여줬던 루이의 웃음이 사실은 온전히 채우진의 것이란 이야기가 돼서, 팬들은 그 부분을 따로 편집해서 간직하기도 했다.

전작들과 '그림자의 도시'에서 채우진이 맡은 배역의 성격상 밝게 웃을 일이 없었다. 덩달아 채우진의 웃음을 접하기란 매우 어려운 일이 돼버렸다. 이렇게라도 만족할 만큼 채우진의 미소는 희소성이 있었다.

하지만 모든 게 호재인 건 아니었다. 의외의 곳에서 딴지를 걸고 들어왔기 때문이다.

바로 '푸른 성의 주인' 제작진이 인터뷰에서 PD의 무모함이 배우를 죽일 수 있다면서, 안전 불감증에 대한 우려를 표한 것이다. 시청률을 위해 배우에게 무리한 요구를 한 게 아닌가에 대한 걱정 아닌 걱정을 해주기도 했다.

그에 관해 동조하는 기사들이 몇 개씩 올라오면서 빠르게 논란의 중심이 되었다.

〈작품을 위한 '작가주의'인가? 시청률 '지상주의'에 빠진 미친 짓인가!〉

〈박종혁 PD의 욕심이 배우를 죽인다?〉

〈배우는 어디까지 연기를 해야 하나? 이제는 하늘에서 뛰어내리는 것만 남았다〉

〈타 드라마와 비교되는 '푸른 성의 주인' 제작진의 배우 사랑! 안전이 우선이다!〉

가장 큰 비난을 받은 건 박종혁 PD이었다. 아무래도 전적이 있었기에 이번 역시 그와 비슷한 전례라 여긴 것이다. 하지만 메이킹 영상을 보면 채우진 본인이 너무나 적극적으로 즐기면서 하는 게 보였기에 PD만 비난하기엔 무리였다.

일부에선 채우진이 뜨기 위해 환장한 게 아니냐는 의견을 내놓았지만, 정중한 장문의 공격 댓글과 채우진이 환장할 이유가 없는 팩트 공격에 크게 힘을 얻진 못했다. 확실히 이번 사건은 채우진의 팬으로선 속상한 일이었고, 분탕질을 좋아하는 이들에게는 좋은 주제였다.

—PD가 미친 거지. 신인 배우가 알면 뭘 알겠어. 메이킹 보니까 첨 찍어보는 거라 신기해하고 신나 하는 것 같던데, 현실 파악 못 한 배우를 말리지는 못할망정 계속 부추기더구먼.

┗신인이래도 다 큰 성인인데 자기도 알아서 계산했겠지. 요즘 세상에 뜨고 싶어서 환장한 새끼들이 얼마나 많은데. 채우진이라고 뭐 다르겠어?

—저 PD 원래 악명 높기로 유명하잖아요. 리얼리티 어쩌고 하면서 한겨울에 꽁꽁 언 강을 깨서 배우를 몇 시간 들어가게 한 적도 있었죠. 유명 배우도 저 작자한테 잡히면 못 빠져나오는데 채우진 같은 신인이야 오죽했을까.

—그냥 떨어졌으면 더 화제가 되고 유명해졌을 텐데 채우진은 아깝겠네. 두고두고 역사에 남을 수 있는 일을 놓쳤어.

┗그건 당신 같은 사람에게나 해당하는 말이겠지. 하긴 댁이 떨어져 봤자 뉴스에 한 줄이나 나올까 말까 할 테니 아깝기는 하겠네. 역사에 남길 것도 없는 싸구려 목숨.

인터넷은 PD 때문에 속상해하는 채우진의 팬들과 분위기를 틈타 어그로를 끌려는 이들의 전쟁터였다. 하지만 예전에 박종혁 PD에게 당한 배우들의 팬들이 채우진의 편을 들어주면서 분위기는 점점 변화해 갔다.

평소 박종혁 PD에게 이를 갈고 있었던 다른 배우의 팬들이 이번에 하소연 겸 분풀이를 늘어놓기 시작한 것이다. 구구절절한 사연들은 박종혁 PD의 악명을 더욱 빛나게 해주었다. 그래서인지 채우진의 무모함은 신인의 순진함으로 포장되었다.

뭘 모른 신인의 의욕은 위험했지만 그만큼 용기 있고 프로 정신이 돋보였다. 다만 앞으로는 조심하고 신중하길 바란다는 게 팬들의 생각이었다.

얼마 지나지 않아 DS 엔터테인먼트에서는 결국 공식적인 견해를 내놓았다.

계약서에 '위험한 상황'과 '배우의 건강과 목숨을 위협하는 촬영'에 대한 거부권을 명시하였지만, 중요한 것은 채우진 본인이 '위험'이라 인식하지 않고 그냥 받아들였다는 점이었다.

⟨특별히 용기를 냈다거나, 하기 싫은 것을 억지로 한 게 아닌 그저 배우 본인이 할 수 있기에 했을 뿐입니다. 채우진에게 있어 '그림자의 도시' 6회에 나왔던 건물 도주 신은 매우 쉽고 아무것도 아닌 연기의 일부에 지나지 않았던 겁니다.

하지만 이는 배우로서 채우진이 자신의 위치를 자각하지 못하고 벌인 무모함이라 여기는 바, 우리 DS에서는 앞으로 채우진이 찍을 액션 촬영에 대해 적극적인 개입과 통제를 가할 계획입니다.

그 어느 것보다 배우의 안전과 건강을 우선시하는 우리 회사로선 불가피한 선택이었음을 이해해 주시길 바랍니다.

그렇다고 모든 액션 촬영을 금한다는 이야기는 아닙니다. 배우의 안전과 의지, 그리고 내용의 개연성을 위해 꼭 필요한 장면이라면 언제나 채우진의 멋있는 모습을 보실 수 있음을 약속드립니다.)

기사를 읽는 내내 박은수의 표정은 매우 심각했다. 알고 싶은 건 많은데 이것만으론 정보의 한계가 있었다. 그녀는 아들에게 직접 전화를 해봐야 하나 잠시 갈등했다. 지금은 한창 촬영 중이라 방해가 되는 게 아닌가 하는 걱정도 컸다.

"뭘 보시기에 그렇게 심각… 어머! 팀장님도 채우진 좋아하세요?"

디자인 3팀에서 가장 어린 디자이너인 류나예는 박은수가 보고 있던 기사를 보며 반가워했다. 평소 채우진이 자신의 뮤즈라고 말하고 다녔던 류나예라 박은수는 그냥 고개를 끄덕였다.

"팀장님도 놀라셨나 봐요. 저도 처음엔 CG인 줄 알았다가 메이킹 보고 얼마나 놀랐다고요. 세상에 무슨 드라마를 찍으면서 배우한테 그런 걸 찍게 했는지. 하여튼 박종혁 그 인간이 언젠간 일낼 줄 알았다니까요! 제가 정화수 떠놓고 기도까지 했는데!"

"그 PD가 그렇게 악명이 높아?"

박은수의 물음에 류나예는 입에 거품을 물며 박종혁의 지난 행적을 말해주었다.

"지니가 박종혁하고 같이 일한다고 했을 때, 우리가 언젠간 이런 날이 올 줄 알았다니까요."

"지니? 우리?"

고개를 갸웃거리는 박은수에게 류나예는 채우진의 별명과 그의 팬카페에 대해 자세히 말해주었다.

"그런 곳도 있었구나."

"거기 가입하면 일단 남들보다 지니에 대한 정보를 빠르게 알 수 있거든요. 사람들이 어찌나 정보들이 빠른지. 게다가 지니에 대한 악플러가 나오면 몰려가서 대응하고 우리가 막아주기도 해요."

박은수가 관심을 보이자 팬카페에서 하는 일과 성격에 대해 류나예는 자세하게 이야기해 줬다.

"아! 드라마에 같이 나오는 박연아 씨 생일에 지니가 선물해준 머리핀이 우리 회사 거잖아요. 박연아 씨가 SNS에 그거 올려서 액세서리팀, 오늘 계 탔다고 난리 났어요. 사장님이 회식하라고 카드 주셨대요."

모르던 사실이라 박은수도 흥미를 보였다. 모르는 곳에서 아들이 어떻게 지내는지 자기보다 더 잘 알고 있는 류나예를 보며 묘한 질투심도 생겼다. 반면 류나예는 지금 신이 나서 팀장님이 어떤 얼굴로 자신을 보는지 알지 못했다.

사람은 대개 자기가 좋아하는 것에 관해 이야기할 때는 흥이 나고, 상대가 반응을 해주면 더욱 말이 길어진다.

"이번 사태에 대해서 우리 발악이들은 일단은 참기로 했어요. 지금 시청률 20%가 코앞이고, 한창 잘나가고 있는데 PD를 공격할 수는 없잖아요. 물론 PD가 순진한 지니를 이용한 거라고 여론을 몰고 있긴 하지만 그거로 되나요. 흥! 대신 드라마만 끝나보라고 벼르고 있어요. 이건 완전히 숙려 기간 기다리는 사랑과 전쟁이 따로 없다니까요. 박종혁 그 인간은 한번 크게 당해봐야 하는데, 정말! 사람이 배우 중한 줄도 모르고, 이번 드라마 성공하면 더욱 승승장구할 텐데 그 꼴을 어찌 봐요! 저주 인형을 만들고 싶어도 촬영 종용할 때까진 그것도 못 해요."

저주 인형 운운할 정도로 미움은 크지만, 지금 상황에서 박종혁 PD에게 일이 생기면 드라마에 영향을 주고 결국에는 채우진에게 손해라는 걸 발악들은 잘 알고 있었다. 그럴 일은 없겠지만, 행여나 하는 마음에 저주 인형조차 못 하는 게 너무 속이 상해서 류나예는 울상을 지었다.

"나예 씨는 정말 우진이를 좋아하는구나."

저렇게 순수하게 자기 자식을 좋아해 주는데 싫어할 부모는 없었다. 질투했던 마음을 뒤로하고 박은수는 잔잔하게 웃었다.

"우와~! 팀장님 그 얼굴로 '우진'이라고 부르니까 정말 꼭 지니 어머니 같아요."

채우진과 많이 닮은 데다가 곱고 성격 좋은 박은수를 볼 때마다 채우진의 어머니도 저러지 않을까, 늘 상상하던 류나예였다. 처음에는 진지하게 채우진과의 모자설을 상상해 보았지만, 그럴 리가 없었다.

그랬다면 이미 소문이 나고도 남았고 채우진의 모델 건도 바로 해결됐을 것이었다. 무엇보다 자신에게 그런 행운이 올 리가 없었다. 계를 타기에 류나예는 진성 덕후였다.

웃다가 무슨 생각을 하는지 시무룩해지는 류나예를 보며, 박은수는 일단 우진이에게 전화하려던 마음을 접었다.

저녁에 박은수는 컴퓨터 앞에서 한참을 망설이다가 소원바라기에 들어갔다.

가입 절차는 간단했다. 닉네임을 '진희엄마'라고 정한 다음에 채우진을 좋아하냐는 질문에 망설임 없이 '예'라고 쓰고, 지금까지 아들이 출연했던 작품명을 쓰기만 하면 됐다. 하지만 난관은 이때부터 시작이었다.

닉네임 앞에 새싹이 붙은 채로는 그녀가 보고 싶은 글들을 읽을 수가 없었다. 정회원이 되기 위해서는 10번의 출석 체크와 게시판에 채우진에 대한 글을 3번 이상은 쓰고 나서야 승급 절차를 밟을 수가 있었다.

"이걸 읽으려면 열흘이나 기다려야 한다고?"

박종혁 PD의 이름과 이번 사태에 관련된 제목들을 훑어보며 박은수는 힘없이 중얼거렸다. 당장 읽고 싶은데 클릭이 안 되니 마음이 답답했다.

"여기 가입한 거예요?"

언제 다가왔는지 조용히 묻는 최민우 때문에 박은수는 화들짝 놀라며 뒤를 돌아봤다.

"당신도 여기 알아요? 혹시 가입했어요?"

"가입은 안 했지만 우진이 팬카페인 건 알아요."

그 정도는 알고 있어야지 않겠냐는 최민우의 반응에 박은수는 얼굴을 붉혔다. 어머니가 돼서 오늘에야 아들의 팬카페에 대해 알았으니, 자신이 너무 무심했던 게 아닌가 하는 반성도 들었다. 그래서 오늘 류나예와 있었던 일을 이야기하는 박은수의 어깨는 축 처졌다.

"우진에게 무심한 게 아니라 당신이 워낙에 이런 쪽 정보에는 약하잖아요. 흐음, 약관 중에 우진이와 함께 찍은 사진이 있으면 바로 승급할 수 있다네요."

공지를 읽은 최민우의 말에 박은수는 폰에서 우진과 함께 찍은 사진들을 찾았다. 최민우는 그중에서 우진이가 군대에서 휴가 나왔을 때 군복 입고 찍은 사진을 골랐다. 머리를 빡빡 깎았음에도 두상이 예쁘고 이목구비가 탁월해서 굴욕이 전혀 없는 사진이었다.

"이런 게 바로 희귀 아이템이라는 거예요."

최민우는 귀여운 여우 캐릭터로 박은수의 얼굴을 가린 후에 카페에다 사진을 올리고 바로 승급 신청을 했다.

"그런데 이렇게 거짓말해도 돼요?"

사진과 함께 올린 사연은 '진희엄마'가 채우진과는 부모들끼리 잘 아는 사이로, 어렸을 때부터 알고 지냈다는 내용이었다.

"그럼 '내가 채우진이 엄마다!'라고 하려고요?"

"그건 못 하죠."

"무엇보다 당신과 나, 부모들끼리 서로 잘 아는 사이 맞고! 당신은 우진이가 어렸을 때부터 알고 지낸 사이니 거짓말도 아니잖아요."

최민우의 말에 박은수는 그의 등을 때리며 웃었다. 그 와중에 새로 고침을 하며 승인 절차를 확인하던 최민우는 가볍게 휘파람을 불었다. 오늘만 해도 승인 신청을 위해 올린 글이 엄청나게 많았다. 아무래도 오늘은 힘들 것 같다고 말하며 최민우는 박은수의 얼굴을 가만히 살폈다.

"왜요?"

"뜻밖에 괜찮은 것 같아서요."

일 때문에 외부로 돌다 보니 오늘은 회사에서 박은수와는 만나지 못했다. 전화로 간단하게 묻긴 했지만, 얼굴을 마주 보지 않은 이상 괜찮다는 말만 듣고는 안심할 수가 없었다. 그런데 생각보다 괜찮은 박은수를 보자 조금 의아하기도 했다.

"전에는 울었잖아요."

처음 박은수와 'Death hill'을 보았을 때를 떠올리며 최민우는 그녀의 코를 손가락으로 톡톡 쳤다. 그때는 당황해서 제대로 된 위로도 못 해준 게 속상했는데 왠지 오늘은 그걸 못 해서 아쉬울 것 같다.

"놀라기는 했지만 울지는 않았어요. 내가 맨날 우는 줄 아나."

"당신 울면 꼭 안아주려고 기대하고 왔는데 이러면 아쉽잖아요."

최민우의 말에 박은수는 활짝 웃으며 대신 자기가 안아주겠다며 그의 허리를 두 팔로 꼭 안았다.

"이것도 나쁘지 않네요. 그런데 정말 괜찮아요?"

서 있는 상태로 의자에 앉아 있는 박은수에게 허리를 안긴 최민우는, 그녀의 얼굴을 두 손으로 잡아 자신을 보게 하며 물었다.

"놀라고 화도 나고 그랬는데 메이킹 영상을 보니까 그 안에서 우진이가 활짝 웃잖아요. 그렇게 좋아서 웃는 애보고, 넌 왜 그럴 걸 찍어서 날 슬프게 만드느냐고 말할 수는 없더라고요. 전부터 계속 생각해 왔거든요. 우진이는 앞으로도 자기가 하고 싶은 일을 할 테고, 그게 모두 내 마음에 드는 건 아닐 텐데 그럴 때마다 내가 우진이에게 따질 순 없다고."

그리고 매번 울 수도 없는 일이었다. 박은수는 아들이 나오는 영화와 드라마를 보면서 매일 결심했다. 조금 더 강해지고 넓어지자. 부모는 자식을 품어야 할 바다가 되어야 하니까.

박은수는 비록 온실에서 자란 화초였으나 마냥 여리기만 하지는 않았다. 그랬다면 어린 두 자식을 데리고 지금껏 꿋꿋하게 살아올 수는 없었을 거다. 결심하는 게 어렵지 한번 결정하면 되돌아보지 않고 전진하는 그녀였다. 그리고 우진은 그런 박은수를 많이 닮았다.

무엇을 하든 후회를 남기지 않는 성격이라 매 순간 어떤 길을 선택하던 적극적이고 최선을 다했다.

그래서인가 이번에는 처음처럼 충격이 크지는 않았다.

되레 다른 의미로 충격적이었다. 메이킹 영상을 통해 박은수는 아들이 일하는 과정과 그것을 즐기는 모습을 보았다. 머릿속으로만 상상했던 것과는 다르게 안전해 보였고, 정말 많은 사람이 참여해 만들고 있다는 걸 알게 됐다.

꼭 만들고 싶은 작품을 위해서 디자이너는 보석 하나하나 제련하는 방법과 재료들을 선택한다. 정말 원하는 디자인을 위해서는 그 어느 하나라도 포기할 수 없는 게 디자이너의 마음이다.

아마 우진이도 그런 마음이었을 걸로 추측했다. 작품에 대해 욕심이 나면 아무것도 보이지 않는 자신처럼 말이다.

그러면서 류나예와의 대화를 통해 조금 더 자신이 우진이가 하는 일을 이해할 필요를 느꼈다. 더는 막연히 상상하고 두려워하는 짓은 하지 않기로 했다. 그래서 소원바라기에도 가입하려는 것이었다.

"용감하다, 박은수."

평소에는 존댓말을 사용하지만, 동갑이라 그런지 가끔 이런 식으로 말을 놓는 게 자연스럽기도 했다. 최민우는 대견스럽다며 박은수의 머리를 쓰다듬고 입술을 맞췄다. 그리고 어떻게 말을 꺼내야 할까 내내 고민했던 이야기를 자연스럽게 풀어놓았다.

"오늘 장 선배를 만났어요."

"우진이 때문에요?"

근래 최민우가 말하는 장 선배는 DS의 장수환 대표밖에 없었다.

"정확히는 당신 때문이죠. 이왕 용기 낸 김에 다른 사람에게도 그 마음을 열어보는 건 어때요?"

"누구요?"

밝은 두 눈동자를 내려다보며 최민우는 가볍게 한숨을 내쉬며 답했다.

"당신 아버지요."

그때와 지금은 다르다

II

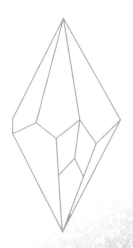

끝이 좋으면 다 좋다.

그 좋은 결말을 내기 위해 마무리 지어야 할 것이 우진에게는 남아 있었다. 하지만 호기롭게 일을 벌였을 때의 용기가 지금에 와서는 한 톨도 남아 있지 않았다.

문제의 도주 신이 방송으로 나가게 되었을 때 가장 걱정했던 것이 어머니의 반응이었다. 일전의 경험도 있고 스스로 뉘우친 것도 있어서, 우진은 긴장한 채로 하루를 보냈다. 하지만 하루가 지나고 사흘이 되어도 어머니에게선 아무런 연락이 없었다.

전에도 서로 바쁘다 보면 이 정도 연락하지 않고 지나간 경우는 많았다. 어머니에게 연락이 오지 않는다고 해서 하등 문제 될 게 없다는 소리다. 다만 잘못한 사람이 먼저 찔려서 눈치를 보는 중이었다.

[쯧쯧, 애도 아니고! 그렇게 재밌었어요?]

우희에게서 온 문자를 보고 어머니의 안부를 물었더니 돌아온 답이 그를 더욱 불안하게 만들었다.

[CG로 아심. 아빠는 알았을 텐데 어째 두 분 다 아무 말씀 없으시네. 다만 금요일 저녁부터 엄마 표정이 굉장히 안 좋아.]

금요일 저녁이라면 딱 진실을 알기에 적당한 시각이었다. 어머니의 근심이 자신 때문이라 상상할 수밖에 없는 우진으로선 모른 척 지나갈 수가 없었다.

"역시 먼저 전화를……."

매도 먼저 맞는 게 낫고 용서도 자진 반납하는 게 효과가 컸다. 결심하고 어머니에게 전화를 걸려는데 황이영이 그의 어깨를 톡톡 쳤다.

"우진아, 이 사람이 누군지 아니?"

황이영이 보여주는 화면 속 사진을 본 순간 우진의 눈동자에 작은 파동이 일어났다. 귀여운 여우 캐릭터로 얼굴을 가렸지만, 자신과 함께 사진을 찍은 사람은 그의 어머니가 분명했다.

"이 사진이 왜?"

"지난 금요일에 소원바라기에 가입한 신입이 승인 신청하면서 올린 사진이야. 너와 옛날부터 아는 사이라고 이런 사진을 올려서 지금 카페가 아주 난리야."

군복 입고 머리를 깎은 채우진의 앳된 모습은 팬들에겐 귀한 아이템이었다. 예전부터 채우진은 웬만큼 친하지 않으면 함께 사진을 찍는 일이 드물었다. 팬들로선 그만큼 옛날 사진을 구하기가 힘든 게 사실이었다.

이 와중에 나타난 '진희엄마'는 오랫동안 채우진과 아는 사이였고 이렇게 같이 사진을 찍을 정도로 친분이 깊다는 이야기였다. 그것은 다른 이들이 모르는 채우진의 일화와 사진들을 다량 보유하고 있을 가능성이 크다는 의미이기도 했다. 그러니 팬카페가 들썩일 수밖에 없었다.

"그래서 '진희엄마' 님은 바로 정식 회원으로 승급됐다는 말씀. 회원들이 나한테 진희엄마에 대해 은근히 묻는데 내가 뭘 알아야지. 이상하게 어디서 많이 들어본 것 같은데 딱 떠오르는 분이 없어서 너한테 묻는 거야."

우진은 '진희엄마'라는 닉네임이 어디서 나왔는지 대번에 알겠는데 황이영은 아직 거기까지 생각이 미치지 않은 듯싶었다. '진희'가 한 아이의 이름이라고만 생각해서 오는 편견이 사고의 유연성을 막은 것이다.

어머니가 승급 신청을 하면서 올린 사진과 사연을 읽어보며 우진은 이를 어찌할까, 잠시 고민했다. 숨기고 싶어 하는 것 같은데 굳이 나서서 어머니라고 까발리는 것도 도리가 아닌 것 같았다. 우진은 '진희엄마' 말이 사실이라고 황이영에게 대답할 수밖에 없었다.

"너도 아는 분 맞구나! 발악이들 정말 좋아하겠다."

괜히 자기가 뿌듯해하는 황이영을 보며 우진은 몰래 이마를 훔쳤다. 땀을 흘린 것도 아닌데 이상하게 손바닥이 축축해진 느낌이었다.

"내성적인 분이라 너무 들이대지는 마세요. 그리고 그분이 가입한 사실을 전 모르는 거로 해주시고요. 알면 쑥스러워서 아마 탈퇴하실걸요."

"어머, 그래? 그렇다면 내가 알아서 잘 조절할게."

사정은 몰라도 이유가 있을 테니, 이 상황에선 그냥 모른 척하는 게 효도라고 우진은 생각했다.

"그런데 그분이 다른 글은 안 쓰셨어요?"

"아니, 아직은. 그냥 이런저런 글을 읽고 댓글만 몇 개 남긴 정도야. 아직은 분위기 파악 중인지 댓글 내용도 짧고 굉장히 정중한 느낌이야. 좀 나이가 있으신 분이셔?"

"뭐… 그런 셈이죠."

어머니에게 전화하려던 마음을 접고 우진은 우울하게 멍하니 허공을 바라봤다. 대체 무슨 생각이신지 감이 오지 않아 어떻게 대처하는 게 좋을지 떠오르지 않았다. 한참을 망설이고 고민하다 우진은 결국 어머니에게 먼저 문자를 보내기로 했다.

[6회 방송 보고 놀라셨죠? 어머니, 미안해요. 제가 그걸 찍을 때는 가족 생각은 전혀 하지 않았어요. 나만 좋으면 된다고, 나만 만족하면 다른 건 아무 상관없다고 생각했어요. 내 선택을 후회하지는 않지만, 가족들이 그걸 보고 얼마나 걱정할지 고려하지 않았다는 건 분명한 사실이니까, 제 잘못이에요. 앞으론 무슨 일이든 먼저 상의하고 신중하게 행동할게요.]

몇 번이나 썼다 지우기를 반복한 끝에 보낸 메시지에 대한 답은 그 후로 몇 시간 후에 왔다. 우진의 긴 문장과는 다른 짧은 질문이었다.

[그때는 안 그랬으면서, 지금은 왜 그런 생각을 하게 됐어?]

어머니의 질문에 우진은 선뜻 답하기 힘들었다. 황이영에게 들었던 충고와 그 후로 느꼈던 감정의 흐름을 전부 이야기하기란 어려웠다. 하지만 자신의 마음을 정리한다는 생각으로 최대한 신중하게 답을 했다.

[적어도 날 사랑하는 사람들이 날 걱정하지 않게 만들어야 한다는 걸 알았어요. 내게 화를 내는 건, 날 걱정하기 때문이니까. 그들을 설득하고 안심시키는 것이 내 몫이었는데 내가 그 모두를 무시했다는 걸 알았거든요. 사실 6회 방송이 나가기 전에 내가 먼저 가족들한테 말하고 안심시켜야 했는데, 촬영에 정신이 빠져서 또 한 번 기회를 놓친 것도 내 잘못이고. 나중에는 어머니한테 무슨 소리를 들을까 겁이 나서 눈치만 보다가 이제야 겨우 연락한 것도 미안해요.]

장문의 문자를 보내면서 우진은 또다시 자각했다. 먼저 상의하고 안심시키려 노력하겠다는 것만 바뀔 뿐, 자신은 크게 변하지 않았다는 걸 말이다. 그는 앞으로도 자기가 찍고 싶은 것은 아무런 두려움 없이 도전할 테고 망설이지 않을 게 분명했다. 그래서 앞으로 절대 하지 않겠다는 말은 도저히 쓰지 못했다.

[겁이 났다면서 먼저 문자는 보냈네.]

[그거야 엄마니까. 야단맞는 게 무서운 것보다, 엄마가 나 때문에 걱정하고 마음 아픈 게 더 싫으니까. 그런데 앞으로도 난 계속 이럴 거라 너무 미안해. 엄마의 마음을 알면서도 난 내가 하는 일에 망설이지 않을 거야. 그리고 또 사과하겠지. 엄마가 언제나 받아줄 거라는 걸 알고 있으니까. 엄마가 내 엄마라서,

늘 고맙고 미안해.]

생각해 보면 자신은 참 나쁜 아들이었던 것 같다. 어머니가 원하는 게 무언지 알면서도 결국은 항상 자신이 선택한 길을 걸었다. 어떻게 표현해도 무모한 불효자였다. 그리고 이런 선택의 바탕에는 늘 자신을 신뢰하고 지켜봐 주는 어머니를 믿는 마음이 깔려 있었다.

[넌 좋겠다. 이런 엄마가 있어서.]

생각지도 못한 반격에 우진은 순간 움찔했다.

"이건 어떻게 해석해야 하지?"

우진은 어머니의 문자에 어떻게 답해야 할지 고민에 빠졌다. 외할머니가 돌아가신 건 우진이 7살 때였다. 지금 어머니가 당시의 일을 떠올리는 것인지, 아니면 정말 말 그대로 자화자찬을 하는 것인지 분간이 가지 않았다.

[나는 이렇게 멋있는 엄마인데, 우리 아버지는 왜 그 모양일까?]

생각을 정리하지 못한 우진에게 어머니의 문자가 바로 날아왔다.

이건 대답을 원한다기보다는 그냥 푸념 같아서 우진은 일단 한숨을 내쉬었다. 새삼스레 외할아버지 이야기를 꺼낼 어머니가 아니었다. 사정은 모르겠는데 우진이 모르는 사이에 뭔가 일이 있었던 게 분명했다.

[외할아버지와 어머니는 다르니까. 내가 어머니와 다르듯이.]

[엄마라고 했다가 도로 어머니니? 그래, 다르지. 미울 때는 모두 다 미운데 결국엔 넌 이쁜 내 새끼고, 아버진 여전히 미운

양반인 걸 보면. 이제 나도 일할 테니까 너도 촬영 열심히 해라. 그리고 엄마도 널 이해하려고 노력하고 있으니까 너무 걱정하지 마.]

우진은 마지막 문자로 어머니가 왜 팬카페에 가입했는지 이해하게 되었다. 역시나 그냥 모른 척한 게 다행이다 싶었다. 마음이 한결 편안해진 우진은 가벼운 마음으로 자리에서 일어섰다.

아무래도 내일은 무슨 일이 있더라도 집에 가서 가족들을 봐야겠다는 생각이 들었다. 문자보다는 얼굴을 마주하고 진솔하게 이야기를 나누고 싶었다.

우진이 무거운 짐을 훌훌 내려놓을 때, 박은수의 무거운 한숨은 사무실 바닥을 내려쳤다. 그걸 바라보는 팀원들은 팀장님이 디자인이 잘 풀리지 않는가, 혹은 자신들의 디자인이 그렇게 아니었나 싶어서 슬금슬금 눈치를 보았다.

이번에 3팀과 5팀은 새로 론칭하는 브랜드의 메인 디자인팀으로 뽑혔다. 아직 개편되지는 않았지만, 앞으로 팀명도 바뀔 것이고 제품으로 뽑아야 할 디자인도 어마하게 남아 있는 상태였다.

한숨이 안 나오면 그게 이상한 상황이기는 했다. 아직 할당량을 채우지 못한 디자이너들은 고개를 푹 숙이며 디자인에 열중했다.

팀원들의 오해가 무색하게도 박은수는 개인적인 고민에 빠져 있었다. 최민우가 아버지를 언급한 이후로 내내 이런 상태였다. 그녀는 아직 아버지를 만날 용기가 나지 않았다. 당시의 원망이 남아 있기도 하고, 또 무슨 소릴 들을까 겁이 나기도 했다.

'나도 아버지한테 확신을 주지 못했던 건가.'

부모의 관점에서, 성공과는 별개로 우진이는 무얼 하더라도 잘할 거라는 믿음이 항상 존재했다. 그래서 걱정이 되더라도 아들의 선택을 반대하지 않았다.

우진이 그만큼 믿음을 심어준 것인지, 아니면 무조건 자신이 아들을 믿은 건지, 아니면 둘 다일 수도 있다. 어찌 됐던 반대로 생각하면 자신은 아버지에게 믿음을 주지 못했고, 아버지는 자신을 믿지 않았다는 의미였기에 마음이 착잡했다.

[내가 그렇게 못 미더웠어요?]

박은수는 돌발적으로 아버지에게 문자를 보내 버렸다.

저장하지 않았어도 오랫동안 변하지 않은 아버지의 전화번호를 누르는 데는 아무런 주저가 없었다. 그녀의 전화번호는 중간에 한 번 바뀌기는 했지만, 뒷자리 번호는 지금껏 그대로였다. 자신의 번호를 기억하고 있다면 저장되지 않은 번호로 온 메시지의 의미를 알 터였다.

그녀가 아들의 문자를 보고 한참을 고민한 후에 답문을 보냈던 것과 달리, 박은수는 굉장히 이르게 아버지의 답을 볼 수 있었다.

[너를 믿지 못한 게 아니라, 나 같은 사람들이 사는 이 사회를 믿지 못한 거다.]

박은수는 오랜만에 받아본 아버지의 문자를 몇 번이나 곱씹어보았다. 그리고 아들에게 보냈던 것과 비슷한 질문을 했다.

[그럼 지금은요?]

[내가 변한 것은 별로 없다. 하지만 네가 옳았다는 것은 알고 있다.]

그녀의 아버진 간결하고 짧은 문장 속에 핵심만 말하는 건 여전했다. 하지만 박은수는 이것만으로도 가슴속 응어리가 조금은 내려가는 걸 느꼈다.

[내가 여전히 미운가요?]

잠시 망설이며 방황하던 손가락이 과감하게 보내기를 눌렀다. 절대 아버지의 얼굴을 마주 보고는 할 수 없는 질문이지만, 그녀는 어느 정도 답을 예상하였다. 어떤 답을 받을지 알고 있음에도 이렇게 확인하고픈 유치한 마음은 어쩔 수가 없었다.

엄마니까 그랬다는 우진이의 말처럼, 박은수 역시 아버지라서 이런 질문을 할 수가 있었다.

[한 번도 미워한 적은 없단다. 내가 어떻게 그럴 수 있겠니. 그냥 속상하고 미안하고… 보고 싶을 뿐이란다.]

짐작했던 대답을 들은 박은수의 표정이 곱게 일그러졌다. 누가 볼까 봐 두 손으로 얼른 얼굴을 가리고 가만히 숨을 내쉬었다. 12년 동안의 원망과 고민이 바로 사그라지는 건 아니었다. 그건 그것대로 여전히 남아 있지만, 애써 덮어놓았던 감정들이 파동을 일으키며 다시 수면 위로 올라왔다.

현실적인 문제, 서로의 가치관이 일으킨 충돌, 서로를 상처 입혔던 말들은 고스란히 남아 있었다. 하지만 그 이전부터 존재하고 지금껏 깊이 뿌리내린 부녀간의 정이 사라졌던 건 아니었다.

미워하면서 사랑했다. 사랑하기에 미안하고, 걱정하면서 보고 싶었던 그리움은 부정할 수 없는 감정이었다.

[너는 여전히 내가 밉니?]

답장 없는 딸에게 보내는 아버지의 물음을 보며 딸은 잠시 고민하다가 솔직해지기로 했다.

[미웠어요. 사실은 지금도 미워요. 힘들었던 만큼 원망스럽고 이게 다 아버지 때문인 것 같아서 싫었어요. 그런데 그렇다고 해서 아버지를 사랑하지 않는 건 아니에요. 여전히… 그래요.]

하고 싶은 말은 정말 많았다.

부모가 언제나 옳을 수 없다는 걸 박은수는 자식을 키우면서 알게 됐다. 자신이 바라는 게 꼭 자식들이 원하는 길은 아니라는 걸 깨달았다. 아버지처럼 안 되려고, 내 자식들에겐 그런 상처는 안 주겠다고 노력하며 살았는데 이상하게 시간이 흐를수록 그분이 이해가 됐다.

아버지도 나 때문에 무척 힘들었겠구나. 자신과는 다른 방법으로 자식을 사랑했다는 걸 알게 됐다. 원망하는 마음과는 다르게 이해되고 사랑하는 감정은 그대로였다.

아직 아버지의 얼굴을 볼 자신은 없었다. 마주 보고 앉아서 이런 이야기를 꺼내기도 쑥스럽고 낯간지러웠다. 글로 전하는 마음이 얼마만큼 진정성을 전할지 모르겠지만, 적어도 솔직해질 수는 있었다.

[얼마든지 미워하고 원망해도 좋다. 내가 잘못했다. 미안하다.]

솔직해질 수 있는 건 박은수만이 아니었다. 좀처럼 당신 입으로 사과 같은 걸 하지 않는 분이 먼저 미안하다고 했다. 짧고 단답형으로 맺은 문장들을 빤히 내려다보며 박은수는 헤아리기 힘든 감정의 물결에 빠져 허우적거렸다.

이렇게 쉬웠던가 하는 의문. 예전에 이렇게 솔직했으면 서로 좋았을 거라는 아쉬움 뒤로, 지난 시간이 없었다면 가질 수 없는 서로에 대한 이해라는 것 역시 알고 있었다.

어떠한 답도 보내지 못하고 박은수는 책상 위로 엎드리고 말았다. 나오려는 울음을 참고 차분하게 감정을 추스르기 위해 노력했지만, 그게 쉽지가 않았다. 지난 12년 동안의 묵은 감정이 봇물 터지듯 터지고 말았다.

하지만 그걸 보는 팀원들은 불안한 시선으로 서로를 바라볼 수밖에 없었다. 우리 디자인이 그렇게 구렸나 싶은 상상이 풍선처럼 부풀었기 때문이다.

박은수 팀장이 비록 구두 디자이너이기는 했지만, 그 분야에서 워낙 유명하고 히트 친 디자인이 많아서 함부로 대할 경력이 절대 아니었다. 게다가 유력한 공모전들에 수상함으로써 예전부터 보석 쪽에도 이름이 알려진 디자이너이기도 했다.

안목이나 실력, 어느 것도 허투루 볼 수 없는 팀장님이 고뇌에 빠진 모습에 자연 팀원들도 눈치를 살필 수밖에 없었다. 몇 달 겪어보지 않았지만, 박은수 팀장이 온화하면서 곧은 성격이란 건 알 수 있었다. 신경 날카로운 다른 팀장들과 같은 선상에 놓으면 안 된다는 게 그들의 판단이었다.

그 때문에 저분이 저런 반응을 보이는 건 다 이유가 있을 거라 여겼다. 그것은 분명 그들이 제출한 디자인이 문제를 제공했으리란 추측으로 넘어갔다.

이번 달 15일까지 개인당 통과시켜야 할 디자인이 10개씩인데 대부분이 아직 그 절반도 채우지 못하고 있었다. 성격이 좋아서 화도 못 내고 저렇게 자학할 정도라면 어제 제출한 것들이 얼마나 쓰레기란 소리일까.

조금은 해이해진 마음을 단단히 잡은 팀원들의 움직임이 갑자기 부산해졌다. 디자이너들이 각자의 비결대로 예술적인 감성을 끌어 올리기 위해 노력할 때, 류나예는 채우진의 움짤을 만들고 있었다.

손님 없는 카페에서 엎드리고 있다가 부스스 몸을 일으키며 멍하니 고개를 드는 루이의 모습에서 고개를 드는 그 순간을 슬로모션으로 만들고 그 주변에 빛 가루 효과를 만들어냈다. 이렇게 움짤을 하나씩 만들 때마다 디자인 하나가 나오는 그녀는 디자인 3팀에서 유일하게 이달 목표량을 모두 채운 디자이너였다.

◆　◆◆◆　◆

8회 마지막 부분, 이유라가 루이의 진실을 알게 되는 부분에서 채우진이 직접 부른 '너에게서 부는 바람'이 흘러나왔다. 따뜻하고 행복했던 놀이공원에서의 시간이 지나고 바로 알게 된 진실에 이유라는 무너졌다.

어떻게 해도 너에게서 부는 바람은 나에게 닿지 않아.

우린 같은 길을 걷지만 내게서 부는 파랑은 너를 밀어내지.

어둡고 슬픈 진실은 그림자에 묻어두자.

너에게 걸어가는 길이 마냥 행복한 건 아니야.

그저 내게 다른 길이 없었을 뿐이야.

어떻게 해도 너에게서 부는 바람은 나에게 머물지 않아.

우린 같은 곳을 바라보지만 내게서 부는 파랑은 너를 상처주지.

아프고 힘든 현실은 더는 묻지 말아줘.

너에게 거짓말할 자신이 없어.

미안해, 나처럼 너에게도 다른 길이 보이지 않아.

잔잔하게 부르는 저음의 노래는 암울한 그들의 미래를 속삭이듯 말하고 있었다. 그날 자정에 공개된 '너에게서 부는 바람'은 음원 차트를 휩쓸었다.

"이런 노래도 1위를 하네요."

자기가 부른 노래가 음원 사이트에서 1위 한 것을 보며 우진은 신기해했다. 노래 자체가 좋고 공들여서 부른 노래라 어느 정도 자신은 있었지만, 막상 그 결과를 보니 어리둥절한 기분이었다.

"이런 노래?"

강민호는 가시눈으로 우진을 보며 입술을 실룩였다.

"이 노래 정말 좋거든! 우리 드라마 분위기에 딱 어울리면서도 주인공들에게 감정이입도 죽여주게 하고, 가을에 어울리는 이 서정적인 느낌까지! 죽이지 않냐?"

마치 자기 노래를 모욕당한 사람처럼 강민호는 열변을 토했다. 자기가 부른 노래를 칭찬해 주니 고맙기는 하지만 우진은 조금 더 현실적이었다.

"너무 음울하지 않아요? 우리에게 희망 따위 없다는 내용인 데다가 무엇보다 따라 부르기 힘들잖아요."

"가을이니까 이런 느낌도 나쁘지 않아. 다만 따라 부르기 어렵다는 건 인정. 저음이라 처음 들었을 때는 쉬울 줄 알았는데 이게 숨을 쉴 구간이 없어. 부르다가 내가 죽을 노래란 게 이런 거구나 싶더라."

중간에 억지로 숨을 쉬었다간 음절을 놓치고 숨소리가 거칠게 나와 노래를 망칠 가능성이 컸다. 딱 듣기만 좋은 노래로 아무나 따라 부를 수 없는 어려운 노래였다.

"다른 건 몰라도 내가 불러보니까 네가 얼마나 노랠 잘 부르는지는 알겠더라. 아마 다른 사람들도 똑같이 생각할걸."

강민호는 몇십 분 전에 나온 기사를 검색해 우진에게 직접 보여줬다. 아무래도 저 무심한 성격에 일일이 자기 기사를 찾아보진 않을 것 같아서다.

〈TM이 놓친 블루핏의 원조 멤버 채우진〉

제목이 기사의 내용을 그대로 대변했다. 거기에 왜 TM은 채우진을 버렸는가에 대한 궁금증과 채우진을 놓치고 TM이 얼은 게 무엇인가에 대한 비웃음이 있었다. 그리고 마지막에 채우진 개인으로선 TM을 떠나 DS에 들어간 게 훨씬 나은 미래라는 것으로 마무리했다.

"이건 좀……."

아슬아슬하다.

TM의 김석형 대표는 은근히 DS의 장수환 대표에게 콤플렉스를 가지고 있었다. 두 사람은 출발점부터 다르고, 취향도 극명하게 다른데도 엔터테인먼트 시장에선 자주 비교당하는 경우가 많았다. 김석형은 항상 자신에 대한 평가 뒤에 따라오는 장사꾼이란 평가를 아주 싫어했다.

사실 장수환과 비교당하는 것은 김석형의 처지에선 많이 가혹한 처사였다.

엔터테인먼트를 운영하는 근본 이유부터가 다른데 사사건건 비교당하는 건 합당치 않았다. 그런데 또 그걸 지적하며 편을 들어주면 불같이 화를 내기도 했다. 이렇듯 장수환은 김석형의 자존심을 건드는 스위치 같은 존재였다.

두 대표를 두고 저울질하는 기사는 많이 봐왔기에 아무렇지 않은데, 하필 이번에는 저울추가 채우진 본인이라 문제였다. 더는 TM과 엮이기 싫은데 왜 자꾸 이런 기사들이 올라오는지 답답할 따름이었다.

웬만해선 인터넷 기사에 달린 댓글은 안 읽는 편인데도 궁금증을 이기지 못한 우진은 그것들을 차례로 읽어 내려갔다. 블루핏 팬들 입장에서는 불쾌한 기사일 것으로 생각했는데 뜻밖에도 채우진에게 호의적인 반응이었다.

대부분이 채우진이 블루핏으로 데뷔했으면 좋았을 텐데 아깝다는 평이 많았다. 가끔 채우진이 부른 노래를 들어보면 중저음의 굵직한 음성이라 블루핏과는 어울리지 않는다는 말도 있었다.

하지만 이만한 실력의 소유자라면 그룹 안에서 튀지 않고 색다른 분위기를 만들어냈을 거란 의견이 대세였다. 외모와 노래 실력으로 봐선 군이 퇴출당할 이유를 모르겠다는 궁금증 뒤로 나온 결론이 바로 춤이었다.

블루핏은 칼군무로 유명했기에 아마도 채우진이 춤을 못 췄을 거라는, 한 사람이 무심코 내놓은 추측이 점점 사실이 되어가는 과정을 우진은 실시간으로 목격했다.

"나 춤 잘 추는데."

"정말?"

조금은 억울한 감이 있어서 그만 혼잣말을 뱉고 말았다. 그걸 들은 강민호가 눈을 크게 뜨며 물었다. 그 역시 댓글들을 읽어보고 비슷하게 생각했던 모양이다.

"우진이 네가 그렇게 말할 정도라면 정말 잘 춘다는 소리잖아."

우진은 타인에게는 너그러우면서 자기 자신에게는 언제나 박했다. 그래서 이례적으로 스스로 자신을 칭찬했다는 것은 진심이란 소리였다.

그도 그럴 게, 전생을 기억하는 우진의 입장에선 눈이 높을 수밖에 없었다.

외모에 관한 기준점 역시 전생에 보았던 아름다운 이종족들에 비하면 자신을 비롯한 주위 사람들은 그냥 평범함 그 이하였다. 전생을 기억함으로써 쓸데없이 눈만 높아져 버린 거다. 그건 실력을 평가하는 데도 적용되었다.

무엇보다 현재는 거장이라 평가받는 전생의 몇몇 삶에서 만들어냈던 결과물들을 따라가려면 한참이나 부족한 상황이었다. 전생과 비교해서 지금 우진은 이제야 걸음마를 뗀 수준에 불과했다. 그래서 언제나 자신에게는 냉정한 평을 내렸다.

전생을 기억하지 못하는 타인들에겐 그만하면 잘하는 거라고 칭찬을 아끼지 않았지만, 그들과 자신을 같은 선상에서 평가하지 않았다. 조건이 다르기에 자신은 스타트라인을 저 멀리에 놓고 뛰어야 공평하다고 여겼기 때문이다.

하지만 아무리 전생과 비교해 봐도 춤은 자신 있었다. 각각의 전생마다 하나씩 재능이 있었던 것을 보면 이번 생에 그의 특기는 춤이 아니었을까 할 정도였다. 괜히 아이돌이 될 결심을 한 게 아니었다.

"남한테 폐 끼칠 정도는 아니에요."

그렇다고 잘난 체할 성격은 아니라서 나름 무난하게 답했다. 하지만 말 속에 깃든 자신감은 어쩔 수가 없어서 강민호는 알아서 행간을 이해했다.

"서로가 안 맞아서 끝까지 못했을 뿐인데 그것 가지고 사람들이 너무 추측이 많네요."

"원래 이런 게 재미가 있거든. 이번엔 둘 다 잘됐기 때문에 좋게 좋게 말하지만, 한쪽이 무너지면 의견이 편파적으로 몰리게 돼. 이래서 그랬구나. 아니면 저러니 당연하다는 말로 아무런 죄책감 없이 무너진 쪽을 밟아버리는 게 대중이야."

그러니 조심하라며 강민호는 말했다. 대중이 들고 있는 저 울의 추는 절대 공평하지 않았다. 한순간의 실수와 인기의 하락이 추의 무게를 좌지우지하기 때문이다. 거기에 정의와 공정 따위는 없었다.

"그렇다고 누구처럼은 되지 마라. 걔는 요즘 너무 독기가 강해."

강민호가 혀를 차며 말하는 건 이민수였다. 그날의 촬영 이후로 이민수는 한 마리 독사가 돼버린 느낌이었다. 재촬영은 하지 않았지만, 이민수와 TM의 요청으로 PD는 문제의 장면을 CG로 수정해 주기로 약속했다.

박종혁 PD는 6회를 기점으로 '푸른 성의 주인'을 역전하고 시청률도 20%를 넘어서자 굉장히 너그러운 사람이 되었다. 욕을 얻어먹고도 저렇게 좋아하는 사람은 처음 볼 정도로 요즘의 그는 늘 싱글벙글이었다.

그래서 처음에는 절대 안 된다는 것을 '그쯤이야!' 하면서 이민수의 요구를 받아들였다. 아름다운 화면에 이민수가 실수한 흔적을 내보이는 것은 그림을 망친다는 미술팀의 강력한 요구가 있었다는 게 후문이었지만 말이다.

그래서인지 요즘 이민수의 눈에는 독기만 남은 상태였다. 예전에는 속내야 어쨌든 우진과 친한 척하거나 남들에게 예의가 발랐던 그였다. 그런데 그날 이후로 더는 겉치레 행동도 하지 않았다.

제작진들은 오히려 그런 이민수를 이해했다. 어쨌든 세계를 누비는 아이돌 스타인데 사람들 앞에서 그런 모습을 보이고도 아무렇지 않으면 그게 이상했다. 더욱이 살해 위협을 받는 최강의 초췌하고 불안한 모습과도 어울리기에 굳이 그를 건들지 않았다.

덕분에 촬영할 때 만나면 우진은 편해서 좋았다. 적당히 거리가 있는 사이로 어떠한 감정적 교류도 할 필요가 없으니 말이다. 그 전에는 아무리 무시하려고 해도 이민수가 먼저 살갑게 굴었기에 어쩔 수 없이 상대해야 하는 순간이 있었다. 그런데 요즘은 그럴 필요가 없었다.

모든 게 나름대로 순조로웠다.

신경에 거슬리던 기사는 몇 시간 후에 포털 사이트에서 사라졌다. DS와 TM이 서로 합심해서 영향력을 행사한 결과였다. 하지만 이미 많은 사람이 그 기사를 읽었고 많은 커뮤니티 사이트로 퍼간 후였다.

강민호 말대로 아직은 이유에 대한 궁금증만 있을 뿐, 어느 한쪽을 헐뜯는 현상은 없었다. 그냥 TM의 김석형 대표만 욕하거나, 비웃는 게 전부였다.

시청률은 안정적으로 20%대에 자리를 잡았다. 드라마를 보는 사람이 많아질수록 채우진의 인지도는 점점 올라갔다. 당연히 일상에서 그를 주제로 대화를 나누는 경우가 많아졌다.

식당 한 곳을 돌아보더라도 각각 다른 테이블에 앉은 사람들이 나누는 대화 속에 채우진은 다양한 화제로 거론되었다.

"솔직히 기생오라비처럼 생겨서 재수 없다고 생각했거든. 그런데 메이킹 보니까 같은 남자가 봐도 멋있기는 하더라."

한 남학생이 채우진의 액션신과 메이킹 영상을 언급하며 칭찬을 했다. 자기라면 도저히 그렇게 못 한다고 고개를 내저었다.

"배우가 그만큼 해주면 출연료가 정말 안 아깝지. 그런데 박민은 회당 일억이라잖아. 백억이 넘는 제작비에서 이십억을 가져갔는데도 드라마 보면 정말 양심 없더라."

"액션마다 대역 쓰고, 지가 여주인공이야 뭐야. 혼자 예쁜 척을 왜 해?"

남자들끼리 있는 곳에선 채우진의 액션과 박민의 출연료를 언급하는 일이 많았다. 바로 옆 테이블에 앉아 있던 연인은 여자 친구가 채우진을 검색하느라 바쁘자, 결국 남자가 화를 내고 말았다.

"안 먹어? 떡갈비 먹고 싶다고 했잖아!"

"응응, 먹고 있어. 자기도 어서 먹어."

고개도 들지 않은 채로 수저를 든 여자는 무성의하게 밥만 떠서 입에 넣고 오물거렸다. 채우진의 팬들이 만든 움짤들을 구경하느라 떡갈비까지 신경이 가지 않았다.

"아, 정말!"

결국 참다못한 남자가 수저를 쾅 소리 나게 내려놓자 여자는 그제야 고개를 들어 그를 보았다. 그리고 다시 채우진의 동영상 보기를 반복하더니 환하게 웃으며 애인에게 말했다.

"내가 확실히 자길 좋아하긴 하나 봐."

"무슨 소리야?"

"채우진을 보고 자길 봤는데도, 자기가 오징어로 보이지 않고 굉장히 사랑스러워."

칭찬인 것 같은데 마냥 기분 좋지만은 않은 소리에 남자는 어정쩡한 표정을 지을 수밖에 없었다. 그래도 오징어로 보이지 않고 사랑스럽다니 기뻐해야 하나. 그는 고민하다가 폰 속에서 움직이는 채우진을 얼핏 보았다.

"칭찬이구나."

자연스럽게 나온 말에 연인은 동시에 웃고 말았다. 다행히 애정이 견고해진 연인들의 뒤로는 한 가족이 앉아 있었다.

부부는 이제 초등학생으로 보이는 아들에게 맛있는 반찬들을 덜어주며 흐뭇하게 바라봤다.

"많이 먹어. 그래야 우리 아들도 채우진처럼 키가 크지."

"또 그 얘기! 많이 먹는다고 키가 커? 그러다 뚱뚱해지면?"

얼마 전 병원에서 검사한 결과 아들의 예상 키는 그들의 기대에 훨씬 못 미쳤다. 자식의 성장에 큰 영향을 끼치는 부모의 키 때문에 나온 결과였다.

하지만 아내는 후천적인 영향도 무시 못 한다며 그 후로 아들에게 계속 무언가를 먹이려고만 했다. 남편은 통통한 아내를 보며 괜히 걱정되었다. 그들의 유전자는 아들의 키에만 영향을 미치는 게 아닐 테니 말이다.

"그래도 못 먹어서 안 크는 것보다는 낫잖아. 누가 알아? 채우진 부모도 통통하고 키가 작을지."

살짝 기가 죽은 아내의 말에 남편은 잠시 허공을 바라보았다. 희망 없이 사는 것보다 뭐라도 해보는 게 나았다.

"맞아, 살찌면 어때! 우리 아들은 채우진보다 더 잘생기고 공부도 잘할 거야."

떡갈비를 먹기 편하게 잘라서 아들에게 주며 남편은 아내 말에 공감했다. 요즘 부부가 푹 빠져서 보는 드라마에 나오는 채우진만큼만 크면 참 바랄 게 없지만, 아무리 봐도 제 아들이 조금은 더 잘난 것 같았다. 그렇다면 걱정할 필요가 없었다.

훈훈한 장면들을 지나다 보면 아닌 곳도 있었다.

"넌 대체 왜 성적이 이 모양이야! 채우진인가 뭔가는 고등학 교 다니면서도 연습생 생활하고 수능 만점에 한국대도 척척 들 어갔다며? 넌 그냥 앉아서 편안히 공부만 하는데도 왜 성적이 안 나오는 건데?"

자식의 성적을 채우진과 비교하기도 하고, 연인들 사이에 외 모와 능력을 비교하면서 싸우는 예도 있었다. 그들 대화의 바 탕에는 채우진이란 배우에 대해 어느 정도 인정하고 들어가는 부분이 있었다.

그들 모두에게 채우진은 더는 낯선 연예인이 아니었다.

호불호를 떠나서 모두가 알고 있는 배우로 자리를 잡은 것이 다. 드라마의 성공은 채우진을 대중 속에 스며들게 해주었다. 이젠 어딜 가도 채우진의 얼굴을 모르는 사람이 없었다.

◆　◆◆◆　◆

촬영이 막바지에 이르자 모두의 신경이 바싹 예민해졌다. 마 지막 회 대본이 나오고 그에 맞춰 배우들의 마음가짐도 결말을 향해 극에 치달았다. 어차피 해피 엔딩은 기대하지 않았기에 결말에 대한 이의는 없었다. 다만 이를 시청자들이 어떻게 받아들이느냐 하는 게 관건이었다.

물론 시청자들 역시 어느 정도는 포기한 터라 이제 해피 엔딩까진 바라지 않는 듯했다. 각자 자기 갈 길 가서 잘살기만을 바라는 듯한데, 마지막 회를 보면 후유증이 심할 것 같았다. 그들의 충격과 후유증을 최대한 줄이는 것이 배우의 몫이라고 우진은 생각했다.

배우가 어떤 연기를 하느냐에 따라 감정이입이 되고, 그 결말을 이해하고 따라올 테니 말이다. 그래서 대본을 읽는 우진의 표정은 이미 루이가 되어 있었다. 유종의 미를 위해서라도 이제부터 조금의 실수 없이 연기에 몰입해야만 했다.

하지만 대본 위로 그림자가 어리자 차갑고 공허한 눈동자에 짜증이 스쳤다.

일부러 혼자 텅 빈 방에 들어와 대본을 읽는데 따라 들어온 눈치 없는 인간이 누군가 싶었다. 고개를 들어 바라보니, 최근 알아서 피해 다니던 이민수였다.

"왜?"

오늘이 그와의 마지막 촬영이라 그와 관련해 무슨 문제라도 있나 싶어 물었다.

"네가 이긴 것 같지?"

이민수의 물음에 우진은 대본을 내려놓고 그를 올려다봤다. 무슨 의도로 물어본 건지는 알겠지만, 조금 우스웠다.

"누굴 상대로 경쟁한 적은 없지만, 겨우 이 정도로 이겼다고?"

절로 어이없는 웃음이 새어 나왔다. 영화는 성공했지만, 그건 모두가 조연으로 나온 것들이었다. 채우진이란 이름을 내걸고 나온 영화들이 아니었다. 아무리 흥행해 봤자 어디 가서 자신의 영화라 자랑할 수가 없다.

다행히 드라마는 예상을 깨고 시청률 1위를 차지한 데다 평가도 좋아서 만족스럽긴 했다. 하지만 겨우 드라마 한 편 성공한 것으로 모든 게 끝난 건 아니었다. 이제 겨우 시작이란 느낌을 지울 수 없기에, 이민수의 말이 그저 우스웠다.

"네 잘난 체의 근원이 어디서 나온 것인지는 알겠지만, 이제 우리도 예전 같지 않아."

"그래서?"

왠지 벌써 피곤해지는 대화였다. 우진은 손가락으로 미간을 문지르다 벽에 걸려 있는 시계를 가리켰다. 시간이 없으니 본론만 간단하게 말하길 바랐다.

"우리라고 지금껏 인기만 누리고 편하게 지낸 게 아니야. 너보다 더 뼈를 깎는 고통으로 노력했고 힘들게 지내왔다고!"

"그랬구나. 알았어."

무성의하게 답해주며 우진은 다시 대본을 잡았다. 이야기가 끝난 줄 알았는데 이민수는 여전히 그 자리에 서 있었다.

"세상에 너만 잘난 줄 알지? 아니야! 이젠 누구도 우릴 건들 수 없어. 누구도 우리 실력을 의심하지 않아. 지금의 블루핏이 되도록 우리가 얼마나 피땀 흘린 줄 알아? 그깟 노래 조금 잘 불렀다고 해서 지금의 우릴 우습게 여길 자격이 너에겐 없어."

우진은 어이가 없다는 말이 지금처럼 새삼스레 다가온 적이 없었다. 우습게 여긴 적은 없지만, 음악 하는 사람으로서 경멸한 적은 있었기에 굳이 부정은 하지 않았다.

"그랬으면 남이 부른 노래로 앨범을 만드는 짓은 하지 말았어야지. 거기에다 너희들 첫 방송 탔을 때, 라이브가 아닌 내가 녹음한 거로 립싱크했잖아. 내가 아는 것만으로도 세 번 정도 그랬던 것 같은데, 아니야?"

지금까지 가만히 있어준 것만으로도 고마워할 것이지, 적반하장도 이 정도면 유분수였다.

"그거야 설 이사님이 시켜서 한 거라 우린 잘못 없어! 시후 형은 뭐 좋아서 네 노래로 립싱크한 줄 알아? 형이 뭐가 부족해서. 지금은 너한테 절대로 안 져!"

이민수의 독기 어린 눈은 어떻게라도 우진을 상처 주고 싶은 욕망으로 일렁거렸다. 하지만 우진에게는 참 쓸데없는 열정으로밖에 보이지 않았다.

지금의 블루핏이 있기까지 채우진의 노래가 미친 영향은 아무것도 없다고 애써 주장하고 싶은 마음은 이해한다.

우진 역시 지금의 블루핏이 있기까지 저들의 노력을 부정할 생각이 없었다. 자신의 노래가 아니더라도 블루핏은 분명 유명해지고 성공한 그룹으로 남았을 것이다. 다만 그들과 자신이 가는 길이 다르기에 신경을 끊었을 뿐이다. 그런데 이민수는 지금까지도 그러지 못한 것 같다.

"이번 주에 하는 '가면의 가왕' 꼭 봐라."

"왜, 이번에도 '우주의 사령관'이 가왕이 되나 보지?"

우진이 부른 '너에게서 부는 바람'이 공개되고 음원 1위를 차지한 그 주에 '가면의 가왕'에서 새로운 가왕이 나왔다. 우주의 사령관이라 불린 그는 박효신의 '야생화'를 록 버전으로 불러 가왕이 되었다.

우주의 사령관이 부른 야생화는 당시 음원 1위였던 우진의 노래를 밀어냈다.

이 주일이 다 되는 지금까지 두 노래는 순위권에 있었지만, 우주의 사령관이 부른 야생화가 조금 더 우위에 있었다. 그리고 가면을 쓴 게 무색할 정도로 '우주의 사령관'이 블루핏의 민시후라는 걸 모르는 이들은 없었다.

"이제 노래로 너한텐 절대 지지 않아."

이민수는 마치 자기가 해낸 것처럼 우진에게 선전포고했다.

"우주의 사령관이 너야? 나는 다른 사람인 걸로 아는데 재밌는 소릴 하네."

아무리 같은 팀이어도 개개인이 다른데 한 사람의 성과가 다른 이들의 업적이 되는 건 아니었다.

물론 립싱크를 했던 민시후가 실력을 입증할수록 동참했던 그들로선 마음의 짐이 덜어질 것이다. 하지만 그것은 그들의 문제지 자신에게 따질 상황은 아니었다. 막말로 우진이 제 노래로 제발 립싱크해 달라고 빈 것도 아닌데 왜 저러나 싶었다.

"그때 우린 힘이 없어서 설 이사님이 시킨 대로 했을 뿐이야. 너한테 빚도 없고 잘못한 것도 없어. 그걸로 네가 우리보다 우위에 있다고 생각하면 안 돼. 우리가 실력이 없어서 그랬던 것이 아니야. 누가 뭐래도 우린 피해자라고!"

이민수의 외침은 처절했지만 우진의 가슴엔 아무런 감명도 남기지 못했다. 말로는 예전과 달라졌다는데 이민수는 여전했다. 그때나 지금이나 조금도 달라진 게 없다.

"그때나 지금이나 너는 여전히 똑같은 소릴 하는구나."

우진은 문득 이민수를 제외한 다른 블루핏 멤버들이 궁금해졌다. 그들도 이민수와 같을까, 아니면 그만 유독 이러는지.

아주 조금 궁금해졌다.

모든 게 그놈 때문이다

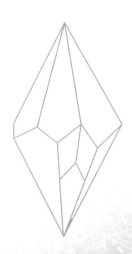

'그림자의 도시'는 한때 연장 이야기가 나오기도 했지만 유수민 작가의 확고한 결단으로 16회에 유종의 미를 맺었다. 경쟁작이었던 '푸른 성의 주인'이 몰락하고 20%대의 시청률을 유지하며 누구도 예상하지 못한 성공을 이뤘다.

그래서 종방연은 배우와 스태프가 함께 모여 마지막 회를 감상하며 자축하는 의미가 컸다. 방송 관계자와 기자들, 그리고 드라마의 팬들이 참석해서 뜻깊은 시간을 가지며 즐겁게 끝을 맺었다.

종방연을 끝내고 자정이 넘어서야 집에 들어온 우진은 방문을 열자마자 놀라서 뒤로 물러섰다. 어두운 방 안에 스탠드 등 하나만 켜둔 채로 침대 위에 양반 다리를 하고 앉아 있는 우희 때문이었다.

"이 시간에 안 자고 남의 방에서 뭐 하냐?"

공포 영화를 찍고 싶으면 오디션이나 보라고 농담을 던졌지만, 우희는 팔짱을 풀지 않고 계속 우진을 노려보았다.

"죽었어, 살았어?"

우희의 질문에 그제야 우진은 피식 웃으며 방에 불을 켰다.

일주일 전에 모든 촬영이 끝난 우진은 일상으로 돌아왔다. 학교도 다시 정상적으로 다니고 가족들과 시간을 보내면서 어제는 드라마도 같이 보았다. 조금은 낯이 간지러웠지만, 촬영 에피소드와 편집된 내용에 관해서 이야기해 주자 가족들이 무척 좋아했다.

그런데 오늘은 드라마의 마지막 편과 함께 종방연 파티를 하는 바람에 이제 들어왔다. 마지막 편에 대해 궁금증이 많은 우희가 지금까지 우진을 기다린 이유다.

"척 보면 알잖아."

세상이 하얗게 변하도록 눈이 오던 날, 이유라는 루이에게 '루이 안'을 죽이라는 마지막 의뢰를 했다.

"어떻게 알아? 이유라가 루이에게 알 수 없는 곳에서, 아무런 소식도 들리지 않게 조용히 죽이라고 했잖아. 처음부터 이 세상에 존재하지 않은 사람으로 만들라고 했으니까. 어디 시골에 들어가서 조용히 살면 되지!"

의뢰와는 별도로 루이의 마지막을 보고 싶지 않던 이유라는 조건을 내걸었다. 아무도 모르게 그렇게 조용히 죽으라고. 그렇기에 루이가 살고자 한다면 얼마든지 살 수는 있었다.

"의뢰하고 돌아서면서 울었잖아. 자기 아버지를 죽인 게 루이와 약혼자라는 걸 알았을 때도 울지 않았던 그 이유라가 울었다는 게 무슨 의미 같아?"

드라마 내내 루이에 대한 자신의 감정이 무언지 정의하지 못했던 이유라는 마지막 순간에야 결론을 낼 수 있었다. 다만 그녀의 증오가 사랑을 덮어버릴 정도로 커져 버렸던 게 문제였다.

"죽이고 싶을 만큼 미운 놈을 살려줘서!"

우희는 어떻게든 루이가 살았으면 좋겠다는 생각밖에 없는 듯 보였다. 하지만 캐릭터를 분석하면 루이는 절대 이유라의 의뢰를 어길 수가 없었다.

의뢰를 받으면 어떻게든 성공시키는 게 루이의 직업이고, 그의 삶에서 마지막 의뢰를 넣은 대상이 이유라라면 그는 기필코 해낼 것이다. 그것이 비록 자신을 죽이는 일이라 할지라도 말이다.

그런 루이를 알기에 이유라는 울 수밖에 없었다.

"정말 죽은 거야? 루이도 사람인데 살고 싶지 않았을까. 어디서 몰래 유라가 잘사는 걸 지켜보고 있을 수도 있잖아."

현실을 깨달은 우희가 울상을 지으며 오빠에게 마지막 희망을 걸어보았다.

"오늘 방영한 거 사실은 작가님이 대본 수정해서 재촬영한 거야. 처음엔 눈밭에 빨간 선혈이 흐르고 쓰러진 루이의 옆에서 이유라가 오열하는 게 마지막 장면이었어. 그런데 찍고 보니까 대놓고 올드한 느낌이 나는 데다가, 방통위에 경고받을 것 같아서 결말을 조금 바꾼 거야."

그렇지 않아도 폭력과 살인 장면으로 한차례 지적을 받은 상태였다. 애써 은유적인 표현으로 묘사해도 킬러가 주인공인 드라마에는 한계가 있었다. 그런데 마지막에 대놓고 선혈을 보이는 건 아니라는 의견이 제작진 사이에서 나왔다.

"꽃같이 예뻤는데……."

소담하게 내리며 쌓인 하얀 눈밭에 흩뿌려진 루이의 피는 마치 꽃 같아서 아름다웠다. 영상미는 버리고 현실과 타협한 게 오늘 방영한 마지막 회였다.

일부러 다르게 해석할 여지를 만든 것도 사실이었다. 꽉 막힌 결말이 오픈 엔딩으로 변해 누구라도 위안을 얻는다면 그것도 나쁘지 않겠지만.

"동생아, 미안하지만, '그림자의 도시'엔 꿈도 희망도 없단다."

동생을 놀리는 재미를 포기할 수 없는 우진은 마지막 쐐기를 박았다. 그러고는 울상이 된 우희를 침대에서 일으켜 세우고 방 밖으로 내보냈다. 뭔가 할 말이 더 있는 듯 우희가 입을 오물거려도 머리를 토닥이며 어서 자라고 등을 밀었다.

씻은 후에 잠옷으로 갈아입고 잠자리에 들려던 우진은 다시 한번 동생의 방문을 받았다.

"루이는 죽었다니까."

손을 휘휘 저으며 쫓아내는데도 우희는 방으로 들어와서 진지한 표정으로 우진을 보았다.

"내가 웬만해선 이런 거 안 물으려고 했는데 말이지."

"뭔데?"

드라마 이야기할 때와는 다르게 주저하는 동생을 보며 우진은 침대 대신 의자에 앉았다. 들을 테니 이야기해 보라는 태도에 우희는 아랫입술을 깨물다가 머뭇거리며 물었다.

"블루핏보다 오빠가 노래도 잘하고 춤도 잘 추지?"

예상 못 한 질문에 우진의 눈썹이 살짝 위로 올라갔다.

"그게 무슨 소리야?"

"아니, 그 사령관인가 하는 사람이 블루핏의 메보라며. 두 번 연속 가왕 좀 됐다고 완전히 떠받드는 애들이 있는데, 꼭 다른 사람을 깔고 뭉개거든. 기분 나쁘게."

대놓고 말하지 않아도 다른 사람이란 누가 들어도 우진이었다. 고등학생 중에는 블루핏의 팬들이 제법 많았다.

자기가 좋아하는 연예인 추켜세우는 것까진 좋은데 매번 우진을 끌고 와 비교하고, 그걸 꼭 우희가 있는 곳에서 들으라는 듯 말하는 애들이 있었다. 거기에 우희에 대한 반감 비슷하게 가지고 있는 학우들까지 가세한 상태였다.

교우 관계가 아무리 원만해도, 예전부터 성적이나 다른 이유로 우희를 질투하거나 그냥 싫어하는 아이들이 있었다. 그런 상태에서 채우진이 우희의 오빠인 데다가, 여동생 바보라며 여동생을 예뻐하는 에피소드들이 나오자 그 강도가 더욱 심해졌다.

괴롭힘당하는 수준은 아니고 당할 우희도 아니지만, 괜히 자존심을 건드는 게 있었다.

"오빠가 퇴출당한 게 당연하다는 둥, 블루핏이 실력파 그룹인데 오빠와는 어울리지 않는다고 말하잖아. 오빠가 부른 노래가 사령관보다 순위가 낮은 거 가지고 그게 증거라고 말하는

데 짜증 나서 혼났어."

"내가 가수도 아닌데 비교해서 뭘 해. 웃기는 아이들이네. 그래서 넌 뭐라고 했는데?"

연예인이 되면 이런 게 걱정이었다. 연예인의 가족이란 이유로 괜히 휩쓸리고 덩달아 평가를 받는 처지가 되면 어쩌나 걱정했는데, 이미 일어나고 있었다.

"나는 가만히 있었어. 채우진 여동생으로서 체면과 지위가 있지, 그런 말에 펄떡거릴 수야 없잖아. 그런 건 주위에 깔린 채우진 씨 팬들이 알아서 다 처리해 줬으니까 걱정하지 마. 그 애들이 그런 건 오빠가 싫어서라기보단, 내가 마음에 안 들다가 이번에 건수 잡았다고 설치는 거야. 정확히는 나 때문에 오빠가 피해를 보고 있는 거라고."

그들은 우희가 상처받기를 바라는 마음에서 우진을 흔들었다. 만약 우희가 흥분하거나 화를 내면 연예인 오빠를 빌미로 되레 협박할 수 있으니 겸사겸사인 셈이었다. 하지만 그만한 일로 상처받고 위축될 우희가 아니었다. 게다가 우진의 팬들 역시 만만치 않게 많아서 굳이 직접 나설 필요도 없었다.

다만 기분 나쁘고 자존심이 상했을 뿐이었다. 우리 오빠를 깔 수 있는 건 나뿐이라고 말하고 싶은 것을 꾹꾹 참느라 힘들었다.

"오빠도 '가면의 가왕' 나가면 안 돼? 나가서 그 사령관인가 머시깽이 확 밟아주면 안 될까?"

좀처럼 이런 말은 하지 않던 우희의 태도는 꽤 진지했다. 아무리 괜찮다고 해도 이제 겨우 열여덟 살 여학생의 감수성은 예민할 수밖에 없는 모양이다.

"나갔는데 내가 지면 더 쪽팔리지 않을까?"

"그, 그건 그러네!"

우희도 우주의 사령관이 부른 노래는 들어봤다. 솔로로 노래를 부르는 민시후는 그룹으로 있을 때보다 훨씬 돋보였다. 겨우 2회 연속 가왕이 됐을 뿐이지만, 극찬이 아깝지 않을 정도의 실력을 뽐냈다.

아무것도 모르는 막귀가 들어도 감탄이 나올 정도의 노래였다. '가면의 가왕'에 한 획을 긋던 몇몇 가왕들에 못지않은, 아니, 오히려 그들보다 더 낫다는 평도 있었다.

기사를 보고 나서야 우진이 예전에 데뷔하려던 그룹이 블루핏이었다는 걸 알고 우희도 놀랐다. 아이돌에게는 별 관심이 없던 우희마저도 블루핏은 제법 좋아했던 그룹이었다. 하지만 과거를 알고 나서는 왠지 정이 안 가는 그룹으로 전락하고 말았다.

그런데 하루에도 몇 번씩 블루핏과 관련해서 오빠의 이름이 거론되니 점점 신경이 거슬렸다. 더는 그들과 엮이지 않게 오빠가 확실하게 실력으로 눌러줬으면 좋겠다는 욕심에 고민하다가 꺼낸 말이다.

하지만 우진의 말을 듣고 보니, 노래를 그만둔 지 오래인 오빠가 나가서 민시후에게 지면 그게 더 후폭풍이 클 것 같았다.

"나가지 마! 절대 나가면 안 돼! 내가 잠시 잠깐 잘못 생각한 것 같아. 피곤했을 텐데 아무 생각 하지 말고 그냥 자, 알았지?"

생각할수록 하지 않아도 될 말을 한 것 같아서 우희는 후회가 들었다. 자기야 오빠가 못하는 게 없이 잘난 사람이라 여기지만, 주관적인 평가가 객관적인 결과와 일치하란 법은 없었다.

우희는 의자에 앉아 있던 우진을 일으켜 그를 침대에 눕혔다. 이불을 목까지 덮어주고 건성으로 자장자장 해주고선, 자기가 했던 말은 잊으라며 몇 번이나 강조한 후에야 방을 나갔다.

"'가면의 가왕'이라……."

요즘 유난히 많이 듣기는 했다. 마치 의도한 것처럼 잊을 만하면 블루핏과 엮어서 기사가 나왔고, 우주의 사령관에 관한 기사 댓글에는 꼭 우진을 가지고 어그로를 끄는 이들이 있었다.

처음에는 채우진이 빠진 블루핏에 대해 아쉬움을 나타냈던 블루홀들도 이제는 슬슬 우월감을 드러내는 기색을 보였다.

민시후가 가수로서의 역량을 보여주고 인정을 받자 대번에 블루핏 전체의 위상이 올라갔다. 가수는 아무래도 노래를 잘 불러야 인정을 받는 걸 새삼 느끼게 하는 부분이었다.

더욱이 이민수가 드라마에서 연기를 잘하기는 했지만, 워낙에 주연들의 존재감이 강해서 이번에는 제대로 빛을 보지 못했다. 이에 대한 반발 때문인지 블루핏의 팬들은 어떻게든 채우진을 깎아내리려고 했다.

그래도 우진은 신경을 쓰지 않았다. 자기 할 일만 잘하면 언젠가는 그들과의 연이 완전히 끊어질 날이 오리라 여겼기 때문이다. 그런데 우희가 저럴 정도라면 대체 학교에서 무슨 소릴 들는 건지 상상이 안 됐다.

잠이 날아간 우진은 자리에서 벌떡 일어나 앉았다. 아무래도 오늘 밤은 잠을 자지 못할 것 같았다.

◆　　◆◆◆　　◆

아침에 일어나 거실로 나온 박은수는 우사를 꼭 안고 소파에서 자는 아들을 발견하고 발걸음을 조심했다. 다시 안방으로 들어가 담요 하나를 가지고 나온 그녀는 아들에게 덮어주려다가 잠시 멈칫했다.

아침 햇살을 받고 자는 아들의 표정이 보는 것만으로도 평화롭고 따뜻해서 오래 간직해 두고 싶어진 것이다. 사진을 찍고 담요를 덮어주는데도 우진은 물론 우사까지 깨지 않을 정도로 깊이 잠들어 있었다.

금요일은 수업이 없어서 늦잠을 자도 상관이 없는 날이라 박은수는 일부러 아들을 깨우지 않았다. 그건 다른 가족도 마찬가지였다. 오랜만에 푹 자라고 모두 거실을 지날 때면 가만가만 조심히 걸었다.

늦은 오전에 일어난 우진은 가족들이 모두 나가고 없는 집에서 한참을 빈둥거렸다. 그러다 점심을 먹고 나서야 학교에 가기 위해 느릿느릿 준비했다.

이제 제대로 수업을 듣게 되었지만, 우진이 제출해야 할 리포트가 아직 남아 있는 상태였다. 오랜만에 도서관에서 자료도 찾고, 마음먹고 공부 좀 해볼 작정이었다.

도수가 없는 안경을 쓰고 모자와 목도리를 착용한 후에 우진은 거울을 보며 그만 웃고 말았다. 예전엔 연예인들이 이러고 다니면 저게 무슨 짓인가 싶었는데 그걸 지금 자기가 하고 있었다.

학기 초와 비교하면 예전처럼 교내에서 자유롭게 다니기 힘들었다. 수업을 받을 때는 괜찮았지만, 강의실을 나오면 그때부턴 채우진에게 사생활이란 없었다.

점심을 먹다가 시선을 돌리면 자신을 향해 있는 폰들을 보고 놀랄 때가 많았다. 자판기에서 커피 하나 뽑는데도 여기저기에서 찰칵거리는 소리가 메아리처럼 퍼져서 친구들에게 미안할 때가 한두 번이 아니었다.

"우린 신경 쓰지 마, 어차피 쟤들은 우리 안 찍어. 어쩌다 우연히 찍혀도 알아서 모자이크해 주더라."

몇 번 경험이 있는지 친구들은 이제 신경도 쓰지 않았다. 그저 모든 일의 화근인 우진만 안절부절못하고 친구들의 초상권과 사생활을 걱정했다. 그러다 보니 이제는 누가 뭐라고 하지 않아도 우진이 알아서 최대한 얼굴을 가리려고 노력했다.

준비는 철저히 해놓고 당연하다는 듯 집 밖을 나온 우진은 그 자리에서 멍하니 하늘을 쳐다봤다. 차가 없었다. 정확히는 강호수가 그의 옆에 없었다.

그동안 강호수가 운전하는 차를 타고 다니면서 저도 모르게 익숙해진 우진은 이 상황에 잠시 당황했다. 학교까지 어떻게

가야 하나 난처해진 것이다. 학교 도서관 가는 일로 강호수를 부르는 것도 낯부끄러운 짓 같아서 도저히 그에게 전화할 수가 없었다.

그래서 우진은 오랜만에 대중교통을 이용하였다. 목도리로 눈만 보이게 얼굴을 가린 우진은 지하철을 타고 나서야 강호수에게 문자를 보냈다.

[지금 지하철이라고?]

[네, 도서관에 좀 볼일이 있어서요. 완전히 얼굴 가려서 저 알아보는 사람은 없어요.]

[차라리 택시를 타지.]

[아……;;]

강호수의 문자에 그제야 우진은 미처 자신이 생각하지 못한 교통수단이 하나 더 있다는 걸 깨달았다. 소시민으로 살아온 어언 십여 년 동안 우진은 택시를 이용해 본 적이 거의 없었다. 학교 가는 데 택시를 탄다는 사치스러운 행위 자체를 몰랐다.

집에 갈 때는 꼭 택시를 타겠다는 우진에게 강호수는 마음이 놓이지 않는다며 시간에 맞춰 도서관으로 오기로 약속했다. 우진은 기대고 있던 봉에 머리를 툭툭 치며 한심해했다. 택시도 사치스럽다고 여긴 녀석이 매니저가 모는 차에 익숙해진 모습이 기막혔다.

"우주의 사령관이 정말 민시후 맞아?"

우진이 서 있는 곳, 앞자리 좌석에 앉아 있던 여자들이 조용히 있기 무료한지 최근 연예인 가십을 주제로 대화를 나누기 시작했다.

"분명히 맞다니까. 모두가 아닌 척하면서 다 아는 분위기 잖아."

"하긴. 이번 주에 3승 하겠지?"

"당연하지! 이번에 도전자 중에 그나마 나은 게 '과거의 역습'인데 그 실력에 우리 사령관님한테는 절대 안 돼."

아무래도 블루핏 아니면 민시후의 개인 팬으로 보이는 여자가 자신만만하게 장담했다.

"그런데 과거의 역습은 누구야? 그래도 노래 괜찮게 하던데 누군지 전혀 감이 안 와."

"몇 명 거론되는 사람들 있잖아. 그런데 예상대로 채우진이 과거의 역습이라면 정말 웃기겠다."

우진은 대화 속에 들리는 자신의 이름에 귀가 솔깃했다. 지난주 '가면의 가왕'을 보지 않았기에 저들이 말하는 '과거의 역습'이 누구인지는 모르나 아마도 그가 채우진이란 추측이 있는 모양이었다.

"왜? 사령관을 이길 실력은 아니어도 과거의 역습도 제법 부르던데, 뭐. 만약 정말 채우진이라면 배우가 그 정도면 잘하는 거 아니야?"

말끝에 채우진이 부른 '너에게서 부는 바람'을 엄청 좋아한다며 은근히 편을 들었다.

"나도 그 노래 따라 불러봤는데 그게 어디 사람이 부를 수 있는 노래든. 그게 다 기계의 도움으로 부른 거야. 채우진이 방송에서 라이브로 음원과 똑같이 부르면 그땐 인정한다. 하지만 절대 못 그럴걸. 겨우 그 정도로 블루핏 원조 멤버라고 언플

하는 게 얼마나 꼴시럽던지!"

"그래? 나는 언플한 거 본 적 없는데."

"네가 못 봐서 그래. 찾아보면 아주 많아. 내가 보기엔 과거의 역습이 채우진 맞는 것 같아. 목소리도 중저음으로 비슷하잖아. 이름도 과거의 역습이 뭐야. 이름처럼 되고 싶겠지만, 우리 사령관님한테 발리고 빌빌거릴걸."

그러면서 한참을 민수 오빠 때문에 '그림자의 도시'를 본 거다, 외모만 믿고 깝죽거린다, 연기도 별로인 것 같은데 자기가 뭐라도 되는 줄 안다고 비난했다.

"난 채우진이 연기도 잘하고 좋던데……."

채우진의 편을 드는 쪽이 기가 약한지 제대로 반박도 못 하고 얼버무리자, 그녀의 친구는 혀를 차며 고개를 저었다.

"진짜 연기 잘하면 이번에 영화제 때 상이라도 하나 탔겠지. 여기저기 후보로 오르기만 했지, 결국 무관이었잖아. 그게 다 언론이 뻥튀기해서 밀어준 결과라고. 완전 거품이야, 거품. 누가 알아. 이렇게 단시간에 뜬 거 보면 뒤에 든든한 스폰서라도 있는지."

"야! 그건 아니다. DS는 그런 거 엄청 싫어한다고 하지 않았어?"

"이 순진아! 그걸 또 곧이곧대로 믿니?"

친구를 한심하게 보며 단정적으로 말하는 여자의 말에 우진은 저도 모르게 봉을 붙잡고 있던 손에 힘을 줬다. 욱하는 마음에 얼굴 들이밀고 아까 했던 말 다시 해보라고 하고 싶었지만, 가까스로 참았다.

11월에 있었던 두 번의 영화제에서 우진은 아무런 상도 타지 못했다. 후보로 올랐던 남우조연상, 남우신인상, 인기상은 모두가 다른 사람들에게로 갔다. 남우조연상은 강민호가 탔다. 상반기에 상영했던 영화에서 명품 조연이란 타이틀을 얻을 정도로 명연기를 보여줬기 때문이다.

그리고 신인상은 브라운관에서 넘어온 스타로, 세 번째로 주연을 맡은 영화에서 드디어 타게 된 경우였다. 그리고 인기상은 한류 스타에게 넘어갔는데, 모두가 다 탈 만한 사람들이라 우진으로선 불만이 없었다.

후보들을 보고 기대도 하지 않았지만, 장수환 대표 역시 이번에는 받기 힘들 거라고 평하기도 했다.

그래서 아무 생각도 없었는데 말하기 좋아하는 사람들에겐 달리 해석된 모양이었다. 거기에다가 스폰서 의혹까지 받으니 어처구니가 없었다. 그 말은 너희가 좋아하는 오빠에게나 가서 말하라고 하고 싶은 걸 참느라 고생했다. 문득 어쩌면 우희가 학교에서 듣는다는 이야기들도 저런 게 아닌가 싶었다.

저런 식으로 동생을 건드렸다고 생각하니 정말 오랜만에 느끼는 빡침이었다.

우진은 아직도 대화 중인 이들을 보았다. 아직 내릴 기미가 보이지 않는 그들을 향해 그는 살짝 허리를 숙였다.

웬 낯선 남자가 자신들에게 허리를 숙이고 얼굴을 들이밀자 두 사람은 놀라서 순간 몸을 뒤로 젖혔다. 너무 가깝지도 멀지도 않은 적당한 거리라 소리를 지르기에는 모호한 상태였다.

우진은 두 사람을 뚫어지게 바라보며 얼굴을 가리고 있던 목도리를 손으로 내렸다. 두꺼운 뿔테 안경을 쓰고 있었지만, 두 사람 모두 보자마자 채우진을 알아봤다.

순간 지금껏 저희끼리 나눈 대화가 두 사람의 머리 위로 파노라마처럼 떠올랐다.

한 명은 조금 당당한 기색인 반면에 다른 하나는 붉게 타오른 얼굴로 어찌할 바를 몰라 했다. 그들을 향해 우진은 자신이 낼 수 있는 모든 인내를 끌어모아 미소 지었다. 그래, 웃는 얼굴에 침 뱉지는 않겠지.

"이야기 잘 들었습니다."

"저, 저 그게……."

"증거 없는 허위 사실 유포는 명백한 명예훼손입니다. 제가 법을 굉장히 좋아합니다. 저 부자로 만들어주고 싶지 않으시면 조심하셔야 해요. 삼세번까지 참을 인내는 없어도 한 번 정도는 그냥 지나가겠습니다. 남은 하루 잘 보내시고 언제나 좋은 생각과 아름다운 말만 하셨으면 좋겠습니다."

두 사람에게 깍듯하게 인사하고 목도리로 다시 얼굴을 가린 후에 우진은 지하철에서 내렸다.

당당한 걸음으로 길을 걷다가 모퉁이를 돌고 돌아 사람이 잘 보이지 않는 구석으로 갔다. 그리고 사람들에게 보이지 않는 사각지대에 자리를 잡고 나서 두 손으로 머리를 쥐어뜯었다. 잘했다는 자신과 그래도 참았어야 했다는 연예인 채우진이 속에서 치열하게 싸웠다.

"나쁜 말 한 것도 아닌데 왜 내가 괴로워해야 하지?"

문득 드는 생각에 우진은 손가락으로 머리칼을 정리했다.

피해자가 조금 꿈틀거렸다고 그걸 탓한다면 세상이 이상한 거다.

두 사람에게 말을 걸 때 녹음도 했겠다, 만약 그쪽에서 엄한 소리를 한데도 이쪽이 가만히 당하지는 않을 테니 걱정할 이유도 없다. 다만 이렇게 속이 쓰린 것은 진정으로 하고 싶은 말의 반도 못 했기 때문이다.

연예인 채우진이 너무 예의를 차리는 바람에, 사람 채우진은 풀지 못한 화를 어떻게 풀어야 할지 몰랐다. 후회되는 건 다른 게 아닌 이런 것이었다. 연예인이란 이유로 하고 싶은 말도 제대로 하지 못했으면서, 자신의 행동에 따라올 여파를 걱정하는 처지가 우스워서다.

우진은 나중에 도서관으로 그를 데리러 온 강호수에게 자신이 한 짓에 대해 고해를 했다. 연예인 관리가 첫째인 그라면 난처해할 거라 예상했는데 반응은 뜻밖이었다.

"하하하, 잘했어! 그런 거 참으면 병 돼. 욕한 것도 아니고 아름다운 말만 하라는 게, 뭐가 나빠."

우진이 녹음한 것을 듣고 강호수는 이 정도는 괜찮다고 손을 흔들었다. 처음 우진에 관한 욕과 유언비어를 말하는 부분에서 그도 순간 욱해 버렸기에, 당사자인 우진은 어땠을까 이해가 됐다.

"블루홀들이 얼마 전까진 그렇지 않은 것 같은데 갑자기 굉장히 공격적으로 변한 것 같아요."

저번 밥차 때는 물론, 채우진이 원래는 블루핏으로 데뷔했을 뻔했다는 기사가 나올 때까지도 그에게 굉장히 호의적이었다. 그런데 불과 몇 주 만에 그들의 태도가 돌변한 게 우진은 이상했다.

"블루핏이 TM 소속이잖아. 그들 하는 짓이야 뻔하지. 원래라면 슬슬 작전 들어갈 타임인데 네가 DS 소속이라 건드리지는 못하겠고, 어떻게든 흠을 만들고 싶어서 블루홀을 이용하는 거야. 팬들의 여론을 움직이는 건 생각보다 쉬워. 잘난 다른 연예인보다 내 본진이, 내 최애가 최고인 게 팬이잖아. 그들의 자존심과 우월감을 조금만 건들면 이런 현상이 생기는 건 아무것도 아니야."

괜히 아이돌 팬덤끼리 서로 싸우고 헐뜯는 게 아니었다. 라이벌이라 규정하면 상대 진영을 무너뜨리기 위해서 무슨 짓이라도 하는 게 바로 광팬이었다. 그리고 블루홀은 그런 광팬이 많기로 유명한 팬덤이었다.

"그런 말을 들으니까. 제가 블루핏으로 데뷔하지 않은 게 정말 다행이다 싶어요. 그에 비하면 소원바라기 회원들은 정말 착하고 순하지 않아요? 어어, 형 왜 그래요?"

순간 비틀거리는 차 때문에 우진은 놀란 눈으로 강호수를 보았다.

"갑자기 손에서 힘이 빠져서, 미안."

"전 괜찮아요. 형 쉬고 있는데 불러낸 제가 잘못이죠."

"아침부터 회사에 있었기 때문에 쉬고 있던 것도 아니야. 그런데 댓글들 보면서 블루홀들과 싸우는 글들은 안 봤어? 내가 봤을 때는 꽤 있었던 것 같던데."

강호수의 질문에 우진은 고개를 끄덕였다.

"저도 봤어요. 고맙게도 제 편들어주고 이런저런 증거들도 가져와 보여주는데… 글들이 굉장히 공격적이라 놀랐어요. 아! 그 밑에 제 팬인 분이 편들어주는 건 고맙지만, 진정하시라고 달래는 글도 봤어요. 역시나 점잖고 착하지 않아요?"

"그래……."

강호수가 짐작하기에 우진이 말하는 두 사람은 동일 인물일 가능성이 매우 컸다. '누구나 넷상에 부계정 하나쯤은 가지고 있잖아'라고 당당하게 말하면서, 부계정을 사용할 때의 아이피 관리에 대해 상세히 설명해 주는 게 바로 소원바라기였다.

거기에 명예훼손을 피하는 법과 명예훼손을 끌어내는 방법을 가르쳐 주는 건 덤이었다.

하지만 확실히 이번에 소원바라기의 행동력에 많은 도움을 받은 게 사실이었다. 인터넷상에서 채우진에 대한 안티 글을 블루홀의 개인적인 악감정으로 몰아가고 더는 퍼지지 않도록 막아낸 게 바로 소원바라기의 발악들이었다.

저 유명한 블루홀조차 맥을 못 추게 몰아가는 과정을 실시간으로 보았다면 우진의 입에서 순하다는 말은 절대 나오지 않았을 것이다.

하긴 그 과정에서 나온 욕설과 찰진 드립들을 우진은 적응하지 못하고 자세히 보지 못했다. 게다가 블루홀을 공격할 때 그들은 채우진의 팬이 아닌 블루핏의 안티로 분장했고, 본체는 연약한 희생양처럼 굴었다.

뭣 모르고 보면 지금의 분탕질은 그저 블루홀과 블루핏의 안티 간 싸움으로 보이기 십상이었다.

"사실 블루홀 말고는 너에 대해 가타부타하는 사람들은 없어. 대부분 호의적이고 좋아하니까. 그리고 점점 어그로 끄는 이들이 블루홀이라는 증거들이 하나씩 나오면서 여론도 그들에게 싸늘하고. 원래 걔들 하던 짓이 있어서 '이번에도 또?' 하는 분위기야."

어딜 가나 블루핏이 빛나야 만족하는 블루홀이었다. 예능에 나가서 병풍이 되거나 편집을 많이 당하거나 다른 이가 더 주목받아도 안 되었다. 이민수가 처음 드라마로 데뷔했을 때도 엄청 시끄러웠다.

주인공보다 분량이 적다, 서브남도 아닌데 여주인공과 이어주라고 했다가, 또 여주인공과 사이가 좋으면 그건 또 싫어했다.

당시 여주인공으로 나온 배우의 SNS를 공격하고 인신공격을 해서 문제를 만들기도 했다. 당시 이민수와 소속사가 나서서 아래에서부터 차근차근 연기를 공부하고 싶다고 하지 않았다면 아직도 여전했을 것이다.

그 후로는 자제하는 듯하지만 버릇이 어디 가는 게 아니었다. '그림자의 도시'는 이민수가 연기 생활의 터닝 포인트로 삼은 작품이었다. 유민수 작가와 박종혁 PD가 만났기에 흥행을 떠나서 분명 작품 하나 나올 것으로 생각하고 무작정 덤빈 것이었다.

그런데 맡은 배역이 블루홀의 성에 차지 않았고 연기 잘하는 주인공들 사이에서 치이기만 했다. 채우진에 대한 반감이 많아진 원인 중의 하나가, 이민수가 원했던 배역이 '루이'였다는 게 알려지면서였다.

"그리고 '가면의 가왕' PD도 이 사태에 원인을 제공했고 말이지."

"그분은 또 왜요?"

갑자기 등장한 새로운 인물에 우진이 뜬금없어하자 강호수는 한숨부터 내쉬었다.

"그분이 예전부터 널 섭외하고 싶다고 했거든. 그런데 장 대표님이 얄짤없이 커트해 버렸는데 아직 미련을 못 버린 것 같아. 블루핏과 연관돼서 나오는 기사들이 아무래도 그쪽에서 뿌린 것 같거든."

'가면의 가왕' PD가 채우진과 블루핏과의 관련 기사를 내보내게 하였고, TM은 이를 이용해서 우진의 이미지를 훼손하는 데 이용하려 들고 있다.

'가면의 가왕' PD가 잊을 만하면 기자들에게 소스를 제공하는 건 우진의 자존심을 건드려서 '가면의 가왕'에 출연하도록 만들기 위해서였다. 유독 우주의 사령관을 칭찬하는 인터뷰를 내는 것도 그에 대한 연장선이었다. 그 PD로선 우진이나 민시후나 어느 쪽이 이기든 화제가 될 테니 손해 없는 장사를 하는 셈이었다.

"제가 그냥 무시할 수 있잖아요."

"복불복이잖아. 그리고 인간의 자존심과 열등감은 굉장히 밀접해서 이 중 어느 것 하나만 건드려도 뜻밖의 변수를 만드니까. TM의 김 대표님이 가장 좋은 예지."

김석형 대표가 TM을 나가 잘된 연예인을 두 눈 뜨고 볼 수 없는 건 안목 없다는 소리와 타 기획사 대표들과 비교당하는 게 싫어서다. 그를 보면 자존심의 다른 이름이 열등감 같다는 생각이 들 정도였다.

"제가 계속 가만히 있으면 어떻게 되나요?"

"글쎄, 김 대표와 '가가' PD가 만족할 만한 결말이 나오기 전까지는 아무도 모르는 일이지."

"유유자적하지 못하겠다면 유아독존하라는 말이군요."

아마 TM 대표는 우진이 '가면의 가왕'에 나갈 거란 예상은 하지 않았을 것이다. 최근 장수환 대표가 너그러워지기는 했지만, 배우인 채우진을 음악 예능에 내보낼 정도까지는 아니기 때문이다.

"그 두 사람을 동시에 엿 먹이는 방법이 뭘까요?"

"응?"

우진이 좀처럼 쓰지 않은 단어를 사용하자 강호수는 순간 멈칫했다.

"지금 회사에 가면 장 대표님을 뵐 수 있을까요?"

오전부터 회사에 있었던 강호수는 우진의 물음에 집으로 향하던 차선을 바꾸는 것으로 대답을 대신했다.

◆　　◆◆◆　　◆

우진의 이야기를 모두 들은 장 대표는 미묘한 표정을 지었다.

"그러려면 일단은 우승부터 해야 하는데 자신은 있고?"

우진이 노래를 잘 부른다는 것은 알지만, 실제 라이브를 들어본 적이 없기에 뭐라 평가할 수가 없었다. 그가 반한 것은 배우 채우진이지 가수로서의 그가 아니었다. 당연히 그에 관한 자료가 부족했다.

현재 민시후는 한창 절정의 실력을 보여주고 있었다. 감성이 부족하고 너무 테크닉에만 의존한다는 평이 있기는 하지만 그마저도 못하는 가수들이 수두룩했다.

더욱이 절치부심했는지 확실히 예전보다 실력이 일취월장한 상태였다. 데뷔 앨범에서 보여줬던 고음과 저음을 자유로이 넘나드는 음역과 감성은 아니지만, 기교만은 비교 불가일 정도로 성장했다.

"걔 요즘 노래를 아예 가지고 노는 수준으로 실력이 좋아졌다. 아이돌 노래가 아니라 자기가 좋아하는 노래를 불러서인가 즐기고 있다는 게 느껴져. 예전에 네가 알던 그 민시후가 아니란 말이다."

"알고 있습니다. 그렇다고 아무것도 하지 않고 이대로 있을 수만은 없잖아요."

너무 저들 눈치만 보고 있었던 게 아닌가 싶었다. 우진이 가만히 있다고 조용히 있을 사람들이 아니라면 이쪽도 적당히 반격해야만 할 시점 같았다. 다행히 민시후가 노력한 만큼 우진도 타고난 실력을 묻히고 무디게 버려둘 정도로 어리석지 않았다.

"정 그렇다면 중선이에게 테스트 한번 받아봐. 김 PD가 좋다고 하면 나도 반대하지 않을 테니까."

"허락하시는 겁니까?"

장수환을 설득하는 게 어려울 것으로 생각했는데 돌아온

대답이 시원시원했다.

"아직은 허락이 아니지. 중선이에게 오케이 받고 이야기하자는 거니까. 하지만 나도 슬슬 참는 게 지겨워지기 시작했다. 시끄러워지는 게 귀찮아서 그냥 뒀더니 인간들이 정도를 몰라."

생각만 해도 귀찮다는 표정을 짓는 장수환에게 우진이 미안하다고 사과를 했다. 자기가 아니라면 신경 쓰지 않아도 될 일은 가져왔으니 눈치가 보였다.

"이까짓 게 뭐 대수라고. 우진이 너도 각오하는 게 좋아. 앞으로 이 세계에서 살다 보면 이보다 더한 것도 많이 볼 테니까. 그보다는 어머니하고 외할아버지는 어떻게, 잘됐대?"

다른 것보다 이게 더 중요하다는 듯 장수환이 은근히 물어왔다. 일전에 자정이 다 돼서 박현만에게 전화 폭격을 받은 장수환은 그 스트레스를 다음 날 최민우에게 풀었다. 그렇게 걱정되면 본인이 나서서 직접 챙길 것이지 왜 애먼 사람에게 화풀이냐고 말이다.

묵묵히 듣고만 있던 최민우는 그 자리에서 장인인 박현만에게 전화를 걸었다. 장인과 사위의 첫인사가 그렇게 전화로 이뤄진 것이다.

천하의 박현만을 상대로 조금도 주눅 들지 않고 '우리 아들 걱정해 주시는 것은 고맙지만, 우진이는 우리가 건사할 테니 장인어른은 은수부터 챙겨주시죠'라고 당당하게 요구하는 게 아닌가.

"우리가 믿고 아들을 맡긴 분인데 아무리 장인어른과 개인적으로 친분이 있다고 해서 그렇게 함부로 대하시면 안 된다고 생각합니다. 이번 일은 우진이도 잘못했습니다. 자식 잘못을 다른 사람에게 돌리고 싶지는 않습니다. 지금 이 시점에서 아버님이 걱정할 사람은 은수잖습니까. 시간이 이렇게나 흘렀는데 아버님도 조금은 솔직해지셨으면 좋겠습니다."

꼬박꼬박 장인어른, 아버님이라고 부르는데도 박현만은 그에 대해서는 어떠한 반박도 하지 않았다. 듣기 싫었다면 가만 있었을 분이 아니니 암묵적으로 최민우를 사위로 인정한다는 의미였다. 그렇게 몇 마디 주고받고 정중한 인사와 함께 전화를 끊은 최민우는 이번 일은 미안하게 됐다고 사과했다.

"네가 사과할 일은 아닌데……"
"자식의 잘못은 부모 탓이지만, 부모에게 근심을 안겨준 것은 자식 잘못이니까요."

이렇게 물고 물리는 관계에서 서로의 잘못을 따지기엔 너무 많은 시간이 지났다고 최민우는 안타까워했다. 그래서 장수환은 이번 기회를 부녀에게 새로운 전환으로 삼는 게 어떠냐고 넌지시 찔러보았다.

"서로 연락을 주고받으시는 게, 조만간 두 분이 만나실 것 같아요."
"그래? 그럼 다행이고."

오작교는 아니라도 그 비슷한 역할을 한 것 같아서 장수환은 만족스러웠다. 우리 편은 많아질수록 좋은 일이었다. 든든한 아군을 포섭했다고 기뻐할 찰나.

"아니, 잠깐! 그렇지 않아도 사사건건 간섭인데 화해하고 나면 이제 눈치 볼 것도 없을 거 아냐!"

뒤늦게 찾아온 깨달음에 장수환은 절규했다. 하지만 들어줄 사람이 아무도 없었다.

김중선은 DS를 대표하는 작곡가 겸 프로듀서이다. 그가 발굴한 가수의 면면과 발표한 음반만 보아도 그의 능력을 누구도 의심하지 않았다. 그의 앞에서 노래 부를 기회를 잡기 위해 수많은 가수 지망생이 매일 꿈을 꿨고, 그의 곡을 얻기 위해 가수들은 피나는 노력을 했다.

"이거 한번 불러봐."

김중선은 자신의 미발표곡 중의 하나를 꺼내 우진에게 내밀었다. 이미 유명한 노래로 실력을 판단하기란 어렵기 때문이었다. 타고난 능력도 있지만, 반복 학습으로 탄생한 가수도 분명 있었다. 그래서 김중선은 우진이 부른 고해와 드라마 OST로 그를 평가하지 않았다.

"악보 볼 줄 모르면 내가 가이드 라인 잡아줄까?"

악보만 뚫어지게 보는 우진에게 김중선이 친절하게 물어봤다. 일단 가수가 아닌 사람에게는 근본적으로 잘해주는 사람이었다.

"아뇨. 노래가 좋아서 계속 봤던 겁니다. 그럼 녹음실 들어가서 부를까요?"

"아니, 여기서 불러."

가수가 아닌 사람에게는 친절해도 녹음실은 아무에게나 허락하지 않았다. 무반주로 생전 처음 본 악보를 가지고 노래를 불러보라는 건 무리한 요구였으나, '가면의 가왕'에 나갈 각오를 했다면 이 정도는 당연하게 해내야만 했다.

"너의 시간을 모아 나는 예전 우리가 떠나왔던……."

"그만! 노래 부르는 지금 그 목소리. 네 본래 음색 맞아?"

김중선은 예전부터 이게 궁금했다. 채우진을 직접 만나본 적이 없어서 확신할 수는 없지만, 영화나 드라마 속에서 듣는 것과 노래 부를 때의 그의 목소리가 많이 달랐기 때문이다.

노래를 부를 때마다 목소리가 변하는 가수들이 없지는 않았다. 그러나 채우진처럼 평상시에는 맑고 곧은 음색이 노래를 부를 때마다 확연하게 변하지는 않는다. 버릇이 된 창법인지 일부러 바꿔 부른 것인지부터 알아야 했다.

"제 본래 목소리는 아닙니다."

"멀쩡한 목 놔두고 지금 뭐 하는 짓인지 모르겠네. 장난하지 말고 제대로 불러봐. 네 목소리 그대로."

"그럼 노래 분위기와 어울리지 않을 것 같은데요."

"악기가 다르면 다른 대로 그 분위기가 있는 법이야. 악보에 맞춰 악기가 특유의 음색을 버린다는 것도 웃기지만, 그렇게 되면 언젠가는 망가진다는 거 몰라?"

심각하게 쳐다보는 김중선의 물음에 우진은 무색해지고 말았다. 노래에 어울리는 목소리로 부른다는 건 핑계였고 언젠가부터 자신의 목소리로 노래를 부르지 않게 되었다. 딱히 이유는 없었다. 그냥 가끔 우진은 자기 목소리가 듣기 싫을 때가 있었다.

너의 시간을 모아 나는 예전 우리가 떠나왔던 곳을 찾았어. 네가 아닌 여자가 밝게 웃고 떠드는 정원에.
내가 아닌 남자가 화원에 물을 주고 있는 곳. 우린 이곳에서 너의 시간을 버리고 나는 후회를 쌓았지.

지금껏 들었던 채우진의 노래와는 전혀 다른 음색에 김중선의 눈동자에 이색이 띠었다.

"가성이든 진성이든 상관없이, 네가 부를 수 있는 최대한 낮은 음역과 가장 높게 부를 수 있는 거로 각각 한 번씩 더 불러봐."

김중선의 요구에 따라 우진은 두 번의 노래를 더 불렀다.

"음역이… 굉장히 넓네. 그리고 두성도 자유롭게 잘 쓰고. 배우 그만두고 그냥 가수 해라. 내가 잘해줄게."

김중선이 선한 미소를 지으며 은근히 묻자 우진은 저도 모르게 두어 걸음 뒤로 물러났다. DS 소속 가수들에게 악독한 군주라 불리는 그의 악명을 알지 못했다면 잠깐 혹했을지도 모른다.

"저는 배우로 만족합니다. 제 갈 길은 배우죠."

"아쉽네. 정말 잘해주려고 했는데."

김중선은 단호하게 대답하는 우진을 안타깝게 바라보며 입맛을 다셨다.

"저 '가면의 가왕'에 나갈 수는 있을까요?"

얼른 화제를 바꾸기 위해 우진이 질문을 던졌다. 하여튼 이 테스트를 통과해야지 다음을 이야기할 수 있었다.

"내 정보통에 의하면 이번에 우주의 사령관이 3승을 했다고 하더군. 내일모레 방송을 보면 알겠지만, 정말 죽여주게 불러서 결과가 너무 당연했다지."

"제가 저번 주 '가면의 가왕'은 보지 못했지만, 선생님이 연예인 판정단으로 나간 것은 알고 있습니다."

"……."

잠시 다른 곳을 보며 헛기침을 한 김중선은 우진의 눈앞에 손가락을 빙글빙글 돌렸다.

"레드 썬~! 잊어라, 잊어라!"

비밀 유지 각서를 쓴 상태라 입조심을 해야만 했다. 아무리 같은 편이라고 해도 함부로 입을 놀릴 상황은 아니었다.

"아무것도 기억 안 납니다."

"좋았어! 그런데 좋은 소식과 나쁜 소식이 있는데 어느 것부터 들을래?"

"나쁜 소식부터 듣겠습니다."

김중선은 우진에게 손짓으로 가까이 오라 하고는 조용히 그의 귀에 속삭였다.

"이번 주에 했던 녹화에서 우주의 사령관은 4승을 했어. 아마도 그는 적어도 5승 이상을 할 각오로 나왔을 거야. '가가'의 레전드가 되려면 적어도 5승 이상은 해야 할 테니까. 아마 다음 녹화 때는 완전히 만반의 준비를 하고 나올 거야. 대충 덤볐다간 도리어 이쪽이 작살날걸."

겁을 주는 게 아니라 이게 사실이었다. 가벼운 마음으로 덤벼서는 절대 안 된다.

"그럼 좋은 소식은요?"

조금의 주저도 없는 우진의 눈동자를 바라보며 김중선은 흐뭇하게 웃었다.

"다음 녹화까지 우리에겐 10여 일이 남아 있다는 거지! 그 정도면 충분해."

"그게 가능한가요?"

10일 후의 녹화라면 이미 섭외가 다 끝난 상태일 것이다. 다른 출연자를 밀어내는 것과 세션의 연습 기간 등등, 여러 가지 이유로 중간에 유입하는 게 가능한지 의심스러웠다.

"거기 PD가 나만 보면 채우진 섭외 어떻게 안 되냐고 안달복달이야. 널 위한 가면도 이미 준비해 놨다나. 녹화 5일 전에만 미리 말해주면 언제든지 가능하다고 장담했으니, 되겠지. 그쪽 세션 팀 실력 정도면 연습 시간 부족하다고 반주를 엉망으로 할 일은 없으니 걱정하지 않아도 돼."

가면까지 이미 만들어놨다는 말에 우진이 끔찍하다는 표정을 짓자, 김중선은 왜 그들이 판정단으로 자길 섭외했겠냐고 실소했다. 귀찮을 정도로 섭외 요청이 와서 특별 게스트로 나갔더니, 그들의 목적은 따로 있었다.

한편으론 저러니 성공한 예능 PD로 살아남았을 거라고 이해는 되지만, 그 집착이 가히 물귀신급이었다.

"이런 부탁드리는 거 죄송한데 그럼 '가가' 쪽에는 선생님께서 대신 말해주시겠어요? 선생님께서 저와 대표님 설득한 것으로요."

우진의 부탁에 김중선은 선뜻 고개를 끄떡였다. 오히려 '가면의 가왕' PD한테 맘껏 생색도 내고 나쁠 게 없었다.

"대신 제가 '가가' 나가는 조건이 있는데 대신 협상 좀 해주셨으면 합니다."

장난스럽게 웃던 우진이 하는 이야기를 모두 들은 김중선은 잠시 눈을 깜박였다.

"너, 네가 하려는 짓을 하려면 그냥 우승해서는 아무 소용이 없다는 거 알지? 가왕이 돼도 아무 화제성 없이 끝난 경우가 얼마나 많았는지 알아?"

"적어도 민시후보다는 나을 자신은 있습니다."

설마 민시후보다 못하겠냐는 우진의 자신감에 김중선은 웃음을 터뜨렸다.

"너, 정말 웃긴 새끼구나! 마음에 들었다!"

그런 의미에서 가수 한번 해보는 게 어떠냐고 다시 들러붙은 김중선도 물귀신과에 속했다.

'가면의 가왕'에 출연하는 것과는 별개로, 드라마가 끝나면 베리로즈와 예능에 출연하기로 했던 약속은 결국 진행이 되었다. 여전히 관심이 이어지는 베리로즈와의 인연은 그냥 무시할 수 없는 분위기였다.

드라마는 끝났어도 오픈 엔딩으로 여지를 두어 결말에 대한 새로운 이야기는 계속 재생산 중이었다. 여운이 강한 만큼 사람들은 '루이'를 쉽게 보내지 못했다. 덕분에 채우진에 관해 더 많이 알고 싶다는 궁금증은 날로 높아만 갔다.

워낙에 언론에 노출된 경우가 적어서, 팬이나 방송계 관계자들은 어떻게든 베리로즈와 관련지어 채우진을 예능에서라도 보고 싶어 했다.

"'TV스타'와 '해피플러스' 이 두 개 중의 하나가 좋을 것 같아. 'TV스타'는 시청률이나 화제성이 '해플' 보다는 좋지만, 진행 내용이 강해. '해피플러스'는 상대적으로 부담감 없이 편하게 녹화할 수 있다는 장점이 있지. 다만 방송에 나간 걸 아무도 모르고 지날 수 있을 정도로 요즘 화제성이 떨어졌다는 게 문제야."

"'TV스타'로 할게요."

미리 생각해 둔 바가 있는지 우진의 대답엔 망설임이 없었다.

"괜찮겠어?"

아무래도 'TV스타'에 나가면 예민한 질문이 거침없이 나올 가능성이 컸다. 녹화 전 합의해서 자제시킬 수는 있으나 그러면 내용이 무난해져서 재미가 없어진다. 그럼 차라리 나오지 않느니만 못한 방송이 되고 말기에 고민을 깊이 해볼 문제였다.

"굳이 못 할 말도 없고, 한 번쯤은 짚고 넘어가야 할 것들도 많잖아요."

"'TV스타'는 게스트가 적어서 그만큼 네가 해야 할 게 많을 거야."

어느 정도 각오하라는 강호수에게 우진은 손가락으로 브이를 만들어 보였다.

"저도 이래 봬도 인생 굴곡이 많답니다. 꺼내면 할 이야기는 아주 많아요."

"그걸 다 얘기하지 못해서 문제지."

부모님의 이혼에 관련된 가정사와 TM에서 당했던 모든 걸 풀어놓는다면 지금의 우진이 감당하기엔 너무 벅찼다. 그런데 강호수의 말을 들은 우진이 하얀 이를 드러내며 씨익 웃었다.

"무슨 생각이야?"

"나쁜 생각은 아니에요. 대표님과도 이야기 다 끝났고 허락도 받았어요."

되레 은근히 권장하더란 말에 강호수는 절레절레 고개를 흔들었다. 어떻게 된 것이 최근 장 대표님이 많이 변한 듯싶었다. 여러모로 짓궂어지고 무모해졌다.

"그리고 'TV스타'는 '가가' 녹화한 다음으로 잡아주세요."

"그래."

아무래도 '가면의 가왕'에서 어떤 결과가 나오느냐에 따라 'TV스타'에서 취할 행동이 달라질 수 있었다. 그걸 고려해서 일정을 잡으려는 강호수의 마음을 읽은 우진은 손으로 턱을 받치며 그에게 물었다.

"형은 제가 질 것 같아요?"

"반반 아닐까? 나는 모든 일의 확률은 50%라고 생각하거든. 확률이 높든 낮든, 결과는 결국 성공과 실패 두 가지밖에 없잖아."

"형하고는 언제나 생각이 비슷해서 좋다니까요. 하지만 저에게는 필살기가 있으니까 꼭 성공할 거예요."

"그 필살기가 뭔데?"

심각하게 진지한 강호수를 보며 우진은 더불어 진중하게 대답했다.

"전 득음의 비결을 알거든요."

비결을 알고 있고, 지금까지 꾸준히 훈련 중인 우진은 너무도 자신만만했다. 하지만 그를 보는 강호수는 조금씩 뒤로 물러섰다. 강직한 그의 눈빛에서 점점 믿음과 자신감이 사라지는걸 우진은 실시간으로 마주 봐야만 했다.

'가면의 가왕' 측에서 가면의 콘셉트를 듣고 황이영은 의상을 직접 준비했다. 혹시나 하는 마음에 연예인처럼 안경과 목도리로 얼굴을 가리고 시중에서 파는 기성복을 사서 하나하나다시 손을 본 것이다.

공들여 만든 옷을 보며 우진은 손가락으로 볼을 긁었다. 꼭이렇게까지 할 필요가 있나 싶었던 거다.

"아니, 전부터 준비했다는 가면이 왜 그 모양이래. 분명 허접할 테니까 옷이라도 좋아야지."

"가면도 안 봤으면서 어떻게 그렇게 확신해요?"

"이름만 들어도 뻔하잖아."

황이영은 '가면의 가왕'이 제시한 콘셉트가 굉장히 마음에들지 않는 모양이었다. 하긴 우진도 가면 이름을 들었을 때는굉장히 뜬금없다는 생각이 들었으니 황이영이라고 오죽할까.하지만 막상 받아본 가면은 예상보다 나았다. 초라하지도 휘황찬란하지도 않으면서 차분하고 고급스러웠다.

준비된 가면과 의상을 보면서 우진은 서서히 현실감이 들기 시작했다. 처음으로 대중 앞에서 노래를 부르게 됐다. 분노와 화풀이로 시작한 것이라 해도 워낙에 노래하는 걸 좋아해서 이 상황이 꼭 나쁘지는 않았다. 마음속에서 슬며시 피어오르는 흥분을 감추지 못했다.

1라운드에서 부를 듀엣곡은 백지영의 '새벽 가로수 길'이었다. 제작진에 적어낸 희망곡에 있던 거라 선곡엔 불만이 없었다. 그저 곡명을 들은 순간 상대가 여성임을 짐작할 수 있었다.

듀엣곡은 서로의 스케줄에 맞춰 녹화 전날에 2시간 정도 연습하는 시간을 가지기로 했다.

평상복을 입은 채로 가면만 쓰니 거울에 비친 모습이 우스꽝스러웠다. 대기실에서 연습실로 향하는데 몇 번 휘청거릴 정도로 시야가 좁았다. 옆에 서 있던 경호인이 아니었다면 넘어졌을 가능성이 컸다.

우진에게 있어 오늘은 듀엣곡을 연습하는 것보다 가면에 익숙해지기 위해 주어진 시간 같았다. 우진보다 먼저 연습실에 와 있던 상대는 그의 예상대로 여성이었다. 예쁘게 스타일링한 가발에 아름답고 화려한 백합을 달고 있었다.

"안녕하세요. 백합의 여왕입니다."

변조된 목소리로 먼저 인사를 건네는 상대는 굉장히 여유로워 보였다. 마치 미스코리아에 나온 후보처럼 무릎을 굽히고 손을 흔드는 자세부터가 남달랐다.

"처음, 뵙겠습니다. 한량을 꿈꾸는 도령입니다."

연습할 때조차 노래 부를 때를 제외하고 음성을 변조시킬 정도로 제작진은 철저하게 굴었다. 가면과 더불어 변조된 목소리에 적응하지 못한 우진이 고개를 젓자, 백합의 여왕은 처음엔 다 그렇다고 마치 경험자처럼 말했다.

"그럼 시작할까요?"

상대가 자신보다 선배인지 후배인지 모르는 상태에선 무조건 말을 높이는 게 편했다. 가면을 쓰고는 인사치레의 의미가 없었기에 두 사람은 인사를 끝내자마자 본격적으로 연습에 돌입했다.

◆　　◆◆◆　　◆

"긴장 안 돼? 청심환 있는데 줄까?"

"누나가 드셔야 할 것 같은데요."

녹화 당일 리허설을 끝내고 함께 대기 중이던 황이영은 결국 우진을 위해 준비해 뒀던 청심환을 자신이 대신 먹었다.

체격이 좋은 강호수는 아무리 변장하더라도 알아볼 사람들이 많을 것 같아서 아예 따라오지 못했다. 황이영을 제외하고 회사에서 막내 축에 끼는 스태프들만 따라온 상태라, 그녀의 부담감이 어느 때보다 컸다.

"미안해."

당사자보다 더 불안하고 떠는 모습을 보인 것 같아 황이영은 멋쩍게 사과했다.

"아니요. 이상하게 떨리지 않아서 전 오히려 그게 신기할 정도예요."

그래서 황이영이 긴장하는 모습에 비로소 자신이 지금 어디에 있는지 자각할 수가 있었다. 한때 가수를 꿈꿀 정도로 노래를 좋아하고 춤에 자신이 있던 그였다. 하지만 그 꿈이 좌절되고 다른 길을 선택했을 때부터 이상하게 노래하는 제 목소리가 싫어졌다.

꿈을 버린 자신에 대한 실망일 수도 있고, 더는 가수가 될 수 없다고 생각한 좌절감이 그가 생각했던 것보다 더 컸던 것 같았다. 지난 10일간의 연습은 원래의 목소리를 되찾고 자신의 노래를 부르는 것에 치중한 훈련이었다.

우진은 얼굴을 가린 가면을 만지작거렸다. 얼굴을 가렸다는 것에 묘한 안도감이 몰려왔다. 지금 이 순간부터 그는 연기자 채우진이 아니었다.

이제는 어딜 가나 그에게는 배우라는 타이틀부터 따라왔다. 그게 싫은 건 아니지만, 적어도 노래를 부르는 순간 한 번 정도는 진짜 가수가 돼보고 싶었다.

물론 앞으로도 드라마 OST나 앨범을 낼 기회가 찾아올 가능성은 얼마든지 있었다. 다만 그가 무얼 하더라도 결국에는 노래 잘 부르는 배우라는 이미지를 버릴 수가 없을 터였다. 채우진은 이제 가수가 아닌 배우이기 때문이다.

그게 가수를 버리고 배우를 선택한 그의 딜레마였다. 어쩌면 그의 인생에서 오로지 가수로서 무대에 서는 기회는 지금 이번이 처음이자 마지막일지도 몰랐다.

"한량 도령님 무대 올라갑니다."

스태프가 대기실을 노크하며 그를 불렀다. 우진은 6번 엔트리로 1라운드 세 번째 조에 속했다. 리허설이 예상보다 길어진 바람에 우진이 무대에 오르는 시간은 그만큼 늦춰졌지만, 각오를 다지는 좋은 시간이기도 했다.

양옆으로 경호원의 에스코트를 받으며 무대 위로 오른 우진이 가운을 벗자 사방에서 '우와~!' 라는 함성이 터졌다. 수정과 옥으로 만든 끈이 달린 갓과 소매가 넓은 백색의 도포 위에 진보라색의 전복을 입고, 허리를 세조대로 묶은 그의 모습은 사극에서나 볼 수 있는 모습이었다.

딱 봐도 한량을 꿈꾸는 도령이 아닌 이미 한량인 분 같았다. 갓끈과 한복이 화려하고 멋스러운 게 딱 봐도 어느 대갓집 도련님이었다.

시끄러운 소리들은 반주가 나오자 언제 그랬냐는 듯 싹 사라지고 조용해졌다. 처음 남자 파트는 우진이 불렀다.

우진은 맑은 저음으로 담담하게 노래를 불렀다. 처음 그의 목소리가 무대에 울려 퍼지자 청량한 감성이 사람들의 귀를 사로잡았다. 듣는 이로 하여금 마치 저녁 늦은 시간 가로수 길을 걷는 자신을 떠올리게 하였다.

백합의 여왕은 굉장히 달콤한 목소리의 소유자였다. 매끄럽고 여유로운 목소리가 가진 여운이 감미로웠다. 우진이 밤공기의 서늘한 청량감을 표현한 것과 대조적으로 백합의 여왕은 성숙한 여인의 감성을 그대로 보여주었다.

후렴을 부를 때는 서로 돋보이려고 무리하지 않았다. 상대가 부를 때는 부드럽게 코러스를 넣어주고, 함께 부를 때는 마치 한 명이 부르는 것처럼 음색이 서로 어울렸다. 백합 여왕의 고음에 한량 도령이 조금도 지지 않고 같은 키에 맞춰 노래를 부른 덕분이었다.

하지만 헤어진 연인들의 그리움이 절실하게 느껴지는 후렴에서 백합의 여왕은 희망을 노래한 반면, 우진은 차가운 현실을 노래했다.

감미로운 애절함 속에서 우진의 서늘한 현실 인정이 듣는 이로 하여금 가슴이 쿵 내려앉게 하였다. 달콤한 감성으로 부르던 백합 여왕의 노래를 흐트러뜨리고 마지막에 남은 것은 한량 도령이 만든 비애였다.

곡이 끝나자 MC 감성주가 무대 위로 올라왔다.

"1라운드의 듀엣곡 세 번째 조의 대결이 끝났습니다. 시청자 여러분께 인사부터 하시죠. 먼저 백합 여왕님부터."

"안녕하세요. 꽃이라면 백합, 백합 중의 백합, 백합의 여왕입니다!"

그녀가 처음 우진과 만났을 때 보였던 미스코리아 인사를 해 보이자 좌중은 폭소를 터뜨렸다.

"안녕하세요. 일하기 싫어서 한량을 꿈꾸는 도령입니다."

우진은 허리에서 부채를 꺼내 살랑살랑 부치며 한량처럼 인사를 했다.

"'성균관 스캔들'의 구용하 같아!"

연예인 판정단에서 나온 소리에 관람석 여기저기에서도 동의의 함성이 나왔다.

"자, 우선 판정단의 감상부터 듣기로 하겠습니다."

"제가 먼저 하겠습니다. 일단 두 분 다 가수 맞고요."

손을 들고 처음으로 나선 건 김형철이었다. 그의 말에 다른 판정단들도 고개를 끄덕였다. 그들은 백합 여왕과 한량 도령이 처음부터 가수라고 확정하고 시작했다.

"한량 도령은 마이크를 잡는 폼이 경직돼 있었어요. 조금 긴장한 것 같은데 발성이, 하~! 정말 저는 저음인데도 이렇게 맑고 발음이 분명한 분은 처음입니다. 아마도 우리가 대중적으로 접하기 어려운 곳에서 노래를 부르시는 분이 아닌가 하는 생각이 듭니다. 그리고 백합 여왕은 굉장히 노련한 게 눈에 보여요. 마치 예전에 한 번 정도는 여길 나왔던 분 같거든요. 그리고 아까 노래를 부르는데 발라드임에도 불구하고 흥을 주체하지 못하더라고요."

김형철의 말에 조장현이 고개를 끄덕이며 다음 평을 이었다. 노래를 부른 두 사람 모두 실력이 뛰어나서 우위를 가리기 힘들었다.

"백합 여왕은 예상되는 분이 몇몇 있어요. 그런데 한량 도령은 정말 모르겠네요. 선후배를 다 따져봐도 모르겠어요. 창법을 바꿔서 나왔다고 추측하면 몇 분 있기는 한데 그분들은 한량 도령처럼 키가 크지 않거든요."

"키 높이 신발 신었을지도 몰라요. 지금 확인할 수 있을까요?"

심봉선이 자리에서 벌떡 일어나 자신을 손으로 가리키며 외치자 한량 도령은 발을 들어 여러 각도에서 볼 수 있도록 신을 보여줬다. 굽이 없는 태사혜를 보며 감성주가 서둘러 한량 도령의 발을 잡아 내렸다.

"이런 거 보여주시면 안 됩니다."

키로도 충분히 가면 속 인물을 추측할 수 있기에 감성주는 일부러 당황한 티를 냈다.

"궁금하시면 논리적으로 풀어보셔야지 이런 걸로는 알 수가 없습니다."

감성주가 패널들을 자극하자 가볍게 흘러가던 분위기가 진지해지며 하나둘씩 감상을 내놓았다.

"이분 아이돌은 아니고 솔로 가수 같죠?"

"그런데 내가 아는 사람 중에 이런 실력을 갖췄으면서 저렇게 키가 큰 사람이 없어."

모두를 혼란에 빠뜨린 이유는 한량을 꿈꾸는 도령의 목소리가 너무나 낯설기 때문이었다. 분명 실력만으로는 기존에 실력 있는 가수는 분명한데 들어본 적이 없다는 것이다. 여러 이름이 나왔지만, 모두 고개를 저었다.

"후렴 부분에 백합 여왕이 고음을 낼 때 함께 같은 키로 부르는 거 듣고 이분 완전 꾼이라고 생각했거든요. 듣기엔 백합 여왕을 보조해 주고 맞춰주는 데도 절대로 지지 않더라고요. 무엇보다 한량 도령의 특기는 사람의 감정을 가지고 논다는 거예요."

"맞아요. 저 노래 듣다가 심장이 내려앉은 기분 드는 거 정말 처음이었어요."

"가만히 노래를 듣고 있으면 그림이 그대로 그려져. 그래서 감정이입이 되면서 더 울컥하는 게 있단 말이지."

그러나 아무리 의견을 내놓아도 딱히 떠오르는 인물이 없었다. 실력을 따지자니 외견이 안 맞고, 모든 조건을 어우르는 가수가 없었다. 슬슬 한량 도령에 대한 검증은 포기하자는 분위기로 흘러갈 수밖에 없었다.

반면 백합 여왕의 경우 거론되는 인물들이 제법 많았다. 그 와중에 연예인 판정단의 분위기를 주도하는 강구라가 거만하게 고개를 들며 자신의 감상을 말했다.

"백합 여왕처럼 목소리에 꿀을 담은 분을 제가 한 분 알고 있죠. 한지연 씨!"

감미로운 목소리의 소유자인 한지연을 강구라가 주목했지만, 반응은 썩 좋지가 않았다. 진중하고 농담을 잘하지 않기로 유명한 그녀가 저렇게 촐랑거릴 리가 없기 때문이다.

"사실 전 처음 들을 때부터 누구인지 알겠더라고요. 아무리 목소리를 바꾸려고 해도 특유의 버릇은 못 고쳤어요. 최은령, 너 또 나왔니?"

김형철은 예전에 나와서 준우승까지 했던 최은령을 언급했다. 그러자 몇몇이 놀라서 설마 하는 표정을 지었다. 백합 여왕이 최은령임을 부정하는 이유는 그녀가 실력이 없어서가 아니라, 언제나 박력 있고 시원시원한 창법을 가진 최은령과 너무 다른 느낌이라서다.

오늘 백합 여왕의 감미롭고 호소력 짙은 노래는 최은령과는 너무도 다른 분위기였다. 하지만 제법 설득력이 있는 게, 하는 행동을 보면 딱 최은령이 맞았다. 다들 최은령이냐 아니냐를 두고 갑론을박을 하고 나섰다.

판정단들이 결론을 내지 못하고 감상평만 내놓자 감성주는 그럼 개인기를 보자고 나섰다. 먼저 백합 여왕은 개인기로 개그맨 성대모사를 하면서 메뚜기 춤을 췄다. 우아하고 고상했던 백합 여왕이 흥을 주체하지 못하고 망가지는 건 한순간이었다.

"최은령 맞다니까!"

모두가 일심동체로 최은령을 외치자 백합 여왕은 억울하다는 제스처를 보이며 두 손으로 엑스 자를 만들었다.

"그럼 다음은 한량 도령인데, 개인기가 한국 전통 무용이라고 했네요?"

"네! 한량이니까요."

당연한 거 아니냐고 한량 도령은 대답과 동시에 부채를 활짝 폈다. 그걸 신호로 해금과 단소 소리가 스튜디오 안에 울려 퍼졌다. 애절하지만 무게감 있는 곡에 맞춰 한량 도령은 춤을 추기 시작했다.

넓은 소맷자락을 펄럭이며 손에 들고 있던 부채를 이용해 한량 도령이 사뿐사뿐 추는 춤은 접무였다. 발끝 손짓 하나하나가 만들어내는 동작이 한 마리 나비와 같은 춤이었다.

나비처럼 부드럽고 가벼운 춤사위는 모두의 넋을 빼앗을 정도로 아름다웠다. 폭넓은 흰 도포 자락과 짙은 보라색의 전복 자락은 나비의 날개 같아서, 누구나 알고 있는 '나빌레라'가 그 어느 때보다 실감이 나는 순간이기도 했다.

너무나 짧게 느껴지는 한량 도령의 춤이 끝나자 모두가 아쉬워하며 한숨을 내쉬었다.

"저 투표 다시 하면 안 돼요? 한량 도령이 이겨야 저 춤을 또 볼 수 있는 거죠?"

심봉선의 말에 이번엔 아무도 웃지 못했다. 정말 그랬으면 좋겠다는 생각을 모두 한순간이나마 했었기 때문이다.

"다행히도 투표는 이미 끝났습니다. 아름다운 꿀 성대를 가진 백합의 여왕이냐, 아니면 심장을 쥐었다 폈다 조종하는 감성의 한량 도령이냐! 이 막상막하의 대결 결과를 지금 발표합니다! 2라운드로 향하게 될 승자는! 바로~!!"

심장을 두근거리게 만드는 배경음이 틀어지고 궁금증이 고조되는 순간 감성주가 외쳤다.

"2라운드의 진출자는!!"

모두의 시선이 모이는 가운데, 화면에 뜬 얼굴은 한량을 꿈꾸는 도령이었다.

"역시!"

"와와~!"

한량 도령에게 투표한 것으로 보이는 사람들은 기뻐하고, 백합 여왕에게 투표한 이들은 아쉽지만 인정할 만한 결과라며 고개를 끄덕이기도 했다.

"53 대 46! 7표 차로 한량을 꿈꾸는 도령이 2라운드에 진출하게 되었습니다. 한량 도련님은 이제 대기실로 이동하시면 됩니다."

아직 실감하지 못해 계속 화면을 보는 우진에게 감성주가 서둘러 퇴장을 유도했다. 얼떨떨하게 무대를 내려와 대기실로 향하는 한량 도령에게 VJ가 다가와 소감을 물었다.

"좋네요."

어느 정도 감을 잡은 우진이 부채를 살랑살랑 부치며 짧게 답하자, 당황한 VJ는 다른 질문을 던졌다.

"백합 여왕으로 예상하는 분이 있으세요?"

"그게… 선배나 후배 같은 호칭은 안 되죠?"

"네, 나이를 짐작하게 하는 호칭은 안 됩니다."

"한지연 씨잖아요. 처음 목소리 듣자마자 딱 알겠던데요."

강구라를 빼고 왜 그걸 못 맞추는지 모르겠다고 한량 도령이 고개를 갸우뚱거렸다. 한량 도령이 내려간 후에 솔로 무대를 가지고 나서 가면을 벗은 백합의 여왕은 그의 말대로 한지연이 맞았다.

"어떻게 됐어?"

우진이 대기실에 들어오자마자 황이영을 비롯한 스태프들이 달라붙었다.

"뭘 벌써 긴장해요. 겨우 2라운드에 올라간 것 가지고."

코웃음을 치며 소파에 앉은 우진이 거만하게 어깨를 으쓱이자 그제야 황이영의 얼굴에 웃음꽃이 피었다.

"나야 널 믿지! 얘들이 궁금해서 그러는 거야."

가면을 벗고 숨을 크게 내쉬는 우진의 뒤로 간 황이영은 그의 어깨를 주물러 줬다. 뭐라도 먹이고 싶은데 우진은 다음 무대를 위해 속을 비우겠다고 거절했다. 지금 당장 그에게 해줄 수 있는 거라곤 조금이나 피곤을 풀어주는 거 말고는 없었다.

2라운드의 상대는 '천하무적 반창고'였다. 개구쟁이를 연상시키는 멜빵 청바지와 이마 부분에 커다란 두 개의 반창고를 교차해서 붙인 모습이 귀여웠다.

노래는 1라운드 3조에서 올라온 한량 도령이 먼저 부르게 됐다. 그는 2라운드 경연곡으로 이승환의 '그대가 그대를' 을 선곡했다.

내재한 감정을 표현하는 부분에선 혼잣말처럼 저음으로 부르다, 감정을 터뜨릴 부분에선 중음으로 이어지는 과정 없이 바로 고음이 나왔다. 워낙에 깨끗하고 시원한 고음이라 직접 가슴을 두드리는 착각이 들 정도였다.

한량 도령의 노래를 들으면 음파가 몸으로 들어와 한바탕 휘젓고 지나간 느낌이 들었다. 1라운드에서 보여줬던 것은 그저 맛보기에 지나지 않았다.

한이 섞인 노래가 있다면 이런 게 아닌가 싶었다. 마음을 헤집어놓은 노래는 아득한 슬픔과 절망으로 가득했다.

하지만 노래의 어디에도 원망은 없었다. 속으로 삭이는 그리움은 자신만의 감정으로 묻은 채로 떠난 이의 행복을 바랐다. 그리고 그 언젠가 다시 만나는 날, 행복한 너를 보아야 나는 편히 쉴 수 있을 것 같다는 염원을 담아 한량 도령은 노래했다.

노래를 부른 이는 알고 있는 듯했다. 그런 날이 우리에게는 오지 않을 거라는 걸. 그래서 소원을 담아 부르는 노래는 처절하고 가슴 아팠다.

한량 도령의 노래가 끝나자 스튜디오 전체가 잠시 잠깐 정적에 싸인 듯 고요했다. 손뼉을 치거나 좋았다고 서로 호들갑을 칠 여유가 없었다.

굳이 일부러 감동했다는 표정을 만들 필요도 없었다. 카메라는 눈물을 흘리는 방청객과 연예인 판정단을 잡아냈다. 명하게 무대를 바라보는 그들은 자신이 눈물을 흘리고 있는지도 모르다가 턱밑으로 떨어지는 눈물방울에 놀라는 모습을 보이기도 했다.

몸을 틀어 고개를 돌린 김형철이 재빨리 눈가를 훔치며 바로 앉는 게 카메라에 잡히기도 했다.

사람들이 감정을 수습하기도 전에 한량 도령이 무대에서 물러나고 천하무적 반창고가 그 자리에 섰다. 그는 조성모의 '바람의 노래'를 가지고 나왔다.

고음으로 올라갈 때 비성을 사용하는 반창고의 노래는 촉촉하고 사랑스러웠다. 고음을 처리하는 실력이 그 정도면 나쁘지 않은 편이었다. 하지만 한량 도령의 노래를 들은 직후라 그는 많이 흔들렸고 감정을 추스르지 못했다.

몇 번의 실수로 노래가 끝난 후에 천하무적 반창고가 의기소침해지는 게 눈에 보일 정도였다.

"2라운드 두 번째 조의 대결이 끝났습니다."

천하무적 반창고의 노래가 끝나자 들리는 열의 없는 박수 소리에서 이미 결과는 나와 버린 거나 마찬가지였다.

"몇몇 분들이 우시는 걸 전 봤지만, 누구라고 말은 하지 않겠습니다. 차가운 겨울조차 뜨거운 눈물로 녹여 버린 감성의 주인공! 한량을 꿈꾸는 도령과 어떠한 상처라도 내가 낫게 해 주겠다, 천하무적 반창고! 여러분의 선택이 3라운드의 진출자를 결정합니다."

감성주는 투표 시간 동안 두 도전자를 소개하면서 시간을 끌려고 했지만, 그럴 필요 없이 투표는 빨리 끝나 버렸다.

"투표가 종료됐습니다. 이미 결정이 났을 테니 우리 이제 편하게 이야기하지요."

감성주가 가볍게 멘트를 남기자 강구라가 마이크를 들고 한량 도령을 손가락으로 가리켰다.

"당신 대체 누구야?"

"한량인데요."

두 손으로 마이크를 잡고 간단명료하게 대답하는 한량 도령을 보며 강구라는 믿을 수 없다는 표정으로 고개를 저었다.

"아니야, 뭔가 정체가 따로 있어!"

천하의 내가 순간 울컥해서 울 뻔했다는 강구라를 보며 한량 도령은 어쩔 수 없다는 듯 눈에 띄게 한숨을 내쉬었다. 그러고는 주섬주섬 전복 자락을 걷어내고 그 안에서 무언가를 꺼내 보였다. 그의 수상쩍은 행동에 모두의 이목이 쏠렸다.

"오오, 이건 마패 아닙니까? 그럼?"

감성주가 한량 도령이 내민 것을 보고 과장되게 호들갑을 떨었다.

"어느 날 전하께서 밤에 부르시더니 이걸 주시데요. 그냥 다 그만두고 실업… 한량이 되고 싶은데 상소를 올려도 소용없고, 이젠 만나주시지도 않습니다. 게다가 보세요. 말이 하납니다. 말 하나로 무슨 일을 합니까!"

자신의 콘셉트대로 우진은 연기하며 무척이나 억울해했다. 그러자 여기저기서 웃음을 참는 소리가 들렸다.

"그런데 암행어사치고 옷이 굉장히 화려한 거 아냐?"

강구라가 눈을 게슴츠레 뜨며 이의를 제기했다. 원래 그의 의도는 청자의 감정을 무너뜨리는 노래를 부른 한량 도령의 정체를 파헤치는 것이었지만, 그는 재빠르게 이 상황극에 동참했다.

강구라의 지적대로 가면에 그려진 한량 도령의 얼굴은 해맑게 웃고 있지만, 갓에 달린 끈은 수정과 옥으로 만들어진 거라 조명을 받을 때마다 예쁘게 반짝거렸다. 이 고급스러운 갓끈은 자칫 심심하게 보일 수 있는 가면을 멋스럽게 만드는 일등 공신이었다.

그리고 황이영이 구매한 백색의 도포와 짙은 보라색의 전복은 직접 공들인 만큼 폭이 풍성해서, 움직일 때마다 옷자락의 펄럭임이 굉장히 우아했다. 당장에라도 어디로 야유(冶遊)를 떠나도 할 말 없는 차림이었다.

"모두가 위장입니다. 꼭 어사가 수수할 이유는 없지요."

힘차게 부채를 활짝 펼치며 당당하게 말하는 품새에 좌중은 더는 웃음을 참지 못했다.

"한량 도령! 진짜 뻔뻔하게 연기하는 게 배우 아닌가요?"

"가수라니까! 아니면 적어도 뮤지컬 배우거나… 아! 뮤지컬 배우인 것 같다."

저만한 실력자가 가수가 아닐 리는 없을 테니, 상황극 조금 잘한다고 해서 배우라고 하는 게 더 웃긴 이야기였다. 혼자 답변하고 혼자 이해하는 김형철을 두고 다른 판정단은 그동안 소외된 천하무적 반창고에게 말을 걸었다.

"이분은 확실히 아이돌이에요. 그것도 한창 잘나가는 푸릇한 20대. 한량 도령은 척 봐도 연륜이 느껴지는 반면 반창고는 풋풋하잖아요."

1라운드에서 서로 정체에 관한 이야기를 했기에 2라운드에서는 그 열기가 적었다. 대신 나이에 대한 추측들이 많았는데 대부분 한량 도령은 아무리 어려봤자 삼십 대 중반으로 추측했다. 실력도 실력이지만, 사람의 감수성을 예리하게 파고드는 능력은 연륜이 아니고선 가지기 힘들었다.

판정단 중의 하나는 선비가 아닌 도령이라고 이름 지은 것도, 조금이라도 어린 느낌이 들게 해서 사람들을 속이기 위한 술수라고 주장하기도 했다.

"이번에도 개인기 있나요?"

손을 번쩍 든 심봉선의 물음에 감성주가 '당연히 있지요~!' 하며 천하무적 반창고를 가리켰다. 2라운드에서 실수를 하고 기운이 빠진 천하무적 반창고는 이제야 조금 활기를 찾으며 무대 중앙에 섰다.

음악에 맞춰 몸을 튕기며 문워크를 하던 그는 점점 속도를 내며 관절을 꺾고 튕기면서 춤을 추었다. 마지막에는 무릎으로 바닥을 빙글빙글 돌다가 한 손을 짚고 몸을 공중에 띄우는 것으로 춤을 마무리했다.

"오오~! 이제 한량 도령님도 춤추셔야죠."

심봉선이 개인기 운운했던 건 다름 아닌 한량 도령의 춤을 다시 보기 위함이었다. 천하무적 반창고의 춤도 괜찮았지만, 지금껏 나왔던 아이돌의 현란한 춤에는 이미 익숙해져 버렸다. 입바른 칭찬과 각본대로 열심히 손뼉 쳐주면 그만이었다.

하지만 한량 도령의 춤은 한국 전통 무용인데도 낯설었고 그만큼 신선하면서 아름다웠다.

"춤은 보여줬으니 이번에는 다른 걸 보여 드리겠습니다."

마이크를 잡고 앞으로 나온 한량 도령은 다른 한 손에 부채를 잡고 앞으로 내밀며 창을 부르기 시작했다. 오늘 그는 한량 도령이란 이름값을 그대로 보여주고 있었다.

판소리 중에서 대중적이라 할 수 있는 춘향전의 '쑥대머리'를 한량 도령은 힘껏 불렀다.

임을 그리는 서글픈 춘향의 노래는 한량 도령에 의해 비장하고 조금은 광기 어린 분위기를 뿜어냈다.

"자, 잠깐, 한량 도련님은 3라운드 준비 안 하십니까? 왜 여기서 고음을 막 뿌리십니까!"

비장미 넘치는 고음에 놀란 감성주가 오히려 한량 도령을 막았다. 도령을 자신도 모르게 도련님이라고 부르는 것도 자각하지 못했다. 아직 발표하지 않았지만, 그의 말로 이미 결과는 나온 셈이었다.

"이제 3라운드 진출자를 발표하는 일만 남았습니다. 한량 도령과 천하무적 반창고, 이 둘 중의 승자는 바로~!"

이미 한 번 겪었는데도 다시 긴장하는 가운데, 우진에겐 소란스러운 환호와 다른 이들의 과장된 몸짓들은 눈에 보이지 않았다.

"3라운드에 진출할 도전자는 한량 도령입니다! 87 대 12! 75표 차이로 승리했습니다."

아까와는 달리 우진은 결과가 나오자 서둘러 방청객들에게 인사하고 감성주가 대기실 이야기를 꺼내자마자 재빨리 무대에서 내려왔다. 이것도 한 번 해봤다고 금세 익숙해졌다. 무대를 내려오자마자 통로에서부터 따라온 VJ에게 이번에는 여유롭게 손가락으로 V를 보여주며 기쁜 표시도 해주었다.

"혹시 이번에도 천하무적 반창고가 누군지 맞출 수 있으실까요?"

한량 도령이 한지연을 너무도 쉽게 알아맞혔기에 이번에도 같은 질문을 했다.

"베스타의 렌 씨잖아요."

판정단 중에 누구도 언급한 적 없는 이름을 꺼내며 우진은 자신만만했다. 이번에 '가면의 가왕'을 준비하면서 아이돌과 걸그룹들의 노래까지 섭렵한 자랑스러운 결과였다.

3라운드의 상대는 '네 마음에 불을 지르는 손난로'였다. 얼굴은 손난로 모양의 가면을 쓰고, 따뜻한 갈색 의상을 입은 그는 한량 도령보다 앞서 노래를 부르는 순서였다.

판정단에선 아까 '천하무적 반창고'보다 상황이 괜찮다며 운이 좋다는 말이 나왔다. 두 번의 대결로 인해 이번 라운드에서 누가 이길지 이미 판이 기운 상태였다. 손난로 역시 괜찮은 가수지만, 한량 도령에 비할 실력자는 아니었다.

손난로는 바비킴의 '사랑할 수 있을 때'를 재즈 버전으로 편곡해 불렀다.

한량 도령의 영향을 받지 않은 그는 훌륭하게 노래를 마칠 수 있었다. 하지만 그가 상상하던 것과 다른 성의 없는 반응에 고개를 갸웃거릴 수밖에 없었다. 이상하게 라운드에 올라올수록 연예인 판정단과 방청객들의 감흥이 뜨뜻미지근해지는 게 보였다.

얼마 가지 않아 손난로는 그의 뒤를 이어 무대에 올라온 한량 도령의 노래를 듣고서야, 그 이유를 알 수가 있었다.

한량 도령의 선곡은 임태경의 '옷깃'이었다.

오늘의 선곡은 우진이 한량을 꿈꾸는 도령의 콘셉트에 맞춰서 고른 노래들이었다. 아무래도 한복을 입고 비트가 강한 노래를 부르는 것은 첫인상과 어울리지 않을 것 같다는 계산에서다. 한번 가왕에 오른 후라면 모를까, 처음부터 모험은 하지 않는 게 좋다는 김중선의 조언도 있었다.

그래서 한복을 입고도 무난하게 어울리는 곡들로 골라냈다. 그러다 보니 생긴 문제가 모두가 임을 떠나보낸 후에 남겨진 자의 비애를 담은 노래라는 공통점이 있었다.

가요 대부분이 사랑을 노래한다 해도, 내용을 자세히 새겨 보면 오늘 우진이 선곡한 노래들은 서로 공통적인 분위기와 내용을 담고 있었다. 그래서 편곡하면서 노래의 분위기를 좌우하는 감정을 서로 달리 표현하기로 했다.

2라운드에서 부른 '그대가 그대를'에는 한을 담았다. 어찌할 수 없는 현실에 당황하고 이해하고 받아들이면서 체념하는 과정을 표현하려 노력했다. 비감에 젖은 노래는 그래서 듣는 이의 마음을 아리게 하며 눈물을 흘리게 하였다.

대신 3라운드에서 부를 '옷깃'에는 비장함을 넣었다. 앞서서 불렀던 감정을 넘어서 이제는 이해의 경지였다.

잔잔한 물의 흐름처럼 한량 도령은 현실을 인정했다.

하지만 놓치기 힘든 미련은 마지막 희망처럼 달라붙는다. 한 번 스치고 지나가 버린 인연의 소중함을 나중에서야 깨달은 어리석은 자는 감히 후회란 말도 입에 담을 수가 없다.

비장하지만, 듣고 나면 묘하게 마음이 풀리고 무거웠던 가슴의 응어리를 내려놓는 기분이 들었다. 오늘 오랜 시간 앉아서 노래를 들었던 사람들은 알게 모르게 쌓였던 피곤이 풀리고 개운한 기분을 느꼈다. 뭔가 위로를 받은 기분에 온몸에서 싸하게 청량감이 일었다.

사람들은 저도 모르게 짜릿하게 떨고 있는 손가락 끝을 내려다보았다.

여운을 즐기고 싶은 사람들에게 감상이고 판정은 중요하지 않았다. 하지만 이런 감정을 불러일으킨 주인공에 대한 궁금증은 더 커져만 갔다.

"3라운드에 진출하신 소감이 궁금합니다. 사실 오늘 이 자리까지 오를 거라 어느 정도 예상은 했지요?"

감성주의 질문은 당연했다. 이 스튜디오 안에 있는 모든 사람이 가왕전 진출자는 한량 도령일 거라는 것을 알고 있었다. 이건 추측도 상상도 아닌 사실이었다.

"네."

"솔직하시네요. 그렇다면 가왕은 어떻습니까? 될 것 같습니까?"

"그건 가왕의 노래를 들어봐야 알 수 있을 것 같고요. 2마패를 받으려면 오늘 꼭 가왕이 되긴 해야 합니다."

한량 도령의 말에 감성주는 웃으면서 마패에 관련된 에피소드를 사람들에게 말해주었다.

"마패에 말 한 마리만 있는 게 불만인 한량 도령이 제작진에게 항의하니까 그럼 가왕이 될 때마다 마패에 말 한 마리씩 보태주신다고 했답니다."

"그러다가 계속 가왕 하면 말만 열 마리 그려진 마패 받는 거 아니야?"

강구라의 말에 10마패를 상상한 우진이 순간 웃음을 터뜨리고 말았다. 10마패는 임금이 사용하는 건데 꼭 역모라도 하라는 이야기 같았다. 그런데 우주의 사령관에게 가왕 자리를 뺏어오면 그건 그것대로 역모인가 싶어서 웃음이 나온 것이다.

변조된 음성으로 나온 그의 웃음소리가 마치 개구쟁이 같았다. 조금 전 비장하고 아릿한 노래를 불렀던 당사자가 맞는지 의심스러울 정도였다.

"이런, 한량 도령님 빵 터지셨습니다. 혹시 상상만 해도 좋으신 건가요?"

"아니요. 저 어차피 아무리 잘해도 5마패밖에 못 모읍니다."

"네? 그게 무슨 이야깁니까?"

이건 처음 들었다는 듯 감성주가 눈을 크게 뜨며 한량 도령을 보았다. 큐 카드 어디에도 그와 관련된 이야기는 없었다.

"제가 만약 계속 가왕이 되더라도 앞으로 4회까지만 더 나오고 그다음에는 나오기 힘든 스케줄이거든요. 제가 지금은 5주만 시간을 낼 수 있고 그 이후는 힘들어요. 한 3월 이후라면 계속 출연이 가능하다고 했는데 PD님이 그냥 오늘부터 출연했으면 좋겠다고 하시더라고요."

우진이 '가면의 가왕' PD에게 내걸었던 조건이 지금 출연하게 된다면 총 5회까지만 나올 수밖에 없다는 점이었다. 하지만 3월쯤에 출연하게 된다면 횟수 상관없이 가능하니 그에게 선택하라고 전했다.

화젯거리를 잡기 원한 PD는 당연히 전자를 선택할 수밖에 없었다. 만약 3월까지 기다린다고 해도 그때 가서 우진의 마음이 변할 수도 있기 때문이다.

"아니! PD님이 왜 그러셨을까요?"

"제가 5승 이상은 하기 힘들다고 판단하셨나 보죠. 제가 보기에도 그건 좀 힘들 것 같아서 좋다고 했습니다."

그러니 10마패는 없다고 한량 도령은 천진하게 웃었다. 이 장면이 편집될지 안 될지는 모르겠지만, 적어도 이 자리에 있는 사람들이 들었으니 된 것이다.

우진의 5승이 다가올수록 PD는 답답할 것이다. 누군가 나와서 한량 도령을 실력으로 꺾지 못하면 '가면의 가왕' 최초로 자진 하차하는 가왕이 나오게 된다. 그것도 PD가 우겨서 스케줄이 안 된다는 사람을 억지로 출연시켰으니, 그 책임은 오로지 PD의 몫이었다.

그렇다면 PD는 지금껏 아껴왔던 패들을 하나하나 쓸 수밖에 없었다. 지금이야 최절정의 인기로 시청률이 높지만, 언제까지 그러라는 법은 없었다. 그럴 때마다 하나씩 내놓을 비장의 가왕 후보들이 있을 테고, PD는 우진을 가왕에서 끌어내리기 위해 그들을 내세울 수밖에 없을 터였다.

안 그럴 수도 있겠지만, 그럼 우진이 PD를 자극하면 된다. 그가 우진에게 그랬던 것처럼 말이다.

물론 그렇게 되면 5승까지 못 가고 도중에 가왕에서 내려올 가능성도 있었다. 하지만 우진은 가수로서 활동하는 이 기회를 원 없이 사용하고 싶었다. 가왕을 지키는 것에 급급한 게 아닌 새로운 도전을 즐기고 싶었다.

계획대로만 된다면 한량 도령이 가왕에 있는 동안 '가면의 가왕'은 최고의 화력을 자랑할 것이다. 그리고 이 모두가 사라진 후의 무대는 이내 꺼져 버릴 것이다. 활활 타버린 불꽃이 사그라진 후에 다른 장작을 찾지 못한다면 말이다. 아마도 얼마 동안은 진통을 면치 못할 것이다.

이 모두는 우진이 가왕에 오르고 5승까지 수성하는 것에서 그치는 게 아니라, 대중을 완전히 사로잡을 때나 가능한 계획이었다. 그러지 못한다면 '가면의 가왕' PD도 모르는 곳에서 혼자 복수를 계획하다가 시도도 못 하고 퇴장하는 꼴이 된다.

하지만 벌써 다음 녹화에 나올 가왕 후보에 대해 생각할 만큼, 우진은 자신감이 있었다. 이번만은 주관적인 평가가 아닌 객관적인 잣대로 자신을 평점하고 비교해 보았다. 그리고 충분히 승산 있는 게임이라 여기고 덤볐다. 질 게임이라면 애초에 덤비지도 않았다.

우진의 확신대로 가왕전에 진출한 것은 한량 도령이었다.

"방어전에 임하는 가왕의 각오 한 말씀 듣겠습니다."

"음… 한량 도령님의 실력이 워낙에 뛰어나서 오늘은 굉장히 떨리는 한편 흥분이 되기도 합니다. 최선을 다해 이 자리를 지키겠습니다!"

우주의 사령관이 어떤 표정을 짓는지는 가면 때문에 알 수가 없었다. 변조된 목소리론 그의 마음을 짐작하기 어려웠기에 뭐라 하기 어려웠다.

이런 점이 '가면의 가왕'이 가지고 있는 장점이었다. 경연자는 자신의 상태를 사람들에게 감출 수 있어서 자존심을 지킬 수 있어 좋았다. 시청자는 자신이 보고 싶은 대로 상상할 수 있어서 환상이 무너질 일이 없었다.

가왕인 우주의 사령관이 오늘 가져온 노래는 故김광석이 불러 유명해진 '먼지가 되어'였다.

가왕전 진출자로서 이번에는 가왕의 노래를 들을 수 있던 우진은 반주를 듣자마자 민시후가 고심한 흔적을 엿볼 수 있었다. 민시후는 뛰어난 테크닉을 가지고 있지만 감성이 부족하다는 평을 들었다. 이번 선곡은 이 모두를 한데 어울려 서로 보완하고자 했던 게 아닌가 싶었다.

'먼지가 되어'는 제목만 들어도 목이 메고 감성을 끌어모으는 효과가 있는 노래였다. 여기에 민시후처럼 노래 잘하는 사람이 조금만 기교를 부려도 시너지 효과를 극대화할 수 있었다.

록 버전으로 편곡한 노래를 민시후는 정말 잘 부르고 있었다. 예전보다 넓어진 음역과 가창력으로 거침없고 시원시원했다. 우진이 듣기에도 민시후가 가지고 있는 모든 장점이 이 노래 한 곡에 녹아내린 듯 그의 실력을 여실하게 보여주고 있었다.

장 대표님이 경고했던 말이 맞았다. 그는 예전의 민시후가 아니었다. 우진이 들었던 민시후의 노래는 모두 기계를 통해 손을 본 것들이었다. 아무리 기술력이 뛰어나다고 해도 현장에서 듣는 울림과 미세한 기교의 차이를 잡아낼 수는 없다.

분명 민시후는 발전했고 자신의 장단점을 너무나 잘 알고 있었다. 그의 발전이 예상치 못한 범위인 데다 무서울 정도라, 우진은 저도 모르게 손에 땀이 났다. 그런데 노래가 중반으로 들어갈 때쯤 우진의 눈살이 자연스럽게 찌푸려졌다.

최상의 선곡이라 여겼던 곡이 민시후의 발목을 잡은 것이다.

김광석의 '먼지가 되어'에 익숙한 대중이 바라는 느낌이란 것이 있었다. 거기에는 기교만으론 끌어내기 힘든 특유의 감성이 있었고, 이를 살리지 못하면 노래가 가슴에 와닿기 힘들었다.

아니, 한량 도령의 노래를 듣기 전이라면 민시후의 기교 어린 노래는 충분히 사람들을 매혹하기에 충분했을 것이다.

오늘 나왔던 그 어느 도전자보다 훌륭한 노래를 부르고 있으니 가왕 자리를 지키기에 부족함이 없었다. 한량 도령의 노래를 듣지 않았다면 방청객들은 우주의 사령관이 부르는 노래에서 문제를 찾지 못했을 것이다.

그러나 한량 도령에 의해 노래가 주는 카타르시스를 한번 겪은 상태에서, 바로 이어서 듣는 노래의 평은 가혹할 수밖에 없었다. 그리고 정화되었던 감성을 파고들려는 고음은 그들에겐 소음에 지나지 않았다. 처음엔 몰라도 점점 시간이 갈수록 청자들은 민시후의 노래에서 피로감을 느끼기 시작했다.

　무대 바로 앞에서 노래를 듣던 방청객들 상당수가 결국 참지 못하고 두 손으로 귀를 막아버렸다.

주고받기

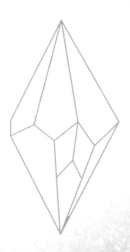

"몇 표 차이로 이겼는지 정말 말 안 해줄 거야?"

차로 이동하는 동안 황이영은 우진에게 절실히 매달렸다. 기밀 유지를 위해서 회사 내에서도 조심해야 하는 상황이라 이렇게 대놓고 물어볼 기회가 거의 없었다.

"방송 보세요."

"다음 주 일요일까지 어떻게 기다려! 이번 주는 고작 1라운드밖에 안 보여주잖아."

"그만해. 나 같은 사람도 있다."

적어도 황이영은 가왕의 황금 가면을 쓰고 대기실로 들어오는 우진이라도 보았다. 하지만 강호수는 그날 방송국 근처도 가지 못했다. 메인 매니저는 노출이 될 수 있으니 동행하지 말라는 제작진의 당부 때문이었다.

특히 강호수는 체격과 인상 때문에 팬들 사이에서 제법 유명했다. 처음엔 전문 매니저가 아닌 조폭 출신 보디가드가 아니냐는 오해도 많이 살 정도였다. 분장도 별 소용이 없어서 결국 따라나서지 못했다.

"누구라도 붙잡고 자랑하고 싶은데 그걸 할 수 없으니까 속이 느글거려."

뮤지컬 배우도 아닌 일반 배우가 가왕 자리에 오른 건 이번이 처음이었다. 충분히 자랑하고도 남을 일인데 그걸 못 하니 황이영은 입이 근질거려서 미칠 지경이었다.

"다음 주 녹화 준비는 잘하고 있지?"

김중선은 우진이 연습실로 사용 중인 스튜디오의 출입을 제한하고 있었다. 비록 상대가 우진의 스태프라 해도 음악 작업에 필요한 인물이 아니면 출입 불가였다. '가면의 가왕'과 관련해 자신이 할 수 있는 게 아무것도 없어서 강호수는 답답한 심정이었다.

"저번처럼 하면 되겠죠."

말은 이렇게 해도 현재 우진의 계산은 복잡했다.

아무런 반박 없이 완벽하게 민시후를 이기고 싶었다. 확실한 격차를 보여줘서 어떠한 이의도 제기하지 못하고 나중에라도 다른 이야기가 나오지 않게 말이다. 그래서 우진은 현재 자신이 할 수 있는 최대한의 한계를 끌어모았다.

민시후라면 누구보다 잘 알고 있었기에 그의 약점이 무언지도 잘 알았다. 게다가 앞서 '가면의 가왕'에서 보여줬던 무대들로 인해 현재 그의 실력도 점검할 수 있었다. 지금의 노래 실력만으로도 민시후는 이길 자신이 있었지만, 우진은 거기에 전생의 도움까지 받았다.

음유시인이었던 적도 있고, 소리꾼, 음공의 고수였던 전생들의 경험과 비결들까지 더해졌으니 가왕이 되는 건 문제가 아니었다. 아직 우진이 이상으로 생각하는 경지에 오르기에는 한참 부족하지만, 그래도 민시후 정도는 쉽게 이길 수 있었다.

민시후를 상대했던 전력으로 다른 이들을 상대하는 것도 문제가 없었다. 다만 그러다 자칫 PD의 노력에도 불구하고 가수들이 지레 몸을 사리며 출연을 고사하면 어쩌나 하는 게 걱정이었다.

나중에 최대한 잡음 없이 하차하기 위해 5회만 출연한다고 미리 말을 꺼낸 건 자충수였다. 가수들 처지에선 앞으로 4회만 견디면 되는 일이었다. 굳이 나가서 '한량 도령'과 대결하지 않아도 그 스스로 내려올 건데 모험을 걸 리가 없다.

"그건 '가가' PD가 잘해줄 거야."

"어떻게요?"

"널 '가면의 가왕' 무대에 오르게 했잖아. 그 실력으로 다른 가수들은 못 올리겠어?"

확실히 그런 면에선 '가가' PD의 능력은 대단한 편이었다. 평소 음악 예능을 비웃던 민시후마저 가면을 썼으니 말이다.

"그보다는 오늘 녹화부터 걱정해. 정말 그대로 진행할 거야?"

오늘은 베리로즈와 함께 'TV스타'를 녹화하는 날이었다. 제작진과도 이미 사전 합의가 끝난 상황에서 강호수는 다시 한번 우진의 의지를 확인했다.

"네, 대표님도 찬성하셨잖아요."

"문제 될 것은 없겠지만, 얼마 동안은 시끄러워질 것 같아서 말이야. 일단 '가가' 준비로 바쁠 텐데 네가 귀찮아질까 봐 걱정인 거지."

"우리가 시끄러울 게 있나요. 바쁘고 시끄러울 건 저쪽이죠."

오늘 녹화분은 다음 주 목요일에 방영한다. 목요일에는 'TV스타' 일요일에는 '가면의 가왕'.

"그쪽한텐 끔찍한 일주일이 되겠다. 아니, 시작이려나?"

"그래서 'TV스타' 녹화를 '가가' 다음으로 잡으라고 한 거예요. 멘탈 무너져서 가왕에서 물러났다는 핑계를 만들어주고 싶지 않았거든요."

핑계 없는 무덤이 없다지만 우진은 그런 자비조차 건네고 싶지 않았다.

'TV스타'에서 준비한 대기실에 도착하고 나서 우진은 출연자 명단이 바뀌었음을 알았다. 원래 출연하기로 한 베리로즈의 초희가 스케줄 문제로 빠지고 아라라는 멤버가 대신하기로 했다는 것이다.

"뭐, 누가 나와도 저에겐 초면인 건 같으니까 괜찮아요. 대신 아라 양 덕분에 강희주 선배가 나온다니 그건 다행이네요."

'Death hill'에서 여주인공 '아라'를 맡았던 강희주가 베리로즈의 '아라'와 이름이 같다는 이유로 오늘 녹화에 나오게 되었다. 오늘 방송의 주제가 '우리의 만남은 우연'이었다. '아라'라는 이름으로 억지로 만든 우연도 이야깃거리가 되는 모양이었다.

하지만 베리로즈보다는 강희주가 더 편한 우진으로선 반가운 캐스팅이었다. 그래서 아라의 합류에 별 불만은 없었다.

"오랜만이다."

직접 강희주의 대기실로 찾아간 우진을 그녀는 반갑게 맞았다.

제작진은 입담으로 끌어가야 할 방송에서 채우진과 베리로즈만으론 불안함을 느꼈다. 이들의 예능감이 확인되지 않은 상황에서 모험은 무모했다. 그래서 PD가 평소 친분이 있던 강희주에게 억지로 이유를 만들어서 출연시킨 것이다.

강희주에게 인사하고 대기실로 돌아가던 우진은 복도에서 베리로즈의 두 사람과 마주쳤다. 그들이 자신의 대기실에서 나오던 것을 본 우진은 먼저 안면이 있는 다영에게 시선을 주며 자연스레 인사를 건넸다.

"그동안 잘 지냈어요? 그때는 몰라봐서 미안해요."

"아니요! 괜히 저희 때문에 방송까지 타고 난처하셨죠?"

꾸벅 허리 숙여 사과하는 다영에게 우진은 괜찮다며 손을 내저었다. 그러다 자신을 빤히 쳐다보는 소녀와 눈이 마주쳤다. 베리로즈에 대해 조사한 후라 한눈에 그녀가 누구인지 알아볼 수 있었다.

"베리로즈의 아라 양 맞죠?"

아라가 우희와 동갑이라서 그런지 마치 동생 친구를 보는 기분이었다.

"네! 저 오빠 팬이에요."

"그래요? 고마워요."

"그런 의미에서 폰 번호 알려주세요. 우리 앞으로 서로 연락하고 지내요."

"그건 좀 곤란할 것 같은데요."

부탁도 아니고 당당하게 바로 번호를 얻으려는 아라의 행동에 우진이 놀랄 때, 마침 구세주가 나타났다.

"우진아, 메이크업!"

"네, 지금 가요!"

대기실에서 머리만 빠끔 내밀고 그를 부르는 황이영을 가리키며 우진은 베리로즈에게 잠시 후에 보자고 인사했다.

"오빠 스태프들이 함부로 말 놓는 걸 그냥 두세요?"

"응?"

대기실로 향하는 우진에게 아라는 이해하기 어렵다는 시선을 보냈다.

"밑에 사람들한테 너무 잘해주지 마세요. 서민들은 조금만 잘해주면 뭣도 모르고 기어오르려고 하거든요."

이미 면역이 돼버린 다영의 초탈한 표정과 다르게 우진은 그 자리에서 잠시 굳어버렸다. 아라만이 순진한 얼굴로 오빠 사람이 너무 너그러운 것 같다며 감탄하고 있었다. 우진은 천천히 뒤로 물러나며 아라에게 거리를 두었다.

왠지 이상한 지뢰를 밟은 것 같은 불안한 예감이 들었다.

◆　◆◆◆　◆

우진을 비롯한 출연자들은 MC들이 오늘 방송 주제에 관해 설명한 다음 그들을 소개하고 나서야 유리문을 열고 스튜디오 안으로 들어갔다.

"우리의 만남은 순전히 우연이다. 그냥 찾아간 편의점에서 우연히 걸그룹을 만나 오늘 이 자리에까지 오게 된 요즘 대세남! 채우진!"

김구진의 소개말에 우진은 꾸벅 인사를 했다. 순간 수많은 카메라 중에서 어느 걸 봐야 하는지 몰라 우진은 당황했다. '헌츠맨'에 출연했을 때도 느꼈지만 예능은 카메라가 참 많았다. 마침 옆에 앉은 강희주가 능숙하게 손짓으로 가르쳐 주었다.

게스트들의 소개가 끝나자마자 운종신이 강희주에게 물었다.

"그런데 강희주 씨는 이 자리에 왜 나왔어요?"

"우연이란 만들면 되는 거예요. 너무 깊이 생각하지 마세요."

"곧 영화 개봉해요?"

"찍고 있는 영화도 없답니다. 그냥 제 죄는 전에 맡았던 배역이 '아라'라서입니다. 이유는 그거뿐이에요."

그러면서 미리 약속한 대로 베리로즈의 아라와 하이파이브를 했다. 하지만 자기가 앉으려던 채우진의 옆자리를 차지한 강희주를 바라보는 아라의 시선은 뚱했다. 자연히 토크에도 적극적으로 가담하지 않았다.

오늘 녹화에 강희주를 부른 것은 확실히 잘한 일이었다. 약간 시니컬한 그녀는 초반 분위기를 주도하며 우진과 베리로즈의 긴장을 풀어줬다.

"아니, 이분들 아직도 긴장한 것 같으니까 우선 노래부터 들읍시다. 먼저 베리로즈는 'Catch me'부터 듣죠."

"지금은 목 아파서 노래 못 불러요."

두 손으로 볼을 감싸며 아라가 귀엽게 고개를 저었다. 자리에서 일어서려던 다영은 그대로 멈칫하며 어찌할 바 몰라 주위의 눈치를 살폈다.

"아프다는 사람 억지로 노래시키면 안 되죠. 그렇다고 다영 씨혼자 노래 부르게 할 수 없으니까, 어이 채우진 씨! 흑기사 해요."

강희주는 아라에게 괜찮다고 상큼한 미소를 날리며 왼편에 앉아 있는 우진을 밀어 다영 옆으로 보냈다. 얼떨결에 스튜디오 뒤편에 있는 무대 위로 올라간 우진은 다영과 함께 베리로즈의 데뷔곡인 'Catch me'을 함께 부르게 되었다.

Catch me, Catch me, 지금이 아니면 안 돼~! Catch me, Catch me, 나중에 후회 말고 어서 내 손을 잡아~! 날 잡아줘~!

다영과 보조를 맞춰 Catch me을 부르는 우진의 목소리는 중저음이라 발랄한 걸그룹 노래와는 어울리지 않았다. 묵직한 무게감으로 다른 노래가 돼버린 노래에 다영은 더는 참지 못하고 뒤돌아 웃기에 바빴다.

"뭐야, 이건! 안 잡아주면 가만 안 두겠다는 분위기잖아."

"얼굴도 몰라보던 사람이 노래를 같이 부를 정도면 노력은 가상하긴 한데 이건 좀……."

"인터넷에 올라온 동영상 보니깐 거기선 곧잘 따라 부르더니 여기선 왜 이래?"

MC들의 항의에 우진은 노래를 끝내고 답했다.

"그거야 군에 있을 땐 하도 따라 불러서 입에 붙었던 거고요. 이 노랜 오늘 처음 불러본 건데 처음치고 괜찮지 않았어요?"

"정말 잘 불렀어요! 잘 불렀는데 다만……."

말하다가 또 웃음이 나와 돌아서는 다영을 보며 우진은 뻔뻔하게 칭찬을 들었다고 좋아하는 모습을 보였다. 다영과 함께 자리로 돌아가려는 우진을 잡은 것은 운종신이었다.

"그냥 들어가면 어떻게 해요. 우진 씨도 노래 불러야죠."

"방금 불렀는데, 또요?"

"이젠 당사자 노래 불러야죠. '너에게서 부는 바람' 신청합니다."

운종신이 손까지 번쩍 들어 말하자, 양옆에 있던 MC들이 이 사람 요즘 그 노래만 듣는다고 증언을 했다.

"내가 정말 그 노래 좋아하거든. 과연 라이브로 그 노랠 들을 날이 올까 했는데 오늘이 그날이네!"

가수 겸 프로듀서지만, 요즘 젊은 세대에게는 예능인으로 더 알려진 운종신이 배우인 채우진과 만날 수 있는 접점은 거의 없었다. 더욱이 예능 안 나오기로 유명한 DS라 거의 기대도 안 했는데 드디어 기회가 온 것이다.

어떻게 해도 너에게서 부는 바람은 나에게 닿지 않아. 우린 같은 길을 걷지만 내게서 부는 파랑은 너를 밀어내지. 어둡고 슬픈 진실은 그림자에 묻어두자…….

우진이 노래를 부르자 운종신의 눈이 점점 커졌다. 조금은 시큰둥한 강구라만 빼고, 스튜디오에 있던 모든 사람이 음원으로 들었던 것과 똑같이 부르는 채우진의 노래 실력에 감탄하기는 마찬가지였다.

한 번이라도 '너에게서 부는 바람'을 따라 부른 사람이라면 이 노래가 저렇게 쉽게 부를 수 있는 게 아니라는 걸 알고 있었다.

"진짜 잘 부르네. 정말 좋다."

"뭐, 괜찮게 부르네요. 채우진 씨 혹시 '가면의 가왕' 나올 생각 없어요? 그 정도면……."

연신 감탄하는 운종신과 다르게 강구라는 그만하면 나쁘지 않다는 반응을 보였다. 우진은 자리에 돌아와 앉으며 강구라에게 진지하게 물었다.

"저희 대표님 설득하실 수 있으세요?"

"아……."

"저 여기 나오는 것도 무척 힘들었습니다."

구구절절 이야기할 필요 없이 장수환 대표만 팔면 예능 프로 출연에 대한 요구는 원만하게 거절할 수 있었다.

"하긴 나와봤자……."

"뭐가요?"

우진이 호기심을 보이자 강구라는 아무것도 아니라고 고개를 저었다.

"아라 양은 컨디션이 안 좋아 보이는데, 아까 목 아프다는 건 괜찮아요?"

"네, 조금."

괜찮다고 활짝 웃는 아라는 딱 그 나이의 소녀 같아서 MC들의 귀여움을 받았다.

"그러고 보니 아라 양이 유명한 고양이 사랑꾼이라면서요. 우진 씨도 고양이 키운다고 하지 않았나요?"

김구진의 질문에 우진은 우사와의 사연을 꺼냈다. 그러자 아라는 눈동자를 초롱초롱 빛내며 우진을 보았다.

"12년 만에요? 우와~! 그 말 들으니까 얼마 전에 무지개다리를 건넌 우리 땅콩이가 생각나요. 우리 땅콩이도 12년 동안 나랑 살다가 떠났거든요."

무지개다리를 건넜다는 고양이가 14살이었다는 말에 처음으로 아라와 공감대를 형성한 우진도 덩달아 마음이 좋지 않았다. 그만큼 우사와의 시간이 별로 남지 않은 것 같아서 울적하기도 하고 아라의 슬픔이 손에 닿는 듯했다.

"집사님들! 여기서 이러지 맙시다."

김구진이 중간에서 말리고 나서야 우진은 현실로 돌아와 방송에 임할 수 있었다.

"그럼 이제부터 우리 속속들이 파헤치는 시간을 가져볼까요. 채우진 씨는 원래 모 아이돌의 원조 멤버로 녹음 과정까지 참여했다는데 사실입니까?"

질문하는 김구진의 자세나 어조가 마치 취조하는 것처럼 진지했다.

"사실이기는 하지만, 연습생들에게는 딱히 드문 이야기는 아니에요. 녹음까지 갔다가 막판에 뒤집히는 경우는 흔한 일이거든요. 그래서 앨범 나오고 첫 방송 타기 전까지는 멤버가 누구누구였는지는 그리 중요하지 않습니다."

자신만 특별한 게 아니라며 우진은 대수롭지 않은 반응을 보였다. 하지만 현재 인터넷상에서 블루핏의 팬들이 우진에게 가하는 공격을 알고 있기에 MC들은 이 상황을 꼭 짚고 넘어가야 할 문제로 보았다.

"그래도 섭섭하지 않아요? 그냥 아이돌이 아니라 한류 스타인데. 그 친구들이 잘되는 거 보고 조금은 부러웠죠?"

강구라의 지적에 우진은 심드렁한 표정을 지으며 대답했다.

"아니요."

"믿을 수 없어! 그거 한번 가져와 봐요."

강구라의 요청에 이미 준비해 놓은 휴대용 거짓말탐지기가 우진의 앞에 놓였다. 손가락을 올려놓고 거짓말을 하면 전기가 흐르는 기계였다. 우진이 신기해하면서 그 위에 손을 올려놓자 MC들은 사냥개처럼 달려들었다.

"부러웠죠?"

"아니요."

전기가 흐르지 않는 걸 보며 모두가 놀라는 표정을 지었다. 그러다 이거 고장 난 거 아니냐며 서로 시험하다가, 성능만 확인하고 다시 우진의 손 밑으로 들어갔다.

"그럼 왜 막판에 우진 씨가 빠진 거예요?"

이번에는 운종신이 진지하게 물어봤다. 프로듀서인 그가 보기에는 채우진을 놓친 TM의 실수가 절로 안타까울 정도였다. 채우진이 중저음이라 하지만, 원래 블루핏의 노래 대부분이 남성적이고 비트가 강했다. 딱히 어울리지 않을 이유가 없었다.

"서로 안 맞아서요."

"정말 간단명료하게 대답하시네. 조금 더 길게 말해주면 안 되나요~!"

김구진이 특유의 발음으로 재미있게 말하자 우진은 조금 긴장하던 걸 풀며 같이 웃었다.

"서로 추구하던 이상이 맞지 않았을 뿐입니다. 다른 이유가 있나요?"

몇 가지 블루핏과 관련된 질문을 했어도 거짓말탐지기에서 전기가 흐르는 일은 없었다. 나중에는 추궁할 질문거리도 없어서 진실 게임은 시시하게 끝나고 말았다. 그런데 우진은 이거 재미있다며 계속 기계 위에 손을 올려놓았다.

"오오, 오늘은 진실만을 이야기하겠다는 각오입니까?"

"네!"

"이 세상에서 가장 아름다운 미인은?"

"저희 어머… 앗!"

우진은 이거 고장 난 거 아니냐고 따졌지만 소용이 없었다. 그래도 내겐 우리 어머니가 최고의 미인이라고 다시 말하다가 전기 충격만 거듭 받았다.

"그럼 녹음까지 했다면 그 그룹 데뷔곡도 잘 부르겠네요."

"뭐, 대충은."

"한번 불러줄 수 있어요?"

"아니, 왜 또 엮으십니까!"

"아니, 그게 아니라 내가 채우진 씨 목소리를 굉장히 좋아해요. 우진 씨 목소리로 부르는 'Shining star'를 듣고 싶어서 그렇죠."

운종신이 정말 소원이라며 부탁을 하자 다른 MC들이 항의했다.

"계속 익명의 아이돌로 말했는데 그렇게 노래 제목을 말하면 어떡해! 이왕 이렇게 된 거 한번 불러주고 말아요. 여기 나와서 그 노래 부른 사람들 많은데 우진 씨가 한 번 더 부른다고 뭐 달라질 거 있어?"

워낙에 명곡이라 자신의 인생곡이라면서 'Shining star'를 부른 연예인들이 많았다. 그리고 운종신 본인도 유독 좋아하는 곡이라 노래 잘 부르는 가수가 나오면 꼭 시키기도 했다. 그중에 채우진 하나 더 보탠다고 해서 달라질 것은 없다.

그의 처지가 모호하기는 하지만 'TV스타'의 분위기 자체가 워낙에 막무가내여서 이런 경우는 비일비재했다.

"처음 채우진 씨가 그 그룹으로 데뷔할 뻔했다는 이야기를 듣고 얼마나 상상을 했는지 알아요? 우진 씨가 노래할 때 나오는 중저음의 허스키한 목소리로 부르는 'Shining star'는 어떤 느낌일까 하고. 여러분 만약 욕하고 싶으면 날 욕하세요. 보다시피 우진 씨는 부르기 싫어하는 걸 제가 강요한 거니까요."

운종신은 카메라를 향해 미리 사과했다. 예전부터 그가 이 노래를 좋아하고 다양한 목소리로 듣기 좋아하는 수집가라는 걸 알기에 이해받을 수 있는 행동이었다. 아니라면 블루핏이나 채우진에게는 굉장히 민폐를 끼치는 요구였다.

물론 사전 합의에서 제작진은 이러한 운종신의 요구를 먼저 우진에게 알렸었다. 그리고 우진은 이를 거절하지 않았다.

"제가 또 그러면 괜히 삐딱선을 타고 싶어지거든요."

의미 모를 말을 하고 짓궂게 활짝 웃은 우진은 자리에서 일어나 마이크를 들었다. 잠시 목을 가다듬던 그는 이내 블루핏의 데뷔곡인 'Shining star'를 부르기 시작했다.

나는 너에게 그런 존재가 될 거야. 어디 한번 두고 봐. 너는 평생을 네가 버린 세상 밖에서 나를 봐야만 할 거야…….

우진이 노래를 부르기 시작하자 사람들은 그만 당황하고 말았다. 이건 채우진의 목소리가 아닌 그냥 블루핏이 부른 'Shining star'였다.

아, 아, 아, 아~ Shining star!

정확히는 메인 보컬인 민시후가 부른 파트였다. 블루핏의 데뷔곡인 'Shining star'가 인기를 얻은 이유 중 하나인 5단 고음 부분을 우진이 부르는 순간 모두의 팔에 소름이 돋았다.

마치 판을 틀어놓은 것처럼 완벽하게 똑같았다. 앨범 녹음 후에 민시후가 성대 염증으로 더는 부를 수 없었다는, 누구도 라이브로 들은 적이 없는 앨범과 똑같은 'Shining star'가 지금 스튜디오 안에 울려 퍼지고 있었다.

노래가 끝나자 사람들은 손뼉을 치긴 했지만 조금 전까지 자신이 들은 게 무언지 모르겠다는 표정이었다.

"솔직히 고백해! 방금 블루핏 노래 틀어놓고 우진 씨는 립싱크한 거지?"

강구라가 미간을 찌푸리며 제작진에게 묻자 PD가 두 팔로 엑스를 만들며 격렬하게 고개를 저었다. 사전에 채우진이 'Shining star'를 부르기로 한 것은 맞지만, 어디까지나 거기까지만이었다. PD도 지금 이 상황이 뭔지 이해가 가지 않았다.

노래를 부를 때면 채우진의 목소리는 굉장히 독특해졌다. 평상시에는 전혀 안 그러다가 노래만 부르면 중저음의 멋있는 허스키가 되는데 방금은 전혀 그렇지 않았다. 그리고 모두에게 낯익은 다른 목소리로 노래를 불렀다.

남들은 공황에 빠지든 말든, 우진은 혼자 유유자적 자리에 앉으며 장난기 어린 목소리로 사정을 설명했다.

"그 당시 프로듀서 선생님이 서로 상대편 목소리를 모사해보라고 시킨 적이 있거든요. 그럼 서로 장단점을 잘 알 수 있다고. 결코, 운종신 씨가 바라는 걸 들어주기 싫어서 그런 게 아닙… 앗!"

자리에 앉자마자 거짓말탐지기에 손을 올려놓고 이야기하던 우진이 전기 충격을 받자, 비로소 스튜디오 안은 웃음바다가 됐다. 다른 사람들은 그런 일이 있었냐며 가볍게 생각하고 넘겼다. 다만 운종신만이 얼굴이 굳은 채로 웃지도 않고 아무 말 없이 가만히 있었다.

"뭐야, 원하는 대로 안 해줬다고 삐친 거야? 이 사람이 이렇게 속이 좁아!"

강구라가 어깨를 치며 말하자 운종신도 그제야 정신을 차리며 억지웃음을 지었다.

"아니, 아무리 성대모사라지만, 어떻게 앨범에 수록된 곡하고 똑같을 수가 있죠?"

운종신이 놀란 것은 바로 그 점이었다. 목소리? 그것만으로도 엄청나지만 박자에서 호흡과 음의 높낮이까지 완벽하게 똑같았다. 민시후는 한 번도 재연하지 못했던 것들이었다. 다른 사람이라면 모를까, 매번 핥듯이 수도 없이 'Shining star'를 들었던 운종신은 확신할 수 있었다.

날카롭게 눈을 빛내며 고개를 드는 순간 PD와 눈이 마주쳤다. PD는 가볍게 고개를 저으며 운종신만 볼 수 있도록 입가를 손으로 가리고 입을 벙긋거렸다.

'이건 우리가 건드릴 문제가 아니야.'

방송에는 내보낼 것이다. 하지만 이에 관한 판단이나 해결은 'TV스타'의 몫이 아니었다.

"이 노래도 몇 년 만에 부르니까 좀 힘들기는 하네요."

우진이 엄살을 피우며 목을 잡고 쓰다듬자 강희주가 그에게 생수를 건네줬다. 우진은 물을 마시며 PD와 운종신이 무언으로 주고받는 신호를 조용히 지켜보기만 했다.

"그러고 보면 채우진 씨는 그날 우연이 참 많았어요. 편의점에서 베리로즈도 만나고 슬리퍼 청년의 계기가 되었던 할아버지도 만나고. 정말 우연 맞아요?"

"그러게요. 제 인생의 우연은 그날 다 쓴 기분입니다."

녹화는 다시 베리로즈와의 첫 만남에 관한 이야기로 돌아왔다. 그날의 일을 두고 우연이 아니다, 일부러 연출한 장면이라는 이야기가 많았다.

"원래 그렇게 평소에도 선행을 하는 편인가요?"

"아니요. 그날은 'Glooming day'를 끝내고 오랜만에 집으로 돌아가는 길이었거든요. 그런 날이 있잖아요. 세상이 아름답게 보이고 문득 착하게 살아야겠단 생각이 드는 날이요. 나중에 제가 슬리퍼 청년이라고 불리는 걸 알았지만, 사실 제가 한 것은 아무것도 없잖아요. 그 할아버지의 삶에 도움을 주고 희망을 주신 분들이 진정한 주인공들인데 왠지 저만 주목받는 것 같아서 미안하기도 하고, 솔직히 많이 창피합니다. 더는 슬리퍼 이야기는 안 했으면 좋겠습니다."

한 것도 없이 칭찬 듣는 건 사양하겠다고 우진은 분명하게 말했다.

"그래도 이미지 개선에는 도움이 되지 않았나요?"

"전에도 딱히 이미지는 나쁘지 않았는데요?"

굳이 개선이란 단어를 사용한 강구라에게 우진이 웃으며 반박했다. 그의 말에 베리로즈가 그건 맞다고 열성적으로 고개를 끄덕였다.

"이미지를 위해서 나이 드신 분을 이용하는 건 너무 야비하죠. 제가 그렇게 착한 건 아니지만 그렇다고 그런 일을 할 만큼 속되지는 않습니다."

우진은 일방에서 돌고 있는 '계획설'을 일축했다. 거짓말탐지기의 효용성이 얼마만큼 사실인지는 모르나 적어도 이 순간에도 전기는 흐르지 않았다.

조용히 우진의 이야기를 듣고 있던 강희주가 슬며시 손을 들었다.

"이건 나중에 개인적으로 물어보려고 했는데 우진 씨 이야기를 들으니까 지금 묻고 싶어지네. 아니라면 나중에 편집해 주세요."

PD를 보며 찬성을 구한 강희주는 우진에게 물었다.

"이런 자리에서 말하기 부끄럽지만 제가 폭력 피해 청소년을 위한 재단에 후원을 조금 하고 있거든요. 그런데 그곳 재단 관계자분이 제게 그러더라고요. 후원자 중에 채우진이란 분이 있는데 그분이 혹 그분인지 나중에 한번 물어봐 달라고요. 3년이 좀 넘었다고 하던데……."

후원금 통장에 주기적으로 찍히는 모든 이름을 재단 관계자가 기억하고 신경 쓰는 건 아니었다. 하지만 어쩌다가 기억나는 이름이 있고, 그와 같은 이름을 다른 곳에서 발견했을 때 가지는 호기심은 어쩔 수가 없다. 재단 관계자는 자신들의 후원자가 어느 날 세상에 알려진 배우와 동일 인물인지가 궁금했다.

그래서 오랫동안 후원해 주고 함께 봉사를 다니는 강희주에게 한번 알아봐 달라고 넌지시 부탁했다.

몇 년 전부터 자신들을 후원해 주던 이가 연예인이 되었다면 자기들도 응원해 주고 싶다는 마음이었다. 후원자들이 누구인지 모르는 경우가 대부분이라, 재단 사람들은 상대를 알게 되면 어떻게든 고마운 마음을 표현하려고 노력하기도 했다.

그래서 둘만 있을 때 조용히 물어보려고 했는데 슬리퍼 청년 이야기를 들으니 공식적으로 물어보고 싶어진 것이다. 사실 강희주는 착한 일은 널리 알리자는 주의였기에 일부러 꺼낸 감도 없지 않았다.

"어……."

예상치 못한 곳에서 날아온 공세에 우진은 어찌할 바를 몰라 했다. 먼저는 폭력 피해 청소년을 위한 재단에 후원을 결정한 계기가 떠올랐기 때문이다.

당시에는 몸과 마음이 엉망진창이었던 때였다. 누굴 위한다는 마음보다는 이 세상에 나처럼 힘들어하는 다른 누군가가 있다는 것에 순간 위안을 받았다. 세상에 힘든 것은 나 혼자가 아니라는 위로. 그리고 나는 그나마 저들보다 낫다는 우월감 같은 마음이 컸다.

"맞네, 맞구나."

우진의 반응에 대답을 들은 강희주가 흡족한 표정으로 고개를 끄덕였다. 자신과 같은 뜻을 가진 동지가 하나 생겼다는 기쁨을 감추지 못했다.

"그게… 저와 이름이 같은 다른 분이 있을지 모르겠지만, 일단 후원이라고 해도 정말 적은 액수라서요. 그때는 과외해서 번 거 조금씩 모아서 보낸 거고 지금도 아직은 제가 그렇게 많이 버는 편이 아니라서. 딱히 밝힐 만한 게 못 되는데……."

처음 후원금을 보낸 것은 충동적이었다. 저축한 것에서 일부 금액을 보낸 후에 잊고 있다가 나중에 통장 정리를 할 때야 다시 기억할 정도였다.

다만 한 번 보내고 입 싹 씻는 게 미안했을 뿐이다. 힘들 때는 뭐에라도 위로를 받으려고 했으면서, 상황이 진정되니까 일상으로 돌아와 잊어버리는 게 염치없기도 했다. 그래서 지금까지 의무적으로 일정 금액을 계속 보내고 있었다.

지옥에서 벗어난 자신처럼 이 돈으로 누군가도 희망을 찾는다면 아깝지 않다는 생각을 하면서 말이다.

하지만 예전에는 학생 신분으로 돈이 들어올 데가 과외밖에 없었다. 그리고 지금은 영화 두 편을 찍으면서 받은 출연료가 우진의 수입 전부였다. DS에 들어가서 돈이 들어오는 일을 한 것은 '헌츠맨'과 '그림자의 도시' 둘뿐이었다.

드라마는 아직 제작사에서 정산을 해주지 않은 상태라 우진이 DS에 들어가 실질적으로 번 돈은 '헌츠맨' 출연료가 전부였다. 이도 소속사에서 3개월마다 해주는 정산 날이 아니라 받지 못했다. 물론 매달 DS에서 용돈 같은 게 나오지만 우진은 왠지 그걸 쓰기가 껄끄러웠다.

그래서 아직 우진이 내는 후원금은 그리 많지가 않았다. 우진이 하는 말의 뜻을 동료 연예인들은 이해했다. 뭐라고 해도 채우진이 데뷔를 한 것은 고작 6개월도 되지 않았다. 광고도 찍은 적이 없는 그가 다른 유명인과 같은 금액을 낼 수 있을 리 만무하다.

지금 우진은 적은 액수로 후원한답시고 이런 자리에 나와 밝히는 것이 마치 생색내는 것 같아서, 부끄러워하는 것으로 보였다.

"괜찮아요. 저도 처음엔 어디서 말하기 부끄러운 금액부터 시작했어요. 중요한 것은 채우진 씨처럼 꾸준히 관심을 두는 거죠."

강희주의 말에 오히려 찔린 게 많은 우진은 더욱 부끄러웠다.

"그런데 3년 전이라면 이십 대 초반이었을 텐데 어떻게 그런 생각을 했어요? 그 나이 때면 봉사는 해도 후원금을 낼 생각까진 거의 못 하는데."

운종신의 질문에 우진이 대답을 하려고 하자, 강희주는 그의 손을 거짓말탐지기 위에 올려놓았다. 그녀의 질문에 놀라 당황해하는 사이에 어느새 손을 뗐는데 그걸 또 놓치지 않은 것이다. 강희주는 우진의 진심을 조금이라도 알리고 싶은 것 같았다. 우진으로선 고맙지 않은 친절이었다.

"그때는 제가 좀 힘들었던 시기였거든요. 어느 날 길을 가는데 재단 포스터를 보고, 나도 이렇게 힘든데 나보다 더 어린 친구들은 얼마나 더 힘들까 하는 생각이 문득 들더라고요. 아니, 정말 그때는 그냥 동병상련 같은 마음에서 시작했을 뿐이에요. 다만 제가 좀 더 여유가 있었던 거죠."

나중에는 그냥 버릇처럼 지속하게 된 것뿐이라고 담담하게 이야기했다. 채우진이 힘들었다는 시기는 강희주가 말한 3년 전이란 말에서 어느 정도 예측할 수 있었다.

그런데 이 시기가 굉장히 미묘했다. 블루핏은 데뷔한 지 아직 3년이 되지 않았다. 3년 넘게 후원을 했다면 그 이전부터 힘들었다는 말인데, 그때라면 채우진이 데뷔하기 위해 한창 바쁘고 꿈에 들뜰 시기였다.

그랬을 그가 다른 것도 아닌, 폭력 피해 청소년에게 동병상련을 느꼈다는 게 시사하는 바가 컸다.

그의 말에 내포된 의미를 이 자리에서 모르는 사람은 아라뿐이었다. 동그란 눈으로 그냥 우진만 바라보는 아라는 그가 하는 말의 태반을 이해하지 못했다. 그래서 스튜디오에 감도는 무거운 분위기도 모르고 혼자서 미소 짓고 있었다.

"이건 그냥 편집해 주세요. 왠지 흑역사를 밝힌 것 같아요."

계획에 없던 이야기가 나오자 우진은 당황한 상태였다. 아무리 제작진과 사전 합의를 봤다고 해도 여러 사람이 모인 토크쇼에서는 대화의 흐름이 어떤 방황으로 튈지 모른다. 항상 긴장하고 있으라던 게 무슨 의미인지 이제야 알 것 같았다. 오늘 우진은 'Shining star'를 부르는 것에서 적당히 공격을 마무리할 생각이었다.

그런데 뜻하지 않게 그 당시 자신에게 무슨 일이 있었는가를 암시하는 말까지 해버렸다. 우진이 난처해하는 이유를 어렴풋이 예상한 강희주는 아무것도 모르겠단 얼굴로 밝게 말했다.

"아니, 나쁜 짓도 아니고 이런 건 만방에 자랑해야죠. 전 유명인이 하는 선행은 언제나 알려야 한다고 생각해요. 그래야 별생각 없던 분들도 그런 게 있구나, 알게 되면서 동참하는 거 아니겠어요."

아이나 어른에게나 폭력의 결과는 늘 참혹하다. 정의의 사도는 아니어도 그녀의 성격상 이런 일은 크게 알려져야 한다고 생각했다. 그러나 우진이 대놓고 그에 관한 이야기를 노골적으로 피하는 것 같아, MC들도 더는 물고 늘어지지 않았다.

우진이 숨기고 싶어 하는 게 무언지 그들도 어렴풋이 눈치를 챈 것이다. 김구진이 다른 주제를 찾기 위해 큐 카드를 넘기다가 아라에게 질문을 했다.

"아라 양은 학교와 연예 활동을 병행하는 게 힘들지 않아요?"

"힘들기는 해도 좋아하는 일을 하는 거라 재미있어요."

"재미있을 때가 가장 행복할 시기지. 좋아하는 일이 직업이 되면 그때부턴 전혀 즐겁지가 않아."

운종신의 푸념에 사람들이 웃었다. 말이 웃긴 게 아니라, 그의 말에 동감하면서 슬퍼서 웃는 것이었다.

"아라 양도 채우진 씨 팬이라고 하지 않았나요?"

"네, 그래서 녹화 전에 폰 번호 좀 알려 달라고 했다가 거절당했어요."

입술을 삐죽이며 투정하는 아라를 위로하던 MC들은 우진에게 왜 그랬느냐고 따지기도 했다.

"아니, 그깟 전화번호가 뭐라고 안 알려줘요. 동생같이 챙겨주면 얼마나 좋아. 연예계의 미담이 될지 누가 알아요?"

"제가 이미 동생이 있거든요."

"그게 왜요?"

"하나도 벅차요."

우진이 샐쭉한 얼굴로 고개를 젓자 왠지 더는 반박할 수 없는 공감을 샀다.

"내가 외동이라서 오빠, 동생처럼 알고 지내려고 했는데도 안 될까요?"

"말했다시피, 제게도 18살 여동생이 있거든요. 보면 그렇게 서로 전화하고 연락하며 지내지는 않아요. 남매에 대한 환상은 버리는 게 좋아요."

단호한 우진의 말에 MC들은 고개를 끄덕였다. 미성년자가 따르고 자꾸 전화하는 것도 사실 귀찮은 일이었다.

"맞아. 오빠라는 건 환상 속에 사는 생명체일 뿐이야. 아라 양, 오빠라는 거 별거 없어요."

"그건 여동생도 마찬가지죠. 전 여동생에 대한 환상이 없어요."

"우진 씨 너무 단호한 거 아니에요? 동생이 이 방송 보면 어쩌려고 그래요?"

"못 보게 재워야죠."

진지하게 말하는 우진에게 강구라가 다시 거짓말탐지기를 언급했다.

"우진 씨 아까부터 슬며시 거짓말탐지기에서 손을 내려놓는데 다시 올려놓고 말해보세요."

그의 말에 우진은 선뜻 거짓말탐지기에 손을 올리지 못하다가 슬며시 올려놓고 카메라를 향해 말했다.

"동생아, 사랑한다!"

빨간불도 전기도 흐르지 않는 걸 보며 우진은 오른손으로 주먹을 꽉 쥐며 승리의 세레모니를 했다.

"거봐! 여동생 바보 맞잖아. 아라 양 그냥 채우진 씨는 포기해요. 아무래도 동생은 친동생 하나만으로도 충분한 사람 같으니까. 대신 내가 오빠 해줄까요?"

운종신이 장난스럽게 눈을 동그랗게 뜨며 고개를 갸웃거렸다. 하지만 그에게는 시선조차 주지 않고 아라는 섭섭한 티를 보였다.

"그게 아니라, 아무래도 성도 같은 채씨라서 친근감이 들었거든요."

"어? 아라 양도 채씨? 그럼 이름이 채아라?"

"아니요."

이름 이야기가 나오자 순간 얼굴이 굳은 아라는 화제를 다른 것으로 돌리고 싶어 했다.

"아라는 예명이고 이름은 따로 있어요."

"하지 마!"

"우라요! 채우라!"

아라의 본명은 '우라'였다. 이름만으론 아무 문제가 없는데 하필 성씨가 '채'씨였다. 채우라, 어릴 때부터 이름을 말하면 '뭘 채우라고?'라는 말장난을 들었다. 그게 콤플렉스가 되어서 채우라라는 이름 대신에 '아라'라는 예명을 사용하게 되었다.

아라가 싫어하는 걸 알기에 다영은 일부러 사람들에게 본명을 알려줬다. 의도대로 아라가 울상을 지으며 싫어하는 티를 냈지만, 두 사람의 신경전은 별 관심을 받지 못했다.

아라의 본명이 '채우라'라는 걸 들은 직후, 우진의 손 밑에 있던 거짓말탐지기에서 빨간불이 계속 깜박였기 때문이다.

"우진 씨 괜찮아요?"

"네?"

"아니, 손!"

거짓말을 하면 전류가 흐르면서 빨간불도 함께 깜박이는 기계였다. 빨간불이 켜졌다면 전기도 흐를 텐데 우진은 멍하니 아라만 보고 있었다. 사람들이 부르는 소리에 정신을 차린 그는 서둘러 기계에서 손을 뗐다.

괜찮으냐고 묻는 말에 대답하는 그의 표정은 뭔가 영혼이 나간 듯 아무 표정이 없었다.

"몰라, 몰라, 창피하게 그 이름을 거기서 말하면 어떻게 해!"

녹화가 끝나고 대기실에 들어서자마자 채우라는 손에 잡히는 아무거나 다영에게 던졌다. 처음엔 각 티슈였다가, 먹다 남은 도시락이 날아오자 다영은 재빨리 몸을 피했다.

"부모님이 지어주신 소중한 이름이 대체 뭐가 창피하다는 건지 모르겠네."

한두 번 당한 게 아닌지 다영은 침착하게 요리조리 잘도 피해 다녔다. 먼저 힘이 빠진 채우라가 씩씩거리며 독기 어린 눈으로 다영을 노려봤다.

"내 이름이 얼마나 촌스러웠으면 우진 오빠가 그렇게 놀랐을까! 우리 오빠 손 다쳤으면 네가 책임져!"

자신보다 3살이나 많은 그룹의 맏언니인데도 채우라는 연신 말을 놓았고 다영도 그건 아예 신경 쓰지 않았다.

"우리 오빠는 무슨! 전화번호도 까였으면서."

"내가 좋아하면 다 오빠야!"

"그렇게 좋아하면 그냥 팬카페에나 가입해서 활동하지?"

다영은 채우진의 팬을 자처하며 만날 그에 관한 정보에 목말라하는 주제에, 정작 팬카페에는 가입도 않는 채우라를 꼬집었다.

"팬카페는 평생 우진 오빠 만날 기회조차 없는 루저들이나 가입하는 곳인데, 내가 왜? 웃기고 있네! 그런 것들하고 나하고 지금 같은 급으로 보는 거야?"

"그래 그렇게 잘나서 목 아프다고 거짓말까지 하면서 노래도 안 불렀냐?"

서브 보컬이기는 하지만 채우라는 사실 베리로즈에서 가장 노래를 잘 불렀다. 처음 메인 보컬을 하라는 소리에 귀찮다며 짜증을 내는 걸 대표님이 살살 달래서 겨우 서브 보컬을 시킨 것이다.

"내가 광대야? 늙은이들 앞에서 노래나 부르게."

"네가 그렇게 말하면 오늘 세 곡이나 부른 채우진 씨는 뭐가 되냐?"

"그러니까! 하여튼 사람이 너무 착해서 탈이야."

저 채우라가 그래도 좋아하는 사람이 있다는 게 다영은 조금 신기했다.

"하긴 같은 채씨 성에 '우' 자 돌림인 걸 보면 항렬이 같은 건가."

채우라가 모르는 것을 보면 가까운 친척은 아니래도 본관이 같은 뿌리일 수도 있다. 피는 멀더라도 그것만으로도 마치 한 가족 같아서 호감을 느끼는 건지도 모른다.

"뭐, 화앙? 그게 뭐야?"

"검색해서 찾아봐. 내가 그런 것까지 가르쳐 줘야 해?"

차가운 다영의 대답에 채우라도 콧방귀를 뀌며 폰으로 검색을 했다. 그리고 얼마 가지 않아 발갛게 타오르는 얼굴로 다영에게 욕을 했다.

"시발, 내가 전염병이야?"

"이번엔 또 뭘 검색한 건데?"

이런 일이 자주 있었는지 다영은 한숨부터 내쉬며 채우라에게 다가가 그녀가 검색한 결과를 보았다. 채우라는 '황열'을 검색한 결과를 당당하게 보여주었다.

"모기로 옮기는… 악성 전염병… 하아……."

너한테 뭘 바라냐며 다영은 고개를 저었다. 처음엔 채우라 같은 아이가 뭐가 부족해서 걸그룹을 하나 싶었는데 이제는 어느 정도 알 것 같았다.

저 머리로 좋은 대학교에 들어가긴 힘들었다. 아무 곳이나 들어가거나 부정 입학, 아니면 잔디 깔아주고 기부 입학하는 수밖에 없었다. 아마도 채우라의 부모는 이 모든 방법이 마음에 들지 않았던 모양이다. 그럴 바엔 차라리 연예인 특별 전형을 노리는 것 같았다.

이래저래 욕 얻어먹는 건 비슷하지만 적어도 연예인으로 대학에 들어간 게 당당할 정도로 채우라는 머리가 나빴다.

"됐다. 난 숙소에서 울고 있을 초희나 위로하러 갈 거야."

"그깟 방송 못 나온 게 무슨 대수라고."

"그깟 방송 나오려고 난리 피운 게 누군데?"

"그거야 우리 우진 오빠 보려고 나왔다, 왜?"

질린다는 표정으로 다영은 고개를 저었다. 어차피 개인 밴을 타고 다니는 채우라와 따로 왔기에 다영은 미련 없이 대기실을 먼저 나왔다.

"하여튼 없는 것들이 꼬여서 성격이 안 좋아."

손수건으로 눈가를 닦던 채우라는 뒤에 서 있던 개인 비서를 돌아보며 물었다.

"참! 우진 오빠한테 선물은 잘 전해줬어?"

"거절하셨습니다."

"왜? 취향이 아니라고 해?"

"아니요. 너무 부담스럽다며 거절하셨어요."

"그게 뭐 얼마나 한다고 부담스러워? 우진 오빤 다 좋은데 너무 서민적인 것 같아."

오백만 원짜리 시계를 사주고 거절당한 채우라는 우울해져서 입술을 삐죽였다.

"아가씨, 시간이 너무 늦었습니다. 귀가하셔야죠."

녹화가 길어져 저녁 11시가 넘어버린 시간을 가리키며 비서가 초조해하자 채우라는 비소를 지었다.

"어차피 집에 가봤자 아무도 없을 텐데 귀가 시간 지켜봤자 뭐 해. 그리고 안다고 해도 정작 뭐라고 하지도 않잖아. 아빠가 관심 있는 건 아들이지 나 같은 딸이 아니야!"

아들, 아들밖에 모르던 사람이 바로 채우라의 아버지였다. 그런 금쪽같던 아들이 작년에 사고로 죽자 이번에는 새로운 아들을 만들기에 혈안이 되었다. 자식이라곤 이제 자기 하나뿐인데도 관심도 주지 않았다.

어머니는 채우라에게 '네가 아들로 태어났어야 해!' 아니면 '네가 조금이라도 똑똑했다면 내가 이런 무시를 안 당했지!' 하며 화만 냈다.

"모두가 날 싫어해!"

"아가씨."

안타까워하는 비서가 어떻게든 달래주려고 했지만 채우라

는 거절했다. 기억이 잘 나지 않지만 어릴 적에 엄마가 분명 어떤 남자애를 가리키며 '오늘부터 우라 오빠란다!' 라고 말했던 적이 있었다.

하지만 그 오빠 채우라에게 사나운 표정을 지으며 뒤에 있던 다른 여자애만 감쌌다. 그 여자애가 부럽고 너무 미워서, 그 여자애가 예뻐하던 고양이를 억지로 빼앗기도 했다. 그게 바로 땅콩이었다. 땅콩이를 옆에 두면 그 오빠도 자신을 예뻐해 줄 것으로 생각했다.

"난 단지… 나도 그런 오빠가 가지고 싶었을 뿐이야."

과연 그런 일이 있었던가 싶을 정도로 어렴풋한 기억이었다. 분명 존재했던 기억이라는 유일한 증거가 바로 땅콩이었다. 그래서 나름대로 예뻐해 줬는데 아차 하는 순간 어딘가로 도망가 버렸다. 성격이 너무 도도해서 평소 잘 따르지도 않고, 나이 들어서 예전처럼 예쁘지도 않아서 채우라는 굳이 땅콩을 찾지 않았다.

무엇보다 이제는 기억도 안 나는 과거에 매달릴 필요가 없었다. 평소 자신이 상상해 오던 '오빠'의 이상형에 딱 들어맞은 사람을 발견했으니 말이다. 실존하는지도 모르는 오빠 따윈 이제 어떻게 돼도 상관없었다.

그런데 오빠 삼고 싶은 채우진에게도 이미 여동생이 있었다.

"짜증 나!"

◆　　◆◆◆　　◆

일요일, '가면의 가왕'이 방송할 시간에 맞춰 1층으로 내려가던 우진은 계단에서 반대로 올라오는 우희를 만났다.

"왜 올라와? '가가' 안 봐?"

"안 봐."

저번 주만 해도 화면이 뚫어져라, '가면의 가왕'을 시청하던 우희가 오늘은 뚱한 얼굴로 시청을 거부했다. 하긴 우주의 사령관이 4승 하는 장면을 보고 이를 갈았던 걸 고려하면 당연한 반응이었다.

"그 인간 5승 하는 거 보고 싶지 않아."

"오늘은 1라운드까지만 하니까 5승은 다음 주에 보여줄걸. 그러니까 그냥 편하게 봐."

"시청률 올려주기 싫단 말이야."

"어차피 우린 시청률 표본 가구가 아니라서 아무리 봐도 적용 안 돼."

"흥! 나 혼자라도 거부해서 그 프로의 인기를 죽이고 말 것이야!"

두 주먹을 불끈 쥔 우희는 우진이 말을 걸기도 전에 서둘러 계단을 뛰어올라 갔다. 이미 친구들에게 말은 해놓았지만, 2층에 올라가서 '가면의 가왕'을 보지 말라는 문자를 싹 돌릴 작정이었다.

"그럴 필요 없는데."

우진은 머리를 긁적이며 거실로 내려와 보니 이번에는 어머니가 비장한 표정으로 소파에 앉아 계셨다. 아버지는 저녁 모임 때문에 외출하셔서 커다란 거실에는 어머니 혼자였다.

"뭐 하세요?"

"'가면의 가왕' 보려고."

"그런 거 잘 안 보시잖아요."

"사람들이 볼만하다고 해서……."

뭔가 어머니에게서 전투적인 분위기가 흘러나오는 바람에 우진은 더는 묻지 않고 조용히 자리에 앉았다. 우진이 자리에 앉자마자 그의 허벅지 위로 우사가 폴짝 뛰어 올라와 앉았다.

문득 채우라가 죽었다고 말했던 14살 땅콩이가 생각났다. 부디 그 땅콩이가 우사가 아니기를 바라지만, 아마도 맞을 것이다.

'우리를 아나요?' 녹화 당일에 우진과는 만나지 못했지만, 채우라도 그곳을 찾았었다며 안타까워하는 이야기를 했다. 이틀 후에 우진이 그 근처에 있던 정형외과 주차장에서 우사를 만났으니, 아마 그날 데리고 왔다가 잃어버린 것으로 추측할 수 있었다.

마음이 무거워진 우진과 전투력이 상승한 박은수로 인해 거실 분위기는 날카롭기까지 했다. TV를 보면서 자연스럽게 주고받는 대화조차 없이 조용히 방송만 보는 어색한 시간이 흐른 후에, 드디어 세 번째 조 차례가 왔다.

"흐음?"

어머니에게서 흘러나오는 소리에 우진의 귀가 쫑긋거렸다. 세 번째 조의 노래가 끝나고 한량 도령의 2라운드 진출이 결정되자 감성주가 한량 도령을 도련님이라고 부르는 장면에, '감출 수 없는 도련님의 풍모'라는 자막이 나오기도 했다.

네 번째 조가 무대에 오르고 나서야 어머니는 우진을 돌아봤다. 현재 사람들이 알고 있는 우진의 노랫소리와 달리 그녀는 아들의 음색을 정확히 알고 있었다. 게다가 얼마 전까지도 집 안에서 노래를 부르는 걸 들었는데 모를 리가 없다.

깜박거리는 어머니의 눈동자가 유독 빛나는 걸 보고 우진은 조용히 손가락을 입술에 갖다 댔다. 그러자 어머니도 똑같은 동작을 해 보이며 왼손으론 2층을 가리켰다. 우희에게도 비밀이냐는 물음에 우진은 가만히 고개를 끄덕였다.

"그래도 부부는 일심동체다."

남편에게는 말하겠다는 어머니의 말에 우진은 웃음을 터뜨리며 굳이 말리지 않았다.

"그런데 내가 다음 주에는 편하게 저 프로를 볼 수 있을까?"

"글쎄요. 하지만 재미는 있으실 것 같아요."

"방송이 재미만 있으면 됐지."

'가면의 가왕'을 시청하는 내내 거실에 가라앉았던 무거운 기운이 일순 사라졌다. 단순한 느낌인가 싶으면서 우진은 신기해하며 주위를 돌아봤다.

"그런데 넌 백합 여왕이 한지연인지 어떻게 알았니? 난 도저히 모르겠던데."

"그냥 목소리 들어보면 알아요."

별거 아니라며 어깨를 으쓱이는 아들을 보며 박은수는 조금은 얄밉다는 표정을 지었다. 하지만 입가에 활짝 핀 미소는 보기가 좋았다. 그런 어머니를 보는 우진의 마음에 작은 파문이 일었다. 그리고 며칠 동안 혼자서 끙끙거리던 고민거리가 혼자만의 문제가 아님을 깨달았다.

"어머니께 조용히 할 말이 있어요. 어머니가 결정해 줬으면

하는 것도 있고요."

말은 꺼낸 것은 충동적이었지만 잘한 결정이란 생각이 들었다. 지난번에 결심했듯이 이젠 문제가 생기면 가족들과도 의논하고, 방송을 통해서 불시에 진실을 알게 하고 싶지가 않았다.

"우희가 들으면 안 되는 거니?"

"안 들었으면 좋겠어요."

'가면의 가왕'이 곧 끝날 시간이라 언제 우희가 내려올지도 모르기에 두 사람은 서재로 들어갔다.

"며칠 전에 'TV스타'를 녹화하다가 그 아이를 만났어요."

"그 아이?"

"채우라요."

생부의 여자가 낳은 아이, 채우라.

우진은 그 이름만은 똑똑히 기억하고 있었다. 다만 어린 채우라는 친부를 많이 닮았던 것으로 기억하는데 자라면서 얼굴이 많이 달라진 것 같았다. 그래서 전혀 상상도 못 하다가 그 이름을 듣고서야 기억이 났다. 채우라에게 남아 있는 그 여자의 얼굴을.

그렇게 우진은 'TV스타'를 찍게 된 사연과 베리로즈의 아라가 바로 채우라고 어머니께 전했다.

"놀랐겠구나."

"네, 순간 어떻게 해야 할지 몰라 실수도 했어요."

우진은 놀라서 흥분한 사이, 거짓말탐지기에서 전기가 흐르는 데도 몰랐다며 당시의 상황을 이야기했다.

"그래서 넌 뭘 걱정하는 거니?"

우진이 걱정하는 건 방송을 보았을 때 어머니가 받을 충격, 그리고 나중에 부친을 통해 채우진이 자신의 오빠라는 걸 알게 되면 보여줄 채우라의 반응이었다. 지금도 팬이라면서 귀찮게 구는데 나중에 성가신 일이 생기지 않을까 사서 걱정부터 했다.

"나라면 걱정하지 않아도 좋아. 이 좁은 서울 바닥에 살면서 설마 지금까지 그쪽 사람들을 한 번도 안 만나봤겠니. 일 때문에 찾은 백화점에서 몇 번이나 그 여자를 만난 적이 있어."

시장조사를 위해 백화점에 입점한 매장들을 둘러보다 채우라의 모친을 만난 적이 있었다. 전도된 자신들의 위치에 만족하며 그녀는 노골적으로 박은수를 비웃고 깔보려 한 적도 있었다. 하지만 그건 벗어난 지옥에 아직 미련이 남아 있을 때나 통하는 수단이었다.

그 여자 때문에 박은수의 삶이 변하기는 했어도 덕분에 지옥에서 스스로 헤어 나올 수 있었다. 어찌 보면 그녀는 동아줄이고 박은수 대신에 스스로 지옥에 들어간 희생자로밖에 보이지 않았다. 가소로울망정 그녀가 부럽거나 과거로 돌아가고 싶지는 않았다.

"그에 비하면 그 아이 얼굴 좀 보는 게 뭐 대수라고. 내 피붙이도 아니고 어디서 뭘 하든 무슨 상관이 있겠니. 난 오히려 너희가 걱정이다. 그래도 너희에겐……"

아무리 부정해도 혈연이라는 걸 부정할 수가 없었다. 재혼하면서 최민우는 아이들을 입양함과 동시에 자신의 성씨로 성씨 변경을 하고 싶다는 의사를 밝혔다. 그러자면 성씨가 더는 채씨가 아닌 최씨가 되는 거라, 박은수는 선뜻 승낙하지 못했다.

아니, 마음으론 당장 그의 뜻에 따르고 싶었다. 그러나 그러자면 아이들에게는 자신의 뿌리를 버리라는 말이 된다. 그 뿌리가 아무리 썩었다고 해도 아이들은 스스로 선택할 권리가 있었다. 적어도 우희가 성인이 돼서 부모의 욕심이 아닌 자신의 의지로 받아들이기 바랐다.

며칠 전에 그런 뜻을 조심스럽게 아이들에게 말했다가 정작 쓸데없는 고민을 한다는 대답을 들었다.

"며칠 전에도 말했지만 우리한테 채씨라는 성은 정말 아무 의미가 없어요. 빨리 성씨를 바꾸는 게 우희에게도 나아요. 아버지와 다른 성을 쓰는 게 오히려 우희에게는 상처일걸요. 그만큼 우리에겐 아무 의미 없는 성씨와 혈연이에요. 그런데 친부의 딸이라고 해서 새삼스러울 게 있겠어요?"

이미 친부에 대한 감정도 없는 마당에 이복동생에 대한 별다른 마음이 있을 리가 없었다.

"너희만 괜찮다면 엄만 아무 상관없다. 네 친부도 걱정할 필요 없을 거야. 너도 기억하겠지만 그 사람이 어디 자식들에게 관심이나 있던 사람이니? 너는 아들이라고 제법 챙기고 예뻐하긴 했지만, 그건 정말 아들이라는 상징성 하나만 가지고 그랬지. 정말 너 자체를 사랑한 건 아니었어. 그리고 우희에겐 정말 관심조차 없었고. 난 그 사람이 지금이라고 해서 크게 변했을 것 같지가 않구나."

그 당시에도 우진의 친부는 채우라에게도 별 애정이 없었다. 그냥 딸이라니까 할 도리를 다하는, 그 이상도 이하도 아니었다. 그랬던 사람이 지금 와서 딸이 나온 프로라고 챙겨볼 것 같지는 않았다.

"나는 말이다. 그 사람이 너희들 이름이나 제대로 기억하고 있는지조차 의심스러워."

백화점에서 그 여자와 우연히 만났을 때, 그녀가 비웃듯 말했던 게 있었다.

"세상에 그이가 이번에 우리 우라가 입양한 고양이 이름으로 우진이란 이름을 추천한 거 있지. 우 자 돌림으로 짓는 게 어떠냐고 내가 물으니까 귀찮다는 듯 그렇게 대답하더라? 그래서 내가 정말 우진이라고 해도 되냐니까, 아무것도 모르겠단 얼굴에 무슨 상관있냐고 말하는 거야."

원래 사람 이름은 잘 기억하지 못하는 사람이었다. 몇 년 동안 부르지 않은 이름은 그냥 머리에서 지워 버렸다.

머리가 나쁜 사람은 아니니 아마도 관심의 유무에 따른 결과인 것 같았다. 자신의 관심에서 벗어난 사람의 이름은 아무런 미련 없이 쓰레기통으로 삭제해 버리는 기능이 그의 머리에 있는 듯싶었다. 그래서 그녀의 말에도 별 충격을 받지 않았다.

다만 한참이나 어린 게 꼬박꼬박 반말하는 꼴이 참기가 힘들었을 뿐이다. 그녀라면 우진을 기억하겠지만, 나서서 그걸 밝힐 위인은 절대 아니었다.

"그리고 TV도 뉴스만 보는 사람이야. 남자 연예인에게는 아예 관심도 없고 여자만 좋아하지. 그것도 중매인 통해서 만나고 나서야 아는 수준으로."

너무 노골적으로 말하는 바람에 아차 싶었지만 우진도 벌써 성인이었다. 부모의 이혼 사유를 이미 알고 있는데 이제 와 감출 이유도 없었다.

"그 아이 이름 듣고 놀랐다고 했지? 그거 그냥 편집하지 말고 내보내라고 해. 지금이야 아무도 모른다고 해도 언제까지고 비밀일 수는 없을 테니까. 만약 너희가 이복 남매라는 게 세상에 알려지면 사람들은 네가 채우라가 누구인지 알게 된 순간이 언제인지 똑똑히 알겠지. 그럼 굳이 네가 설명하고 다닐 필요도 없고, 너희들이 얼굴도 서로 몰라볼 정도로 남남처럼 살았다는 증거가 돼줄 거야."

나이 든 사람은 몰라도 요즘 젊은 세대는 많이 변했다. 핏줄에게 냉정하게 대해도 그만한 이유가 있다면 대중은 충분히 이해하고 응원해 주는 세상이었다. 얼굴도 모르고 자란 남매보고 가족의 도리를 운운하지는 않는단 이야기다.

명쾌한 어머니의 결론에 우진은 어색하게 웃고 말았다. 가장 걱정이었던 어머니의 반응이 너무도 시원해서 고민했던 게 다 무언가 싶었다. 그러나 사실 이제부터 가장 중요한 이야기가 남았다.

절대 알게 하고 싶지 않았고 평생 비밀로 묻어두고 싶었던 이야기들이었다. 하지만 장 대표님과 강호수는 영원한 비밀은 없다고 했다. 언젠간 드러날 진실이라면 그의 입으로 듣게 해야만 했다.

"그리고 편집할지 말지 결정해야 할 게 또 하나 있어요."

"그래, 엄마한테 다 말해봐."

언제나 혼자서 다 알아서 하는 아들이 이렇게 상담해 오자 박은수는 무척이나 기분이 좋았다. 하지만 아들의 이야기가 계속될수록 그녀의 얼굴은 점점 흑색으로 변하기 시작했다.

'가면의 가왕'이 끝나고 한참이 지나도 장수환 대표의 찌푸려진 얼굴은 펴질 줄 몰랐다.

"이것들이 누굴 가지고 놀려고."

결국 폰을 든 그는 '가면의 가왕' PD에게 전화를 걸었다.

―누구십니까?

모르는 번호로 걸려온 전화에 상대는 심드렁한 반응이었다. 직업상 이름도 모르는 연예인과 기획사들이 영업하는 전화를 많이 하기 때문이다. 하지만 그중에 어떤 중요한 전화가 올지 모르기에 일단은 받을 수밖에 없었다.

"나, DS의 장수환이요."

―장, 누구? 아, 장 대표님이 무슨 일로… 방송 보셨나 보군요!

장수환 대표가 자신에게 전화를 걸 까닭은 방송밖에 없어서 손 PD의 목소리는 대번에 진지해졌다. 그러나 아무리 생각해도 이유를 짐작하기가 어려웠다. 채우진은 가왕이 되었고 방송도 사고 없이 잘 진행되었다. 굳이 기획사 대표가 PD에게 전화할 일이 없었다.

"방송을 보는데 어째 내가 알던 우리 우진이 실력보다 음향이 영 아닌 것 같아서 말이지. 우리 우진이가 그날 그렇게 노래를 못 불렀소?"

―그게 무슨… 말인지 저는 잘 모르겠습니다만.

'가가'의 손 PD가 시치미를 떼는 것 같자 장수환의 입가에는 비릿한 미소가 걸렸다. 이게 어디서 약을 팔려고.

"그런가? 그럼 그날 우진이 컨디션이 안 좋았나 보군. 저런 실력으로 가왕까지 오른 거 보면 정말 운이 좋았어?"

—물론, 가왕이 되는데 운이 필요하긴 하지만 이번은…….

"그러게 말이야. 이거 우진이가 외할아버지를 볼 면목이 없어지겠어. 우진이가 '가가'에 출연하기로 한 게 '외할아버지'가 그 프로를 굉장히 좋아하셔서 효도하는 기분으로 출연한 거거든."

—그런가요? 그래도 나중에 가면 벗고 외손자 얼굴을 보면 기뻐하시겠지요.

태연하게 나오는 그에게 장수환도 똑같이 뻔뻔하게 굴었다.

"그래도 이왕이면 외손자의 실력이 고스란히 드러나는 무대를 보고 싶으실 거 아닌가. 그분이 안목이 굉장히 높거든. 아마 손 PD도 알 거야. Rome로펌의 박 대표님 말이야. 그분이 우리 우진이 외할아버지시거든. 외손자를 끔찍이 아끼셔서 까닥하면 나한테 전화해서 난리를 피우시는 바람에 나도 참 힘들어."

—…….

이제 부녀가 화해도 했겠다, 이용할 것은 부끄럼 없이 모두 이용하는 게 사업가의 덕목이었다.

—저, 정말 그분이… 외조부 맞습니까?

"다른 사람도 아니고 그분을 상대로 거짓말할까. 그런데 정말 '가가'의 음향 시설이 그것밖에 안 돼? 아니면 그날 우리 우진이 실력이 안 좋았던 건가?"

Rome로펌이라면 이 나라에 하고많은 그렇고 그런 로펌들과는 달랐다. 정·재계에 미치는 영향력과 인맥이 어느 정도인지는 일개 방송국 PD인 그도 잘 알고 있었다.

장수환 대표마저 한 수 물러설 정도로 함부로 대할 인물이 아니라는 소리였다. 전화로 듣는데도 손 PD의 등에서 땀이 흐르기 시작했다.

장수환 대표를 상대한 적은 없지만, 방송계에 퍼진 소문으론 굉장히 점잖고 그야말로 한량 기질이 다분하다는 평이 많았다. 그에 반해 Rome로펌의 대표에 대해선 직접 아는 건 없지만, 무섭다는 이미지는 강하게 박혀 있었다. 건드려서 좋을 게 하나 없는 높은 분이란 뜻이다.

"못하는 걸 잘하게 하라는 소리가 아니야. 그래도 내가 알고 있는 수준 그대로는 보여줘야 할 거 아닌가."

—오해하신 것 같은데 1라운드라서 힘을 빼고 부른 거지, 저희가 중간에 수를 쓴 게 아닙니다. 다음 방송 보시면 확실히 아실 겁니다.

손 PD는 정말 억울했다. 채우진이 1라운드에선 제 실력을 100% 보여주지 않았다. 2, 3라운드로 올라가면서 진면목을 보여줬기에 만약 손을 보더라도 그때 볼 생각이었다.

채우진이 현장에서 5회만 출연한다고 발표해 버렸기에 그역시 어떤 식으로든 그전에 그를 끌어내리려만 한다. 처음 그를 섭외했을 때는 민시후가 예상외로 너무도 잘하고 있었기에 가왕에 오를 거란 상상은 하지도 못했다.

되더라도 5회 안에 모든 게 끝날 거라 짐작했다.

적당히 채우진과 민시후의 라이벌 구도로 사연을 팔아 꿀만 빨아먹을 계획이었는데, 3라운드 곡을 듣는 순간 그게 얼마나 어려울지 깨닫게 되었다. 저건 아무도 못 이겨. 지금까지 최고 기록이었던 9승, 그 이상도 바라볼 수 있는 실력이었다.

그런데 그런 가왕이 5회 만에 자진 하차를 한다면 어떻게 될까. 그것도 내년 3월에 출연하겠다는 걸 억지로 이번에 섭외해서 출연시킨 게 그였다. 이건 정말 빼도 박도 못하게 경위서 감이었다.

그래서 결국 음향에 손을 보는 수밖에 없다는 계획을 세웠다.

녹화 당일에는 어쩔 수 없더라도 방송에 내보낼 때 조금 손을 보면 현장에서 느꼈던 감동도 감쇄한다. 그저 조금 듣기 좋은 노래로 들리게끔 장난치는 건 제작진에겐 일도 아니었다. 그렇다면 화제성도 죽고 방청객의 막귀 논란만 생길 것이다. 채우진이 자진 하차를 하더라도 무리하게 스케줄을 맞춘 손 PD가 받을 비난은 줄어들게 된다. 당연히 다른 가수들을 섭외하기도 쉬워진다. 그중에 누군가가 채우진을 쓰러뜨리고 가왕을 차지하면 더할 나위 없는 시나리오가 될 것이었다.

하지만 적어도 오늘 방송에서는 그런 장난을 치지 않았다.

"그래? 나와 박 대표님은 우리 우진이 실력을 아니까 방송 보면 알겠지. 그럼 나는 믿습니다, 손 PD."

─방송을 두고 제가 장난칠 사람입니까?

"그렇지?"

훈훈하게 전화를 끊자마자 장수환은 코웃음을 쳤다. 김중선의 평가도 있었지만, 녹음한 우진의 연습곡을 직접 들어본 그는 방송을 보고 어이가 없었다.

"내가 안 들었으면 까맣게 모르고 속을 뻔했네! 장난칠 줄은 알았지만, 이것들이 1라운드부터 그럼 못 쓰지."

장수환은 우진이 1라운드에선 적당히 편안하게 마음을 놓은 채로 불렀다는 걸 몰랐다. 그저 우진이 제 실력으로 부른 노래만 들어본 장수환은 PD가 벌써 장난을 쳤다고 분개했다. 아직 아무 짓도 하지 않은 손 PD로선 억울한 감이 적지 않았다. 하지만 적어도 우진을 상대하는 데 진지해진 것은 사실이었다.

술수가 아닌 진정한 실력으로 5회 안에 우진을 가왕에서 내려오게 할 가수들을 찾기 위해, 그는 지금 이 순간부터 머리를 쥐어뜯어야만 했다.

오늘도 자신의 아티스트를 위해 보람찬 하루를 보냈다고 자평하는 장수환 대표의 흐뭇한 기분은, 그로부터 3시간을 가지 못했다.

"아니, 이분은 또 왜 전화야?"

우진의 외할아버지에게서 걸려온 전화에 장수환은 순간 뜨끔했지만, 생각해 보니 자기가 잘못한 게 없었다. 그러나 자신 있게 전화를 받은 그의 얼굴이 희게 질리는 데는 그리 많은 시간이 필요하지 않았다.

◆　　◆◆◆　　◆

'가면의 가왕'에서 '한량을 꿈꾸는 도령'이 화제가 된 것은 노래 실력보다는 그가 췄던 접무의 영향이 컸다. 전통 무용을 쉽게 접하지 못한 요즘 세대에게 있어 한량 도령이 춘 접무는 신선하고 아름다운 충격이었다.

그래서 한량 도령이 한국 전통 무용을 선전하기 위해 나온 그쪽 사람이란 설이 가장 유력했다. 그도 그럴 게 전통 무용 관계자들조차 혀를 내두를 정도로 완벽하게 재현한 춤이라는 극찬을 아끼지 않았다.

〈짧았지만 가장 핵심적인 동작들만을 자연스럽게 연결해서 보여준 아주 완벽한 접무였다.〉

〈30년을 오로지 우리 전통 무용을 복구하기 위해 노력해 오던 게 헛일이 아니었다는 걸 느꼈다. 우리 춤이 이토록 아름답다는 것을 많은 사람에게 알려준 한량 도령께 정말 고맙다. 하나의 아쉬움이라면 의상만 제대로 갖췄다면 더욱 완벽했을 거라는 점이다.〉

한량 도령의 의상이 다른 참가자들에 비해 나쁘지는 않았지만 한복 고유의 선을 살리는 데는 미흡했다는 지적을 받은 것이다.

"나는 정말 최선을 다했단 말이야!"

황이영이라고 한복 디자이너에게 의뢰해서 멋들어진 한복으로 우진을 꾸미고 싶은 욕망이 왜 없을까. 사극 속에 나오던 멋있는 선비들의 의상들을 하나하나 떠올리며 입맛만 다시는 게 얼마나 힘든 일인지 사람들은 모를 거라고 푸념했다.

"그런 의미에서 좋은 소식 하나 알려줄까?"

"뭔데요?"

"몇몇 한복 디자이너들이 가가 제작진을 통해 한량 도령의 의상 협찬을 해주고 싶다는 연락이 들어왔대. 물론 '가가' 에 출연하지 않아도 좋다는 조건으로 그냥 입어만 달라고 말이야."

1라운드만을 보면 한량 도령이 가왕에 오를 확률은 아직 확실하지 않았다. 나쁘지는 않았지만 우주 사령관을 압도할 실력은 보여주지 않았기에 어떠한 확신도 없는 상태였다.

그렇기에 한복 디자이너들의 제안은 그야말로 가왕에 올라가서 다음 녹화 때 입어달라는 게 아니라, 다른 곳에서라도 입어주길 바라는 마음에서 하는 제안이었다. 한복의 우아함과 여유로움을 소화해 낸 그의 자태가 진정 탐이 났기 때문이다.

"혹시 그 디자이너 중에 차영주 선생님이 계셔요?"

황이영이 우진에게 입히고 싶던 제1순위가 차영주 디자이너의 한복이었다. 강호수가 대답 대신 흐뭇하게 웃었다. 그러나 수요일에 있을 녹화 날까지 새로운 의상을 만드는 것은 무리였다.

일단 황이영은 우진의 신체 치수를 적은 메모를 제작진을 통해 차영주 선생에게 전달해 달라고 부탁했다. 이미 만들어놓은 한복 중에 최대한 치수와 맞는 것으로 알아서 골라달라는 의사를 전달한 것이다.

"이럼 한량 도령이 가왕이 된 걸 차영주 선생님은 짐작하시겠네요."

넉넉한 시간을 주지 않고 녹화가 있는 당일까지 부탁한다고 했으니, 그 의미는 뻔하다.

"그 정도는 제작진도 적당히 살피면서 조심하겠지. 중요한 것은 한량 도령의 정체를 들키지만 않으면 되는 거니까."

"아직 우진이 이야기는 안 나왔죠?"

한량 도령은 기존 채우진의 창법과 아예 다르고 한복을 입어서 몸매를 가늠하기 어려운 상태였다. 그녀가 알기에 지금까지 우진을 언급한 곳은 한 군데도 없었다.

"조금 전에 소원바라기에 들어가 보니까, 몇몇이 짐작하는 글을 올리기는 했어."

"벌써요?"

"슬리퍼 청년의 뒷모습만으로 우진을 찾아낸 사람들이 가면으로 얼굴 가리고 한복으로 몸을 가렸다고 못 알아볼까. 다만 아직은 대부분이 긴가민가한 상태라서 두고 보자는 쪽이 더 많아. 창법이 아예 다르잖아."

한량 도령이 우진이라는 걸 알고 있는 상태에서 방송을 시청했는데도 너무 다른 음색에 두 사람조차 고개를 갸웃거릴 정도였다. 팬이라고 해도 아직 확신할 단계가 아니었다.

"아직은 안 알려지는 게 더 재미있을 텐데 걱정이네요."

"어차피 이번 주 목요일 저녁이 되면 발악이들도 바빠서 가왕에는 신경도 못 쓸걸."

강호수가 지적한 목요일에는 우진이 게스트로 출연한 'TV스타'가 방영되는 날이었다. 목요일 저녁 'TV스타'가 끝날 때까지도 세상은 평온했다.

다만 인터넷에선 추측성 기사들이 쏟아졌고, 커뮤니티 사이트마다 각자의 의견들로 중구난방 서로 갈피를 잡지 못했다. 하지만 가장 심하게 날뛰어야 할 두 집단이 뜻밖에도 조용했다. 그저 블루핏의 안티들만 제 세상을 만난 듯 활개 치고 다녔다.

─오늘 저희가 본 게 뭔가요?

황이영은 예상보다 차분한 마도희의 목소리에 도리어 등줄기가 서늘해졌다. 방송이 끝나자마자 걸어온 전화임에도 불구하고 마도희는 도리어 침착했다.

"보신 거 그대로예요. 강희주 씨가 재단 이야기를 꺼내는 바람에 우진이가 저도 모르게 그 당시 일을 말한 건 의도하지 않은 실수여도 거짓말은 아니고요. 노래 역시 그 당시에 민시후 목소리로 녹음실에서 노래를 부른 적이 있었다고 하더라고요. 그 결과가 어떤 건지는 우리야 모르는 일이죠. 다만 전자의 경운 우진이가 확실한 증거를 가지고 있어요."

─그건…….

"마음껏 날뛰셔도 괜찮아요. 명분도 증거도 우리에게 있으니까요."

─그럴 수야 있나요. 채우진의 팬으로서 언제나 좋은 생각과 아름다운 말만 해야죠.

전화기 너머로 소원바리기의 회장이 흘리는 음침한 웃음소리가 들렸다. 지하철에서 채우진을 목전에 두고 그의 욕을 하던 블루핏의 팬 이야기는 이미 모르는 사람이 없었다. 그 자리에 함께 있었던 친구가 그날 바로 SNS에 사연을 올렸기 때문이다.

앞에서 자기 욕을 해대는 사람을 직접 봐도 그렇게 예의를 지키는 채우진의 팬으로서 '우리도 지킬 것은 지킨다'는 마도희의 말이 왠지 더 무서웠다.

〈DS 의사 표명〉
채우진은 당시 프로듀서의 지시에 따라 녹음실에서 민시후의 성대모사로 노래를 부른 적이 몇 번 있었다. 그러나 블루핏 탈퇴 후에 있었던 녹음 작업에 대해서 채우진은 아는 바가 없다고 밝혔다. 고로 궁금증이 있으면 TM에게 물어보라는 단호한 태도를 보였다.

방송이 나가고 기자들은 물론 양측의 팬들이 DS에 많은 문의를 했다. 하지만 DS는 'Shining star'는 TM에서 나온 곡이기에 자신들은 알지 못한다고 선을 그었다.

〈국내 소리 연구의 권위자인 오명환 교수는 전날 채우진이 'TV스타'에서 불렀던 노래와 블루핏의 데뷔곡인 'Shining star'를 분석한 결과, 민시후가 불렀던 파트와 채우진이 부른 노래의 스펙트럼 유사도가 94%라고 밝혔다. 90%가 넘으면 동일인이 부른 노래라고 볼 수 있기에 …(중략)… 오명환 교수는 'TV스타'에서 채우진이 부른 노래의 고음과 바이브레이션의 처리 등이 'Shining star' 때보다 더 숙련되고 발전한 실력을 보여주고 있다고 말했다.〉

수많은 의문의 대답은 과학으로 돌아왔다. 음성과 소리 연구가인 오명환 교수의 답변은 수많은 의혹을 불식시켰다. 이제는 TM의 답변만 남았을 뿐이었다.

〈TM 묵묵부답. 회사 내 모든 전화는 불통〉

　침묵은 긍정을 의미할 때가 있다. 반박이 나와도 한참 전에 나왔을 때인데도 TM은 여전히 확실한 답을 피하기만 했다. 'Shining star'의 목소리 도용과 립싱크가 암묵적으로 기정사실이 된 이상, 마지막 관심사는 과연 채우진이 동병상련을 느꼈을 당시의 일이 무엇이었는지에 관한 것이었다.

〈폭력 피해 청소년을 위한 재단에서는 채우진이 3년이 넘게 꾸준히 후원금을 보내왔으며, 그 시기를 보면 군대에 입대한 후에도 여전했다는 이야기를 전해왔다. 슬리퍼 청년의 일례가 결코 우연한 선행이 아님을 말해주는 부분이다. 아름다운 외모만큼 빛나는 심성을 가진 그의 행보에 숙연해짐과 동시에, 그 당시에 그에게 무슨 일이 있었는가에 대한 궁금증이 증폭되고 있다.〉

　─뻔하지. 왕따당하고 노래까지 뺏기고 쫓겨난 거지.
　└아직 아무 결과도 안 나왔는데 무슨 소리세요?
　└윗님, 현실을 받아들이세요. 싱크율 94%라잖아. 그마저도 앨범 때보다 더 잘 불러서 안 맞았다고 하잖아요. 민시후가 똑같이 부르면 그때 인정해 줄게.
　└님이야말로 현실을 제대로 알고나 말하시죠. 시후 오빠 성대 염증 때문에 아직도 고생 중이거든!!!

―성대결절도 아니고 그놈의 성대 염증, 참 독하네! 그런데 '가가'에서는 잘도 내지르더구먼?

ㄴ다른 건 잘만 부르면서 5단 고음 부분은 맨날 못하지. 사실 민시후 노래 잘하는 건 세상이 다 알잖아? 그런데도 채우진이 너무 잘 불러서 채우진 걸 쓸 수밖에 없었다는 소리 아닌가? 이상하게 민시후 노래를 들으면 감정이 안 깃들어서 영혼이 없는 느낌이었는데, 이제야 그 이유를 알았네. 왕따돌 싸패였으니 감정이 없을 수밖에.

ㄴ이거 캡처했습니다. 고소 들어갈 겁니다.

―거짓말탐지기 할 때 보니까 정말 블루핏에 미련 하나 없어 보이더라. 하긴 나 같아도 그 거지 같은 곳 빠져나오고 싶었겠다. 그런데도 서로 추구하던 이상이 맞지 않았다고 말하는 거 보면 완전 대인배!!!

ㄴ대인배는 무슨! 결국 지 하고 싶은 말은 다 해서 지금의 사단 만든 게 누군데?

ㄴ그거야 채우진이 계속 슬리퍼 청년 이야기하는 거 부끄러워하고 아무것도 아니라고 말하니까, 강희주가 재단 후원 이야기를 꺼내서 시작된 거잖아. 이야기하다가 울컥해서 말한 거고. 그때 채우진 얼굴 한번 봐봐. 난 그거 보고 팬도 아닌데 울 뻔했다!! 그리고 사단 아니고 사달이거든. 이 무식아!!

서로 다른 의견들이 충돌하는 와중에 채우진이 과거의 이야기를 할 때, 베리로즈의 아라가 연신 웃고 있었던 것이 화제가 되기도 했다. 하지만 멍하니 채우진만 바라보는 시선과 팬이라고 나중에 밝힌 부분에서 그냥 철없는 어린애의 행동으로 이해하기로 했다.

자신 같아도 채우진이 바로 앞에 있으면 아무 생각 없이 그
만 바라보고 있을 거라는 의견들이 많았기 때문이다. 그래서인
지 나중에 아라의 이름이 '채우라' 라고 했을 때 보인 채우진의
반응은 슬며시 지나가 버렸다.

'잠시 딴생각을 했다' 는 그의 변명이 앞서 내용과 연결되면
서 심적인 고통이나 생각이 많았을 거라고 지레짐작하고 만 것
이다.

더불어 그의 가족들에 대한 걱정도 인터넷에 많이 올라왔
다. 아니나 다를까, 채우진의 여동생이 금요일 아침에 퉁퉁 부
은 눈으로 학교에 왔다는 이야기가 전해지면서 많은 안타까움
을 사기도 했다.

따돌림을 당한 경험이 있거나 가족 중에 피해자가 있는 이들
의 공감은 더욱 커져만 갔다.

─집단 따돌림이 이래서 무서워. 액션신도 대역 없이 하는 사람이
무리 지어서 덤비니까 대번에 피해자가 되잖아.

└폭력을 폭력으로 안 갚고 그냥 자기 혼자 참은 거죠. 솔직히 우
진 오빠 정도면 블루핏 멤버들이 한꺼번에 덤벼도 돌려차기 한 방이
면 끝났을걸요. ㅜㅜ

└어디에다 블루핏을 넣어? 아직 모르거든! 학교에서 당한 건지
누가 알아? 그리고 솔직히 왕따 당한 애들 보면 다 이유가 있더라.

└이분 다른 글에서도 똑같은 글 쓰더니만 참 끈질기시네. 채우진
학교생활에 문제없었거든. 학교 선생님도 다 이뻐하고 친구들도 모

두 범생이들이었다고 유명하더라. 친구는 많지 않아도 워낙에 서로 친해서 아무도 못 건들었다고 하던데?

└우지니 이제 인터넷 할 시간이니? 너무 티 난다.

─채우진이 의도적으로 'TV스타' 에서 그런 말 꺼낸 것 같아. 우리 오빠들이 잘나가니까. 특히 시후 오빠!! 이번 일로 울 오빠 충격받아서 가왕에서 떨어지면 내가 가만 안 둘 거야!

└님 마음이 내 마음. 시후 오빠 어뜨케! 다행히 '가가'는 지난 수요일에 녹화가 있어서 이번에는 무난히 6승은 했을 것 같은데 다음에는 어떠케 하냐고. ㅠㅠ

└지 발로 나가놓고 이제 와서 무슨 피해자 코스프레? 나오고 보니까 아까운가 보져 ㅋㅋ

└여러분은 지금 우주 블루홀에 빠져 울부짖는 진정 돌은 자들을 보고 계십니다.

─웃기고들 있네. 안 부르겠다는 채우진에게 운종신이 노래시킨 거 안 봤냐? 그리고 강희주가 후원 이야기를 먼저 꺼냈고, 채우진은 이거 편집해 달라고 말했잖아. 그런데 제작진이 좋은 일은 널리 알린다는 의미에서 편집 안 하고 내보낸다고 자막 나온 건 너희들 눈엔 보이지도 않지?

└우진 씨, 이제 약 먹을 시간입니다. 여기서 이러시면 안 됩니다.

└그러니까, 정말 나오는 게 싫었으면 자기가 알아서 편집해 달라고 해야 하는 거 아니었냐고!! 지 때문에 팀 분위기 엉망이 됐다는 거 당시 팬들 사이에선 유명한 이야기 아닌가?

└뭐래? 당시 TM 죽순이였던 나도 못 들은 소릴 지껄이는 너는 뭐냐? 그리고 너희들 말처럼 블루핏이 가해자 아니라면 지금 여기서

주고받기 387

댁들이 흥분할 이유도 없잖아?

'TV스타'를 보고 공황상태에 빠져 처음에는 아무것도 하지 못하고 가만히 있었던 두 집단 중에 먼저 움직인 것은 블루홀이었다. 대체로 인터넷 반응이 블루핏에 대한 비난이 대세였기에 그들은 이곳저곳 돌아다니며 반박과 채우진에 대한 비난으로 글을 도배했다.

조금도 지지 않고 따지며 덤벼드는 블루홀의 행동에 사람들이 질린다는 반응을 보일쯤에 조용히 소원바라기들이 나타났다.

〈제가 한때 TM돌의 열성 팬이라 그 회사 앞에 죽치고 살던 사람입니다. 그러다 우리 지니를 보고 팬이 되었지요. 이번 'TV스타'를 보고 속상해서 그날 밤새 내내 울다가 문득 기억나는 게 있어서 옛날 사진들을 뒤지다가 3년 전 사진을 겨우 찾았네요.

지니가 후원을 시작했다는 그 이전의 사진들입니다. 보시다시피 지니는 더위를 잘 타는 편이라 초봄이나 늦은 가을에도 종종 반소매 옷을 입고 다니는 편이에요. 그런데 다른 사람들이 다 반소매 옷을 입고 있는데 혼자서 긴소매를 입고 있는 사진이 있네요.

그때는 정말 아무 생각 없이 봤던 사진인데 저 이거 보고 한참을 울었어요. 밑에 지니 손등을 확대한 사진도 함께 올리니 보시고 판단하세요.〉

채우진의 오래된 팬은 과거 사진을 찾아 인터넷에 올렸다.

남들은 모두 긴소매 옷을 입을 때도 혼자서 반소매를 입고 다니던 채우진의 사진 한 장. 그리고 반대로 혼자서 긴소매의 옷을 입고 있는 사진이었다.

문제는 긴소매 옷을 입은 채우진의 손등을 확대한 사진이었다. 대포라 불리는 카메라로 찍은 사진이라 몇십 배로 확대하자 긴소매로도 가리지 못한 손등에 생긴 멍이 분명하게 보였다. 손가락이 아닌 손등에 난 멍은 마치 방어하다가 무언가에 맞은 것처럼 보이는 자국이었다.

손등에 있는 멍만으로도 긴소매 속에 그가 감추고자 한 게 무엇인지 쉽게 상상할 수가 있었다.

〈솔직히 전 채우진 외모 보고 팬이 된 사람입니다. 그래서 우진이가 노래를 못 부르고 연기를 못해도 여전히 계속 팬으로 살 각오를 했었습니다. 얼빠냐고 묻는다면 당당하게 대답할 자신도 있습니다.

그래서 무얼 해도 실망하지 않았을 텐데, 다행히도 우리 우진이는 모든 걸 완벽하게 해서 팬으로서 참 고마웠습니다. 어디 가서 채우진 팬이라고 해도 비웃는 사람이 없었거든요. 모두 당연하다는 듯 인정해 줘서 행복했습니다. 그런데 지난 하루 동안 정말 참담했습니다.

우진이가 그런 일을 당하고 있을 때, 전 우진이가 지나가는 길에서 꺅꺅거리며 소리 지르기에 바빴고, 그 예쁜 얼굴을 사진에 담기 급급했거든요. 그런데도 늘 웃어주고 한 번도 인상 찌그린 적이 없었어요.

그래서 제가 지금 제정신이 아닙니다. 앞으로 어떤 미친 짓을 할지 모르니까, 제 닉네임을 보시면 부디 너그럽게 이해 바랍니다.〉

예전부터 활동하던 커뮤니티 자유 게시판에 미리 글을 올리고 블루핏, 블루홀과의 전쟁을 선언하는 이들도 심심치 않게 나왔다. 평소 점잖고 예의 바르기로 유명하던 회원들이 갑자기 돌변하는 모습에 당황하던 다른 회원들은 처음엔 그럴 만하다고 이해해 줬다.

　─시후 오빠 제가 끝까지 응원할 테니 가왕 자리 꼭 지키시고 실력으로 보여주세요.
　└네 오빠 애당초 보여줄 실력도 없어. 뿌리 없는 나무라 잎새에 부는 바람에도 떠 날아갈걸.
　└가면 아래 네 오빠가 과연 있기는 한지 궁금하다. 이번에도 립싱크 아냐? 하긴 그 영혼 없는 노래 솜씨로 봐선 맞긴 하겠다. 너 같은 애들의 특징이 팩트를 보여줘도 무시한다는 건 알지만, 그래도 링크 걸어두고 간다. 한 번이라도 가서 봐라. 네 오빠들이 데뷔해서 했던 립싱크 공연과 라이브 공연의 그 질적인 차이를.

　블루핏을 조금이라도 응원하는 글이 있으면 1분도 되지 않아서 그 밑으로 수십 개의 조롱하는 댓글이 올라왔다. 특히나 데뷔 초에 했던 립싱크 공연과 아닌 것을 비교 분석한 글을 보여주면서 이래도 계속 응원할 거냐고 물었다.

　─채우진은 지가 폭탄 터뜨린 주제에 왜 조용히 있는 건데? 뭐라고 입장을 밝혀야지 우리 오빠들 누명도 벗겨지지. 정말 일부로 저러는 거 아니야?

ㄴ채우진이 밝힐 게 뭐가 있는데? 입장 표명해야 할 것은 TM이지 채우진이 아니야. 그런데 이렇게 시끄러운데도 그들은 왜 가만히 있을까? 부디 네 뇌세포한테도 일을 줘. 평생 일 한 번 제대로 못 하고 죽을 네 뇌세포들이 불쌍하다. 그리고 '일부로' 가 아니고 '일부러' 거든.

ㄴ불만 있으면 TM한테 따져. 어디서 못 배운 티 내면서 징징거려!

ㄴ이해력이 떨어지는 아해라 내가 친절하게 설명해 줄게. 그냥 파랭이들은 개새끼야. 한번 따라 해봐. 입에 착착 붙는다?

—제발 이제 임신공격 좀 그만하세요! 블루핏이나 우리도 피해자라고요.

ㄴ임신하셨어요? 그럼 산모가 마음을 좋게 써야 태교에도 좋단 소린 못 들어보셨나 봐요? 왕따돌 노래 들으면 아이한테도 안 좋아요.

ㄴ윗님, 공격이라고 하잖아요. 그럼 우리가 임신해서 떼로 공격한다는 소린가? 아니면 우리가 자기들을 임신시킨다는 소린지 전혀 알아들을 수가 없네. 하긴 지들이 피해자라고 말하는 걸 보면 망상증이 있는 분인가 봐요. 여기 병원 한 곳 추천하고 갑니다.

ㄴ피해자 맞을 거예요. 피해(를 주는)자! 국어는 못해도 수학은 잘하나 봐요. 분수는 기막히게 아네요.

블루핏이 매니저가 자신들에게 달려드는 팬을 폭행하는 것을 가만히 지켜보는 장면이나, 술집에서 폭행 시비가 붙은 사건, 팬이 준 선물을 몇 걸음 가지 않고 그냥 쓰레기통에 버린 움짤 등등이 하루 사이에 게시판에 도배가 됐다.

짧은 시간에 너무 많은 자료가 쏟아지는 게 신기한 어느 회원은 '혹시 원래 블루핏의 안티셨어요?' 라는 질문을 할 정도였다.

―그래, 모두 인정한다 쳐. 하지만 왕따당한 채우진한테도 이유가 있었을 거 아냐. 아무 이유 없이 우리 오빠들이 채우진한테 그랬을 리가 없잖아!

└네 말이 맞아. 이유야 많지. 잘생기고, 똑똑하고, 노래 잘 부르고, 착하고, 완벽하잖아. 평소 민시후 성격 잘 보여주는 사례들만 모아둔 거, 링크 걸어줄게. 네 사랑하는 오빠니까 가서 보길 바란다. 팬들한테도 저렇게 함부로 하는 사람이 채우진한테는 어쨌을지 인간적으로 상상이 안 가지, 너란 아이는?

└그래서 너도 누구 왕따하니? 글 싸지르는 본새를 보니 그러고도 남겠다. 왕따돌과 왕따팬들의 환상적인 조합이네.

이제는 피해자에게도 왕따당한 이유가 있을 거라는 블루홀들의 반응에 일일이 반박하는 것은 물론, TM에게 'Shining star'에 대한 진실을 밝힐 것과 블루핏에 대한 진상 규명을 촉구하는 청원을 진행하기도 했다.

너무도 당당하게 나오는 채우진의 팬들과 여전히 침묵으로만 일관하는 TM의 태도에서 여론의 행방은 일방적으로 치우치기 시작했다.

"어떻게든 대책을 마련해야 할 거 아니야!"

TM의 김석형 대표는 설문영을 노려보았다. 이게 다 일 처리를 못한 네 탓이란 눈빛에 설문영은 어깨만 으쓱였다.

"블루핏에서 우진이를 뺀 것은 대표님입니다. 우진이가 빠지고 시후가 그 자리를 메울 실력이 안 되자, 우진이 노래를 쓰게 한 것도 바로 대표님이고요."

난 잘못 없다는 표정으로 여유를 부리는 설문영의 태도에 김석형은 오히려 당황했다. 이번 사건을 당시 프로듀서였던 설문영의 독단적인 소행이라고 한다면 그는 빼도 박도 못할 처지인데도 이상하게 당당했다.

"대표님이 구상하는 계획이 뭔지 잘 압니다. 'Shining star'는 제 욕심이 불러낸 참극이라고 밀어붙일 생각 아니십니까?"

황금 알을 낳는 거위를 이런 일로 죽일 수는 없었다. 그러느니 차라리 설문영 하나 희생시키는 게 값싸게 해결할 수 있는 문제였다. 대신 블루핏은 프로듀서 때문에 어쩔 수 없었다며 1~2년 자숙시키면 되는 일이었다. 폭행 시비야 젊은 애들끼리 흔하게 있는 조금의 다툼이었다고 하고 말이다.

이를 지적하는 설문영의 비웃음에 김석형은 침음을 삼키면서 가만히 있었다.

"그런데 말입니다. 제가 아주 재미있는 걸 알아냈거든요. 우진이가 TM을 나가게 된 진짜 이유를요."

"뭐?"

"우진이가 거부한 그 자리에 이연이가 대신 들어갔다면서요."

"……."

어느 날 술자리에서 블루핏의 멤버인 이연이 술에 취해 무심코 흘린 비밀을 설문영은 놓치지 않았다.

"지금이야 황금 알을 펑펑 낳고 있지만, 성 스캔들이 한번 터지면 어차피 재기 불가능이라는 건 대표님이 더 잘 아시잖습니까. 해외에서 행사와 콘서트를 돌린다고 해도 어느 순간 사라지겠죠. 그러느니 차라리 지금 버리세요. 그래야 TM의 이미지도 살고 우리의 결속도 영원할 수 있다는 걸 명심하시고요."

한때 아이돌이었기에 이 바닥 생리를 누구보다 잘 아는 설문영은 잔인하게 웃었다. 아직 뽑아 먹을 게 많이 남은 그룹이라 지금 버리는 게 아깝기는 하지만 어쩌겠는가. 일단은 나부터 살고 봐야 내일이 있는 법이다.

"네가 그 앨범의 프로듀서라는 걸 잊었어?"

"욕심 많은 제자의 하소연에 지고 만 마음 약한 프로듀서 정도로 해두죠. 어차피 민시후 정도의 집안이라면 가수 안 하고도 잘 먹고 살 테니 너무 걱정하지 않으셔도 됩니다."

민시후가 채우진을 싫어하면서 생긴 불화에 그의 편을 들어준 것은 어디까지나 민시후의 집안을 보고 내린 결정이었다. 이미 어긋날 대로 어긋난 사이에 하나를 버려야만 한다면 배경 좋은 민시후를 선택하는 게 영리한 판단이었다.

블루핏의 다른 멤버들이 알아서 민시후의 편에 들며 채우진을 배척하고 폭력에 가담한 이유이기도 했다. 어차피 다른 멤버들 역시 남들이라면 평생 벌기 힘든 돈을 거머쥐었으니 딱히 인생이 불쌍한 것도 아니었다.

"대표님, 방금 DS에서 이런 게 왔습니다."

대표실 문을 열고 들어온 비서가 김석형에게 내민 것은 DS에서 보낸 내용증명과 작은 택배 상자였다. 궁금증에 먼저 택배 상자부터 열어보니 그 안에는 작은 USB와 카드 한 장이 있었다.

안 좋은 예감에 김석형은 USB부터 확인했다. 안에는 5분짜리 음성 파일이 하나 있을 뿐이었다. 그런데 그 내용이 김석형에게 지옥을 선사했다.

파일은 민시후를 비롯한 블루핏 멤버들이 채우진에게 욕을 하며 폭행하는 소리가 고스란히 녹음되어 있었다. 메인 보컬 자리가 욕심난 민시후의 분노와 이에 동조하는 다른 멤버들의 조롱이 여과 없이 담겨 있었다.

〈음성뿐만 아니라 영상도 함께 있습니다.〉

USB가 들어 있던 상자에 함께 동봉된 카드에 적힌 문구였다. 짧고 굵직한 글에는 많은 의미가 내포되어 있었다. 이번 문제는 그냥 조용히 넘어갈 수 없다는 것을 절실히 깨닫게 된 순간이었다.

"이런! 저 하나 희생하고 끝날 문제는 아닌 것 같습니다."

휘파람을 불며 비웃은 설문영을 한 번 노려본 다음에 이번에는 내용증명을 보았다.

첫 장은 음성 소리 연구가인 오명환 교수에게 정식으로 의뢰한, 'Shining star'에서 민시후 파트와 채우진의 목소리 분석 결과였다. 당연히 동일인이 부른 것으로 결론이 나왔으며, 이에 대한 합당한 의사 표명과 배상 방법을 요구하는 내용이었다.

그리고 다음은 블루핏 멤버들의 폭행죄 관련 내용이었다. 명백한 증거를 확보했으며, 폭행죄의 공소시효가 5년인 것을 명시하고 있었다. 그러나 채우진은 법적인 조치를 바라는 대신 사과를 요구한다고 했다.

불화의 원인과 그를 주도한 민시후와 다른 멤버들의 분명한 사과를 원한다는 것이다. 이를 행하지 않을 경우, DS는 채우진의 의사와는 다르게 그의 명예를 위해 법적인 조치에 들어갈 수밖에 없다는 뜻을 전해왔다.

금요일 오후에 이런 내용증명이 도착했다는 것은 이미 철저히 준비하고 있었다는 말이었다.

"이렇게 되면 빠져나갈 구멍이 없잖아. 게다가 이것들은 돈이 펑펑 남아도나! 겨우 내용증명 하나 보내면서 Rome로펌에서 작성해? 거기서 문서 작성해 주는 것만도 기백은 기본이라고 하지 않았나?"

"경고겠죠. 이 문제로 법정에 가게 되면 자기들 변호인은 Rome로펌이라는 뜻 아니겠습니까?"

증거도 확실한 마당에 상대측 변호인이 Rome로펌이라면 필패였다.

"Rome은 연예인 사건은 안 맡잖아?"

"회사와 회사 간의 문제로 보면 다를 수도 있겠죠. 무엇보다 DS의 대표가 장수환이지 않습니까."

장수환의 집안과 Rome로펌의 연계를 보면 꼭 불가능하지만은 않은 전개였다.

"폭행 건은 그래, 블루핏을 버린다고 쳐도 'Shining star'

는 시후 하나로는 부족해. 문영아, 내가 이렇게 부탁한다. 제발 이번 한 번만 눈 딱 감고 네가 희생하면 안 되겠냐? 대신 네가 원하는 대가는 뭐든 다 들어줄게."

설문영을 키운 것은 김석형이었다. 옛정을 생각해서라도 한 번만 부탁한다는 그에게 설문영은 뱀처럼 눈을 빛내며 제안을 하나 했다.

"5%라면 생각해 보겠습니다."

"뭐?"

"대표님이 가지고 있는 TM 주식 중에 5%만 저 주세요."

"네가 단단히 미쳤구나. 고작 이런 일로?"

김석형의 격한 반응에도 설문영은 꿈쩍도 안 했다. 절대 혼자서 독박은 쓸 생각이 없는 그의 단호한 태도에 김석형의 노기도 점점 힘을 잃었다.

"저는 이번 일로 그동안 쌓아왔던 제 커리어를 다 버리게 되는데 고작이라고요? 돈 많으시잖아요. 이번 스캔들로 어차피 주식은 바닥을 칠 텐데 5%는 그때 다시 채우면 되지 않습니까. 어느 쪽이 이익인지 한번 생각해 보세요. 이 일에다가 스폰서 건까지 하나 더한다면 회사가 어떻게 될 것 같습니까? 블루핏 하나로 끝낼 수 있는 게 다른 아이들에게까지 피해를 주게 되진 않을까요?"

주식 5%만 버리면 회사의 이미지는 지킬 수 있었다. 그렇다면 블루핏이 사라져도 다른 아이들은 살릴 수가 있었다.

"지금 준비 중인 아이들 제법 괜찮던데요. 그 아이들까지 죽일 작정 아니시면 고작 이런 일에 5%가 대수는 아니죠."

설문영은 잘 생각해 보라며 주식 양도가 끝나면 'Shining star'는 자신이 지고 가겠다고 선언했다.

연예계는 이미지를 파는 장사였다. 립싱크, 폭행 문제, 이것들도 치명적이지만 스폰서 관련 성 문제는 앞에 있는 것들과는 비교 자체가 안 되었다. 혹 떼려다가 혹을 붙인 격이었다.

TM의 김석형 대표는 며칠 동안 돌아가는 추이를 보고, 일요일 오후에서야 결국 마음의 결정을 내릴 수가 있었다.

◆　◆◆◆　◆

"오늘도 안 볼 거야?"

요 며칠 계속 울적해하는 우희의 옆구리를 쿡쿡 찌르며 우진은 장난을 쳤다. 함께 거실로 내려가서 TV나 같이 보자는 오빠를 보는 눈빛이 마냥 서글프기만 했다.

"하지 마."

"네가 계속 이러니까 나까지 괜히 우울해지려고 그러잖아."

"흥, 환상도 없는 여동생의 기분 따위를 뭘 신경 써?"

"사랑하니까 그렇지."

"으아아아~! 하지 마, 하지 마!"

옆구리를 찌르는 것보다 그 말을 듣는 게 더 징그럽다고 소리를 지르는 우희를 억지로 끌고 거실로 내려왔다.

"데려왔어요."

거실에서 기다리는 부모님을 향해 우진이 소리치자, 두 사람은 밝게 웃으며 아이들을 반겼다. 소파에 앉은 부모님의 발밑에 앉으며 우진은 계속 우희의 머리를 쓰다듬어 줬다. 이젠 괜찮으니까 웃으라는 우진의 눈빛에, 우희는 삐죽이면서 조금씩 웃기 시작했다.

'가면의 가왕'이 끝나고 언제나 그랬던 것처럼 소원바라기는 떠들썩했다. 은근히 오늘도 고구마 처먹고 울분을 토하는 거 아닌가, 걱정했던 발악들에게 찾아온 며칠만의 기분 좋은 날이었다.

〈오늘 정의는 살아 있음을 느꼈습니다. 뭐? 누구 때문에 7승 못 하면 책임지라고? 7승은커녕 5승도 못 한 민시후 가지고 참 가지가지 자부심을 부렸네? 역대 최고 표 차이로 진 주제에. 그나마 그 3표 받은 것도 그 파랑이들 팬이었을 거라고 조심스럽게 예상해 봅니다.
그런데 그 파랑이 자식 노래 부를 때 잠깐 보여줬던 방청객 반응 중에 귀 막는 거 보셨죠. 요 며칠 사이에 쌓였던 스트레스가 다 날아가는 기분이었어요.〉

―이름도 쓰기 싫은 그 파랑이가 떨어져서 정말 다행이었어요. 사실 조금 걱정이었던 게 그 자식이 6승까지 하고 7승에서 떨어지면 괜히 우리 지니한테 애먼 누명이 날아올까 얼마나 걱정했는지 모르거든요.
―TM은 대체 언제 입장 표명한대요?
└아까 오피셜 떴어요. 월요일 오후 3시에 공식 인터뷰하겠다고 하네요.

—그런데 한량 도령님은 대체 누굴까요. 이상하게 그분을 향해 뛰는 내 심장이 심상치 않아요.

ㄴ파랑이 이겨줘서 고마워서 그런 게 아닐까요?

—한량 도령 장갑만 벗어주면 완벽하게 확신할 수 있겠는데 아무리 봐도 전 지니 같아요.

ㄴ그런데 노래 부를 때 목소리가 너무 다르잖아요.

ㄴShining star 부를 때도 완전 달랐잖아요. 으윽! 생각만 해도 너무 아깝고 억울해서 내가 못 살아. 그런데 지금 Shining star 음원 사야 하나 고민인 거 있죠. 그거 사면 파랑이들한테 돈 가죠? 그리고 덩달아 다른 파랑이들 목소리까지 들어야 한다는 게 또 고민이고… ㅠㅠ

—Shining star 때문에 고민이신 분들 이거 다운받으세요. 우리 지니 목소리만 추출해서 뽑아놓은 겁니다. 저작권이고 뭐고 저것들이 먼저 어겼으니 걱정하지 말고 다운받으세요.

—그런데 뜬금없지만 베리로즈의 아라요. 본명이 채우라라는 게 전 왠지 신경이 쓰여요. 혹시 무슨 출생의 비밀 같은 게 있는 건 아니겠죠?

ㄴ님, 너무 많이 갔어요. 드라마와 현실은 달라요.

강호수의 기대와는 다르게 'TV스타' 방영 후 정신없는 와중에도 그들은 '가면의 가왕'에 깊은 관심을 보였다. 블루핏, 블루홀과의 전쟁은 언제나 그들에게 일상이었다. '가면의 가왕' 같은 이벤트를 놓칠 정도로 여유가 없지 않았다.

그리고 그들은 본능적으로 한량 도령이 채우진임을 짐작했다. 지난주까지만 해도 긴가민가하던 게 이번 주에는 확신으로 가득 찼다. 아무래도 서 있을 때의 자세나 말을 할 때의 손동작과 왠지 부끄러워하는 몸의 꼬임이 딱 채우진이었다.

지금껏 노래 부를 때의 음색과 전혀 다르긴 해도 '가면의 가왕'에선 오히려 평상시 그의 목소리가 더욱더 잘 들렸다. 한량 도령이 진지하게 노래를 부를수록 평소 채우진의 목소리가 그냥 흘러나왔다.

다만 그들은 암묵적으로 소원바라기 안에서만 한량 도령은 채우진이라고 말했다. 그가 가면을 벗는 날을 기다리며 자신들만이 아는 비밀로 즐기기 위해서다.

─여러분, 방금 진희엄마 님께서 울 지니 어머니께서 직접 찍은 사진을 받았다면서 사진 한 장 올려주셨어요. 가서 보세요. 우리의 파라다이스가 거기에 있습니다.

'가면의 가왕'에서 민시후의 5승 저지를 자축하고, 며칠 동안 마음고생이 많았을 발악이들을 위한 마음에서 진희엄마가 우진의 사진을 한 장 올렸다.

우사를 팔에 안고 소파에서 자는 채우진의 사진이었다. 따뜻한 아침 햇살을 받으며 입가에 고운 미소를 머금고, 아무 근심 없이 자는 그의 얼굴은 너무도 평화로웠다.

모두의 낙원이 거기에 있었다.

발밤발밤

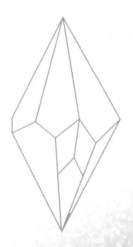

〈블루핏의 민시후, 세간의 의혹을 모두 인정하다〉

〈TM의 김석형 대표, 'Shining star'에서 민시후가 부른 파트는 채우진의 목소리가 맞다, 도용 인정. 하지만 이 모든 건 설문영 이사의 독단적인 행동이었다고 관련 혐의 부인〉

〈설문영(TM이사, PD) 曰 '블루핏의 불화로 채우진이 탈퇴 후, 메인 보컬이 된 민시후의 실력으로는 도저히 원하던 음반을 낼 수가 없었다. 5단 고음을 3단으로 줄이는 등의 교정에 들어가자 곡의 수준이 현격히 낮아지고 말았다. 안 된다는 걸 알았지만, 도저히 채우진의 목소리를 포기할 수가 없었다'라고 당시의 상황을 밝히며……〉

월요일 오후 3시에 블루핏은 채우진에게 가했던 모든 집단 행위를 인정하고 사과하는 기자회견을 했다. 그 뒤를 이은 TM 의 김석형 대표와 설문영의 회견이 실시간으로 올라오는 것을 보며 현민은 바로바로 우진에게 읽어줬다.

"블루핏은 그렇다 치고, 도용 건은 설문영이 다 뒤집어쓰려는 모양이다?"

"거래가 있었겠지."

우진이 아는 설문영이라면 절대로 혼자서 저런 희생을 감수할 사람이 아니었다. 절대 손해 보는 장사는 하지 않았을 것이다.

"앨범은 구매한 이들이 원하면 언제든지 환불해 주고, 'Shining star'의 음원 판매를 중단하는 대신 예전에 네가 참여해서 만들었던 곡을 무료로 공개할 거란다. 물론 너에겐 그에 합당한 배상금을 지급할 계획이고."

"누가 그 돈을 받는대?"

강경하게 짜증을 내는 우진의 반응에 현민은 재빨리 머릿속으로 주판을 튕겼다. 민시후가 그 노래로 받았을 가수 저작권료나 기타 등등의 피해 배상 등을 따져보았다. 안 받기에는 너무 큰 금액일 것 같아서 그의 눈동자가 크게 흔들렸다.

"'Shining star'가 얼마나 인기였는데. 아니, 아직도 인기 잖아. 정말 안 받을 거야? 야, 자존심은 이럴 때 쓰라고 있는 게 아니다."

"받아야지. 받긴 받는데 다만 내가 안 가진다는 거야."

이미 DS의 법무팀이 TM과 배상금 관련 협상에 들어갔지만, 채우진은 그 돈을 폭력 피해 청소년을 위한 재단에 후원할 거라고 회사에 알렸다. 돈으로 면죄부를 받았다고 세상에 알리며 더는 죄를 묻지 말라고 뻔뻔하게 나올 그들의 행태가 짐작이 가서다.

돈이 얼마나 좋고 무서운 건지는 누구보다도 우진이 더 잘 알았다.

TM에서 제시할 배상금이 한두 푼이 아닐 터였다. 세상에 우린 이만큼 최선을 다했다고 알리려면 제법 많은 액수로 협상을 마무리해야 할 테니 말이다. 하지만 그 돈을 받아서 그만큼 행복해진다면 모를까, 왠지 속만 타고 갑갑해질 것을 굳이 소유하고 싶지가 않았다.

"나 내일 광고 찍는다. 돈이라면 앞으로 많이 벌 거야."

이런저런 사정 때문에 뒤로 미뤄두었던 통신사 광고를 이제야 찍게 되었다. 이렇게 차근차근 나아가다 보면 그 배상금보다 못 벌까 싶었다.

"그래, 좋겠다. 그런데 나는 못 벌 것 같다."

폰으로 무언가를 확인하던 현민은 신경질적으로 화면을 꺼버렸다.

"뭐 하냐?"

"이번에 TM 주가가 반토막 나면 좀 사두려고 했는데 생각처럼 이게 안 내린다."

TM의 김석형 대표가 교묘하게 폐장 시간에 맞춰 기자회견을 여는 바람에 오늘은 그로 인해 주가가 내려갈 일이 없었다. 그렇다고 해도 지난 목요일 'TV스타'가 방영된 후에 금요일과 오늘에 이르기까지 그 난리가 났음에도, TM의 주식이 현민의 기대처럼 떨어지지 않았다.

"분명 매물은 쏟아지는데 나오자마자 사람들이 채가는 바람에 생각처럼 주가가 내리지 않아."

친구의 고백에 우진이 눈에 힘을 주고 노려보자 현민은 고개를 돌리며 딴청을 피웠다.

아무리 뭐라 해도 TM은 국내 굴지의 대형 기획사이다. 이번 스캔들로 흔들릴지언정 무너지지는 않는 거라는 게 모두의 생각이었다. 블루핏이 없다 해도 그 자리는 다시 메울 것이고 TM에는 아직도 많은 연예인과 그룹이 건재했다.

얼마 가지 않아 바로 회복할 터였고, 같은 생각을 하는 이들이 대한민국에는 수도 없이 많았다. 이 기회를 노리고 주식 좀 해보려던 현민의 일장춘몽은 그야말로 꿈으로 끝날 것 같았다.

"고마운 우정이다?"

"친구가 지옥으로 여기는 곳을 이용해서 돈 좀 벌려고 했다. 곡해하지 마라."

현민은 캔 커피를 술처럼 벌컥벌컥 들이마셨다. 몇 모금 마시지도 않았는데 벌써 바닥을 보인 캔을 아쉽게 흔들면서 중얼거렸다.

"사람들 생각하는 게 다 똑같은 거지. 그런데 파랭이들은 이번 기회에 그냥 해체해 버리지 자숙만 한대? 그것들 해체 안한다고 하니까 주가가 안 내리는 거 아냐!"

당연히 해체 절차를 밟을 줄 알았던 블루핏은 자숙하겠다며 일체의 모든 활동을 중단한다고 선언했다. 주식 때문이든 개인적인 원한이든, 이 때문에 현민의 불만은 컸다.

"장 대표님이 못 하게 했어."

"왜?"

"블루핏 해체하면 그 팬들이 내 안티가 될 수 있다고."

블루핏이 잘못을 인정한 이상, 당장은 팬들도 채우진에게 뭐라 할 처지가 못 되었다. 만약 이 상황에서 채우진을 공격한다면 언론과 여론의 비난이 어디로 갈지는 아무리 바보라도 알 테니 말이다.

블루핏이 해체하지 않는 이상, 팬들은 전전긍긍하며 눈치를 볼 수밖에 없게 된다. 반면 이 상태에서 블루핏이 해체하면 블루홀은 채우진을 공동의 적으로 삼을 수가 있었다. 나중에 자연스럽게 해체한다면 모를까, 그 이유가 채우진이어서는 안 되는 이유였다.

"그러다가 그것들 다시 재기하면 어쩌려고? 솔직히 실력 없는 것들은 아니잖아. 몇 년 후에 조용해지고 좋은 곡 받아서 또 나타날 것 같은데."

여태껏 TV에서 블루핏을 볼 때마다 울컥하며 속이 뒤집혔던 현민이었다. 이제야 조금 시원해지려고 하는데 싹수를 남기는 건 불안한 일이었다.

"그러긴 힘들 거야."

"너희 대표님이 막아준대?"

"아니. 우리 외할아버지가……."

어머니께 모든 걸 솔직히 털어놓았던 날, 어머니의 고통을 눈앞에서 보며 우진은 미안함과 해방감을 동시에 느꼈다. 힘들게 해서 죄스러웠지만, 자신을 위해 누구보다도 분노하며 슬퍼해 주는 이가 있다는 안도감은 오히려 사람을 자유롭게 만들었다.

그날 어머니는 울면서 외할아버지에게 전화를 걸었다. 우진이 어머니에게 이해와 도움을 바란 것과 비슷한 이유였다. 옆에서 어머니의 울음을 듣던 우진도 가슴 아팠는데, 내리사랑이라고 딸의 흐느낌과 절규에 외할아버지의 심정이 어쨌을지는 가늠하기 힘들었다.

"아마도 앞으로 연예계 생활하기는 힘들 거야."

"설마 너 걔들한테 미안해하는 건 아니지?"

뭔가 씁쓸해하는 우진의 표정을 보며 현민이 두 눈을 부라렸다. 이것이 예전에는 안 그랬는데 점점 도를 쌓는 게 느껴진다며 몸서리를 치기도 했다.

"내가 도덕군자냐? 날 위해 따지던 너까지 때린 놈들인데. 다만 나도 성인인데 여전히 남들 도움에 살아간다는 게 면목이 없어서 그렇지. 언제쯤 한 사람으로서 당당하게 제 몫을 다 할 수 있을까 싶다."

"외할아버지가 남이냐. 그리고 소속사가 왜 있는 건데. 이런 일 다 알아서 처리해 주라고 있는 거잖아."

현민은 우진이 건들지도 않은 캔 커피를 집어서 뚜껑을 땄다. 12월 말, 공원 벤치에 앉아 있었더니 따뜻했던 캔 커피는 어느새 차갑게 식어 있었다. 마실 거냐고 캔을 흔들어 보이자 우진은 고개를 저었다.

"소속사 이야기가 나와서 말인데 그놈들은 사과하러 나왔다는 놈들이 얼굴이 왜 그리 화사해? 사과문 읽는 것도 마치 로봇처럼 감정 없이 하고, 이건 사과하러 나온 게 아니라 억지로 끌려 나와서 투정 부리는 것 같더라. TM은 기자회견 나오기 전에 교육도 안 한다니?"

검은색 정장으로 맞춰 입고 나왔지만, 블루핏은 이런 유의 인터뷰를 할 때 연예인들이 하는 비공식 메이크업을 하지 않았다.

얼굴을 어둡게 만들고 눈 밑에 다크서클을 만들어서 우울하고 힘든 티를 내야 하는데 전혀 아니었다. 눈가를 붉게 만들어서 살짝만 건드려도 눈물이 나올 것 같은 메이크업도 아니었다. 평상시처럼 밝은 톤의 베이스에 과하지 않을 정도로 적당한 색조 화장까지 하고 나왔다.

거기에 대표로 사과문을 읽은 민시후는 감정 없는 목소리로 무뚝뚝하게 글을 읽어 내려가기만 했다. 진심은 아니더라도 일부러 남들에게 보여주기 위해 울상을 짓거나, 억지로 흘리는 눈물조차 없었다.

오히려 눈에 힘을 주고 애써 화난 표정을 참는 게 너무 빤히 보여서 이게 무슨 사과냐는 말이 나올 지경이었다.

"장 대표님이 그렇게 하라고 시켰어."

"너희 장 대표님은 무슨 막후 조정자쯤 되냐? 또 뭘 시켜?"

"나나 장 대표님이나 그들이 사과한다고 해서 진심으로 할 거라고 믿지 않거든. 하지만 외적인 상황만 보고 믿어버리는 사람들이 많을 거야."

어쨌든 평소 블루핏에 호감을 느끼고 있던 이들은 그들이 진심으로 사죄하는 연기를 하면 그 내면의 진실과 상관없이 믿을 것이다. 이 정도 사과했으면 모든 걸 용서하고 빨리 재기하길 바란다고 응원할 가능성도 컸다.

그래서 장수환 대표는 TM의 김석형에게 회견장에 블루핏이 입고 나올 의상에서부터 메이크업까지 일일이 지시했다.

절대 사과하러 나온 것 같지 않은 화사함은 그렇게 탄생했다. 그리고 사과문을 읽을 때 연기하면서 거짓 눈물을 흘리거나 고통스러워하는 표정이라도 짓는다면, 사과는 없던 것으로 하겠다고 경고했다.

"걔들이 장 대표님이 하란다고 해?"

"우리에겐 동영상이 있잖아. 시키는 대로 안 하면 이거 퍼뜨리고 폭행죄로 고소하겠다고 협박했거든."

"그 영상 공개 안 할 거야?"

당연히 공개할 거라 여겼던 현민은 오히려 당황했다. 이런 좋은 소스를 가지고 있으면서 왜 활용은 하지 않는지 모르겠다는 표정에 우진은 웃으며 답해줬다.

"지금은 사람들이 그냥 상상만으로 내가 괴롭힘을 당했다고 생각하잖아. 하지만 영상을 보면 적나라하게 보이니까 이미지가 뇌리에 박힐 수가 있거든. 내가 그거 찍으려고 일부러 다 맞아주면서 오죽이나 찌질하게 굴었냐. 피해자란 이미지는 배우에게 좋지 않아. 나중에 강한 역할 맡을 때도 불리하고. 그리고 난 부모님이 그것만은 보지 않으셨으면 좋겠어."

동영상 공개에 대한 의견은 다행히 장수환 대표와 우진의 생각이 같았다.

막연하게 그랬을 거라고 짐작하고 상상하는 것에서 끝나지 않고 확연하게 보여주는 장면은 배우에게 좋을 것이 없었다. 지금은 채우진이 피해자이긴 해도, 드라마에서 보여줬던 액션 신들로 인해 그가 힘으로 이길 수 있었지만 참았던 거라는 의견들이 많았다.

특히 '그림자의 도시'에서 건물 도주 신을 직접 찍었던 게 이번에 많은 도움이 되었다. 두려움 없이 건물에서 뛰어내렸던 채우진이 아무리 피해자라고 해도 사람들은 그에게서 이미 강함을 본 상태였다.

그래서 동영상 공개는 배우 채우진에겐 좋을 게 없었다. 그러나 블루핏에게 사용하기엔 더없이 좋은 무기였다.

나중에라도 재기할 희망을 품고 있다면 동영상 공개만은 어떻게든 막아야 하기에 그들은 장 대표가 시키는 건 무엇이든 해야만 했다.

민시후가 메인 보컬 자리를 두고 채우진과의 경쟁에서 진 후에 생긴 불화, 그리고 나이가 많기도 하고 집안이 좋은 민시후를 거스르기 힘들었던 다른 멤버들이 이에 동참한 사연까지. 아예 장수환 대표가 써준 사과문을 그대로 읽어야만 했다.

그 과정에서 조금이라도 뉘우치는 장면을 보여줘서는 절대로 안 된다는 요구까지 따르려니 그들도 제법 고생했을 것이다. 정말 뉘우쳐서 그런 게 아니라, 분해서 나오려는 눈물을 억지로 참자니 눈가와 입매에 힘을 줄 수밖에 없는 게 눈에 보였다.

당연히 그들의 태도 어디에도 진심으로 사죄하는 모습은 없었고, 이는 보는 이들의 눈살을 찌푸리게 했다. 진실한 화해와 용서가 없는 이상, 가해자는 영원히 가해자로 남아야 한다는 장수환 대표의 뜻은 이뤄진 셈이었다.

"내가 이번에도 느낀 건. 희생되는 쪽은 언제나 그중에 가장 힘없는 것들이라는 거야."

이번 사건에 가장 욕을 먹은 건 블루핏이었고 가장 많은 타격을 받은 것도 그들이었다. 앞으로 재기하지 못할 그들의 미래까지 더한다면 수치 계산도 어려웠다.

설문영은 지금까지의 커리어가 흔들릴 정도의 불명예를 얻었지만, 그의 인터뷰로 인해 은근히 공감을 사기도 했다. 채우진이 부른 'Shining star'를 듣고 민시후에게 만족하지 못한 그의 고뇌를 이해한다는 것이다.

민시후의 욕심만 아니었어도 계획대로 앨범이 나왔을 것이기에 설문영도 어찌 보면 피해자라는 의견이 만만치 않았다. 김석형 대표에게 무얼 받았는지는 모르겠지만, 아무것도 얻지 않은 채로 이렇게 순순히 인정하지는 않았을 테니 손익계산에서 손해는 없었을 것이다.

그리고 김석형 대표는 금전적인 손해는 있을지언정 어차피 이런 스캔들은 늘 연예계에 만연했다. 무슨 일이 터져도 그 와중에 항상 살아남아 승승장구했다. TM은 여전히 건재하고 그곳의 수장이 김석형이라는 것에는 변함이 없었다.

각자 조금씩 잃은 것은 있어도 김석형과 설문영은 결국 살아남았다. 가장 힘없고 별 볼 일 없는 것들을 희생 삼아서.

"그렇다고 해서 걔들이 너처럼 아무 짓도 안 하고 그냥 당한 것은 아니잖아.”

“알아. 그래서 죄책감은 없는데 현실을 다시 한번 느꼈을 뿐이야.”

“게임을 할 때 보스몹을 잡으려면 어떻게 하는지 알아?”

현민은 커피를 한 모금 마신 다음에 벤치의 등받이에 팔을 걸치고 우진을 보았다.

“내 레벨이 낮으면 여러 명이 파티가 돼서 잡으러 가는 거야. 그런데 보스몹에 가기까지 만나는 몹들이 귀찮을 정도로 많아. 처음엔 그것들한테 한 방 맞아도 대미지가 커. 하지만 그것도 몇 번 상대하다 보면 요령이 생기면서 쉽게 잡을 수가 있어. 그렇게 주위에 있는 몹들을 하나씩 잡으면 마지막엔 보스 하나만 남게 되지. 지금처럼.”

저레벨일 때는 당연히 고레벨의 도움을 받을 수밖에 없지만, 차차 경험치가 쌓이며 레벨이 올라가고 언젠가는 혼자서 보스몹을 잡을 수 있는 날이 온다. 결국 이 모든 과정은 보스몹을 잡기 위한 하나의 과정일 뿐이라고 현민은 말했다.

“현실이 게임 같으면 오죽 좋겠냐. 그런데 TM의 김 대표님이 보스몹까지는 아닌 것 같은데…….”

전생까지 합쳐서 워낙 뛰어나고 대단한 사람들을 겪어서인지, 이제 TM의 김석형 대표가 그리 대단해 보이지는 않았다.

“그럼 보스몹에게 가기 위해 만나는 네임드몹 정도로 생각해.”

“저주하나?”

“그래서 사람들이 게임처럼 현실에서도 스펙을 쌓으려고 그렇게 발버둥 치는 거 아니겠냐. 그런 의미에서 너, 창은 언제 배웠냐?"

여상하게 묻는 태도에 처음엔 그 의미를 깨닫지 못했던 우진은 점점 낯을 붉히다가 어색하게 고개를 흔들었다.

"무슨 소린지 모르겠다. 내가 무슨 창을 해?"

우진이 부정하는데도 현민은 개의치 않고 계속 물었다.

"그러면 넌 민시후 그 새끼가 가면 벗을 때 앞에서 보진 못했겠다? 하얗게 질려서 묻는 말에도 대답 못 하고 버벅거리던 걸 눈앞에서 봤어야 했는데 아깝다."

"난 네가 무슨 소릴 하는지 하나도 모르겠다."

여전히 모른 척 시치미를 떼는 우진에게 현민은 이를 드러내며 환하게 웃었다.

"넌 내가 수많은 사람 속에 묻혀 모자와 목도리로 얼굴을 가리고 뒤돌아 있다고 해서 몰라보겠냐?"

현민의 물음에 우진은 진지하게 상상을 해보았다. 아니, 굳이 상상까지 할 필요도 없이 예전에 그 비슷한 일이 있었을 때 우진은 한눈에 친구의 뒷모습을 알아보고 그에게 다가갔다. 하지만 우진은 고개를 저으며 모르쇠로 일관했다.

"야!"

"나한테 너무 많은 걸 바라지 마."

우진이 가방을 챙기고 자리에서 일어서자, 현민은 손가락질을 하며 어이없어했다. 자신은 한눈에 친구를 알아봤는데, 뭐가 어쩌고 어째?

"어디 가? 어이, 도령!"

"조용히 해!"

"아니라면서?"

"누가 아니래!"

결국, 순순히 인정하는 우진의 어깨에 팔을 걸며 현민은 다시 그날의 일을 물었다.

"그 새끼 낯짝은 정말 못 본 거야?"

"못 봤지. 나도 TV로 봤다."

"솔직히 말해봐. 통쾌했지?"

녹화 날만 해도 아무 생각 없이 그저 얼떨떨했다. 96표로 가왕에 오른 것만 눈에 보이고 아무것도 인지하지 못한 채로 그대로 집으로 돌아왔다.

어제서야 자신이 내려온 무대 위에서 무슨 일이 있었는지 알 수 있었다. 겨우 3표밖에 얻지 못한 민시후는 가면을 벗고도 계속 아무 말도 잇지 못했다. 당황하고 황당해하는 그의 표정이 너무 적나라해서 보는 사람이 부끄러울 지경이었다.

감성주가 옆에서 계속 말을 걸기도 하고 분위기를 환기하려고 노력했지만, 소용이 없었다. 보통 가왕에서 내려온 후에 이어지는 인터뷰 영상조차 없었다.

언제나 패기 넘치고 당당하던 모습은 찾아볼 수가 없었다. 그걸 보던 우희가 좋아서 호탕하게 깔깔 웃으며 거실 바닥을 뒹굴고 다녔다. 어머니한테 방정하지 못하다고 등을 맞는데도 목젖이 보이게 웃기만 했다. 정작 우희를 꾸짖던 어머니의 입가에도 미소가 어려 있긴 마찬가지였다.

"행복했어."

민시후를 이겨서 통쾌한 것보다 가족들이 즐거워하는 모습이 행복했다. 고작 이 정도 가지고 저렇게 행복해하는 모습을 보며 미안하기도 했다. '가면의 가왕'에 나가서 민시후를 직접 꺾은 게 유치하거나 저열한 짓이 아닌가 싶었는데, 그런 고민을 더는 하지 않게 되었다.

◆　◆◆◆　◆

월요일 TM의 공식 기자회견이 있던 후라 CF 촬영장을 찾은 우진을 대하는 스태프들의 태도는 굉장히 조심스러웠다.

혹시나 전날의 일로 그가 스트레스를 받아 힘들어하면 어쩌나 하는 걱정이 대부분이었다. 배우들의 민감한 감수성은 연기에 도움이 되지만, 함께 일하는 처지에선 굉장히 힘든 게 사실이다.

"처음 뵙겠습니다. 채우진입니다."

하지만 촬영장에 도착한 채우진은 아무 일도 없었던 사람처럼 밝았다. 보이는 족족 스태프들에게 꾸벅 인사를 하고 CF 감독에게 다가갔다.

"오늘 괜찮겠어요?"

서른 중반의 감독은 우진을 살피며 조심스럽게 물었다. 어제 TM의 기자회견을 보고 얼마나 이를 갈았는지 모른다. 하고 많은 날 중에 하필 광고 촬영 전날에 저런 기자회견을 한 의도가 의심스럽다며 혼자 망상을 할 정도였다.

"그럼요. 이미 옛날 일인데 지금 와서 속상할 일이 뭐 있나요. 현재 저보다 힘든 건 그들이죠."

옛날 일에 발목 잡힌 사람들이 힘들지, 일부러 이런 상황을 유도한 자신이 힘들 일은 없었다. 하지만 사람들은 그의 말을 다르게 해석하며 감탄하고 말았다.

"저렇게 착하니 그놈들한테 그렇게 당했지."

"저 정도면 거의 성자 아냐?"

연예계의 흐름에 누구보다 민감한 게 바로 광고계였다. 요즘 이 바닥에서 최고의 블루칩은 채우진이었다.

모두가 망할 거라 여겼던 영화와 드라마를 성공시킨 신화의 주인공이 광고에도 통할지는 모르는 일이다. 하지만 그만이 가지고 있는 독특한 아우라는 누구도 흉내 낼 수가 없었다. 그의 얼굴 옆에 회사의 로고가 함께한다는 것만으로도 충분히 의미가 있었다.

오늘 우진이 찍을 영상은 두 개였다. 첫 번째 광고 촬영을 위해 메이크업을 받고 의상을 갈아입은 우진에게 나온 소품은 검이었다.

의상과 메이크업은 마치 실장님 패션같이 꾸며놓고 판타지 영화에서 나올 법한 화려한 검을 등에다 메라는 것이었다.

몸에 딱 떨어지는 블랙 슈트와 흐트러지지 않게 뒤로 넘긴 머리 스타일이 당장에라도 회의에 참석해야 할 실장님의 모습이었다. 그런 우진의 손에는 길이 120㎝의 바스타드 소드가 들려 있었다.

"이번 광고는 회사 이미지 광고예요. 독보적인 1위! 경쟁자는 이미 우리의 상대가 되지 않는다는 콘셉트로, 따라올 테면 따라와 봐라! 모두 부숴주겠다는 공격적인 마케팅으로 찍을 계획이랍니다."

"콘티를 보긴 했는데 잘못하면 게임 광고처럼 보이지 않을까요?"

콘티에 의하면 우진은 로봇들을 무찌르고 제거하면서 왕좌를 차지하는 내용이었다. 소품이나 콘티로 봐선 아무래도 게임 광고로 착각할 여지가 많았다.

"요즘 폰으로 전화만 하는 시대는 갔잖아요. 우리 통신망을 이용하면 게임 속도도 빠르다는 의미를 내포하는 광고죠."

본사 마케팅 부서에서 나온 광고 책임자는 열정을 담아 광고 내용을 설명했다. 서른 중후반으로 보이는 그는 마치 소년 같은 정열로 가득했다.

"처음엔 절대자의 무료함 같은 얼굴이었다가, 점점 흥미가 돋으면서 적들을 하나씩 없애는 겁니다. 그리고 콘티에도 있지만, 왕좌에 오르기 전에 뒷걸음을 하면서 카메라를 향해 오만하게 웃는 겁니다. '이 하잘것없는 것들!' 하는 표정으로요."

직접 포즈와 표정을 지으며 우진을 보는 그의 시선이 반짝였다. 한번 따라 해보라는 의미인 것 같아서 동작은 그만두고 우선 표정만 따라 해봤다.

오만한 절대자의 표정이라면 어느 정도 자신이 있었다. 하지만 우진이 표정을 짓자마자, 반짝거리던 광고 책임자의 눈동자가 크게 흔들리면서 그대로 얼어붙었다.

"이건 아닌가요?"

분위기가 썩 좋지 않자 우진은 멋쩍은 미소를 지으며 귀밑을 긁적였다.

"무, 무섭네요. 그런 표정은 방송 못 탑니다."

진짜 죽일 것 같다며, 위에서 허락 안 해줄 거라고 책임자는 고개를 저었다.

"고백하자면 방금 것은 너무 리얼했어요. 꿈에 나올까 무섭네요. 그런 거 말고 있잖습니까. 입꼬리를 살짝 매력적으로 올리면서 유혹하듯이 짓는 미소!"

처음엔 오만한 절대자의 모습을 요청하더니 이번에는 유혹하란 소리에 우진은 나오려는 웃음을 겨우 참았다. 머릿속에 떠오르는 이미지는 많은 듯하지만, 결국 광고에서 원하는 건 하나였다. 고객을 홀리는 거.

우진이 표현하는 오만한 절대자를 보고 사람들은 복종과 공포를 느낄지언정 호감을 느끼지는 않을 것이다. 그건 절대 광고주들이 원하는 게 아니다. 스토리와 상관없이 광고는 보는 이로 하여금 무조건 긍정적인 감정을 끌어내야만 했다.

광고주가 요구하는 것들은 결국 이미지만 그럴싸하게 표현해 달라는 것이다. 가장 중요한 것은 이 회사의 제품이 믿고 쓸 만한 제품이라는 신뢰감을 줘야만 한다는 것이었다. 그게 아니더라도 소유하고 싶은 욕망이 들도록 매력적으로 보이게 해달라는 게 그들의 진심일 것이다.

그들이 포장하는 언어에 속으면 안 되는 이유다.

"배경으로 쓸 CG는 이미 만들어놨으니 한번 보세요."

첫 번째 촬영은 우진 혼자 그린 스크린 앞에서 연기해야만 했다. 배경과 내용이 판타지적 요소가 많아서 몇 가지 소품과 우진을 제외하고 모두 CG로 작업할 계획이었다. 그런데 광고 촬영이 늦어지면서 미리 CG로 입힐 배경 작업을 끝내놓은 상황이었다.

어둑해지는 도시의 거리는 굉장히 화려했다. 스치고 지나가는 길의 끝에, 현실엔 있을 것 같지 않은 미래적인 느낌의 건물 하나가 우뚝 서 있었다. 건물 안에 들어가자 로봇들이 나타나 아무것도 없는 공간을 향해 공격하기 시작했다. 그리고 얼마 가지 않아 부서지고 흩어졌다.

그 후에 부서진 로봇들이 새로 변했다가 이내 다시 부서지는 과정에서 만들어낸 파편이 화려한 미장센을 연출했다. 그리고 화면은 웅장한 문을 지나 그 끝에 보이는 왕좌로 서서히 다가가면서 끝났다.

우진은 영상을 몇 번이나 반복해서 보았다. 각 Take별로 시간을 체크하고, 로봇들이 공격하는 순간과 방향 등을 면밀하게 검토하고 머리에 새겨 넣었다. 동선과 액션을 계산하면서 다음 행동에 이어질 동작을 가늠하기 위해서다.

나중에 싱크로율 작업을 하면서 수정은 하겠지만, 수고와 시간을 줄이기 위해서는 우진이 얼마나 잘해주냐에 걸렸다. 무엇보다 시선 처리와 방향을 잡지 못하는 멍청한 모습을 사람들에게 보여주고 싶지가 않았다.

"그렇게 굳이 외우고 계산할 필요는 없어요. Take별로 신만 외우면 때마다 우리가 일일이 알려줄 테니까요."

시키는 대로 따라 움직이면 쉬울 거라는 광고 책임자를 힐

곳 쳐다보며 우진은 설핏 웃었다. 연기하는 사람은 자신인데 참 쉽게도 말한단 생각이 들어서다.

어느 정도 계산이 끝난 우진은 영상을 끄고 그동안 계속 손에 들고 있던 검을 자세히 살펴보았다.

손에 익히기 위해 들고 있던 검은 생각보다 무게가 있었다. 검날은 가벼운 데 비해 손잡이 장식 부분이 화려해서 무게가 꽤 나갔다. 덕분에 검의 균형이 맞지 않아서 적응이 더욱 필요했다.

그래도 손잡이가 쓸데없이 화려한 게 아니라 통신사의 로고를 형상화한 것이었다. 검을 세우고 전체적으로 보면 검조차도 훌륭한 광고 용품이었다.

우진은 그린 스크린 앞에 가서 Take별로 움직여야 하는 동선과 시간을 계산했다. 녹색으로 칠해진 구름판과 미니 계단의 위치도 놓치지 않고 살폈다. 이 와중에도 우진은 꾸준히 검을 잡고 있었다.

"검을 등에 메고 있다가 빼야만 하는데 그게 쉽지가 않을 거예요. 몇 번 연습하다가 안 되면 처음부터 검을 빼고 등장하는 것으로 바꾸는 게 좋을 겁니다."

우진에게 다가온 무술 감독의 말에 그의 옆에 있던 광고 책임자도 이해한다는 듯 고개를 끄덕였다.

"발검이 중요하긴 하죠. 그런데 그게 또 포인트인데."

콘티에선 모델이 발검술로 로봇을 처리하는 장면이 있었다. 무협이나 만화에서 멋있게 연출하는 장면이라 그는 아쉽게 입맛을 다셨다. 하지만 등 뒤에 매달린 120㎝의 검을 자연스럽게 발검하기 어렵다는 정도는 알고 있었다. 강요한다고 해서 할 수 있는 게 아니었다.

발검에 대해 논하는 두 사람을 슬쩍 살피던 우진은 손에 들고 있던 검을 몇 번 돌려보았다. 그리고 슬슬 손에 익힌 검을 등에 메고 있던 검집에 자연스럽게 집어넣었다.

시원하게 들리는 '착' 소리에 대화를 나누던 두 사람이 일제히 우진을 돌아봤다.

그들과 시선을 맞춘 우진은 자신의 별명처럼 두 사람의 소원을 들어줬다. 자연스럽게 검을 뽑음과 동시에 발검술로 이어지는 동작을 취해 보이자, 광고 책임자의 얼굴은 환해졌고 무술 감독은 역시나 하는 표정을 지었다.

"채우진 씨 이야기는 많이 들어서 알고 있었지만 검에도 소질이 있었군요! 전부터 배우셨나 봅니다."

무술 감독들 사이에서 채우진에 대한 소문은 자자했다. 'Death hill'에서 '그림자의 도시'에 이르기까지 그와 함께 일했던 이들에게서 전해 들은 이야기가 많았다. 액션 배우들 사이에서도 평이 좋아서 채우진과의 작업에 그는 아무런 부담감이 없었다. 역시나 검에도 능숙한 모습을 보이자 한숨 돌렸다며 기뻐했다.

Take마다 취해야 할 액션과 동선을 무술 감독에게 배웠지만, 액션 자체는 어려울 게 없었다. 이번 촬영에서 중요한 것은 오로지 정확한 타이밍과 시선 처리였다.

본격적으로 촬영에 들어가기에 앞서 포스터와 등신대 간판용으로 사용할 스틸컷부터 촬영했다. 검을 지팡이처럼 한 손으로 잡고 오연히 서 있는 동작과 검을 들고 있는 다양한 자세들을 취했다.

스틸컷 작업이 끝난 다음엔 그린 스크린 앞에서 하는 촬영으로 이어졌다. 아무것도 없는 공간에서 혼자서 모든 걸 해결해야만 하는 거라 우진은 모든 감각을 집중시켰다.

"Take 1, 레디 큐!"

Take 1은 7초짜리 신이었다. 복잡하고 화려한 도시 속을 오만하고 당당하게 걸어가는 남자의 시선은 오로지 정면만을 향한다. 그러다 어딘가에서 들리는 소리에 하늘을 올려다보았다. 검은 잿빛 하늘을 가르고 날아가는 흰 새가 인도하는 길이 그의 목적지였다.

우진은 아까 보았던 CG 영상들을 눈앞에서 그리는 것과 동시에 속으로 시간을 계산하는 걸 잊지 않았다. 촬영하기 전에 속으로 숫자를 세서 걸리는 시간을 어느 정도 맞춰봤다. 완벽하게 정확하지는 않아도 대충 가늠하는 기준이 되었기에 그의 연기엔 머뭇거림이 없었다.

목적지인 건물 앞에 서자 새는 그의 주위를 맴돌다가 저 멀리 날아갔다. 떠나는 새에서 시선을 거둔 우진은 유유히 건물 안으로 걸어 들어갔다. CG 영상에 의하면 입구에 들어서자마자 로봇들이 그를 공격하기 위해 다가온다.

'먼저 오른편 위쪽에서 하나, 다음은 왼편에서 가슴 쪽으로 파고들고……'

먼저 공격하는 로봇은 도를 들고 위쪽에서 내려찍듯 공격해 왔다. 그 순간 우진은 발검과 동시에 로봇의 허리를 베어버렸다. 몇 개의 파편이 날리고 다른 로봇이 주먹을 쥐고 우진의 가슴 쪽을 향해 공격해 왔다.

왼손으로는 로봇의 팔목을 붙잡고 비튼 다음에 발로 차서 쓰러뜨렸다. 쓰러진 로봇을 밟고 공중으로 뛰어오른 그는 두 손으로 검을 쥐고 위에서 아래로 그대로 찍어 내렸다. 그의 공격을 받은 로봇의 몸이 갈리면서 산산조각이 났다.

부서진 부품들이 사방으로 먼지처럼 날리다가 이내 서로 이어지면서 새로 변하기 시작했다.

로봇의 부품으로 만들어진 네 마리의 새는 우진의 머리 위에 맴돌다가 일제히 그에게 덤벼들었다. 그 짧은 순간 우진은 무술 감독이 가르쳐 준 대로 그냥 찌르고 휘두르는 것은 멋이 없을 거란 생각이 들었다.

어차피 CG로 보정을 보면 아무리 밋밋한 동작이라도 멋있게 꾸밀 수 있다는 건 알고 있었다. 하지만 콘티에 나온 액션은 다른 게임 광고에서도 흔하게 나오는 동작들이었다. 독보적인 1위를 의미하는 광고치고는 클리셰가 너무 많았다.

검의 손잡이를 잡고 몇 번 돌린 다음, 한꺼번에 여럿이 덤비는 적을 상대할 때 유용했던 검법 하나를 기억해 낸 우진의 움직임이 빨라졌다.

정확히는 도법이었지만 굳이 여기서 그것을 일일이 따지며 사용할 필요는 없었다. 검으로 도법을 구현한다고 해서 왜 그랬느냐고 따질 사람도 없었다.

내공이 없어서 그대로 재현할 능력은 못 되더라도 어느 정도 흉내는 낼 수가 있었다.

네 방향에서 덤벼드는 로봇 새 중에서 가장 먼저 죽여야 하는 새를 향해 찌르고, 바로 검을 비틀어 돌리며 교차해서 다시 휘둘렀다. 마치 무한대의 기호와 비슷한 공격 패턴이었다.

그와 함께 몸을 현란하게 움직이면서 상대의 집중을 떨어뜨리는 공격이었다. 실제 사람을 상대로 했다면 얼을 빼놓고 허를 노리는 수법이었다. 실용성보다는 현란한 움직임이 멋스러운 도법이라서 이 순간 선택한 이유가 컸다.

산산 조각난 로봇 새들이 공중에서 부서지며 눈처럼 휘날린다. 그 가운데서 우진은 비릿한 미소를 지으며 오만한 절대자가 됐다.

잠시 숨을 가다듬은 우진은 손을 들어 감독에게 컷을 부탁했다.

"컷!"

재빠르게 감독이 컷 사인을 주자 스태프들이 그에게 달려왔다. 건네주는 수건을 받아 이마에 흐르는 땀부터 닦으며 숨을 돌렸다. 몸의 움직임이 많았던 만큼 소비한 에너지도 많아서 조금 숨이 찼던 것이다.

"괜찮아요?"

"오랜만에 격한 동작을 하니까 조금 지치네요. 아까 제 애드리브는요?"

콘티에 없는 액션을 한 우진이 감독에게 묻자 그는 손가락으로 오케이 사인을 보냈다. 누군들 싫어할까. 배우가 따라와 주지 못해서 요구하지 못할 뿐이지, 싫어서 콘티에 넣지 않은 게 아니다.

생수를 마시며 이마에 흘러내린 머리칼을 뒤로 넘기던 우진은 멈칫했다. 흐트러짐 없이 단정했던 머리 스타일이 어느새 풀어진 것이다.

"머리 다시 해야 하지 않나요?"

"아니요, 자연스럽게 흘러내린 지금 스타일도 괜찮아요. 아까 검을 휙휙 돌릴 때 풀어졌는데 그게 자연스럽게 휘날리면서 꽤 멋스러웠거든요."

비주얼 디렉터의 설명에 우진은 머리를 매만지던 손길을 그대로 멈췄다. 무심결에 손가락으로 빗으려던 직전에 멈췄기에 안도의 한숨을 내쉬었다. 어느 정도 숨이 가라앉자, 메이크업을 수정하고 스타일을 살핀 다음에 다시 촬영에 돌입했다.

웅장하고 화려한 문은 우진이 다가가자 저절로 활짝 양쪽으로 열렸다. 그 길을 따라 쭉 가면 끝에 왕좌가 하나 놓여 있었다. 왕좌에 다가가며 우진은 오른손에 들고 있던 검을 깔끔한 동작으로 등에 걸린 검집에 넣었다.

그리고 뒤를 돌아 카메라를 향해 시선을 주었다. 오만한 듯 가늘게 뜨던 눈이 슬며시 휘어지며 그의 입가에 매력적인 미소가 어렸다.

살짝 턱을 치켜들며 아래를 내려다보는 듯한 시선은 세상을 내려다보는 절대자의 눈빛과 비슷했다. 누구도 따라올 수 없는 우월함과 자신감이 깃든 얼굴로 그는 세상을 오시했다.

하지만 그는 마냥 잔인하거나 냉혹한 군주가 아니었다. 언뜻 보이는 자비로움이 사람들을 홀리고, 그들은 속아 넘어갈 수밖에 없었다.

그렇게 그는 차가운 카리스마와 함께 아름다운 미소로 세상을 유혹했다.

그리고 아무런 미련 없이 몸을 돌려 왕좌를 향해 걸어갔다. 카메라는 그의 뒷모습을 쭉 잡았다. 원래는 거기서 끝나는 신이었지만, 마침 우진의 눈에 그린 스크린 앞에 치워놓은 미니 계단이 보였다. 아까 계단을 걷는 신에 이용했던 것을 한쪽에다 치운 것이었다.

마침 계단이 딱 의자의 높이와 비슷했다. 우진은 그 앞까지 걸어가서 계단 위로 의자에 앉은 것처럼 앉았다.

CG 영상에 있던 왕좌에는 팔걸이가 있었다. 그 부분이 있을 거라 가늠하는 곳에 팔꿈치를 대는 척하며 왼손으로 턱을 받쳤다.

오만한 절대자의 통치가 이제부터 시작되었음을 알리는 것처럼 그는 미소 지었다.

◆　　◆◆◆　　　◆

도서관에서 공부하다가 지친 우진은 이제 필수품이 된 모자와 마스크, 그리고 목도리를 꼼꼼하게 챙겨 들고 휴게실로 나왔다.

겨울이라지만 난방이 잘된 도서관 내부에서 마스크에 목도리까지 하고 다니는 것은 이상해 보일 수 있었다. 다행이라면 마침 독감이 한창 기승을 부리는 철이었다. 작은 기침에도 사람들이 알아서 멀어졌다. 덕분에 아직 그를 알아본 사람은 없었다.

무엇보다 마스크를 착용한 사람이 우진 하나만 있는 게 아니라서 그만큼 자유로웠다. 벌써 겨울이 지나면 어찌하나 걱정부터 하는 걸 보면 자신이 연예인이 되긴 했구나 싶었다. 우진은 안경 아래 눈가를 손가락으로 문지르며 휴게실 구석에 자리를 잡고 앉았다.

조금 시끌시끌하지만, 휴게실 매점에서 틀어놓은 음악과 함께 이 정도의 잡음은 백색소음이라고 할 수 있었다.

등받이가 있는 기다란 의자들은 앞뒤로 서로 나란히 마주보게 배치해 있었다. 그래서 우진이 구석에 자리 잡았다고 해도 그의 앞과 옆자리엔 금세 사람들로 가득 찼다. 우진은 최대한 고개를 숙이고 모자를 눌러썼다.

그때 휴게실 스피커에서 이번에 2승을 한 한량 도령이 부른 홍광호의 '발밤발밤'이 흘러나왔다. 우진의 앞자리에 앉은 무리 중의 한 명이 그 순간 고개를 번쩍 들었다.

"야. 조용히 해!"

그녀는 노래를 듣자마자 대화 중이던 친구들을 막으며 조용히 하라고 입에다 손가락을 가져다 댔다.

노래가 끝나자 가벼운 한숨을 토해내며 좋다고 몸부림을 치는 그녀를 보며 우진은 긴장한 채 이제는 허리까지 숙였다.

"이 노래 정말 좋아! 어쩜 한량 도련님은 고음이 이렇게 맑을 수가 있지?"

원곡보다 훨씬 높은 키로 잡아서 부른 한량 도령의 목소리는 힘차고 맑았다. 그래서 듣는 이로 하여금 고음에 대한 부담감을 주지 않고 오히려 속이 후련한 감정을 느끼게 했다.

대체 어디가 한계일지 모를 정도로 저음과 고음을 자유롭게 넘나들면서 듣는 이의 감성을 제대로 사로잡았다. 한량 도령의 가장 무서운 점은 노래가 끝날 때까지 사람의 심장을 틀어쥐고 놓지 않는다는 평이 나올 정도였다.

"난 최희정 팬이라 언제 나올까 학수고대했는데 이렇게 나오자마자 허무하게 광탈할 줄은 몰랐다. 그런데 거짓말 하나 안 하고, 최희정 노래 듣고 한량 도령 거 들으니까 확실히 실력 차가 그대로 느껴지는 거야. 아무리 최희정 팬이래도 이건 반박 불가란 생각이 들더라."

전날 방영됐던 '가면의 가왕'에서 한량 도령은 발라드의 여왕이라 불리는 최희정을 꺾고 2승을 차지했다.

최희정이 '가면의 가왕'에 나오면 장기 집권은 문제없을 거라던 예상이 어이없게도 무너지는 순간이었다. 그래서 팬들의 아쉬움은 컸지만 불만 없이 결과에 승복할 정도로 실력 차가 확연했다.

"난 한량 도령이 나온 사람들 다 알아맞힐 때가 진짜 신기했는데. 혹시 제작진이 미리 가르쳐 주진 않았겠지?"

그 말에 우진은 저도 모르게 고개를 저을 뻔했다.

처음엔 감성주가 아무 생각 없이 구두로 물어보았다. 그러다 우진이 계속 맞추니 나중에는 아예 스케치북 하나를 가져다주고 거기에 적으라고 했다. 그러면서 가면 속 얼굴이 공개될 때마다 우진의 답과 맞춰보게 됐다.

"설마! 그만큼 음감이 좋다는 이야기겠지."

누구도 최희정이 졌다는 것에 이의를 제기하지 않을 정도로 완벽한 우승이었다. 그만큼 한량 도령에 대한 궁금증은 한층 높아졌다. 이만하면 누구라는 설이 나올 법한데 중구난방 예측만 많았지, 누구도 한량 도령이라고 확신할 만한 사람은 없었다.

"노래도 정말 좋지만 어제 췄던 부채춤은 진짜 환상이지 않았어? 게다가 부채에 있던 매화를 직접 그렸다는 게 말이 돼? 노래 잘 불러, 춤 잘 춰, 거기에 그림까지! 그러다 만약에 가면을 벗었는데 얼굴까지 잘생기면 내가 여자여도 왠지 억울할 것 같아."

사람이 너무 완벽한 게 아니냐고 말하면서도 그 얼굴엔 선망과 동경이 어른거렸다. 어제 '가면의 가왕'은 한량 도령의 2승도 주요했지만, 그 밖에도 이야깃거리가 풍부했다.

먼저 진녹색의 비단 도포에 폭이 넓은 끈으로 허리를 묶은 한량 도령의 늘씬한 맵시가 저번 의상과 비교해서 유난히 돋보였다. 한복 고유의 선이 살아서 움직임이 더욱 도드라졌고 그만큼 고아했다.

판정단과 방청객의 부탁으로 늘 가지고 다니던 부채를 이용해 춤을 출 때는, 박력 있고 절도가 넘쳐 마치 군무를 보는 듯했다. 펼쳤다 접었다 하면서 보여주던 부채에 그려진 매화가 마치 실제로 바람에 날리는 듯한 착각을 불러일으켰다.

감성주가 대체 이런 부채는 어디에 가면 구할 수 있는 거냐고 물었을 때, 한량 도령은 직접 그린 거라고 답했다. 그 말에 감성주가 부채를 받아 들고 활짝 펴서 보여줬는데 결코 대충 그린 수묵화가 아니었다.

"대체 누굴까. 누군지만 알면 나 그날로 팬이 될 건데."

"그제는 채우진이 최고로 좋다고 하지 않았냐?"

"채우진이야 당연히 좋지! 요즘 그 광고 볼 때마다 내가 정말 넋 놓고 본다. 요즘 진지하게 팬카페에 가입할까 고민 중이라니까."

우진은 뜬금없이 나오는 자기 이름에 잔뜩 긴장한 채로 꿈쩍도 못했다. 분위기로 봐서는 저번처럼 욕을 들을 것 같지는 않았지만 괜히 긴장돼서 가슴이 두근거렸다.

"아, 그 통신사 광고? 난 처음엔 넋 놓고 보다가 나중에야 정신 차리고 이게 뭐지 했다니까. 게임 광고인 줄 알고 찾아봤더니 통신사 광고라서 놀라고, 엉뚱하다 싶으면서도 멋있더라."

계속 보니까 왠지 그 통신사에 가입하면 모바일 게임도 빠르게 할 수 있을 것 같다는 믿음이 생기더라는 말도 했다.

"검으로 새들 죽일 때하고, 마지막에 뒤돌아 씨익 웃고 거만하게 걸어가서 왕좌에 앉는 장면에서 절로 폐하라고 외쳤다니까! 완전히 약 빨고 만든 광고야. 나 우리 동네에 있는 채우진 등신대 간판을 보자마자 옆에 서서 사진도 찍었다. 그런데 웃긴 건 어제 지나가면서 보니까, 나 말고도 사람들이 줄 서서 사진 찍고 있는 거 있지."

특히 이번 채우진의 등신대 간판은 축소 없이 그의 실제 키와 덩치를 그대로 재현해서 더욱 실감이 났다. 옆에 같이 서면 함께 사진을 찍은 효과를 볼 수가 있었다. 사람들 생각이 다

비슷한 모양이라며 웃자, 옆에서 조용히 듣던 한 친구가 어색하게 웃으며 말했다.

"우리 동네 대리점 입간판은 누가 훔쳐 갔어……."

"정말? 웃긴다!"

어처구니없어하는 소리에 우진도 동조하며 고개를 끄덕일 뻔했다. 뭔 쓸모가 있다고 그 거추장스럽게 큰 걸 가져가나 싶었다. 우진만 해도 등신대 간판을 준다는 걸 필요 없다고 거절한 마당이라 더욱 이해가 안 갔다.

"누군 훔칠 줄 몰라서 안 하는 줄 아나. 훔치다 들키면 쪽팔리는 것도 있지만, 최대한 많은 사람한테 보여주려고 참는 거지. 그런 건 팬도 아니야."

그런데 우진의 생각과는 다른 주장들이 이어져 그를 당황스럽게 만들었다.

"나도 살짝 욕심이 나서 살펴봤는데 무거운 쇠기둥에다가 고정해서 웬만해선 못 가져가겠던데? 그걸 어떻게 가져가? 그 열정만큼은 인정해 준다."

"하긴, 이번에 등신대가 정말 멋있게 나오긴 했어. 한 손으로 검을 짚고 여유롭게 웃는 모습이 만화에서 그대로 찢고 나온 모습이잖아. 그 광고 기획한 사람이 덕후 장사가 뭔지 제대로 아는 게 분명해. 포인트를 너무 잘 짚었거든. 범죄라 문제지 모험을 걸 가치는 있는 것 같아!"

등신대 간판은 물론 통신사 대리점마다 찾아가서 채우진의 포스터를 요구하는 진상들이 많다는 이야기도 나왔다.

이런 현상의 이유가 채우진이 작품 활동 이외에는 화보나 인터뷰를 잘 하지 않아서 생긴 결과라는 해석이 나오기도 했다. 예전에 빌트맨에서 찍은 화보는 이젠 구할 수도 없고 프리미엄이 붙었다는 푸념은, 우진도 처음 듣는 이야기였다.

"광고는 두 편이나 찍었다면서 왜 하나만 공개하냐고! 현기증 난단 말이야."

단발성 광고지만 홍보에 의하면 채우진이 찍은 광고가 분명 두 편이라는 정보가 있었다.

"이번 게 예상보다 반응이 좋아서 좀 더 빨아먹고 공개할 모양이야. CG만 봐도 돈 엄청 들었을 것 같던데 좀 더 내보내야지."

"메이킹 영상 보니까 채우진이 정말 대단하다고 여겨지는 게 새를 죽일 때 썼던 검법 같은 그거, 애드리브였다고 하더라. 검도하는 내 동생이 맨날 그거 따라 하는데 정말 힘들대. 그런 사람이 블루핏한테 그렇게 당했다는 게 믿어져?"

채우진의 액션 촬영은 언젠가부터 메이킹 영상이 늘 화제였다. 대역을 안 쓰는 것으로도 유명하지만, 실제로 그의 몸놀림이 예사롭지 않았기 때문이다. 몸을 쓸 줄 안다는 게 느껴질 정도로 액션의 연결이 자연스럽고 퀄리티가 뛰어났다.

태권도 시범 영상에서나 볼 수 있는 돌려차기나 공중에서 몸을 회전하는 게 너무나 쉬워 보여서 따라 하다가 사고가 난 경우도 있었다. 이번 CF에서도 마찬가지였다. 구름판을 딛고 공중회전을 아무렇게나 하고, 검을 자유자재로 다루는 모습에서 진정한 무사의 풍모가 느껴진다는 감탄이 쏟아졌다.

만약 블루핏이 채우진에게 폭력을 행사했다고 직접 시인하지 않았다면 어이없는 루머로 지나갈 수도 있었다. 그만큼 채우진은 자기 자신을 지킬 힘이 있어 보였고, 강한 사람일 거란 이미지를 가지고 있었다.

"참은 거지. 민시후, 걔가 금수저로 유명했잖아. 잘못 건들면 적반하장으로 괴롭혔을걸."

"난 이민수가 어이없더라. 걔가 중간에서 엄청나게 이간질했다면서? 그렇게 해서 채우진이 빠진 자리에 들어간 거고."

기자회견을 한 지 2주가 지났어도 채우진과 블루핏의 악연에 관한 이야기는 여전히 계속 재생산 중이었다. 워낙에 유명하고 인기 있는 이들이다 보니 화제가 쉽게 가라앉지 않았다.

"채우진 팬들이 정말 속상하겠더라. 이래저래 충격이 컸을 거야."

"내가, 내가 바로 그 팬이야!"

채우진이 최고라고 했던 친구가 두 손으로 자신을 가리키며 속상해했다.

그 말에 살짝 웃음이 나왔지만 우진은 덩달아 씁쓸해지는 마음을 다스리기 힘들었다. 강호수에게 팬들의 반응을 물었을 때, 그는 충격은 있어도 상처는 받지 않았으니 걱정하지 말라고 답했다. 무슨 의미인지 잘 이해가 되지 않아 소원바라기에 들어가 보겠다고 하니, 강호수가 사색이 되어 말렸다.

"지금은 좀 많이 격해 있어서, 정신 건강을 위해선 안 보는 게 좋아."

재미있는 글이나, 한량 도령이 채우진일 수밖에 없는 이유를 논리적으로 서술한 글 같은 게 있으면 읽어보라고 권해주던 강호수였다. 그랬던 그가 말릴 정도라면 뻔하지 않겠는가 싶었다. 팬들에게 면목이 없어진 우진은 나중에라도 팬 서비스는 확실하게 하자고 결심했다.

"그런데 왜 'Shining star'는 공개 안 해? 분명 채우진이 부른 버전으로 무료 공개한다고 하지 않았어?"

"3월 이후에 공개할 거라던데?"

"왜?"

"나야 모르지. TM이 주는 배상금을 채우진이 다 기부해 버렸잖아. 이런 상황에서 바로 공개하기 멋쩍어서 나중으로 미룬 건가 싶기도 하고. 하여튼 이유는 안 밝히고 3월 이후가 되면 알 거라고만 했대."

그거야 'Shining star'를 공개하면 한량 도령이 채우진이라는 걸 알기 쉽기 때문이었다. 장수환 대표가 슬쩍 떠보니 TM에서도 한량 도령이 채우진이라는 걸 이미 알고 있었다.

TM에는 누구보다도 채우진의 창법과 음색을 잘 알고 있는 설문영이 있었다. 본인 목소리로 마음껏 노래를 부르고 있는 한량 도령이 누구인지 알아보는 건 설문영에게는 일도 아니었다.

아마도 감이 좋은 사람들이라면 'Shining star'를 듣고 우진의 목소리에서 한량 도령을 찾기는 쉬울 터였다.

그렇기에 지금 'Shining star'를 공개한다면 한량 도령이 채우진이라고 광고하는 격이었다. 요즘 한량 도령에 관한 미스토리와 그가 누구인지 추리하려는 대중들의 반응에 재미가 붙은 장수환 대표는 'Shining star'의 공개를 적극적으로 막았다.

"맞다! 채우진이 이번에 '가온' 광고도 찍었다고 했어."

"가온? 거긴 또 어딘데?"

"넌 팬이라면서 그것도 모르냐. 브리싱가멘에서 이번에 새로 론칭한 브랜드잖아. 이번에 채우진이 거기 전속 모델이 됐거든요."

"요즘 공부하느라 바빠서 인터넷은 거의 못 했단 말이야. 그런데 브리싱가멘이면 내 위시리스트의 대부분을 차지하는 곳인데. 거기 엄청 비싸잖아."

채우진의 팬을 자처하던 친구는 울상이 되어 속상해했다. 웬만하면 채우진이 광고하는 곳 제품을 사주고 싶은데, 브리싱가멘이라면 그녀가 감당하기엔 너무 벅찬 브랜드였다.

"젊은 층을 대상으로 하는 브랜드라는데 브리싱에서 나온 거면 아무래도 비싸긴 할 거야. 그래도 거긴 거품이란 생각이 안 들 정도로 보석도 최상품이고 디자인이 끝내주잖아."

주얼리는 결국 디자인값이라며 비싸도 어쩔 수 없다는 반응을 보이는 사람들을 보던 우진은 흐뭇하게 속으로 웃었다.

가온의 모델이 된 것은, 새로 론칭하는 브랜드 모델에 관해 이야기하던 부모님 대화를 듣고 우희가 우진에게 전해준 덕이었다.

회사에 알아보니 정말 브리싱가멘에서 모델 섭외가 들어오긴 했었다. 장 대표는 모델 건은 브리싱가멘의 마케팅 부서에서 추진한 거라며 최민우가 그냥 무시하라고 했다는 말을 전해 줬다.

이런 게 뭔 대수라고 고민하는 부모님이 재미있어서, 우진은 두 분에게 먼저 알리지 않고 회사 측을 통해서 모델 제안을 받아들였다. 뒤늦게 사실을 안 부모님이 놀라며 신경 쓰지 않아도 된다고 그를 말렸다. 우진은 연예인은 광고가 많을수록 좋은 거라며 도리어 뻔뻔하게 굴었다.

"오오, 몇 시간 전에 가온에서 스틸컷 공개했어."

친구들의 대화를 듣고 있던 한 명이 검색한 정보를 말해주자 다른 이들도 서둘러 '가온'을 검색하기 시작했다. 아닌 말로 벌써 '가온'이 실시간 검색에 올라온 상태였다. 때문에 채우진이 찍은 가온의 광고 스틸컷은 쉽게 찾을 수 있었다.

스틸컷은 고개를 돌려 볼과 귀, 그리고 목과 어깨만 보이는 여자를 채우진이 뒤에서 백허그하는 사진이었다.

얼굴이 보이지 않는 여자와 달리 정면을 보는 채우진은 귀고리를 한 여인의 귓가에 입술을 가져다 대고 있었다. 여자의 어깨를 감싸던 손으로 목걸이를 쓰다듬는 손길이 사진으로 봐도 무척이나 부드럽고 관능적으로 느껴졌다.

주얼리 회사 광고답게 채우진은 약지와 중지에는 반지, 그리고 손목에는 시계를 하고 있었다. 과하지 않고 모던한 디자인이 남자의 액세서리로 돋보였다.

"너무 야해!"

"이런 걸 섹시하다고 하는 거다. 양봉업자가 따로 없다니까! 눈에서 아예 꿀이 뚝뚝 떨어지네. 이 눈동자로 보석은 못 만드나."

"야! 상상했잖아. 그보다 이 목걸이 정말 예쁘다. 요 작은 사각 펜던트들은 사파이어 같지?"

공개된 스틸컷 속 목걸이는 우진의 어머니인 박은수가 디자인한 것이었다.

광고 촬영장에 찾아왔던 디자인 팀의 류나예가 이것저것 설명해 주는 과정에서 알게 된 정보였다. 어머니의 디자인이 예쁘다는 말에 왠지 자신이 칭찬받은 것 같아서, 우진은 으쓱하는 기분에 그만 웃음이 나왔다.

"⋯⋯."

속으로만 웃는다는 게, 그만 입 밖으로 피식 나와 주위에서 이야기하던 이들이 갑자기 입을 다물었다. 내내 자고만 있는 줄 알고 신경 쓰지 않던 사람에게서 웃음소리가 나온 바람에 모두 순간 흠칫 놀라고 말았다.

혹시나 음흉하게 자는 척하면서 자기들 이야기를 엿들은 게 아닌지 의심스러워 누구도 다시 입을 열지 못했다. 갑자기 대화가 끊기고 주위가 조용해지자, 우진은 결국 잠든 척 몸을 뒤척이며 가늘게 코를 고는 시늉을 해 보였다.

이런 곳에서 연기력을 낭비한 덕에 주위에 앉아 있던 이들은 이내 경계를 풀며 다시 대화를 시작했다.

"정말 많은 거 안 바라고, 채우진하고 하루만 같이 살아봤으면 좋겠다. 그 하루만으로도 난 평생을 살 수 있어."

"그리고 채우진에겐 평생을 잊고 싶은 악몽일 테고?"

그 후로 채우진을 두고 친구들끼리 주고받는 야한 농담에 우진은 움찔거리며 어찌할 바를 몰라 했다. 욕을 듣는 것도 참기 힘들었지만, 자신을 두고 성적인 농담을 하는 걸 듣는 것도 곤욕이었다. 일어서 나가지도 어쩌지도 못하고 있을 때, 다행히 그들이 먼저 자리에서 일어나 떠났다.

"우리 옆에 있던 남자 조금 이상하지 않던?"

"왜?"

"고개 푹 숙이고 있는데 우리가 이야기할 때마다 움찔거리고, 정말 자고 있던 게 맞는지 솔직히 의심스러웠어."

그래서 일부러 남자의 반응을 보려고 더 야한 이야기를 했다고 고백했다. 아니나 다를까, 움찔거리면서 반응을 보이는 게 불쾌해서 예정보다 더 빨리 자리를 뜨자고 친구들을 종용했던 것이다.

"맞아! 최근 그 남자 볼 때마다 모자와 마스크로 얼굴 가리고 다니는 게 너무 수상해 보이긴 했어. 보통 공부할 때는 목도리라도 풀잖아? 그런데 누가 볼까 꽁꽁 싸매고 다니는 게 의심스러워서 관리실에 신고할까 고민 중이라니까. 게다가 아까 계속 웅크리고 있는 것도 너무 찌질해 보였지?"

그래도 공부는 굉장히 열심히 하는 것 같아서 차마 신고는 못 하겠다는 이야기를 마지막으로, 그들은 이내 남자의 존재를 잊었다.

주위 사람들이 사라지자 우진도 그제야 자리에서 일어났다. 다른 사람을 통해 듣는 자신의 이야기는 색다른 재미가 있었다. 대중들에게 자신이 어떻게 비치는지, 어떤 식으로 생각하는지 알게 된 건 큰 수확이기도 했다.

"그래도 지하실에다 가두고 기르고 싶다는 건 좀……."

도서관에서 집으로 오는 길에 우진은 통신사 대리점 앞에 놓인 자신의 등신대를 발견했다. 낮에 들었던 이야기가 있어서인지 무심코 넘어가기 힘들었다. 들은 말대로 등신대 간판과 함께 사진을 찍기 위해 기다리는 이들이 몇 명 있었다.

"사진 찍으시려면 줄 서야 해요."

멀뚱히 서서 지켜보는 우진에게 누군가가 뒤로 가 줄을 서라고 말을 건넸다. 우진이 그냥 구경하는 거라고 고개를 젓자, 상대는 불쾌한 듯 입을 삐죽였다. 아무래도 자신들이 구경거리로 전락한 줄 알고 오해하는 듯싶었다.

대리점에선 한량 도령의 노래가 흘러나오고 밖에서는 우진의 등신대 간판과 사진을 찍으려는 이들이 줄을 서고 있었다. 이 순간이 무척이나 기이하게 느껴진 우진은 마치 방관자처럼 이 상황을 그저 지켜보았다.

"이제 영업시간 끝났습니다."

대리점에서 직원 하나가 나와서 등신대 간판을 거둬서 안으로 가져가려 했다. 뒤에서부터 줄을 서다가 이제야 자기 차례가 온 사람이 항의했지만 소용이 없었다.

"죄송하지만 저희도 영업이 끝나서요. 입간판은 안에다가 넣어야 합니다."

"왜요? 여기 기둥에다가 단단히 고정해 놨으면서… 밖에다가 그냥 놔두면 안 돼요?"

등신대 간판 뒤에다가 단단한 고리를 여러 개 박아서 가게

밖에 있는 기둥에다가 쇠줄로 연결하고 열쇠까지 채워놓은 상태였다. 웬만해서 훔쳐 가기 힘들어 보였고 매번 이렇게 밤마다 안에다 들어놓는 것도 수고로운 일이었다.

"요즘 입간판 도둑들이 하도 많아서요. 본사에서도 이제 없다고 하는 바람에 저희도 조심해야 하거든요."

그러면서 직원은 우진을 위아래로 힐끔힐끔 보았다. 마치 네가 무척이나 수상해서 귀찮아도 이렇게 일일이 수거하는 거라고 핀잔을 주는 듯했다. 그러자 주위에서 줄을 서던 사람들도 우진을 노려보았다.

마스크와 목도리까지는 봐줄 만한데 한밤중에 모자까지 푹 눌러쓴 게 아무래도 수상한 모습이었다. 사진도 안 찍을 거면서 등신대 간판 주위에서 멍하니 있는 것도 의심스러웠다. 굳이 채우진의 팬이 아니어도 등신대를 훔쳐 비싸게 파는 이들이 있다는 소문이 돌고 있었다.

의심을 받게 되자, 어쩔 수 없이 자리를 뜰 수밖에 없게 된 우진은 자신이 부른 노래들로 가득한 거리를 지났다.

여기저기서 들리는 한량 도령의 노래가 익숙하면서 새로웠다. 사람들이 모여 있는 곳이라면 한 번쯤은 듣게 되는 자신의 이름과 이야기는 이제 새삼스러울 것도 없는데 매번 어색했다.

대중 속에 스며든다는 것, 그들에게 자신을 각인시키고 좋아하게 만드는 것, 과연 이것이 끝인가 아니면 시작일까.

우진은 문득 그게 궁금해졌다. 아마도 자신의 한계에 따라 그 답은 언제라도 달라질 수 있을 것이다.

"그래서 너는 지금 만족하니?"

자신에게 묻는 물음에, 대답 대신 우진은 고개를 꺾어 하늘을 올려다보았다. 새까만 하늘에 보이는 것은 아무것도 없었다. 그의 모든 전생과 지금의 현생이 이루고 싶던 꿈이 고작 이 정도는 아닐 것이다.

문득 달조차 보이지 않는 저 밤하늘에 유일하게 빛나는 존재가 되고 싶었다.

◆　◆◆◆　◆

결국, '가면의 가왕' 손 PD는 강호수를 통해 우진에게 직접 연락을 취해왔다. 지금까지 녹화에 필요한 제반 사항 등은 모두가 매니저를 통했기에 PD와 직접 대화를 나누는 건 이번이 처음이었다.

―이런 부탁 하는 게 염치없지만, 하차하는 거 재고해 주면 안 될까?

이제 녹화는 앞으로 2회밖에 남지 않은 상태였다. 우진을 실력으로 끌어낼 가수의 섭외가 어려운 것은 둘째였다. 시청률이 고공 행진인 와중에 그의 자진 하차는 치명타일 수밖에 없었다. 아직 3회차 녹화분이 방영되지 않았음에도 한량 도령의 인기는 심상치 않았다.

전통 무용과 판소리 관련 분야에서까지 한량 도령에게 관심을 가지기 시작했다. 아무리 찾아봐도 자기 쪽에선 '가면의 가왕'에 나간 인물이 없는데, 대체 누구냐는 물음이 계속된 결과였다.

　두 번의 전통 무용과 잠시 들려줬던 소리만으로도 그들은 한량 도령의 실력이 문하생 수준이 아님을 눈치챘다. 그저 그런 연예인이 흉내 낼 만한 수준이 아니었던 거다. 그러나 자신들이 아는 인맥에선 후보가 없었기에, 그들은 새로운 신진이 등장한 게 아닌지 촉을 세웠다.

　환영하는 이들도 있고 벌써 밥그릇 싸움에 돌입하며 긴장하는 이들도 있었다. 어느 쪽이든 한량 도령의 정체가 궁금하기는 마찬가지였다. 최근 전통문화계의 저명한 인사나 인간문화재까지 직접 나선 바람에 곤혹스러울 때가 한두 번이 아니었다.

　이런 한량 도령을 눈뜨고 놓친다면 이건 정말 경위서로만 끝날 문제가 아니었다.

　"미리 양해를 구한 문제라 지금 와서 이렇게 말씀하시면 저로선 굉장히 난처합니다."

　─알지, 아는데! 자네가 여기서 하차를 하게 되면 여러 사람이 곤란해지는 바람에…….

　그중에 가장 곤란해질 손 PD가 인정에 하소연했다. 이미 예측한 상황이라 우진은 그저 심드렁한 심정으로 그의 말을 들었다.

　─여태껏 자진 하차한 경우가 없어서 이럴 땐 어떻게 해야 할지 우리로선 고민이 아주 많아. 마지막에 가면을 벗을지 말지도 문제고, 다음 가왕을 어떻게 뽑아야 하는지도 애매하고. 아닌 말로 자넬 이기지도 못한 준우승자를 가왕으로 할 수도

없잖아. 다음 회에 새로운 가왕을 뽑는 것도 그들에게는 자존심이 상할 문제라서 걱정이 되고……

손 PD는 은근히 가면을 벗지 않을 수도 있다고 경고했다. 지금 현재 채우진이 한량 도령이란 이야기는 그의 팬들에게서나 나오는, 별로 힘을 받지 못하는 주장이었다. 아닌 말로 조금이라도 노래 잘 부르거나, 키가 큰 배우와 가수들의 팬이라면 한 번씩 주장하는 설이 되고 말았다.

그래서 채우진 팬들의 주장 역시 별 설득력 없이 묻혔고 그들도 굳이 바득바득 우기지 않았다.

무엇보다 한량 도령이 누구인가를 떠나서, 오로지 그의 노래와 퍼포먼스에 반해 팬이 된 이들도 많았다. 이런 상황에서 한량 도령이 누구인지 밝히지 않으면 채우진은 얻은 것 없이 끝나고 만다.

"전 굳이 한량 도령이 저라고 안 밝혀도 됩니다. 사실 제가 직접 민시후를 끌어내린 상황이 멋쩍기도 하고, 배우인데 음악 예능에서 노래로 존재감을 부각하는 것도 그렇잖아요. PD님 뜻에 따를 테니 그 문제에 대해선 마음대로 하셔도 됩니다."

오히려 밝혀지는 게 귀찮다는 반응을 보이는 채우진 때문에 도리어 손 PD가 당황했다. 어째 마음대로 되지 않는 채우진 때문에 순간 그의 목소리가 거칠어졌다.

—방송에 나온 이상, 그에 대한 도리와 책임감을 생각해 봐야지!

"저도 PD님 사정 봐드리고 싶은데 상황이 안 따라주네요.

그러게 3월부터 나갔으면 아무 상관없었을 텐데, 저도 아쉬운 건 마찬가지입니다."

—내가 알아봤는데 상반기엔 휴식을 가질 거라 우진 씨 스케줄이 없다며? 그런데 딱 하루 시간을 못 내나? 그 하루만 시간 내면 바로 3월부터는 아무 상관없잖아.

우진이 다섯 번째 녹화를 끝내고 2주만 지나면 바로 3월이었다. 그사이에 있을 딱 한 번의 녹화만 어떻게든 진행하면 된다. 그러면 우진이 주장하는 것처럼 '가면의 가왕'에 계속 출연하는 데 아무런 지장이 없었다.

손 PD의 주장에 우진은 애써 웃음을 참으며 목소리를 가다듬었다. 전화로 통화했기에 망정이지 서로 마주 보고 대화를 했다면 아무리 그래도 연기하기가 힘들었을 것이다.

"제가 2월 말에 시험을 봐야 하거든요."

—시험? 그때는 방학이지 않나?

"그게 제가 사법시험을 볼 계획이라서요."

—사법…….

당황한 게 역력한 손 PD의 목소리를 들으며 우진은 한숨을 내쉬는 척하면서 말을 이었다.

"개인적인 사정이라 자세히 말씀드릴 순 없지만, 저희 어머니께선 제가 그 시험을 꼭 보기를 바라십니다. 합격할 일은 없을 테지만 그래도 효도 차원으로 시험을 준비 중이거든요. 하루만 시간을 내라고 하시지만, 그 하루를 위해 준비하는 게 어디 보통인가요."

우진의 대답에 손 PD는 그의 외할아버지가 누구인지 새삼 다시 한번 떠올렸다. 장 대표에게 이야기를 들은 후 막연히 알고만 있었던 Rome로펌의 대표에 대해 자세히 알아봤던 거다.

로펌의 대표인 외할아버지, 지금은 로펌에 있지만 외삼촌은 한때 검찰총장까지 역임했던 분이다. 우진의 외가 사촌들 역시 모두 사법시험에 합격해서 현재 검사와 연수생이었다. 이런 상황에서 그리고 시험을 보지 말라는 법은 없다.

연예인으로 아무리 잘나가고 있다고 해도, 어머니로선 한국대에 다니는 아들에게 바라는 이상이 따로 있을 수 있었다. 이해는 간다. 이해는 가지만.

"그렇게 돼서 하차는 어쩔 수가 없습니다. 아무리 떨어질 시험이라고 해도 공부는 해야죠. 너무 형편없는 점수로 떨어지면 어머니 뵐 면목도 없고요. 그리고 또 모르죠. 5회까지 가기도 전에 제가 떨어질지 누가 아나요? '가면의 가왕' 신뢰도가 있으니 제가 일부러 떨어질 수는 없고, PD님도 그런 걸 바라시지는 않을 테고요. 차라리 다른 분한테 정당하게 실력으로 떨어지는 게 가장 좋은 결말 같습니다. PD님 생각도 저와 같으시죠?"

해맑은 우진의 대답에 손 PD는 이를 앙다물었다. 자진 하차를 무를 수 없으면 일부러 떨어져 주면 안 되겠냐고 부탁하려고 했는데, 입도 떼기 전에 우진이 '가가'의 신뢰성을 언급해 버렸다.

그냥 보통 연예인이면 예능에 신뢰성이 어디 있냐며 살살 달래볼 여지라도 있지. 외가 환경은 물론, 본인부터 사법시험을

보겠다는 사람에게 나서서 방송의 약점을 드러내기가 껄끄러
웠다.

　─그렇지…….

"아무렴 배우인 저보다는 실력 좋은 분들이 많을 테니 너무
걱정하지 마세요. 모두 잘될 겁니다. 게다가 이번에 '가가'와
사시 끝나면 3월부터 개인적으로 계획한 일이 있어서 이젠 하
고 싶어도 정말 시간이 없게 되었네요."

예전에야 3월부터 시간이 빈다고 했지만, 이젠 그렇지도 않
다면서 한 회 녹화만 어떻게 때운다고 해결될 일이 아니라고
우진은 못을 박았다. 그 못이 손 PD의 가슴에 박혀 들어가든
지 말든지, 우진은 5회 우승을 아무나 하겠냐며 천진하게 웃
었다.

직업만 배우지 실력에선 이미 누구도 넘볼 수 없는 실력의
소유자에게 듣는 장담은 전혀 효과가 없었다. 어떻게든 한량
도령의 자진 하차를 막으라던 예능국장의 잔소리에 아직도 귀
가 따가운 상태였다.

"대체 내가 뭔 짓을 한 거지?"

전화를 끊은 후 손 PD는 맥없이 중얼거렸다. 새끼 고양이인
줄 알고 데리고 온 게 알고 보니 이미 성장한 호랑이었다.

〈채우진, 도서관에서 신고 당하다(?)〉

최근 ×× 도서관 행정실에 몇 건의 민원이 접수됐다. 독감이 유
행하는 계절이라고 하지만 지나치게 얼굴을 가린 남자가 수상쩍다
는 제보였다. 물론 남자가 수상한 행동을 한 것은 아니었다. 그는

도서관이 문을 여는 새벽부터 나와 공부하고, 가끔 휴게실에 나타나는 게 고작이었다.

하지만 난방시설이 완벽한 도서관 내부에서 모자와 안경, 그리고 마스크와 목도리로 꽁꽁 싸매고 다니는 남자는 누구라도 수상하게 볼 수밖에 없었다. 특히 최근에 있었던 강력 범죄로 인해 사람들의 경계심이 극도로 높아진 것도 한몫했다.

민원이 들어온 이상 행정실에서는 남자의 신원을 확인할 수밖에 없었다. 그런데 뜻밖에도 이 수상쩍은 남자는 배우 채우진이었다. 드라마가 끝나고 휴식기를 가지는 줄 알았던 그는 학생 본연의 역할에 충실한 생활을 하고 있었던 거다.

다만 공부하는 다른 이들을 방해하지 않기 위해 얼굴을 가린 것이 공포를 심어준 결과가 되었다. 나중에야 이를 전해 들은 도서관 이용자들은 안타까운 심정을 고백하면서……

"우진아~!"

기사를 끝까지 읽은 황이영은 한량 도령으로 분장한 우진을 절절하게 불렀다.

"너 자판기 커피 뽑아서 벽 보고 마셨니? 휴게실 의자에서 웅크리고 자고?"

"그제 일이 벌써 기사로 났어요?"

"중요한 건 그게 아니잖아. 혹시나 이런 일이 생길까 봐 내가 학교 도서관으로 다니라고 한 건데. 거기선 네가 얼굴 가리고 다녀도 신고할 일은 없었을 거 아냐?"

이제 어느 정도 우진에게 적응한 학생들은 그가 얼굴을 가리고 다녀도 대충 눈치를 채곤 알아서 모른 척해주었다. 그런 면에선 확실히 편하지만, 집에서 가까운 도서관을 두고 학교까지 오가는 시간이 너무 아까웠다.

"험한 일은 안 당했고?"

우진이 끌려가서 고초라도 당하는 장면을 상상했는지 황이영의 얼굴이 울상이 되었다. 누가 보면 독립운동하다가 끌려간 줄 알겠다며 우진은 웃음을 터뜨리고 말았다.

"아니요. 모두 친절하셨어요. 민원이 들어와서 어쩔 수 없이 확인할 수밖에 없다고 혹시 감기에 걸렸느냐, 아니면 얼굴에 흉이 있어서 가리고 다니는 거냐고 친절하게 대해주셨는걸요."

우진이 얼굴을 드러내자 행정실에 있던 사람들이 모두 그를 알아보았다. 그인 줄 몰랐을 때도 정중했는데, 채우진이라는 걸 알자 더욱더 친절하게 대해주는 바람에 오히려 송구스러울 정도였다.

"이제 거긴 더는 못 가겠죠?"

"계속 가려고 했어?"

"재미있었거든요."

공부하다가 지치면 휴게실에 앉아 타인을 통해 세상 돌아가는 이야기와 요즘 추세에 대해 듣는 재미가 쏠쏠했다. 간간이 섞여서 듣는 자신의 이야기도 나쁘지 않았다.

"채우진이가 어련할까. 얼굴이나 대! 가면 벗을 때 이쁘게 보여야지."

오늘이 드디어 '가면의 가왕' 무대에 마지막으로 서는 날이었다. 3라운드만을 남겨두고 가지는 휴식 시간 동안 우진은 메이크업을 받았다. 3라운드가 끝나고 결과가 어쨌든 우진은 오늘 가면을 벗기로 해서 단장을 해야만 했다.

그러나 황이영은 결과에 대해 걱정은 하지 않았다.

발라드의 여왕이라 불리는 최희정을 이기고 2승을 했을 때만 해도 설마설마했다. 그러나 뒤이어 리쌍의 '광대'로 랩까지 소화하면서 록의 대가인 권열을 상대로 3승을 얻어냈다.

4승의 도전자는 '나는 가수다'를 명예 졸업한 이후로 남자 보컬 중에 최고라 불리는 조동일이었다. 조마조마했던 게 우습게도 우진은 김수철의 '못다 핀 꽃 한 송이'를 불러 거뜬하게 4승을 거머쥐었다.

"오늘은 누구일 것 같아?"

"아는데 말해줄 수는 없어요."

"하여튼 한 번도 그냥 넘어가는 일이 없어."

가끔은 실수인 척 말해줄 법한데 우진은 절대 그렇지 않았다. 매번 TV로 확인하라고만 해서 궁금증만 증폭시켰다. 덕분에 방송 보는 재미는 있지만 이 순간만은 궁금해서 미칠 지경이었다.

"가면 벗을 때 머리 너무 만지지 말고 한 번만 깔끔하게 뒤로 넘겨. 처음 카메라와 시선 마주칠 땐 멋쩍게 슬쩍 웃다가, 바로 당당하고 자신감 넘치는 얼굴로 씨익 웃는 거야. 방청객들과 시선 마주치면 부드럽게 눈웃음치는 것도 잊으면 안 돼!"

가면을 벗는 순간이 중요하다며 황이영은 몇 가지 주의를 주었다. 오늘로 이 대기실도 안녕이란 생각에 우진은 한번 주위를 둘러보고 자신을 찾는 소리에 밖으로 나갔다.

황금 가면과 망토를 어깨에 걸치고 가왕의 지정석에 앉은 우진은 3라운드를 지켜보았다. 그가 가왕전 진출자로 점찍은 '따뜻한 눈꽃요정'의 무대는 역시나 기대에 어긋나지 않았다.

SG 워너비의 '살다가'를 선곡한 눈꽃요정은 묵중한 음색의 노래를 자신만의 느낌으로 부르는 데 성공했다. 울림이 강하고 호소력 짙은 감성은 듣는 이로 하여금 연신 감탄을 자아내게 했다. 그러나 너무 대놓고 자신의 본래 실력을 내보인 바람에 그녀가 누구인지 모두가 알 정도였다.

"이번에는 굳이 한량 도령님께 눈꽃요정님이 누구인지 묻지 않겠습니다."

이미 판정단과 방청객이 눈꽃요정이 누구인지 감지한 상태라, 감성주는 웃음을 참으며 사회를 보았다. 그리고 모두의 예상대로 눈꽃요정이 가왕전의 진출자가 되었다. 자신의 차례가 되자 한량 도령은 무대 위로 올라갔다.

"이전에도 내로라하는 분들과 대결하셨지만, 이번 역시 워낙에 막강하신 분이라 묻겠습니다. 자신 있으십니까?"

"나오기 전에 코디 누나에게 한바탕 잘 놀고 오겠다고 했습니다. 본분을 지켜 결과에 연연하지 않고 운치만 즐기겠습니다."

한량 도령의 '누나' 발언에 판정단은 물론 방청객들 사이에서 작은 동요가 일었다. 모두가 그의 연배를 최소 서른 중반으로 짐작하고 있었기 때문이다.

한량 도령이 보여주는 기교와 감성은 절대 젊은 나이에선 나오기 힘든 수준이었다. 한량 도령이라 의심받던 몇몇 젊은 후보들이 끝내 인정을 받지 못한 이유였다. 그런데 한량 도령의 입에서 '누나' 라는 단어가 나오니 혼란이 왔다.

말 그대로 단순히 코디의 나이가 많은 것인지, 한량 도령의 나이가 그들이 예상하는 것보다 더 어린 것인지 알 수가 없게 되었다.

"이런, 마지막 날이라고 한량 도령님께서 막 나가십니다."

한량 도령의 정체를 아는 감성주가 의미심장한 멘트를 날리고 무대에서 내려갔다.

반주가 흐르자 사람들은 선뜻 무슨 곡인지 몰라 고개를 갸웃거렸다. 우진의 선곡은 사람들에게 다소 낯선 뮤지컬 넘버 '푸른 학은 구름 속에 우는데' 였다.

이 노래를 부르기 위해 우진은 오늘 의상은 꼭 푸른색으로 해달라고 요청했다. 좌절된 꿈과 절망을 노래한 곡이었지만, 그가 이 곡을 선택한 이유는 그의 전생들이 떠올라서였다.

권력과 부를 쟁취하고 성공한 삶을 살았던 인생 역시 많았지만, 그의 대부분 전생은 늘 좌절하고 절망하고 외로웠다. 능력이 없었던 것도 아닌데 늘 시대의 흐름에 역행하며 살아서 제대로 된 빛을 보지 못했다.

그들의 꿈과 좌절이 바로 자신의 것이기도 해서, 우진은 씁쓸한 반면 누구보다 그들을 이해하고 위로해 주고 싶었다.

꿈이 꺾이고, 꿈을 팔아서 생계를 유지하며 괴로워했던 전생들에게 보내는 감사이기도 했다. 당신들이 혹은 내가 그런 시간을 보내왔기에, 지금의 채우진이 있다는 걸 부정하지 않았다.

그 어느 때보다, 민시후를 상대했을 당시보다 더욱 진지하고 애절한 간절함을 담아 노래를 불렀다.

노래를 부르는 순간, 수많았던 이야기가 머리를 스치고 지나갔다. 언제나 전생과 지금의 자신 사이에 벽을 두었던 우진은 이 순간만은 모든 걸 허물고, 받아들이고, 이해하고, 보듬어 안았다.

노래의 가사처럼 신분 때문에 포기해야 하는 꿈과 좌절 대신, 언젠가는 저 푸른 하늘 위로 날개를 쭉 펴고 힘차게 날아갈 것이다. 어디로든 가고 싶은 곳으로, 자유롭고 당당하게 푸른색의 하늘이 바로 자신이 될 수 있도록.

그래서 우진이 부른 노래는 좌절과 구속을 딛고 희망이 엿보였다. 막다른 골목 너머로, 구름 속에 숨어든 학은 그렇게 저 위의 하늘을 향해 높이 날아갔다.

사람들에게 자신의 감정을 전달하는 데 탁월한 한량 도령의 노래가 끝나면 한동안은 언제나 적막에 싸였다. 그게 슬픔이든 희망과 기쁨이든 쉽게 빠져나오기 힘든 공감의 순간이었다.

이런 여운을 깨는 건 언제나 차가운 이성을 갖춘 이들이었다.

"아, 저 친구! 처음 노래 들을 때는 떨어지려고 용쓰는 줄 알았더니 그게 아니었어."

아무래도 대중적으로 유명한 곡을 불러야 공감을 사고 표를 받는 데 유리하다. 뮤지컬 넘버라도 오페라의 유령 같은 경우라면 모를까, 낯선 반주에 처음엔 이게 무슨 곡인가 당황한 사람들이 많았다.

하지만 이내 그게 무슨 상관일까 싶을 정도로 노래에 빠져들었다. 차츰 가사가 들어오고 이해하면서 한없는 절망에 함께 슬퍼하고, 그래도 마지막에 보이는 희망에 일제히 안도의 숨을 토해냈다.

오늘이 마지막 녹화라고, 떨어지든 아니든 다음은 없을 거라고 당당하게 이야기해 오던 한량 도령이었다. 그래서 어떻게든 한량 도령의 자진 하차만은 막아달라는 청원 서명도 일어날 정도로 그에 대한 기대와 인기가 높았다.

그 때문에 자진 하차보다는 실력으로 떨어져 자연스럽게 가왕 자리를 다른 이에게 넘겨주는 전략을 세울 줄 알았다.

마침 도전 상대도 상대이니만큼 적당히 떨어질 작정으로 곡을 선택한 줄 알았는데 그게 아니었다. 결코, 한량 도령은 상대를 배려하면서 노래를 부르지 않았다. 정말 그의 말대로 한판 재미나게 최선을 다해 놀고 가기로 작정을 한 듯싶었다.

"네! 한량 도령님의 마지막 무대 잘 들었습니다. 또 사람들을 울리셨어요. 눈꽃요정님은 한량 도령님의 무대를 직접 보신 게 처음이실 텐데 감상을 들을 수 있을까요?"

"아… 제가 오늘 이 자리에 나온 가장 큰 이유가 한량 도령님의 노래를 직접 듣기 위해서였어요. 제 경험으로는 TV로 듣게 되면 원래의 곡을 제대로 감상했다고 할 수 없거든요. 현장에서 듣는 가수의 음성만큼 확실한 게 없잖아요. 그래서 제 감상은… 정말 오길 잘했다. 그리고 괜히 나왔다. 저 떨어지겠죠?"

눈꽃요정은 빠르게 현실을 받아들였다. 자신에게 투표권이 있다면 망설임 없이 한량 도령에게 표를 주겠다고 선언할 정도였다. 그녀도 이미 자신의 노래를 기억하는 사람이 이 자리에 거의 없다는 걸 감지하고 있었다. 이런 마당에 차라리 화끈하게 인정해 버리자고 당당하게 나섰다.

상대가 너무 잘한 것이지, 자기가 실력이 없어서가 아니었기에 그녀의 자신감은 전혀 죽지 않았다.

"투표는 이미 끝났습니다. 그럼 한량 도령의 가왕 수성이냐, 새로운 가왕의 등극이냐! 그 결과는……."

우진은 이미 결과를 예상했지만 언제나 이 순간이 되면 가슴이 두근거렸다. 마치 시험을 잘 치르고도 혹시나 답을 밀려 쓰지 않았을까, 정보란에 이름 등을 잘못 쓴 게 아닐까 밤새 걱정하고 고민하는 심정과 비슷했다.

"한량을 꿈꾸는 도령의 5승입니다. 96 대 3! 93표 차이로 가왕을 지켜냈습니다. 처음 가왕의 자리에 올랐을 때와 똑같은 스코어네요. 이것도 나름 유도한 것인가요?"

사람들의 환호 속에서 감성주가 묻자 한량 도령은 고개를 저었다. 그럴 수만 있었다면 99표를 다 받았지, 3표를 포기하지는 않았을 것이다.

"한량 도령님과의 대화는 잠시 후에 정식으로 나눌 계획이니, 우선 무대 밖에서 기다려 주세요."

하차를 위한 절차를 밟는 것은 일단 눈꽃요정이 가면을 벗은 후였다. 황금 가면을 쓴 한량 도령이 무대 밖으로 나가자,

눈꽃요정은 두 손으로 얼굴을 가리며 부끄러워했다.

"자! 이제 눈꽃요정님은 가면을 벗고 정체를 밝혀주세요!"

"싫어요! 저 이대로 그냥 퇴근할래요."

"어차피 여기 계시는 분들과 지금 시청하시고 있는 모든 분이 눈꽃요정님이 누구신지 다 알고 있을 겁니다."

감성주의 말에 눈꽃요정은 결국 포기했는지 한숨과 함께 몸을 돌려 가면을 벗기 시작했다.

"따뜻한 눈꽃요정님은 올해로 데뷔 18년 차에, 우리나라를 대표하는 최고의 보컬인 나유리 씨입니다!"

눈꽃요정이 가면을 벗자, 그녀의 데뷔곡과 최고의 흥행 곡들을 나열하는 감성주에게 다가간 나유리는 조용히 그의 입을 막아버렸다.

"창피하니까 더는 하지 마세요."

계속 듣고 있기엔 겨우 3표를 받은 자신의 처지가 너무 부끄러웠던 거다.

"이런 꼴을 당할 줄 알았으면 안 나오는 건데 그놈의 호기심이 문제야. 그런데 정말 인간적으로 3표는 너무하지 않았어요? 아니, 아니야! 제가 봐도 3표 받은 건 이해가 돼요. 저라도 나 안 찍었을 거야. 3표라도 줘서 고마워요."

원망하다가 바로 이해해 버린 나유리는 부끄러워 어쩔 줄 몰라 하면서 횡설수설했다. 노래 실력뿐만 아니라 순하고 귀여운 성정으로도 유명한 나유리였기에 그마저도 모두 흐뭇하게 바라봤다.

"그럼 이제 자진 하차를 선언하신 한량 도령님을 다시 모시겠습니다. 오늘 가왕 자리에 올라가셨지만, 스케줄 때문에 스스로 내려오실 수밖에 없게 돼서 오늘 가면을 벗고 정체를 밝히시게 됐습니다. 눈꽃요정님은 이만 대기실로 가셔도 됩니다."

"왜요?"

"네?"

"저, 한량 도령님 보려고 여기 나온 거예요. 3표 받고 그냥 가려고 온 게 아니라고요. 3표 받았으니까, 여기서 저도 한량 도령님이 누군지 볼 자격이 있다고 생각합니다!"

당당하게 3표를 언급하며 나유리는 그 자리에서 버텼다. 3표 받고서 한량 도령도 못 보고 그냥 간다면 자긴 그냥 편집해 달라고 말하는 나유리에게, 방청객들은 박수로 그녀를 지지해 줬다.

그래서 한량 도령이 무대에 다시 올랐을 때는 감성주 옆에 나유리도 함께 서 있었다. 그녀를 보자마자 꾸벅 인사하는 한량 도령에게 나유리도 마주 인사했다. 정체는 모르나 분명 자신과 연배가 비슷하거나 높을 거라 확신했기에 그에 맞는 예의를 보였다.

"한량 도령님, 정말 오늘 이대로 하차하실 겁니까? 아깝지 않으세요? 이대로라면 기존 최고 기록도 도전해 볼 만하지 않습니까."

"저도 그러고 싶지만 개인적인 사정 때문에 어쩔 수가 없습니다."

"대체 그 개인적인 사정이란 게 뭡니까."

"효도요."

영문 모를 한량 도령의 간단한 대답에 감성주가 당황할 때,

옆에서 나유리는 진지하게 고개를 끄덕였다. 그것보다 중요한 게 없다고 눈가를 닦는 그녀는 작년 초에 부친상을 당했다.

"그럼 3월부터는 시간이 된다고 하셨으니까, 다음 편에는 한량 도령님 특집 같은 거 하고 계속 이어가면 안 될까요? 제작진은 그냥 한 회 쉬어도 된다고 하는데요."

감성주의 물음에 방청객들은 박수와 함성으로 동의했다. 오늘 한량 도령이 하차하며 가면을 벗을 거란 예상 때문에 방청객 신청률이 어마어마했다는 후문이었다. 그 높은 경쟁률을 뚫고 이 자리에 앉아 있지만, 그보다는 TV에서 계속 한량 도령의 무대를 보고 싶다는 욕심이 더욱 컸다.

"처음 '가가'에 출연하기로 했을 때만 해도 제가 5회까지 출연할 거라 예상조차 못 했습니다. 그래서 나오기로 한 거고요. '가가'에 3월부터 출연하기로 했다면 비워뒀겠지만, 그게 아닌 바람에 도중에 일정이 새로 잡히기도 해서 더는 힘들게 되었습니다. 죄송합니다."

다시 한번 3월에 나왔다면 아무 문제없었겠지만, 사정이 이리되었고 이제는 3월도 바쁘다고 확실하게 대답했다.

"정말 아쉽게 되었습니다. 그럼 가면을 벗어주세요."

한량 도령이 가면을 벗는 순간 더는 어떠한 가능성도 남지 않기에, MC는 발표를 최대한 미루고 설득해 보려고 했다. 하지만 이도 박히지 않는 사람을 아무리 물고 늘어져 봤자 소용이 없었다. PD에게 살짝 고개를 저어 보인 감성주는 큐 카드를 든 손을 높이 추켜올리며 외쳤다.

"한량을 꿈꾸는 도령님은 바로~!"

MC의 멘트에 한량 도령은 고개를 돌려 가면을 고정했던 끈을 풀었다. 그의 움직임 하나하나에 모두의 시선이 모였다.

가왕이 스스로 자진 하차하는 초유의 사태도 그렇지만, 여태껏 그의 정체가 누구인지 확실하게 나오지 않았다. 후보가 이렇게 많으면서 확신하지 못한 가왕은 처음이었다. '가면의 가왕'에 어울리는 진정한 가왕이었던 셈이다.

가면을 벗은 그의 뒷모습에 사람들은 두 손을 꼭 쥐며 눈을 부릅떴다. 의도하지 않아도 몸이 저절로 반응하며 저도 모르게 그런 행동을 취했다.

"한량을 꿈꾸는 도령은 바로! 이름 없는 그분으로 알려지면서 미모 학살자란 타이틀을 얻고, 작년 '그림자의 도시'로 루이 신드롬을 탄생시킨, 배우 채우진 씨입니다!"

한량 도령이 가면을 벗고 돌아서는 순간, 이 믿기지 않는 반격에 사람들은 도리어 어리둥절했다.

가면을 벗으면서 흐트러진 머리칼을 손으로 한 번 쓸어 올린 우진은 카메라를 향해 멋쩍게 미소 짓고는 방청객들에게도 인사를 했다. 그리고 황이영이 주문한, 당당하면서 자신 있는 미소를 지었다.

그의 미소에 처음엔 영문을 몰라 당황했던 방청객들 사이에서 숨을 참는 감탄성이 흘러나왔다.

"거 봐! 내가 채우진 씨라고 말했잖아요."

판정단에선 가장 먼저 정신을 차린 심봉선이 억울해하며 강구라에게 따졌다. 언젠가 체격으로 봐선 채우진 같다고 했다가 가능성 없는 소리 하지 말라고 무색을 당했던 것이다.

"잠깐 채우진 씨! 소속사 대표님 때문에 '가가'에는 못 나온다며?"

강구라는 우진이 'TV스타'에 나와서 했던 말을 따졌다.

"그거야 당시에는 이미 나왔는데 곧이곧대로 대답할 수가 없으니까요. 게다가 김중선 선생님이 저희 대표님을 설득한 거라서 가능했지, 안 그랬으면 절대 못 나왔을 겁니다."

'TV스타'에 나왔을 당시에 채우진의 노래를 들은 강구라는 그가 한량 도령이 아니라고 자신 있게 확신했다.

DS의 장수환 대표의 성향으로 '가가' 출연 자체가 힘들다 여겼고, 채우진이 노래하는 목소리가 한량 도령과 너무나 달랐기 때문이다. 이는 강구라뿐만 아니라 대부분이 그렇게 생각했을 것이다.

"그럼 지금껏 불렀던 창법이나 음색은……."

채우진이 지금까지 들려줬던 매력적인 중저음의 보이스가 나름 유명했기에, 사람들은 어느 게 그의 진정한 음색인지 헷갈렸다.

"그 전에 불렀던 것들은 노래의 분위기에 맞춰 일부러 중저음으로 부른 거고, 원래 제 목소리는 '가면의 가왕'에서 부른 게 진짜입니다."

그제야 사람들은 깨달았다. 저 채우진이 민시후와 똑같은 목소리로 노래를 부를 수 있을 정도로 모창에 능력이 있다는 것을 말이다.

"나이가, 저 나이에 이만한 실력이… 가능해?"

한량 도령이 가수이며 나이가 제법 있을 거라 주장했던 전문

가들은 아직도 믿기지 않는 듯 고개를 갸웃거렸다. 마치 부정을 의심하는 그들의 태도에 우진은 마이크를 들고 오늘 불렀던 노래의 구절을 다시 불렀다.

그가 한량 도령임을 여지없이 보여주는 대목에서 더는 부정할 수가 없었다. 반주도 없이 조금 불렀는데도 그때의 감동이 물씬 밀려와서 사람들은 그 짧은 순간에 아련한 표정을 지었다.

"이렇게 아쉬운 이별을 해야 하다니. 언제 또 우리가 채우진 씨의 멋진 모습을 볼 수 있을까요?"

"앞으로 좋은 작품으로 찾아뵙겠습니다."

"가수로 전향할 생각은 없으신지?"

"일단은 배우로서 최선을 다하고 싶습니다."

여지는 있지만 아직은 아니라는 그의 대답에 아쉬움만 짙어졌다. 이대로 그를 보내는 게 너무 아까워 계속 우진을 붙잡다가, 그의 춤을 마지막으로 한 번 더 보자는 의견이 나왔다.

이미 준비를 해뒀기에 우진은 스태프에게 손짓을 해 보였다. 스태프가 가지고 나온 검을 들고 우진은 밝게 웃었다. 검날은 무딘 장식용이지만, 광고 촬영 때 들었던 것과는 다른 균형 잡힌 검이었다.

가면을 벗은 우진이 이번에 준비한 것은 검무였다. 흥에 취하고, 아름다움에 반해 평생을 살았던 그의 전생 중 한 명이 즐겨 추던 춤이었다. 그리고 마지막 눈을 감는 순간까지 피를 흘리며 누군가를 지킨 검이었다.

그래서 허무하도록 아름답던 그의 검무는 강하고 굳센 의지가 엿보였다. 이제는 자신의 가족과 사랑하는 이들에게 어떠한 상처와 아픔도 주지 않기 위해, 그부터 강해지자고 결심을 다지는 춤이기도 했다.

검무는 그의 마음을 사람들에게 보여주는 의식과도 같았다.

•‥◆ 별이 되다 *2권 Crank up*